Charlotte Weitze • Rosarium

Charlotte Weitze

Rosarium

Roman

Aus dem Dänischen
von Ursel Allenstein

btb

Roman in drei Teilen

Bruder und Schwester

J.

Pangäa

BRUDER UND SCHWESTER

Mutter und Vater beugten sich über uns. Bruders Augen waren magisch mondbleich. Im Laufe der Nacht hatten wir unsere Bettdecke zu einem Strudel zerwühlt, darunter seine weiche Haut, dicht an meiner. Wir waren wie ein Unterwasserwesen mit vier Armen und vier Beinen.

Unsere Eltern trugen Mäntel und Schuhe und rissen das Traumgewässer weg. Mutter packte mich, Vater packte Bruder. Sie halfen uns beim Anziehen: Hastig die Hose zugeknöpft, den Gürtel des Kleides festgezogen. Wintermantel, Mütze, Schal, Handschuhe. Füße in die Stiefel.

Jemand brüllte laut auf Russisch und hämmerte gegen die Tür des Nachbarn.

Mutter und Vater zogen uns zu dem Fenster, das auf den Küchengarten und den Wald hinausging. Vater öffnete die Haken und schob es auf.

Mutter und ich liefen Vater und Bruder nach, sie flitzten auf den Schlund des Waldes zu. Wir trampelten durch den leeren Küchengarten, und ich sah unsere erstarrten, abgemagerten Nachbarn vor den Häusern stehen. Männer mit erhobenen Händen, den Blick auf die Gewehrläufe der Soldaten gerichtet, Frauen, die mit gespreizten Beinen auf dem Boden lagen.

Einer der Soldaten war unser Nachbar von gegenüber, der vom König dafür angestellt worden war, den Jagdwald zu kennen wie seine eigene Westentasche. Er wusste, wo sich das Wild aufhielt, und bestrafte Wilderer. Ich hatte ihn nie zuvor in russischer Uniform gesehen, und während mich seine blauen Augen direkt fixierten, schoss er auf uns, eine Kugel pfiff an meiner Schulter vorbei.

Mutter presste ihre Hand auf meine Augen, und alles war rot, während wir weiterliefen. Mutters Finger rochen nach dem Dampf des Suppenkessels, den wir auf dem Herd hatten stehenlassen. Ich hörte eine Nachbarin aufheulen und einen Soldaten schimpfen, bis Schläge von Metall auf Fleisch und Knochen ertönten. Mutters Hand verstärkte den Druck auf mein Gesicht, meine Beine liefen weiter über das Stoppelfeld. Ich war wie ein kopfloses Huhn.

»Beeilt euch!«

Bruder rief mit schwingender Stimme. Vater zischte: »Still!«

Unsere Füße zerstampften knisternde Blätter und knackende Zweige. Ein letzter Schuss, eine hochfliegende Kugel zischte zwischen die Äste und wurde weiter innen von einem massiven Baumstamm aufgehalten. Mutters Hand hüpfte auf und ab, zu meinem Haar, über meinen Mund hinab und wieder zum Haar. Dann war sie weg, und ich sah all das Grün um uns herum flackern. Weit oben die gewölbten Baumkronen, in der Mitte die schimmelfarbenen Rindenstämme, ganz unten das aufquellende Moos. Der Wald hatte sich um uns geschlossen, doch wir rannten weiter, Vater und Bruder noch immer voraus. Auf den Lichtungen leuchteten ihre Nacken und Hände rosa wie Kirschblüten, unter den Bäumen wurden sie wieder graugrün, vom Schein des Laubes getönt.

Mutter und ich duckten uns unter die tiefhängenden Zweige, aber Mutters Kopf färbte sich rot, in langen Streifen. Ich sorgte dafür, vor ihr zu gehen, damit ich nicht verlorenging. Sie humpelte, als hätte sie plötzlich ein Holzbein.

1

Das Herbstdunkel von Himmel und Waldboden presste die Familie zusammen. Vater musste die Flucht vorbereitet haben, denn am Ende des Tages blieb er unter einer Gruppe von Tannen stehen, deren Zweige bis auf den Boden reichten. Atemlos sanken die Eltern und Kinder auf die glatten braunen Nadeln. Sie betteten sich mit einer Decke unter und einer über sich, versuchten, einander zu wärmen und schlossen die Augen. In der rechten Hand, dem einzigen Körperteil, der aus dem Familienbündel herausragte, hielt Vater die Pistole. Im schwachen Mondschein leuchtete sie unter den Bäumen auf, und Schwester schmiegte sich enger an Mutter, die herb nach Eisen roch. Schwester wollte ihre Hand in Mutters zwängen, doch deren Finger waren zur Faust geballt. Stattdessen versuchte Schwester, die Nase daranzuhalten, vielleicht dufteten sie immer noch nach Suppe? Doch Mutter zog ihre kälteblauen Hände weg.

Schwester fror und bemerkte erst jetzt, dass sie von einem Schuss gestreift worden war. An der einen Schulter klebte eine Kruste geronnenen Blutes, die zwickend Widerstand leistete, als Schwester sie abziehen wollte. Sie presste die Wange gegen die Wunde. Ringsherum wurden die Atemzüge ruhiger, die anderen schliefen, während Schwester an sich selbst schnupperte. Die Wunde, das offene Fleisch, roch wie die zurückgelassene Suppe zu Hause in der Küche: kräftig, süßlich und würzig. Schwester wurde seltsam satt.

In den ersten Tagen wagte Vater es nicht, Feuer zu machen. Dabei hatte er einen Wetzstahl und einen Eisentopf, die er vor der Flucht hier versteckt haben musste. Doch Feuer ist ein Lebenszeichen, und was diesen Ort zu einem Zuhause gemacht hätte, konnte sie auch verraten.

Die Eulen schrien, ein Reh schreckte, ein Fuchs bellte. Ringsherum huschten Tierschatten vorbei. Die Familie kannte alle Geräusche und Bewegungen, Vater und Mutter waren mit dem Wald um das Dorf aufgewachsen. Ihre Vorväter hatten sogar im Wald gewohnt und sich von dem ernährt, was sie jagen und sammeln konnten. Jetzt lag jedoch keine Hauswand mehr zwischen ihnen und den Bäumen. Und die Geister ihrer Vorväter, die auf dem Friedhof des Dorfes lebten, konnten sie auch nicht beschützen.

Mutter und Vater fuhren beim kleinsten Geräusch zusammen. Ihre ängstlichen Zuckungen übertrugen sich auf Bruder und Schwester, die ihre Ohren spitzten und nur noch in kurzen Intervallen schliefen, so wie Tierkinder es von Geburt an lernen.

Kein Raubtier näherte sich ihrem Lager, auch nicht, als die Familie ruhiger wurde und die gesunden Arme und Beine abwechselnd unter den Tannenzweigen hervorragten.

Warum ließen die Wölfe sie in Ruhe? Waren die Augen der Menschenfamilie so fest geschlossen, dass sie auch von anderen nicht gesehen wurden? Roch ihre Furcht so säuerlich, dass keiner von ihnen abbeißen wollte? Erschreckte Mutters Schluchzen nicht nur Schwester? Oder können Tiere einfach gnädiger sein als Menschen?

Im Nebeldunkel strichen ein paar Rehe ganz nah an ihnen vorbei. Klauenknirschen, graue Geweihe, Prusten. Vater hätte spielend leicht eines davon schießen können. Bruder rollte sich aus den Decken und packte einen Huf. Doch das Tier trat ihm gegen die Stirn, und er musste loslassen, als die Herde panisch floh.

Am nächsten Morgen war Bruder wütend; sie bräuchten doch Nahrung. Aber Vater sagte, was Bruder bereits wusste: Das Wild gehöre nicht ihnen, und sollte sie jemand beim Jagen erwischen, seien sie nicht bloß ein paar Flüchtlinge, die sich in einem verbotenen Wald aufhielten, sondern auch Wilderer. Die Strafe für Wilderei sei schlimmer als der Hungertod, und Vaters Pistole mit der einen Kugel dürfe nur im äußersten Notfall zum Einsatz kommen. Ein hallender Schuss könne verraten, dass sich jemand im Wald befinde, und auch eine Falle würde Aufmerksamkeit erregen.

Sie mussten sich mit Zwillen oder mit ihren bloßen Händen begnügen. Auch das war verboten, aber weniger riskant. Von allen Arten von Rotwild, Wölfen, Elchen, Bisons, Luchsen und Bären mussten sie sich fernhalten. Sie waren die Trophäen der Herrscher.

»Wie kann man sagen, man würde die Bäume besitzen?«, schimpfte Bruder. »Wie kann man sagen, man würde die Tiere besitzen?«

Eine Woche nach ihrer Flucht von zu Hause, am ersten Morgen mit beißendem weißem Frost, wagte Vater es, Zunderschwämme, Äste und Zweige zu sammeln. Er machte ein Lagerfeuer und holte Wasser von einer nahe liegenden Quelle. Einige Tage darauf durfte Schwester ihn dorthin begleiten. Und noch ein paar Tage später durfte sie allein gehen, jetzt würde sie die Blutkruste an ihrer Schulter spülen und ablösen.

Ob ihr Nachbar von gegenüber, der ein Jäger des Zaren geworden sein musste, auf sie geschossen hatte, weil Schwester ihn wiedererkannt hatte? Hatte er ursprünglich geplant, sie laufen zu lassen? Um Mutter zu verschonen?

Die Wunde blutete in einem Streifen, der zur Brust hinabkroch und in der Dunkelheit ihrer Kleider verschwand. Sie wusch sie erneut und tupfte sie mit trockenem Moos ab. Dann lutschte sie an der Wunde, probierte das Fleisch und schluckte.

Bald färbte sich das Laub gelb und braun. Mutter humpelte immer noch, ihr Kleid war rot. Inzwischen wusch sie sich nicht mehr und ließ den Stoff starr werden. Beim Laufen klammerte sie sich an die Bäume, um nicht zu fallen. Ihre Wangen waren weiß, sie flüsterte, wenn sie sprach, und trank so viel Wasser, als wollte sie die Quelle leeren.

Vater und Bruder stritten sich. Manchmal zog Bruder los und kam erst im Dunkeln wieder. Dann stand er plötzlich da, eine unruhige Gestalt im gelben Feuerschein.

»Das ist verboten«, wiederholte Vater.

2

Ein Zweig knackt zwischen den Bäumen. Schwester öffnet die Augen, ohne dass sich etwas ändert. Es bleibt genauso dunkel.

Bruders Schnarchen verstummt. Der wache Körper warnt den des Schlafenden, als hätten Bruder und Schwester einen gemeinsamen Blutkreislauf. Vier Ohren spitzen sich in der Dunkelheit, bis Bruder dreimal auf Schwesters Handrücken klopft. Es besteht keine Gefahr, meint er, und schläft wieder ein.

Schwester schließt schaudernd die Augen. Bruder friert, spürt sie, es ist spät in der Nacht. Schwester presst ihren Rücken wieder an Bruders Bauch und faltet ihre Beine bis unter die Brust. Noch sind die Decken groß genug. Könnten sie sich hier drinnen ausstrecken, würde die Wolle nach wie vor von Hals bis Fuß reichen.

Sie hatten die Eichenhöhle bereits gefunden, als Mutter und Vater noch bei ihnen waren. Der ausgehöhlte Baum bot gerade genug Platz für zwei Kinder, und Vater sagte, Mutter und er würden weiterhin am Feuer schlafen. Sie hatten sich ein Fell zugelegt, das sie einem auf natürlichem Wege gestorbenen Elch abgezogen hatten. Es bedeckte sie gerade so.

Die Eule wurde mit einem Stein vertrieben. Das Eichhörnchen schimpfte, wurde jedoch so schwer an der Stirn getroffen, dass es gehäutet und verspeist werden konnte. Die Kreuzotter hielt Winterschlaf, und schlaff, wie sie war, ließ sie sich mit einem Stock herausheben und lag am nächsten Morgen erfroren im Gestrüpp. Die Insekten sind sie nie losgeworden. Sie kribbeln das ganze Jahr über, weil Bruders und Schwesters Körper den Baum aufwärmen. Wie zum Beispiel der Ohrenkneifer, der genau in diesem Moment über Schwesters Kehle krabbelt. Sie streicht ihn weg, knibbelt ein Stück von dem morschen Holz ab und zerbröselt den Klumpen zwischen den Fingern. Vater hatte geschätzt, die Eiche könne über tausend Jahre alt sein.

Ob ihr wieder Blätter wachsen? Im letzten Frühjahr waren die Blätter nur kleine, verschrumpelte Mäuseohren, gar nicht so, wie sie sein sollten: groß wie Kinderhände.

Schwester dreht sich um und weckt dabei ein ganzes Heer von Kellerasseln, die aufstehen und über Bruders Gesicht marschieren. Er schnieft drei Soldaten durch die Nase ein und hustet sie durch den Mund wieder aus. Dann schnarcht er weiter, jetzt an Schwesters Schulter.

Bruder riecht nach Fleisch mit Fell, bitter wie das der Raubtiere. Sie selbst riecht wohl nur aus der Wunde an der Schulter, die nach wie vor nicht verheilen will.

Wenn es Frühling wird, können sie wieder baden. Wagten sie es jetzt, würde ihnen nicht mehr warm werden.

Einst war das Quellwasser Himmelsdampf, der als warmer Regen auf die obersten Blätter der Bäume fiel. Dann trillerten die Tropfen hinab, eine Etage nach der anderen, bis auf den Waldboden. Hier versickerten sie zwischen Nadeln, Wurzeln, Humus und Kies, bis ganz hinab in die unterirdischen Flüsse des Grundwassers.

Bruder gibt einen Laut von sich, tief aus der Kehle. Er erinnert schwach an das Röhren eines Hirschs. Bruders Beine laufen im Schlaf, er hebt eine Hand und gurgelt *Krrk*.

Schwester legt die Finger über Bruders Lippen und holt die Pistole auf ihre Seite. Dann dreht sie den Rücken wieder zu Bruders Bauch und drückt ihren Hinterkopf an seinen Mund. Er murmelt irgendetwas mit seiner neuen Stimme, jener, die erwachsen ist und an die des Vaters erinnert.

Die Uhr im Wohnzimmer tickte, die Gardine war vorgezogen. Bruder und ich lagen im Alkoven, bis der Mittagsschlaf überstanden war.

Dann gingen wir hinaus ins Licht, wo Mutter im Küchengarten arbeitete. Wir kletterten in den alten Birnbaum am Wegrand. Von oben konnten wir sehen, ohne selbst gesehen zu werden.

Scheitel, Reifröcke, Schuhspitzen und Kahlköpfe. Wir sahen herab auf Mutter und den Nachbarn von gegenüber, den Jäger des Königs, der zu Besuch kam, wenn Vater nicht zu Hause war. Meistens entschuldigte sich Mutter, sie habe etwas im Haus zu erledigen oder eine Menge Gartenarbeit vor sich. Der Vertraute des Königs hatte jedoch keine Eile, Wild oder Wilderer zu jagen.

Bruder schoss, beinahe lautlos, mit seinem Holzgewehr auf alles, was sich in der Nähe des Baumes bewegte. Aus seinem Mund trieften Spuckefäden. Ich klammerte mich an den Birnenstamm, wenn er im Wind wankte.

Wenn niemand mehr im Garten war, kletterten wir hinunter. Bruder flitzte immer im Kreis ums Haus herum und schoss in alle Richtungen. Ich ging zum Spielen zu meiner Freundin mit dem langen braunen Haar und den hübschen grünen Augen. Wir saßen draußen, ich nähte Puppenkleider aus sommerdicken Eichenblättern. Sie schloss die Augen und hielt ihr Gesicht in die Sonne.

Wir waren abgemagert, schon lange bevor die russischen Soldaten kamen. Zwischen Polen und Russland herrschte Krieg, und unser Küchengarten, unsere Felder und unser Stall wurden von unseren eigenen Männern, den polnischen Soldaten, geplündert, denn das Heer musste versorgt werden.

Zwei Tage vor unserer Flucht verhungerte ein Nachbar und wurde bei den alten Gräbern am Waldrand beerdigt. Am selben Abend lag ich da und spähte durch den Gardinenspalt des Alkovens. Mutter war hinausgegangen, um etwas zu holen. Vater saß in Mutters Stuhl, die Lampe spiegelte sich doppelt in der Scheibe. Auf dem Tisch lag eine Pistole. Vaters Gesichtshaut spannte, seine Knochenhände lagen neben der Waffe. Seine Augen waren Lichtpunkte.

Plötzlich stand er auf und öffnete die Tür für Mutter, die schwankend hereinkam. Sie hatte Telleraugen, und ihr Kleid war bis weit unten rot gefärbt. In der einen Hand hielt sie die Axt, in der anderen einen Eimer, aus dem sie etwas in den Suppentopf auf dem Herd plumpsen ließ.

Vater umarmte Mutter, aber sie schubste ihn weg, flüsterte, sie sei entdeckt worden. Hastig zog sie das Kleid aus und wusch sich am Waschtisch. Das Blut lief unentwegt an ihren gelbgrünen Streichholzbeinen herunter. Es war hellrot, verdünnt vom Seifenwasser. Dann kroch Mutter langsam in den Alkoven der Eltern und zog die Gardine vor.

Vater blieb einen Moment stehen, ehe er scheppernd etwas in einen Sack packte. Anschließend ging er zu dem Fenster, das auf den Küchengarten und den Wald hinausging. Ich hörte ihn hinausklettern und wollte ihn rufen.

Am nächsten Morgen humpelte Mutter zum Herd und machte Feuer unter dem Topf.

Vater war zurück.

Bruder und ich bekamen Suppe. Sie war würzig und stark.

Dunkle, feste Fleischbrocken schwammen zwischen kleinen Fettaugen umher. Wir hatten schon lange nicht mehr etwas so Gutes gegessen. Mutter und Vater wollten nichts. Sie sagten, das sei alles für uns, und starrten uns an, während wir aßen. Der Silberschein der Löffel erlosch jedes Mal, wenn wir sie in die Suppe tauchten. Sie leuchteten erneut, wenn wir sie wieder hoben und das Essen in uns hineinschlürften.

Wir leerten unsere Schalen wieder und wieder. Wir wollten mehr und mehr. Zuletzt sagte Mutter, wir sollten auch noch etwas für den nächsten Tag übrig lassen.

3

Schwester stupst Bruder an. Wenn sie noch rechtzeitig vor dem Morgengrauen ein wenig schlafen will, wird es jetzt Zeit.

Er reagiert nicht, sie bohrt ihren Finger tiefer in ihn hinein, doch er ist kalt wie ein Stein.

»Bruder«, sagt sie laut, obwohl man leise sprechen soll.

Schwester betastet sein eingefallenes Gesicht und spürt keinen Atem. Sie fasst an sein knochiges Handgelenk und fühlt keinen Puls. Sie drückt ihr Ohr an seine spitze Brust, drückt die kleinen gekringelten Haare platt. Da ist ein Klopfen, aber ist das vielleicht nur das Echo ihres eigenen pochenden Herzens?

»Bruder!«

Sie versucht, ruhig zu atmen, wartet lange mit dem Ohr zwischen seinen Brustwarzen.

Da war ein Schlag! Und noch einer!

Sie bekommen beide wieder Luft. Schwester lässt sich erneut auf den Rücken fallen. Wie dumm und ängstlich kann man eigentlich sein? Vielleicht hatte Bruder das seltene Glück, in den Tiefschlaf zu versinken, wo alles ein einziges schwarzes Vergessen ist.

Sie drückt ihm einen Kuss auf die Wange, und als er mit einem Schnarcher einatmet, flüstert sie, er dürfe schlafen, so lange er wolle.

4

Wäre der Wald kein Jagdwald gewesen, hätte man ihn schon vor vielen Jahren gefällt. Könige, Fürsten, Zaren und andere Herrscher brauchen Bauholz, Brennholz und fruchtbare Böden. Und die Bevölkerung auch.

Doch der Wald wurde ein Jagdwald, weil das Gebiet so sumpfig ist, dass man die Baumstämme nur schwer hinaustransportieren kann. Pferd, Holz und Mensch würden im Schlamm stecken bleiben.

Der sumpfige Untergrund hat den Wald auch vor größeren Bränden bewahrt.

Nachdem die Nachbarn der Familie erschossen oder deportiert worden waren, zogen einheimische, arme russische Waldmenschen in ihre Häuser. Die frühere Grenze zwischen Polen und Russland verlief genau am Dorf entlang.

Bruder und Schwester haben keine Schüsse mehr gehört, seit sie in den Wald geflüchtet sind. Auch keine Soldaten marschieren. Eine Jagdgesellschaft ist ebenfalls nicht da gewesen. Anscheinend herrscht im Gebiet wieder Frieden.

Der Herrscher ist fett, hatte Vater immer gesagt.

Er nannte ihren König, den polnischen, immer *der Herrscher.*

Außer der Familie des Herrschers, seinen Gästen und angestellten Jägern durfte sich keiner im Wald aufhalten. Wilderern wurden die Augen ausgestochen und die Knochen gebrochen, einer nach dem anderen, und anschließend wurden sie erschossen oder gehängt. Den Hunden im Dorf wurde das linke Hinterbein amputiert, damit sie das Wild nicht aufschrecken konnten. Die Einwohner durften es nicht von ihren Feldern vertreiben, selbst wenn es ihnen die Ernte wegfraß. Sie durften auch keinen Zaun aufstellen, weil sich die Hirsche daran aufspießen konnten, wenn sie hinüberspringen wollten. Im Winter mussten sie Heu im Wald auslegen, damit die Tiere nicht verhungerten.

Obwohl es jetzt der russische Zar ist, der anstelle des polnischen Königs über den Wald regiert, gelten für die Einheimischen bestimmt noch dieselben Regeln. Was das betrifft, hat es nichts zu bedeuten, wer der Herrscher ist.

Wenn eine Jagd stattfinden soll und die Einheimischen den Wald vorbereiten müssen, gelten sicher auch noch all die Regeln: Bäume, die auf die Jagdwege und Pfade gestürzt sind, werden entfernt. Grüne Jäger inspizieren den Wald, um herauszufinden, wo sich das gute Wild aufhält. Das geschieht unter der Leitung eines ortsansässigen Jägers. Der Herrscher hat immer einen Vertrauten im Dorf.

Vater hatte einen Cousin, der in einer der Hütten am Königsweg wohnte. Er heißt jetzt wohl Zarenweg und führt zum Wald. Einmal, als der Herrscher, der polnische König, auf die Jagd gehen wollte, und die Einheimischen alles dafür vorbereiteten, stattete Vater seinem Vetter einen Besuch ab. Was für eine Vorstellung, dass der mächtige Mann ausgerechnet an Vetters Haus Halt machen könnte. Es hieß, er wisse ein Bauernbier und eine einfache Mahlzeit zu schätzen. Deshalb sollten alle, die entlang des Königswegs wohnten, ihre Laterne anzünden und ein Essen bereithalten.

Vater wartete zusammen mit Tante und Onkel, dem Cousin

und der tauben und blinden Großmutter. Die Kleidung war gewaschen, der Tisch gescheuert, auf dem Boden war Sand ausgestreut, und neben dem Ofen lag ein zusätzliches Holzscheit bereit. Die rostige Laterne draußen über der Tür schaukelte im Wind.

Mit einem Mal schreckte die Familie zusammen. Jagdhörner ertönten, schwere Kutschen rollten heran. Ein Ruf, ein *Prrrrr*. Die Familie sah zu ihrem kleinen, blinden Fenster hinüber.

Zuerst kamen einige Jäger und rotgekleidete Diener herein. Sie stellten sich an den gekalkten Wänden auf. Dann öffnete ein Diener in hellblauer Livree die Tür. Er trug eine dunkle Kiste mit geschnitzten Rosetten, die ans Tischende gestellt wurde.

Der Herrscher musste sich ducken, um durch die Tür zu treten.

In der Kiste lag sein Goldbesteck. Außerdem befanden sich darin ein tiefer und ein flacher Porzellanteller mit verziertem Rand.

Mit zitternder Hand tat Tante dem Herrscher auf. Er saß schwer unter seinem Bisonmantel, die Fellhaare wippten im Takt mit dem, was vor ihm auftauchte: Grütze, Brot, Kohl und eine Gemüsesuppe. Natürlich suchte er nach Fleisch. Er grunzte und dachte wohl an Hirsch, Bär, Bison, Wildschwein oder Elch. Onkel setzte zu einer Erklärung an, schloss den Mund jedoch wieder, und für einen kurzen Moment errötete der Herrscher.

Dann schlang er alles in sich hinein. Seine Wangen hüpften auf und ab, und seine Augen sprangen ihm fast aus dem Kopf, bis er den Stuhl zurückschob, aufstand, eine Goldmünze auf den Tisch legte und Vater bedeutete, er solle mitkommen.

Im Wind hielt Vater das weiße Pferd, damit der Herrscher aufsteigen konnte. Seine Nase war genau auf der Höhe von dessen Bauch gewesen, erinnerte sich Vater. Der Herrscher verlor absichtlich eine Goldmünze auf dem Boden, ehe er mit der Zunge schnalzte, worauf sich der Trupp der steifgefrorenen Jäger und Diener knirschend auf das Jagdschloss zubewegte.

Vater hob die Münze auf, sie war noch warm. Er steckte sie in seine Innentasche, denn sie sollte niemals kalt werden.

Immer wenn Vater mit seinem Vater auf den Markt ging, war er versucht. Wenn die Familie am Ende des Winters hungerte, bevor die Bäume wieder ausschlugen, und kurz davor war, die Kuh zu schlachten, drehte und wendete Vater seine Goldscheibe. Genau wie damals, als Vaters kleiner Bruder schwer krank wurde und einen Arzt brauchte. Doch erst, als Vater schließlich Mutter traf, wusste er, wofür die Münze bestimmt war. Mutter war das Mädchen, das eigentlich zu hübsch für ihn war. Das Mädchen, das alle Jungen im Dorf anstarrten. Das Gold brachte Vater dazu, aufrecht zu stehen, und plötzlich wollte Mutter gern mit ihm Gras flechten und Händchen halten, Walderdbeeren im Grenzgebiet essen, Pilze von Baumstämmen sammeln und Blaubeeren auf der Zunge rollen.

Da schmolz Vater die Münze ein und ließ zwei dünne Goldringe aus ihr fertigen. Beide mit einem weißen Quarzstein aus den zerklüfteten Bergen im Süden.

Und dann heirateten Vater und Mutter.

Schwester hat jetzt Vaters Ring. Er hängt an einer dünnen Schnur aus geflochtener Rinde um ihren Hals. Ihre Finger sind zu mager, als dass sie ihn tragen könnte.

5

Der Winter folgte auf einen trockenen Sommer. Der Herbstregen fiel spät, die Bäume warfen bereits ihre Blätter ab. Jetzt wollte der Regen gar nicht mehr aufhören.

Die Familie war ständig durchnässt, sie fror und hungerte mehr denn je.

Schwester presste ihre Nase auf die Wunde, es half ein wenig, aber nicht genug. Mutter und Vater flüsterten draußen am Lagerfeuer davon, *etwas zu wagen* und *keine Aufmerksamkeit zu erregen*. Mutter war knochenbleich. Sie stand nur auf, wenn sie hinter einem Baum verschwinden musste.

Eines Morgens hieß es, Bruder und Schwester sollten in der Eiche liegen bleiben: »Atmet einfach, macht nichts anderes. Spart eure Kräfte. Wartet hier, Brüderchen und Schwesterchen.«

Vater stopfte alles, was die Familie an Fellen und Decken besaß, fest um die Kinder herum, küsste sie und hängte die geflochtene Schnur mit seinem Ring um Schwesters Hals.

Mutters Augen sahen weg. Sie trug ihren Ring noch um den Hals.

Vater stellte zwei Holzschalen mit Wasser ans Fußende und legte den Wetzstahl zwischen sie. Die Pistole mit der einzelnen Kugel wurde auf Schwesters Seite abgelegt.

Bruder weinte heiser, und Vater küsste sie noch einmal, bevor er Mutter davontrug.

Die Kinder lagen mucksmäuschenstill da, während die Eiche ein kleines bisschen wuchs. Sie holten immer seltener und seltener Luft. Ihre Herzen schlugen mit langen Pausen.

Erst träumte Schwester grün. Es war die Geschichte, die Vater von seinem Vater erzählt worden war, der sie wiederum von seinem Vater gehört hatte. Von ihren Vorvätern, die einem Volk angehört hatten, das im Wald lebte, alles über den Wald wusste und nie an einem anderen Ort gewesen war.

Schwester versank in der Schwärze. Trotz ihres hohen Alters drangen die Wurzeln der Eiche tiefer in die Erde, und ihr Rindenkörper wurde strammer. Die Geräusche des Waldes wurden schwächer, aber die Insekten saugten immer weiter vom Blut der Kinder, bis Bruders und Schwesters Erinnerung an ihre richtigen Namen verschwand, zusammen mit den Namen der Eltern und aller anderen Dorfbewohner.

6

So hätten tausend Jahre vergehen können, doch irgendetwas musste sich in Bruder verändert haben, denn eines Morgens setzte er sich plötzlich auf. Schwesters Augen öffneten sich einen Spaltbreit. Das Licht draußen war blendend weiß. Bruder hockte gekrümmt da und blickte in die Kälte hinaus.

»Wir sollten liegen bleiben«, flüsterte sie.

Er drehte sich knirschend um und warf ihr einen Luftkuss zu. Schwester umklammerte die Pistole. Eine Herde Hirschkühe strich durch den Birkenhain rechts von der Feuerstelle.

Aber er war nicht dazu imstande, einen Hirsch zu überwältigen. Und auch nicht dazu, die Pistole aus Schwesters verkrampften Händen zu reißen.

Schwester erwachte, als Bruder in die Glut des Lagerfeuers pustete. Sie erwachte erneut, als er ihr ein Stück weißen Fisch in den Mund schob.

In den nächsten Tagen fing er erst zwei, dann vier und dann acht Fische. Er sagte, jetzt wolle er dazu übergehen, Vögel und kleine Nager zu fangen. Das, was Vater vor lauter Erschöpfung aufgegeben hatte.

Gestern hatte Bruder mit der Zwille einen Dachs getroffen. Er briet das Fleisch über dem Feuer dunkelbraun, kaute ein Stück vor und versuchte, es in Schwester hineinzuzwängen. Er selbst verschlang die Brocken halbroh, bekam rote Lippen und richtete sich auf.

Bruder blieb am Feuer sitzen, er reinigte seine Zähne mit einem entrindeten Birkenzweig, bis alle Fleischfetzen beseitigt waren. Seine Augen starrten wie Feuer ins Feuer.

7

Ein Sonnenfleck fällt auf Schwesters Seite der Eiche. Sie dreht sich um, tastet nach Bruder, doch er ist weg.

Schwester setzt sich auf: Bruder ist nicht am Feuer, aber das Feuer raucht.

Der nächtliche Raureif ist geschmolzen und hat nur schwarzen Schlamm hinterlassen. Schwester stößt Bruders Laute aus: zwei Krähenschreie, ein kurzer und ein langer.

Keine Antwort.

Wo ist die Pistole? Auch weg.

Schwester atmet tief ein, ihre Nase streift die Wunde. Sie krabbelt aus dem Baum hinaus, und zum ersten Mal, seit Vater und Mutter gegangen sind, steht sie auf beiden Beinen.

Der Wald riecht braun, die Sonne wärmt. Die Blätter verbergen sich noch immer in ihrer Knospenschale, nehmen aber schon das Himmelslicht in sich auf. Schwester geht zu einigen Haselsträuchern, die in einem Grüppchen zusammenstehen. Vielleicht sind sie aus dem vergessenen Nusslager einer Maus gewachsen. Schwester steckt sich eine Knospe in den Mund und kaut, bis ihr Speichel schäumt. Die Knospe schmeckt grün.

Man braucht Grünzeug, sonst fallen die Zähne aus, und dann stirbt man. Hatte Mutter immer gesagt.

Unter Schwesters Stiefeln kleben Schlammkrusten. Die alten Blätter des Herbstes heften sich fest. Im Herbst war alles Blau gewichen, nur Gelb und Braun blieben übrig. Auf diese Weise schließen die Bäume ihre Augen. Die Würmer und Larven fressen die Blätter in sich hinein und scheiden Kot in derselben Farbe wieder aus.

Ist Bruder wirklich hinausgegangen, ohne sie zu wecken? Oder hatte er sich verabschiedet, und sie hatte im Schlaf geantwortet? Glaubte er, sie hätte gehört, was er sagte?

Die Quelle entspringt zwischen zwei Steinen. Sie dampft nicht mehr, aber sie rauscht noch, wie der Wind in den Baumwipfeln.

Schwester lässt sich zwischen zwei Schachtelhalmtrieben nieder. Mit ihrer Holzschale schöpft sie über dem blubbernden Sandboden Wasser. Es schmeckt ein wenig nach Tanne, in ihrem Bauch schwappt es, die Quellenkälte beißt.

Dann erhebt sie sich wieder, diesmal ist ihr weniger schwindelig. Sie zerdrückt weitere Knospen, kaut und kaut. Ihr Magen knurrt, sie versucht, noch mehr Grün zu finden. Dort, wo die Hirsche gefressen haben, schmecken die Knospen bitter, von ihnen hält sie sich fern. Die Bäume haben sich selbst unappetitlich gemacht, nachdem sie dem sauren Speichel der Tiere ausgesetzt waren.

Die ledrigen Blätter der immergrünen Pflanzen und die stechenden Tannennadeln sind das ganze Jahr über da, aber wenn man sie isst, dreht sich einem der Magen um. Schwester zieht stattdessen die Rinde von jungen Bäumen ab, aber so behutsam, dass niemand auf den Gedanken käme, es wären Menschen im Wald. Sie isst die helle Innenseite. Unter den Pinien findet sie Zapfen, doch alle Kerne sind bereits verspeist. Neben einigen trockenen Zweigen auf einer Lichtung ragen ein paar Brennnesseln hervor. Sie reibt die Blätter mit dem Saum ihres Oberteils ab, um das Gift unschädlich zu machen, und stopft sie sich in den Mund. Am Fuß eines Felsens stehen zwei honigsüße Veilchen, und da – eine Hundskamille.

Schwester lockert ein wenig Moos, verspeist vorsichtig die oberste Schicht. Manche Pflanzen kann man in kleinen Dosen essen, doch wenn man es übertreibt, sind sie giftig. Mach es wie die Tiere, sagte die Mutter. Probiere, warte, und spüre, was dein Magen dir sagt. Iss so viele unterschiedliche Dinge wie möglich und nie über einen längeren Zeitraum dieselben Pflanzen. Alles ist giftig.

Gierige Tiere sterben schnell. Junge und dumme Tiere lernen von älteren. Ein alleinlebendes Jungtier kann an seiner naiven Neugier sterben.

Zurück an der Quelle, am Ufer, wo das Wasser stillsteht, betrachtet Schwester ihr Gesicht. Ihre gescheitelten Haare sind zwei Äste, die Augenhöhlen Astlöcher, Nase und Haut grau. Ihre Lippen bewegen sich auf und ab, als sie zu lächeln versucht.

Schwester bringt das Bild durcheinander, wäscht sich unter den Armen. Hebt das Kleid und spült sich im Schritt. Auch die Wunde kommt an die Reihe und blutet erneut. Schwester leckt und schluckt.

Neben der Spur eines mittelgroßen Vogels, die ebenfalls an einen Zweig erinnert, hat ein kleiner Hirsch seine Fährte hinterlassen, tief im weichen Lehm des Ufers. Schwester spürt, dass sie beobachtet wird. Sie erstarrt, doch ihre Nasenflügel zittern.

Ein Raubtier ist es nicht. Es riecht anders, nach pflanzlichem Material, das in einem Magen aufgelöst und im Darm verdaut wurde und durch die Haare hinausgesickert ist.

Mensch? Mutter, Vater? Der Jäger? Bruder? Nein, er hat gestern einen Dachs gegessen.

Langsam hebt sie den Kopf und blickt in ein braunes Augenpaar. Die kleine Hirschkuh kaut hastig, ihre Ohren zucken. Sie nickt in Richtung des Wassers, als würde sie darauf warten, dass sie mit dem Trinken an der Reihe ist. Als könnte sie spüren, dass Schwester keine Waffe hat.

Ihr Bauch wölbt sich, das Leben unter dem Fell befindet sich nicht länger im Winterschlaf. Alles wächst frühlingshaft und lebendig.

Ein Klicken, ein Schuss. Schwester und die Hirschkuh zucken zusammen, doch nur das Tier fällt um.

Schwester weint erschrocken, als Bruder aus dem Gestrüpp hervorspringt und das Messer zwischen die Rippen, ins Herz der Hirschkuh stößt. Dann schlitzt er dem Tier die Kehle auf, und während das Blut hervorströmt, umarmt er seine Schwester.

»Das durftest du doch nicht!«

Bruder hinterlässt rote Fingerabdrücke auf Schwesters Kleidung. Er bindet ein Seil um die Hirschkuh, legt es sich über die Schulter und stemmt sich nach vorn, versucht, das Tier zu ziehen.

Schwester faucht ihn wütend an, als sie das kurze Stück Weg nach Hause zum Lager gehen. Doch sie hilft ihm, die Beute mitzuschleifen. Der Kopf der Hirschkuh schlenkert von einer Seite zur anderen.

Erschöpft, zitternd vor Übelkeit und mit verschlossener Nase führt Schwester mit Bruder die rote Arbeit durch. Als er den Bauch aufschlitzt, spritzt Milch aus den Zitzen. Bruder wischt sich die Augen. In der Gebärmutter liegt ein einzelner Fötus. Er erinnert an eine Insektenpuppe.

Wütend kocht Schwester Wasser für die zäheren Fleischteile. Sie legt mehr Holz nach, damit sie sie weichkochen können.

Bruder redet und redet. Dass er lauernd im Gestrüpp gelegen habe. Seine Beine seien eingeschlafen, aber das Blut sei genau in dem Moment zurückgelaufen, als er den Hahn gespannt habe. Wie gut, dass Schwester an der Quelle gewesen sei. So habe die Hirschkuh alle Aufmerksamkeit auf sie gerichtet und ihn gar nicht gesehen.

Er bewegt seinen Kopf wild hin und her, imitiert das letzte Zappeln des Tieres, lässt seine Augen erstarren und klappert immer langsamer mit den Zähnen.

Bruder entfernt die Fruchtblase, lächelt liebevoll und legt das Kalb für seine Schwester ins Feuer.

»Du bist doch wahnsinnig!«

Stolz malt er sich einen roten Blutfleck mitten auf die Stirn und beginnt, der Hirschkuh das Fell abzuziehen. Es gelingt ihm gut, obwohl das Maul Schwierigkeiten bereitet. Dann werden die Hinterläufe abgetrennt und mit dem Seil in eine Ulme hinaufgezogen. Der Körper folgt ihnen nach, wie ein geöffnetes Blatt mit freiliegenden Gefäßen.

Schwester sammelt die Knochenreste auf und schleudert sie weit weg. Sie versteckt die Pistole unter einem Stein.

Schwester möchte kein Fleisch, dabei versucht Bruder, sie mit kleinen Herzstückchen zu füttern. Sie dreht den Kopf weg, doch es duftet, und ihr Magen summt. Da nimmt sie doch einen Bissen, kaut und kaut. Sie nimmt noch ein Stück, beißt in die Bleikugel und spuckt sie tief in den Wald, während er mehr Fleisch ins Feuer legt. Bruder hat gerötete Wangen, seine Augen glänzen.

»Nicht zu viel auf einmal«, sagt er mit einer verzerrten Elternstimme. »Wenn man gehungert hat, muss man darauf achten, sich den Bauch nicht zu voll zu schlagen.«

Bruder wühlt in einer Tasche und wirft ein weiß-gelbes Pulver in die Flammen, das in einer großen Stichflamme explodiert. Sie blinzelt und ruft: »Oh!« Vater hatte ihnen einmal gezeigt, was die Sporen der getrockneten Bärlappe können; dieser kriechenden, langen und an Krähenbeersträucher erinnernden Pflanze. In den Blütenständen der nadelförmigen Blätter, die die Sporenhäuser enthalten, befindet sich Vaters Hexenmehl.

Die Sterne tänzeln in einem brunnenrunden Kreis über den Geschwisterköpfen. Schwester legt Holz nach, der Feuerschein bringt die Himmelspunkte zum Verschwinden. Ihr wird warm in der Brust, das Gesicht kocht. Nur der Rücken ist nach wie vor kalt.

»Sie fehlen mir.«

Bruder schneidet das letzte Filetstück ab und legt es auf das Feuer. Die Blutstropfen fallen zischend in die Flammen.

»Ich wage es nie wieder, einzuschlafen!«

»Bald werden wir beide schlafen.«

»Du hast geschossen!«

»Uns ist hier noch nie ein Mensch begegnet, aber wir haben jeden Tag gehungert. Niemand hat etwas gehört, und eines Tages werde ich ein Bison erlegen.«

Körper unter Decke und Fell. Bruder küsst Schwesters Gesicht. Er liebe sie, sagt er, über alles in der Welt.

»Es gibt ja sonst auch niemanden.«

»Schwesterchen …«

Bruders Atem ist Fleisch, gebraten und gekaut. Sein Bauch knarrt und Schwesters blubbert. Sie presst das Gesicht an seine Brust und umarmt ihn, so fest sie kann.

»Das darfst du nie wieder tun.«

»Mutter und Vater waren viel zu vorsichtig. Nur deshalb ist es so böse ausgegangen.«

»Wer sagt denn, dass sie tot sind?« Sie schlägt ihm auf den

Mund und weint, doch er hält sie fest und sagt, wenn sie Bäume wären, würden sie jetzt, in diesem Moment, zusammenwachsen. Bruder küsst sie, Schwester schluckt und erwidert den Kuss. Er schiebt die Hände unter ihren Pullover, sie steckt ihre Finger zwischen die seinen. Es gibt eine alte Tradition, die besagt, dass man niemals jemanden von einem anderen Volk heiratet.

Als Bruder schläft, schleicht sich Schwester hinaus und erbricht sich. Das Fleisch fällt aus ihr heraus wie eine Wurst, und sie tritt es zwischen die Bäume.

Obwohl sich ihr Magen jetzt leer anfühlt, ist ein klein wenig davon in den Darm gelangt. Es hat ihr Blut erreicht und legt sich wie Speck um ihre Hüfte und Brüste.

Schwester legt sich wieder zurück. Bruders Arme umschlingen sie erneut. Sie nimmt einen süßlichen, würzigen Duft wahr. Ihre Wunde? Nein, er kommt von außen. Könnten es die Reste der Hirschkuh sein? Nein, es muss etwas anderes sein. Lächelnd schließt sie die Augen, legt die Hände auf den Bauch und schläft ein.

8

Die Stämme empor, über die Kronen hinweg, aus dem Wald hinaus, an den Feldern vorbei und durch die Dörfer. Weiter die Flüsse entlang zu den Sümpfen, an denen die große Stadt liegt. Dort, in der Mitte der schnurgerade darauf zulaufenden Straßen, steht der Palast, und im Nordflügel wohnt der Sohn des russischen Zaren. Er schreckt aus dem Schlaf hoch.

Der Mond starrt mit einem blassen und langen Blick hinein. Das kalte weiße Licht fällt auf das Himmelbett und die zerknitterte Bettdecke.

War es nur die Turmuhr, die geschlagen hatte? Oder die Wachablösung?

Er setzt sich vorsichtig auf. Die Rose hat ihr letztes kleines Kronblatt verloren. Es liegt gekräuselt auf dem Tisch neben der Fensternische und zittert. Bei Tageslicht war die Rose dunkelrot, im Mondschein ist sie grau. Ihre Zweige zeigen zugleich nach Osten und Westen, auf ihn und sie und den Kleinen und die Tür. Sie strecken sich zum Fenster, zur Lampe und zur Decke.

Nimmt die Rose seine Anwesenheit überhaupt wahr? Er hat ja mit ihr gesprochen, sie gegossen und gedüngt. Gestern hat er sie angeschrien, ein Blatt abgerissen, zerfetzt und zu Boden geworfen. Seine Frau kam herein und fragte, was er mache. Da musste er weinen und entschuldigte sich wieder und wieder. Sie schüttelte den Kopf und ging zurück in ihr Kabinett.

Seine Finger jucken noch immer, der Saft der Rose ist intensiv. Die Zeiger der Turmuhr stehen auf zwanzig Minuten vor vier.

Seine Frau liegt auf dem Rücken und schnarcht mit geöffnetem Mund. Er stupst sie an. Kann er sie dazu bewegen, sich auf die Seite zu drehen? Doch ihr ausgestreckter Körper ist wie ein riesiger Stein.

Also steckt er die Decke um sie herum fest, sodass sie wie eine große Mumie aussieht. Doch zwischen den Schlitzen ihrer Lider bewegen sich die Pupillen von einer Seite zur anderen. Für einen kurzen Moment ringt sie nach Luft, und ihre roten Lippen runden sich, als wollte sie etwas rufen. Dann entspannen sich ihre Züge, und sie atmet wieder, wie erleichtert.

Der Sohn des Zaren geht zur Toilette, kehrt zurück und setzt sich vorsichtig wieder aufs Bett.

Er hatte irgendetwas von einem Wald geträumt. Ein Schuss und ein Reh; eine Ricke, die zu Boden ging. Das Blut sickerte aus ihrem Hals und in den Boden hinein.

Sie sollten verreisen. Er und die Frau mit dem Kleinen im Bauch. Dort unten auf den Straßen waren zwei Menschen zusammengebrochen und tags darauf tot. Der Arzt sagt, die heftige Grippe habe die Stadt erreicht.

Die Reise könnte zu anstrengend für sie werden, wenn sie zu lange warten. Gestern Abend sprach sie hier im Bett vom Meer, aber jetzt stellt er sich vor, in den Wald zu fahren. Wenn der Arzt mitkommt, könnten sie dort bleiben, und sie könnte niederkommen, und sie müssten erst zurückkehren, wenn die Gefahr gebannt war.

Bisher waren weder er noch sein Vater im Wald gewesen. Vor einigen Jahren wurden der Wald und weitere Landgebiete, die einst seinem Urgroßvater gehörten, von den Polen zurückerobert. Jetzt reist sein Vater, der Zar, mit dem Ziel umher, das Reich zusammenzuhalten.

Der Wald ist seit der Eiszeit nahezu unberührt geblieben. Bäume, die ungestört wachsen, sind stärker. Die Humusschicht ist reich an Mineralien, die Wurzeln saugen das beste Grundwasser auf. Auch die Tiere werden in solchen Wäldern kräftiger, sie sind gesünder und nicht annähernd so scheu.

Er wird dort draußen Trophäen erlegen können, obwohl er zuvor noch nie etwas geschossen hat. Bisher hat er lediglich versucht, die mechanischen, beweglichen Jagdtiere draußen im Park zu treffen; damals, als seine Brüder noch lebten. Sie waren gute Schützen, er selbst zielte nur schlecht. Ein künftiger Zar sollte so etwas eigentlich können, denn die Jagd ist eine Vorbereitung auf den Krieg. Er hat die Jagdtagebücher seines Großvaters und Urgroßvaters gelesen. Von dramatischen Ritten, von Bären und Hirschen, die zum Gegenangriff übergehen. Von Trophäen, die über Wochen hinweg gejagt werden. Er hat ihre Listen gesehen, über hundert Stück Wild, die an einem einzigen Tag erlegt wurden. Ihre Berichte, wie lange die einzelnen Tiere verfolgt worden waren.

Der Sohn des Zaren versucht, den Anblick vom Blut der Ricke zu vergessen. Im Traum war auch der Geruch da, schwer und süßlich. Er hat es niemandem gesagt, aber wenn er eines Tages Zar wird, will er den Wald befrieden und die Felder ringsherum brach liegen lassen, damit sich die Bäume noch weiter ausbreiten können.

Die Vögel werden die ersten Samen zu den Feldern fliegen und mit ihren Klecksen auf den Boden fallen lassen. Auch andere Samen werden herbeitransportiert werden, im Fell der Säugetiere verhakt.

Ebereschen und Birken, die Pionierbäume, sind die Vorhut, die ein Gestrüpp bilden. Darunter wachsen kleine Eichen heran. Sie sind geduldig, sie warten, saugen im Dunkeln verborgene Nährstoffe auf. Dreihundert Jahre später, wenn die Birken und Ebereschen von Tieren bewohnt werden und sie ausgehöhlt sind und die Pilze wie Geschwüre auf ihrer Rinde wachsen, wenn der Specht seinen Meißelschnabel bis in den Kern hämmert und die alten Bäume kaum noch Kraft haben, um Blätter auszubilden, dann, in den Winterstürmen, fallen die Pionierbäume, und Lichtungen entstehen.

Diejenigen, die wie Krüppel aussahen, die Eichenkinder, beginnen nun zu wachsen, und werden schnell größer als ein Zarenkind. In den nächsten hundert Jahren entwickeln sie sich zu Riesen, beschützt von ihrer giftigen Rinde. Sie werfen Eicheln ab, die von Eichhörnchen und Maus weggetragen und in Speisekammern versteckt werden, die so geheim sind, dass die Nager sie selbst nicht wiederfinden.

Man könnte meinen, die Eichenmütter würden sich nicht um ihre Kinder kümmern, doch als geheimen Liebesbeweis schicken sie durch die Wurzeln unterirdische Nahrung zu den Kleinen. Sie beschatten den Waldboden und zwingen ihre Kinder zu einem gesunden, langsamen Wachstum, sodass diese eine dicke Rinde bilden, ehe sie sich in die Länge strecken.

Doch eines Tages, vielleicht vierhundert Jahre später, bohren sich die ersten Larven in die Schwachstellen der Eiche. Vielleicht dort, wo nach einem Blitzeinschlag ein Ast abgebrochen ist. Auf die Larven folgt eine Reihe von Aasfressern: Asseln, Ohrenkneifer und Pilze.

Die Baumriesen fallen in sich zusammen. Zerfressene, feuchte, rotbraune Materie wallt daraus hervor wie Erbrochenes. Jetzt sind sie ausgehöhlt, und die Eichen sterben und stürzen auf die Überreste anderer Bäume. In den neuen Lichtungen wird es wieder hell, und es entsteht Platz für Birke und Eberesche: die Ururenkel der Pionierbäume, die einst dort standen. Jahrhundertelang herrschen die Pioniere erneut über diesen Flecken Land und nehmen einer neuen Generation von Eichen das Licht. Dann zerfallen Birke und Eberesche, die Eichenkinder steigen auf. Schließlich sind tausend Jahre vergangen, und die Nachfahren des Zarensohns im 38. Glied sind an die Macht gekommen.

Jetzt kann man das neue Waldstück endlich als Urwald bezeichnen. In den Tausenden von Jahren, die vergangen sind, und bis in alle Ewigkeit, wird es nur der Zarenfamilie und ausgewählten Botanikern gestattet sein, dort hineinzugehen. Kein Baum darf gefällt werden, kein Schuss abgegeben, weil ich es so bestimmt haben werde, denkt der Zarensohn und legt sich schlafen.

Tief im Wald steht ein altes Jagdschloss. Sein Vater, der Zar, hat gesagt, er könne sich vage erinnern, als Kind dort gewesen zu sein. Das Dach sei aus Kupfer, in den Schlafzimmern würden chinesische Seidentapeten mit Jagdmotiven hängen. Es gebe Möbel aus seltenen Hölzern, ausgestopfte Trophäen im Esszimmer, einen Saal mit Bernsteinmosaiken an Decke und Wänden, angeblich auch Geheimtüren, die zu verborgenen Gängen und Kammern führen, und ein naturgeschichtliches Kuriositätenkabinett.

Er muss sich bald darum kümmern, Leute auszusenden, um alles vorzubereiten. Vielleicht kann er die Jäger dazu bewegen, einen Großteil der Jagd allein zu übernehmen? Vielleicht kann er dann anschließend in den Wald gehen, ganz allein, und sich in einen Baum setzen? Das Moos polstert ihn weich, und der Wald starrt ihn nicht an, obwohl er ein Zarensohn ist. Der Waldmeister duftet nach Heu, ein gelbes Geißblatt rankt einen Stamm hinauf. Er möchte so lange dort sitzen und es betrachten, bis sich die Blüte einmal geöffnet und geschlossen hat, möchte etwas verfolgen, wozu kein menschliches Auge sonst Gelegenheit hat. Der Gärtner des Zarensohns hat gesagt, ein

Mensch müsse die eigene Geschwindigkeit um ein Tausendfaches verlangsamen, ehe er die Bewegungen einer Pflanze sehen könne. Aber er wird dort sitzen; tausendmal so lang wie andere Menschen.

Ansonsten registriert man Veränderungen nur, wenn sie Einfluss auf einen selbst haben. Erst als das kleine Kind im Bauch seiner Frau zum ersten Mal gegen seine Handfläche trat, verstand der Zarensohn wirklich, was gerade passierte.

Die Zeit ist etwas Seltsames. Ein Mensch ist glücklich, wenn er achtzig Jahre alt wird. Ein Stein kann achtzig Jahre lang herumliegen. Betrachtet man ihn jedoch über einen Zeitraum von mehreren Millionen Jahren, wird deutlich, dass auch der Stein verwittert.

An den Tagen, an denen er nicht im Baum sitzt und den Wald betrachtet, möchte er eine Pflanze von jeder dort wachsenden Art pflücken. Er möchte sie pressen und ein Herbarium anlegen, das größer ist als alle bisherigen.

Ja, er muss sich glücklich schätzen, diesen Wald zu besitzen. Das hat auch der Gärtner immer wieder gesagt. Wenn man den Wald von einem Ballon aus betrachten könnte, würde er einem Gehirn gleichen, sagt der Gärtner, und seiner Meinung nach *ist* der Wald sogar ein Gehirn.

Der Mensch ist das Geschöpf auf der Welt, das zuletzt hinzukam, so steht es sogar in der Bibel. Die Pflanzen sind schon so viel länger hier, weshalb es falsch wäre, sie als dumm zu bezeichnen. Tiere und Menschen können nur überleben, wenn sie etwas anderes essen, das gelebt hat. Bei den Pflanzen ist es anders. Auf magische Weise überdauern sie mit Kohlendioxid, Sonnenlicht, Wasser und einigen Mineralien aus dem Boden. Davon abgesehen atmen sie Tag und Nacht, fast wie der Mensch. Sie nehmen Kohlendioxid über ihre Spaltöffnungen auf, die auch der Fotosynthese dienen. Das Kohlendioxid setzt

Energie für die Pflanzen in Form von Zucker frei, den die Fotosynthese bildet. Nachts werden die Spaltöffnungen fast vollständig geschlossen, um den Verlust von Wasser zu vermeiden. Glücklicherweise können aber auch die Wurzeln atmen, sie atmen sogar am meisten.

Man könnte Pflanzen als geistige, intelligente, ja sogar strategische und vorausschauende Wesen bezeichnen, aber davon hält der Gärtner nicht viel. Die Pflanzen würden in ihrer eigenen Welt leben, und wir könnten nicht mit ihnen kommunizieren, geschweige denn sie verstehen.

Der Zarensohn wurde wütend. Wie heuchlerisch vom Gärtner, der doch selbst erzählt hatte, dass er lieber Beete jätete als sonntags in die Kirche zu gehen. Der Zarensohn spazierte in den Park und setzte sich ins innerste Dunkel des Buchsbaumlabyrinths. War es so unmöglich, der Natur nahezukommen? War es unmöglich, ein Teil von ihr zu werden? Er schnaubte verächtlich zwischen den bitter duftenden, kleinen dicken Blättern.

Langsam zieht der Zarensohn die Bettdecke seiner Frau beiseite, und seine Hand nähert sich dem Bauch. Das Nachthemd ist dünn, die Bauchdecke fester, als er es in Erinnerung hat.

Im Winter wird er Vater werden, sagt der Arzt.

Vorsichtig legt er einen Daumen auf ihren Nabel. Mit der anderen Hand misst er oben am Hals seine eigenen Herzschläge. Dann gleitet etwas unter der Bauchdecke vorbei. Eine Hand, ein Fuß, ein Kopf?

Er zieht den Arm zurück, sitzt lange da, beugt und streckt seine kühlen Finger. Dann nähert er sich erneut dem Bauch, aber diesmal spürt er nichts.

»Komm«, flüstert er sanft.

Nichts.

Neben dem Kind befindet sich der Mutterkuchen, dieser kleine, blattförmige Baum mit Adern, den er in den medizinischen Lehrbüchern gesehen hat. Wann erlangt das Kind ein Bewusstsein? Wann hatte der Mensch ein Bewusstsein erlangt, das ihn von allen anderen Wesen auf der Welt trennte?

Der Zarensohn schreckt erneut zusammen: der Schuss, der Wald und die Ricke, die dort liegt.

Seine Frau öffnet die Augen. Ihre Stimme ist klar: »Was machst du da?«

Er richtet sich auf wie ein Schlafwandler, legt sich auf den Rücken, faltet die Hände auf der Brust. Sie schaudert, zieht sich die Decke wieder über und dreht sich auf die Seite.

»Der Botaniker Friedrich Siegmund Voigt sagt, Pflanzen bilden sich im Licht, Tiere in der Dunkelheit.«

Er riecht das Blut der Ricke, als es in die Erde sickert und sich mit dem Duft der trockenen Blätter vermischt.

»Der Baum ist die Vervollkommnung der Pflanze, der Mensch die Vervollkommnung des Tieres.«

Sie antwortet nicht, seufzt nur.

»Ich liebe dich«, flüstert er beiden zu, obwohl er sich nicht ganz sicher ist.

Sie grunzt und verschränkt ihre Glieder um das Kind.

Immerhin ist sie wieder da, denkt er, denn in der Zeit, als die Rose blühte und ihren süßen, würzigen Duft im Schlafzimmer verbreitete, erwachte sie immer wieder und konnte nicht richtig atmen. Es sei ein Gefühl, als sitze jemand auf ihr, sagte sie.

Sie legte sich in ihr eigenes Schlafzimmer. Der Arzt erklärte, Schwangere, die auf dem Rücken schliefen, könnten unter Atemproblemen leiden. Die Gebärmutter drücke auf die große Vene, die zwischen dem Unterleib und dem Herzen verlaufe.

Doch seine Frau gab der Pflanze die Schuld. Und ihm.

Vielleicht war sie genauso empfindsam wie die Damen in

früheren Zeiten? Seine Großmutter mütterlicherseits hatte erzählt, in ihrer Kindheit sei es unter den vornehmen Damen in Mode gewesen, vor Verzückung ohnmächtig zu werden, wenn sie an einer Rose rochen.

Der Zarensohn schlief mit offenem Fenster, um atmen zu können, während der Kachelofen rotglühend brannte und ihn warm hielt. Aber er rang immer noch nach Luft und entglitt in Träume von Stängeln, die sich umeinanderwanden. Auch eine hohle Eiche, die sich schloss, kam darin vor, und Wurzeln, die Steine zermalmten. Wieder und wieder schlug er seine brennenden Augen auf und starrte die Rosenblüte an, um zu sehen, ob sie sich bewegte. Doch ihre kleinen Bewegungen machte sie immer dann, wenn er die Augen schloss.

9

Morgens flammt der Wald gallengelb auf.

Die Birke und die Traubenkirsche sind aufgewacht und duften nach Regen. Oben in der Ulme, in der die Hirschkuh hängt, umkreist eine summende Fliegenwolke das Fleisch. Am Boden haben sich die Buschwindröschen geöffnet. Das Atmen fällt so leicht. Der Himmel auf Erden – überall weiße Sonnenflecken!

»Frühling, Frühling, Frühling«, sagt Schwester und hüpft zu Bruder hinaus, der mit seinem rußigen Gesicht vom Feuer aufsieht. Er hebt Schwester hoch und wirbelt sie herum, bis die ganze Luft, die sie beim Lachen eingeatmet hat, wieder aus ihr hinausgeschleudert worden ist.

Sie lehnt die Rippchen ab, die über dem Feuer schmoren. Pflückt stattdessen Grünzeug und versucht, auch ein paar Pflanzen in ihn hineinzubekommen.

Gemeinsam klettern sie auf Bäume und essen süße, pastellfarbene Eier. Die Sonnenstrahlen straffen ihre Haut, Sommersprossen entstehen. Bruder hat Muskeln entwickelt, Schwester einige Rundungen. An geheimen Orten sprießen Haare und Locken.

Gegen Abend wird der Gesang der Amsel melodischer. Im Winter hatte sie nur lange, missmutige Pfiffe ausgestoßen. Nach der Flucht hatte die Mutter gesungen und der Vater geflüstert, wenn Schlafenszeit war. Doch sie hörten damit auf, denn der Menschengesang klang so seltsam im Wald.

Bruder wendet ein Steak, Schwester sagt, sie sei satt. »Wer am meisten hungert, spürt den Hunger am wenigsten«, faucht er.

Dann ertönt in weiter Ferne ein tiefes *Huh*. Wenn der Wind genau aus Südost kommt, von der Sommerseite der Erde herbeiströmend, pfeift er durch eine andere alte Eiche. Sie steht am Fluss und ist vollkommen ausgehöhlt; das hat Vater ihnen erzählt.

Bäume können Musik machen. Die Äste und Zweige sind die Stimmlippen, der Wind ist der Atem, der die Blätter erklingen lässt. Die Pappel raschelt, der Ahorn flappt, die Ulme vibriert. Die Geräusche werden vom Skelett der Bäume und von der Form ihrer Blätter bestimmt. Die Winterlaute sind anders als die Sommerlaute – ist der Baum nackt oder angezogen? Die Früchte und Blüten, mit denen er lockt, entscheiden darüber, welche Vogelarten sich hineinsetzen und singen. Der Wald ist ein Chor.

»Pssst.«

Etwas schleicht über den Waldboden. Bruder erstickt das Feuer, hastig verstecken sie sich im Eichenloch.

Ist es der blauäugige Jäger aus dem Dorf? Sitzt er hinter einem Baum und zielt auf Bruder und Schwester, die Flüchtigen, die Wilderer? Könnte es ein Wolf sein, der ihr Fleisch erschnuppert hat? Oder sind es Mutter und Vater, die sich einfach nur im Wald verlaufen haben? Vielleicht waren sie irgendwo im Winterlager und trotten nun zurück, wie große kuschelige Bären, nachdem sie die Fährte ihrer Kinder aufgenommen haben.

Doch dann wird es wieder still. Bruder krabbelt hinaus und bläst in die Glut.

Am frühen Morgen schlägt die Eiche aus, als letzter Baum im Wald und vielleicht auch zum letzten Mal. Bruder umarmt

Schwester überschwänglich, streichelt und küsst sie. Und Schwester liebkost all das Neue an Bruders Körper, sie lächelt und flüstert *mehr,* denn Bruders Lippen und Hände sind noch zart.

Die Bäume können das nicht. Auch das Wasser und das Gras nicht, selbst wenn es sommerwarm ist. Nichts kann so zu Schwesters Körper sein wie Bruder. Er berührt ihre kleinen hellrosa Brüste und die Hüften. Sie muss lachen, und ihre Augen werden groß und offen. Als er ihre Beine auseinanderschiebt und sie ihr Becken nach oben stemmt, tun sie das, was alle anderen auch tun, wenn es Zeit wird; die Hirsche und Wölfe, die Insekten im dunklen Gestrüpp. Die Fische hinter den Steinen, die Nachtviole, die sich für den Nachtfalter öffnet. Die Pappel, die ihre in weißen Flaum gehüllten Kinder durch die Luft davonschickt, die Linde, die mit ihrem Honigduft die Bienen lockt. Die Linde, deren Alter niemand kennt, weil sie immer neue Wurzelschösslinge bildet, aus denen neue Zweige wachsen, neue Kinder, weshalb sie unendlich alt werden kann.

Würden die Menschen und Tiere es nicht tun, gäbe es diesen Wald gar nicht.

Es fühlt sich nicht ungewöhnlich an. Sie sind nur ein bisschen spät dran, weil die meisten Säugetiere es im Spätherbst oder im frühen Winter tun. Die Jungen sollen ja im Frühjahr und Sommer wachsen und groß und stark werden.

Trotzdem schreckt Schwester zusammen und stößt einen Schrei aus. Bruder zieht sich aus ihr heraus. Sie schließen die Augen und kriechen voneinander weg, so weit sie können. Sie werden rot und krümmen sich zusammen.

»Psssst«, sagt Schwester noch einmal.

Bruder richtet sich ein wenig auf, späht hinaus, doch da ist nichts. Er nimmt einen Stein von dem kleinen Haufen, den sie zur Selbstverteidigung zusammengetragen haben, und wirft ihn in die Dunkelheit. Ein kleines Zucken, etwas macht sich davon. Bruder sinkt auf die Seite.

Die Blätter des Baums werden dicker, die Sonne erreicht kaum den Boden. Die Buschwindröschen welken, schmelzen wie Schnee, und der Waldmeister, der nicht annähernd so viel Licht braucht, öffnet seine weißen Sterne.

Eines Tages entdeckt Schwester beim Pinkeln einen Blutstreifen, der an ihrem Bein herabrinnt. An der Fessel versiegt er und gerinnt. Kommt das Blut oben aus der Narbe? Sie zieht das Oberteil an der Schulter herab. Nein, heute ist der Wundschorf fest. Könnten es im Schlaf aufgekratzte Mückenstiche sein?

Sie wischt sich mit einem Blatt ab. Eine große Wunde? Dort oben?

Blut kann Raubtiere anlocken. Schwester geht zur Quelle und wäscht sich mit dem bitterkalten Eiswasser.

»Es *ist* ein Mückenstich«, sagt sie zu Bruder, der am Feuer sitzt und an einem Knochen nagt.

Aber sie hat ihre Unterhose mit Moos ausgestopft.

Das Sommerlicht macht sie seltsam müde, trotzdem liegen sie nachts während der kurzen Dunkelheit wach. Im Blitz eines Spätsommergewitters wird die Eiche für einen Moment flach, es regnet.

Bruder und Schwester tun es wieder. Einmal und noch einmal. Schwester denkt, dass sie nie wieder damit aufhören können, selbst wenn sie es wollten.

»Vielleicht haben wir uns geirrt«, sagt Bruder. »Vielleicht haben wir im Winter gar nicht gehungert? Vielleicht haben wir es uns nur eingebildet?«

Schwester nickt und trommelt ein wenig aufs Holz der Eiche.

Die Mückenwolken verdichten sich, als wären sie der Geist des Waldes, der Bruder und Schwester und alle Tiere verjagen will, damit niemand das ganze Grün verschlingt. Immerhin wetzt man seine Nägel, wenn man sich Tag und Nacht kratzt.

Im Schatten unter den Bäumen und nahe der Sumpfgebiete sind die Mücken besonders gierig, auf den Lichtungen dagegen erträglicher, aber nur an der Quelle, wenn man unter Wasser taucht, hat man voll und ganz seine Ruhe.

Wenn Schwester anschließend wieder auftaucht, ist da immer dieses Rascheln im Gebüsch.

Hastig zieht sie sich wieder an. Allmählich werden ihr die Sachen zu eng.

»Glaubst du, Mutter und Vater würden uns wiedererkennen?«

Bruder fährt sich mit der Zunge über die Lippen und legt die Arme um Schwester. Sie schiebt ihn weg, zur Wand der Eiche, und erinnert sich an den Blick, den Vater ihnen zuwarf, ehe er und Mutter aufbrachen.

Schwester knibbelt an der Schulterwunde, die immer noch nicht verheilt ist.

Lautlos geht Bruder auf die Jagd. Mit sicherer Hand fängt er Nager, Fische und Vögel und isst sich satt. Der Schuss, die Hirschkuh, haben alles verändert.

»Du musst gemästet werden!«, sagt er und brät die Herzen für Schwester. Doch sie möchte sie nie haben, und manchmal muss sie sich sogar übergeben, wenn er dort sitzt und kaut. Bruders Fußlumpen, der Ersatz für die Stiefel, in die er inzwischen nicht mehr hineinpasst, stinken nach Erbrochenem.

»Deine Haut wird grün. Guck mal, ich bin braun geworden«, sagt er. »Aber du hast immer noch einen Hungerbauch.«

Als sie sich unter einen Busch hockt, ist das Braune, das sie herauspresst, voller Samen. Später kehrt sie an dieselbe Stelle zurück, um ihr Geschäft zu verrichten. Ein blassgrüner Keim steckt seinen zweiblättrigen Kopf aus dem Boden hervor.

Doch obwohl er seinen Abfall loswird, schrumpft ihr Bauch nicht. Dort drinnen herrscht ein Aufruhr, als hätte sie etwas nicht vertragen, es fühlt sich an, als würde eine Blindschleiche über den Weg gleiten, eine Eidechse unter ein Blatt huschen, ein Regenwurm in der Sonne zappeln.

Bruders Glied krümmt sich, jetzt, da sie angefangen hat, ihn wegzuschieben. Sein Gesicht ist wütend und zugleich besorgt. Sein Mund wiederholt ein ums andere Mal, dass Mutter und Vater niemals zurückkehren werden. Dass sie beide, Bruder und Schwester, die einzigen Menschen auf der Welt sind.

Sie sind einsam, wenn sie sich schließlich voneinander abwenden und sich auf ihrer jeweiligen Seite der Eiche zusammenrollen.

Wieder sind am schlammigen Ufer der Quelle kleine Hufabdrücke zu sehen. Sie spürt, wie ein Blick auf ihr ruht.

Es raschelt, dann reckt sich etwas. Ein brauner Kopf ragt aus dem Gebüsch, ein Hirschkalb trippelt heraus. Es ist schrecklich dürr, mit gewölbten Rippen, hat weiße Ränder unter den Augen und kahle, rosa leuchtende Stellen im Fell.

Schwester geht in die Hocke, streckt die Hand aus und hätte das Kalb fast mit ihrer Menschenstimme angesprochen. Seine Ohren zucken. Trotz seiner verlockenden Zartheit ist es bisher von den Raubtieren verschont worden. Sein Herz pocht wild an der Kehle, die Schnauze ist trüffelschwarz.

Sie hat keine Milch, auf die das Kalb vielleicht gehofft hat.

Zitternd und schäumend fällt es ins Gras. Für einen Moment starrt Schwester das Kalb nur an und hofft, dass es schnell stirbt, doch die Krämpfe dauern an. Es stößt kleine Schreie aus, seine Augen sind larvenweiß.

»Stopp«, sagt sie.

Es wird nur noch schlimmer.

Da richtet sie das kleine Kalb auf und drückt es an sich. Sie nimmt wahr, dass es nach nichts riecht. Das Kalb beruhigt sich, doch jetzt ist es geschehen: Sein Geruch ist menschlich geworden, und es kann niemals zurückkehren, falls die Mutter doch noch irgendwo dort draußen sein sollte.

Das kleine Herz an ihrem Herzen. Im Doppeltakt.

Die langen steifen Beine ragen unter ihrem Oberteil hervor, es hat die Schnauze in ihre Achselhöhle geschoben.

Je schneller ein Herz schlägt, desto schneller stirbt man. Jedem Wesen stehen eine bestimmte Anzahl von Schlägen zu, sagte Vater. Verlängert sie das Leben des Kalbes? Verkürzt sie es?

Schwester steht vor der Eichenöffnung und fährt sich mit dem Handrücken über die Augen. Es ist eine dumme Idee, und zu mühsam, aber dem Kalb wird die Dunkelheit bestimmt gefallen.

Ja, ja. Schwester bugsiert das Tier hinein. Sie kaut Gras und spuckt es neben sein Maul. Sie gießt ein wenig Wasser in eine Mulde im Baum. Schwester lässt das Kalb ein wenig allein, späht vom Feuer aus zum Eingangsloch des Baums. Sie kann seinen Kopf sehen. Es frisst. Schwester kaut mehr Gras vor. Es frisst und trinkt mehr.

Die Eule ruft. Sie antwortet mit einem Krähenlaut. Als Bruder im Mondschein vor ihr steht, legt sie einen Finger auf die Lippen, zeigt auf das Schlafloch und zwinkert mit beiden

Augen. Das Kalb steckt den Kopf heraus und wackelt mit den Ohren.

»Hast du uns einen Nahrungsvorrat für den Winter besorgt?«

Lächelnd nähert er sich dem Tier. Schwester schüttelt den Kopf. Das Kalb springt hinaus und in den dunklen Wald.

Es kommt zurück, als Bruder gerade Schwesters Lenden küsst und mit der einen Hand liebkost. Mit der anderen zieht er seine Hose herunter. Versehentlich bekommt er den Kalbskopf zu fassen, und als er die noppige Schnauze küsst, öffnet er erschrocken die Augen und zappelt, dass die Holzspäne nur so von Wänden und Decke rieseln.

»Sorg dafür, dass es verschwindet!«

Es regnet Steine, als das Kalb lärmend in den Wald hinausgaloppiert.

Schwester sucht Tag und Nacht nach ihm. Hat es einen Ort gefunden, wo schon Bucheckern und Eicheln heruntergefallen sind? Oder eine Herde, die es aufnimmt?

»Hör auf! Es ist unnatürlich, mit einem Kalb zusammen zu schlafen. Ich fresse es, wenn es zurückkommt.«

Bruder sagt, irgendetwas stimme wohl nicht mit dem Tier, so wie es sich aufführe. Vielleicht sei es eine Folge von Inzucht, vielleicht habe seine Mutter irgendetwas Giftiges gefressen, als sie trächtig war. Es sei nicht Schwesters Kalb, sondern gehöre dem Herrscher.

Das Wetter wird grau. Einzelne Bäume färben sich oben schon gelb. Eines Nachts kommt der Frost. Einige der grünen Gewächse, die Schwester sonst immer isst, haben sich zu etwas Schwarzbraunem zusammengekräuselt.

Bruder kommt mit seiner Nahrung gut durch den Winter. Aber was ist mit ihr?

Sie sammelt am Wasserlauf Schilf und flicht daraus ein Band. Stark ist es, kreuz und quer gewebt. Sie wickelt es sich ums Handgelenk und ist bereit. Versucht sich aufrecht zu halten, doch der Bauch zieht sie nach vorn.

Eines Abends kehrt das Kalb zurück, pünktlich zum Sonnenuntergang. Als es sich ans Bettende schmiegt, legt sie ihm das Halsband um. Sie hat Vaters Ring daran befestigt. Nicht einmal die Sonne kann so kräftig strahlen wie dieses Gold. Man sieht es schon aus weiter Entfernung.

»So«, sagt Schwester zu Bruder, der sich vor Zorn windet, »das Kalb streift umher, aber es kommt ja zu uns zurück. Wenn Mutter und Vater an irgendeinem Ort sind, weit weg, und sich verlaufen haben … Wenn sie es dann sehen, wenn sie den Ring sehen, werden sie dem Kalb folgen, und dann …«

Er nickt mit offenem Mund und wünscht ihr eine gute Nacht. Er küsst sie lange und innig auf den Mund, berührt ihre Brüste, die genau in seine Hände passen, und fährt mit den Fingern ihre Oberschenkel hinauf. Das Kalb schnuppert an Schwesters Füßen, Bruder tritt nach ihm. Irgendwann schnappt sich Bruder eine Decke und ein Fell und legt sich draußen ans Feuer. Die Glut entflammt wieder, er liegt da und blickt mit brennenden Augen zu Schwester und dem Kalb.

Schwester liebkost das Fell. Es lebt, es ist warm und fühlt sich nicht so an wie die starren Borsten der toten Tiere, auf denen sie liegt und mit denen sie sich zudeckt. Solange das Kalb hier ist, haben sie ein zusätzliches Augen- und Ohrenpaar. Wenn es sein muss, kann sie auch ohne Bruder schlafen.

Kälber gehen einander verloren. Brüder und Schwestern zerstreuen sich üblicherweise und finden ihre eigenen Herden und Reviere. Hirschkühe halten sich an andere Hirschkühe,

Hirschböcke ziehen allein umher. Erkennen sich die Geschwister, wenn sich ihre Wege kreuzen? Irgendwo an der Grenze zwischen zwei Revieren? Erkennen sie zur Paarungszeit ihre Stimmen?

Das Halsband sitzt etwas zu stramm, es hat sich schon mit dem Fell verfilzt. Aber der Ring leuchtet klar. Das Kalb leckt Schwesters Wange mit seiner rauen und welligen Zunge. Es weiß, wo man etwas Grünes findet, selbst unter dem Schnee. Lange, einsame und angsterfüllte Abende am Lagerfeuer wird sie in seiner Gesellschaft durchstehen. Und dennoch. Selbst als das Lagerfeuer allmählich erlischt, kann sie Bruders starken Körper dort draußen erkennen. Er kann alles, wagt alles.

In der nahenden Dunkelheit halten alle Insekten für einen Moment auf ihren nächtlichen Routen inne. In Schwesters Innerem tut es einen Schlag, als sich etwas umdreht, und eine Luftblase als Rülpser aus ihrem Hals springt.

Was Vater und Mutter wohl von ihren Kindern denken werden, wenn sie zur Eiche zurückfinden sollten?

Morgens sammelt sie alle Hinterlassenschaften des Kalbes ein, die auf den Decken und Fellen herumkullern, und wirft sie ins Gebüsch.

Bruder kehrt von der Jagd zurück und erzählt, an den Wildwechseln seien überkreuzte Zweige ausgelegt. Es gebe Menschenspuren, und in den frühen Morgenstunden habe eine Gruppe grün gekleideter Jäger hoch oben in einem Baum gesessen und den Wald nach Tieren ausgespäht.

Schwester schaudert, aber Bruder sagt, er habe sich rechtzeitig zurückgezogen. Außerdem sei er in seinen zerlumpten Sachen ja gut getarnt. Er hätte sich auch auf dem Waldboden gewälzt, damit die Hunde seine Fährte nicht aufnehmen könnten. Er habe mehrere Wasserläufe überquert und sei durch das

Moor gekommen, als er sich zurückgeschlichen habe. Bruder erinnert Schwester daran, was Vater gesagt hat. Wenn man von Hunden verfolgt werde, solle man seine Kleidung ausziehen und sie über einen kleinen Baum werfen, dann würde nur die Kleidung zerfetzt.

Er lacht über die Jäger, die denken, sie wären unsichtbar, nur weil sie grüne Sachen tragen!

Die Tiere aber wüssten genau, dass sie da sind, weil sie so sehr nach Stadt stinken.

»Schwester«, sagt er, »diese Leute müssen jeden Tag von vorn anfangen, um das Wild zu finden. Wenn sie morgens aus ihren warmen Häusern kommen, haben sie die Fährte vom Vortag verloren. Sie sind seelenblind geworden, sie können nicht mehr erkennen, was um sie herum existiert.«

Aber Bruder macht kein Feuer. Er mümmelt getrocknetes Fleisch und redet davon, durch die Gegend zu ziehen. Vielleicht sollten sie jeden Tag an einem anderen Ort übernachten? Vielleicht sollten sie in den Baumkronen schlafen, bis die Jagd zu Ende ist?

Am nächsten Tag war Bruder auf einem der sternförmig angelegten Wege gewesen, die zum Jagdschloss führen. Er lag auf der Lauer und sah Pferde mit schlanken, gebeugten Reitern vorbeifegen. »Wenn man es nicht besser wüsste, hätte man meinen können, die Wölfe wären hinter ihnen her«, sagt er. »Aber das waren die Jäger, die ihren Pferden die Sporen gaben.«

Neben den Pferden liefen Hunde mit blitzenden Stachelhalsbändern. Sie bellten kurz zum Gebüsch hinüber, in dem er versteckt lag.

Dann kamen weitere Menschen, einige in Kutschen, andere zu Fuß. Das war wohl die Dienerschaft, die das Schloss auf

Vordermann bringen sollte: Böden schrubben, Scheiben putzen und Spinnweben entfernen. Und vielleicht auch Küchenpersonal, das kochen sollte.

Eines Morgens beginnt die Treibjagd. Das Wild wird von der Westseite zur Ostseite des Waldes gehetzt. Die Gebiete sind mit großen Stoffbahnen begrenzt worden, die Gänge und Tunnel bilden.

Bruder, Schwester und Kalb sitzen steif in der Eiche und halten sich die Ohren und Münder zu. Die Jäger wollen das größte Wildschwein erlegen, den größten Wolf, den Riesenbären, den Elchbullen und den Hirschbock mit dem stolzesten Geweih. Vielleicht hoffen sie auch darauf, eines der seltenen Bisons zu erlegen? Sie jagen all die großen Männchen, die Weibchen und Jungtiere lassen sie am Leben.

Die Treiber schlagen Holzstücke aneinander, sie hämmern gegen Baumstämme, bis die Erde bebt. Sie rufen *Ha-la-li.* Jungen in identischen lila Anzügen begleiten sie. Noch sind sie keine Jäger, werden aber sicherlich eines Tages zu welchen werden.

Das Wild huscht über die Wege. Die Hunde bellen, werden freigelassen, fliegen mit wehendem Fell davon wie Pfeile. Sie wissen genau, dass die Geweihe und Zähne spitz sein können, doch in der ganzen Erregung verschwindet ihre Angst. Die Hunde schnappen nach den Beinen der Beute. Einige werden getreten, wirbeln durch die Luft und schlagen jaulend wieder auf. Doch die meisten berappeln sich und hetzen weiter.

Bruder legt den Arm um Schwester. Sie hält das Hirschkalb am Halsband. Es rollt die Augen und tritt ihnen blaue Flecken auf Arme und Beine.

Dann ertönen Schüsse und gedämpftes Gebrüll. Jetzt haben sie ihre Trophäen wohl gefangen, in Kisten und Umzäunungen. Die Tiere reißen an den Brettern, stampfen und schnappen. Wenn der Herrscher kommt und zur Jagd bereit ist, werden sie in der Nähe des Sterns herausgelassen, wo sich alle Jagdwege treffen. Hier wird er mit seinem Jagddolch bereitstehen, dem Hirschfänger. Die Tiere werden merken, wer ihr Herrscher ist.

Schwester atmet tief ein. In dem Moment, als sie mit Luft gefüllt ist, lässt sie versehentlich los, und das Kalb flitzt in den Wald.

10

Der Zarensohn erwacht noch vor Anbruch der Morgendämmerung.

Sie sind im Jagdschloss einquartiert, hier riecht es in allen Ecken muffig. Ihm geht es immer noch schlecht, obwohl er geschlafen hat, in diesem Bett, das vollkommen stillsteht.

Er hat viele Reisetage in der Kutsche hinter sich, musste sich durch das Toilettenloch erbrechen, hatte mit Magenschmerzen und Schwindel zu kämpfen und mit den immerzu auf ihm lastenden Augen der Ehefrau.

Letzte Nacht war er allein, sie wollte in ihrem eigenen Zimmer schlafen.

Die Rose holperte auf dem Sitz hin und her, ein Teil der Erde fiel auf den Kutschenboden. Er fegte sie mit den Händen zusammen, bedeckte die Wurzeln erneut und goss die Pflanze aus einer Flasche, die er in seiner Innentasche bereithielt, falls sie Wasser brauchte. Mit der einen Hand hielt er den Blumentopf fest, mit der anderen den Bücherstapel. Seine Frau drückte sich gegen die Lehne der Bank und öffnete das Fenster. Sie berührte ihn nicht. Fürchtete sie, er könnte sich angesteckt haben, oder war sie ihn nur leid? Sie murmelte, Denker seien Menschen, die nur an dem Gefallen finden würden, das schon im Welken begriffen sei. »Lass sie doch liegen. Alles, was man ins Licht hält, gehört der Vergangenheit an. Mag sein, dass es strahlt, aber es wird trotzdem bald sterben.«

Der Zarensohn musste sich erneut übergeben, und diesmal kommandierte der Arzt sie in einen Gasthof. Er wurde in ein Zimmer verfrachtet, sie in ein anderes, das so weit wie möglich entfernt war.

Als er sich zwischen die weißen Laken und die Decke legte, verging seine Übelkeit fast völlig. Ausgeglichenheit, Klarheit und Ruhe erfüllten ihn.

Der Arzt streifte Handschuhe über und untersuchte den Sohn des Zaren. Sein Hals war nicht gerötet, die Lymphdrüsen an Leiste und Hals waren nicht geschwollen, und er hatte kein Fieber. Er hörte sein Herz ab, erinnerte sich an seine besondere Position.

»Reisekrankheit«, stellte der Arzt fest. »Sie sollten während der Fahrt aus dem Fenster sehen.«

Also wieder hinaus und in die Kutsche.

Die Grippe war von einer Waschfrau eingeschleppt worden und hatte nach und nach den Palast erobert. Noch ehe er und seine Frau aufbrachen, waren mehrere Bedienstete krank geworden.

Die Jäger ritten auf schnellen Pferden voraus, um den Wald nach Wild abzusuchen. Jener Teil der Dienerschaft, der keine Symptome zeigte, reiste ebenfalls im Vorfeld an, um das Jagdschloss vorzubereiten. Der große Zarensohn sollte auf die Jagd gehen, eine Jagd, von der weit über die Landesgrenzen hinaus gesprochen werden würde.

Allen Widrigkeiten zum Trotz kam er in der Kutsche zum Lesen. Er begann mit einem Sagenbuch. In seinem Vorwort behauptete der Volkskundler, der die Geschichten gesammelt hatte, dass Menschen ohne Schriftsprache überlieferte Erfahrungen besitzen könnten, die über 700 Jahre alt und mitunter trotzdem sehr präzise weitergegeben worden seien.

Sie blieben einen Moment vor dem großen Holztor stehen. Ganz oben prangte das geflochtene Monogramm seines Vaters und glänzte vergoldet.

In den Wald hinein erstreckte sich der Kiesweg, ein milchiger Streifen im Schwarzgrün, so weit das Auge reichte.

Der Jagdwald war dichter als jeder andere Wald, den sie zuvor durchfahren hatten. Er roch ungewaschen, aber die Lichtungen waren wie goldene Kanäle, in denen man die Feuchtigkeit aus der Erde aufsteigen sah, beinahe wie Rauchsäulen. Die Hufschläge und das Knirschen der Räder wirkten jetzt gedämpft.

Der Sohn des Zaren steckte den Kopf aus dem Fenster. Krumme Stämme lehnten sich an aufrechte, lebendige. Flugeschen und Tüpfelfarne hatten sich auf breiten Eichen niedergelassen. Auf Hirschkopfhöhe waren die Baumkronen abgefressen. An einigen Stellen waren moosverkleidete Mulden im Boden zu sehen, vielleicht Toteiskessel oder Dolinen.

Abgesehen von den sternförmig zulaufenden Wegen gab es nur wenig andere Schneisen. Sie waren klein, beinahe unsichtbar. Sicherlich Wildwechsel.

Hier gab es Leben und Tod. Was war was, und was war man selbst? Mensch, Tier, beides zugleich? Oder auch Pflanze, zu einem gewissen Teil? Als Kind wäre der Zarensohn gern eine Pflanze gewesen. Mitunter kam er auf die Idee, Erde zu essen, er konnte länger stillsitzen als alle anderen und trank Wasser statt Wein. Er liebte das Sonnenlicht, im Winter wurde er blass und fiel in eine Art Starre. Außerdem nahm er keine Stofftiere mit ins Bett, sondern Stöcke, Stecklinge, Blätter oder Blumen.

Alle Stämme im Wald würden mit der Zeit zu Erde zerfallen. Was wollte er eigentlich hier? Hatte seine Frau vielleicht recht? War der Wald nur Todesland?

Plötzlich wurde sein Herz ganz schwarz, die alten Äste dort

draußen verzerrten seine Stimmung. Für einen kurzen Moment hatte er das Gefühl, er würde hier im Wald sterben. Und gleichzeitig war ihm, als würde er hier im Wald erst richtig leben.

Die Mücken schwirrten durch das Kutschenfenster herein, seine Frau strich sich über die Arme. Er konnte nicht aufhören zu lesen, er war gerade bei einer von William von Newburgh niedergeschriebenen Sage über einen Jungen und ein Mädchen, die im Jahr 1150 nahe des Dorfes Woolpit in der englischen Grafschaft East Anglia auftauchten. Erntearbeiter hatten sie in der Nähe eines Lochs im Wald gefunden. Die Haut der Kinder hatte einen grünlichen Schein, ihr Haar war buschig, die Strähnen dick und ebenfalls grünlich. Sie trugen Kleidung in seltsamen Farben, aus unbekannten Materialien, und sprachen eine fremde Sprache. Als man sie ins Dorf gebracht hatte, wollten sie zunächst nur grüne Bohnen essen. Mit der Zeit lernten sie jedoch, Fleisch zu verspeisen. Ihre Haut wurde bräunlich, sie verloren einen Großteil ihres Haars und begannen, Englisch zu sprechen. Der Junge starb, kurz nachdem er getauft worden war. Seine Schwester lebte weiter und heiratete später, obwohl man ihr nachsagte, kein Kind von Traurigkeit zu sein. Sie erzählte, sie seien aus einem Land namens Saint Martin gekommen, wo es immerzu dämmere und wo alle Menschen grünlich seien. Sie wisse nicht, wie ihr Bruder und sie auf unsere Welt gekommen seien.

Es gab verschiedene wissenschaftliche Theorien über die Kinder. Litten sie an einer Hautkrankheit, als Folge von Mangelernährung, oder gab es wirklich ein Volk von grünen Menschen, womöglich auch in anderen Teilen der Welt?

Er klappte das Buch zu und starrte aus dem Fenster.

Noch vor den Wäldern, ehe ihm schlecht geworden war, hatte seine Frau von der Jagd gesprochen und wie schön alles sein würde, als hätte sie vergessen, dass sie eigentlich ans Meer reisen wollte. Sie hatte darüber gesprochen, was er alles erlegen würde, obwohl sie doch ahnen musste, dass er kein großer Jäger war.

Jetzt rollte sie, immer wenn die Kutsche über eine Unebenheit fuhr, mit den Augen. Vielleicht hatte die Schwärze auch sie überkommen? Der Zarensohn lauschte nach Vögeln, hörte jedoch nur vereinzeltes, unmelodisches Piepsen, und natürlich das Hämmern des Spechts.

In den Treibhäusern nahe des heimischen Palasts trällerten die Kanarienvögel zu jeder Jahreszeit. Sonne und Pflanzen waren durch eine gläserne Wand getrennt; hier im Wald herrschte dieselbe stickige Luft. Pilzbefall wurde mit Seife weggewaschen, tote Äste wurden entfernt und Wildtriebe gekappt. Auch im Park sorgte man für Ordnung, so gut es ging. Hier draußen im Wald jedoch herrschte Chaos.

Mittlerweile stand die Rose besser in ihrem Topf. Während der Zarensohn im Gasthof lag und dachte, er würde sterben, konstruierte einer seiner Diener eine Halterung, die er unter dem Kutschenfenster befestigte. Jetzt trug die Rose drei kleine, grüne, herzförmige Hagebutten. Es waren ungewöhnliche Hagebutten, mit kleinen Stacheln, beinahe wie Rosskastanien, und klebrigen Kelchblättern. Die Hagebutten sind jetzt immer noch da, hier in seinem Schlafzimmer, und baumeln unter den Blättern.

Ein Stück weiter im Jagdwald hielt man an, und der hiesige Jäger stieg ein, ein kleiner Mann mit gekräuseltem Schnauzbart und stechenden blauen Augen. Er wohnte in einem Dorf am Waldrand und kannte das Gebiet wie seine eigene Westentasche; er wusste, wo sich die Tiere aufhalten und spürte auch die Wilderer auf.

Der Jäger informierte sie über die Pläne für die Jagd. Die Frau des Zarensohns erkundigte sich nach den Waffen des Jägers, setzte sich aufrecht hin und lächelte.

Der Sohn des Zaren weiß genau, dass alle Trophäen in Kisten und Gehegen im Wald bereitstehen, dass man dafür gesorgt hat, es ihm so leicht wie möglich zu machen. Vielleicht haben sie sogar ein paar Zirkustiere mitgenommen? Jetzt muss er lediglich seinen Hirschfänger in das Herz der Tiere bohren, die man in den Stern hineinjagt. Natürlich könne er sich auch daran beteiligen, einige der Tiere zu treiben, wenn er Lust habe, hatte der Jäger gesagt.

Dieser Blick, mit dem der Jäger ihn bedachte, als er lieber nicht darauf antwortete, ob er sich an der Treibjagd beteiligen wolle. Der Sohn des Zaren windet sich, als er daran zurückdenkt. Der Jäger hatte ihn höhnisch angestarrt, während er seiner Frau zulächelte und ihre Hand küsste.

An seinem kleinen Finger funkelte etwas, ein schmaler Goldring mit einem weißen Stein.

Die Frau des Zarensohns errötete, die Augen des Jägers klebten ihnen im Nacken, als sie weiterfuhren. Er ritt auf einem der weißen Pferde hinter der Kutsche her.

Der Morgen graut, jetzt kann der Zarensohn einen Bettpfosten erkennen, den Tisch, den Stuhl und die Rose am Fenster. Auf den Gängen laufen Menschen hin und her, unten im Hof wiehern die Pferde.

Er ist der jüngste Sohn des Zaren. Keiner hatte damit gerechnet, dass er je irgendeine Aufgabe übernehmen würde. Doch der eine Bruder fiel im Krieg, der andere erlag einer Lebensmittelvergiftung, der dritte fiel unglücklich vom Pferd, der vierte starb an Wundfieber, und so ging es immer weiter.

Dann sollte er heiraten. Es stand von vornherein fest, dass er die Frau bekommen würde, die jetzt im benachbarten Zimmer im Dunkeln liegt und atmet, ohne sich vor alldem zu fürchten, was am heutigen Tage geschehen soll. Die Frau, die sich jetzt um das Kind zusammenrollt, das auch sein Kind ist. Das Kind, das er nicht berühren kann, ohne dass sie aufwacht.

Sie war ebenso schön und klug, wie man es ihm erzählt hatte, und wohlhabend, ihre Mitgift beinhaltete große Ländereien, einzelne davon grenzen sogar an diesen Wald.

Es war eine hastige Verlobung und eine Hochzeit, die sie beide ganz atemlos machte. In der Hochzeitsnacht erschrak sie, als sie das Ohr an seine Brust legte, ohne sein Herz zu hören. Er lenkte ihren Kopf auf die andere Seite des Brustkorbs und erklärte ihr, sein Herz liege rechts, und sie brauche keine Angst zu haben. Einige weitere Organe befänden sich ebenfalls auf der anderen Seite. Er sei von vielen Ärzten untersucht worden, und es sei nichts Gefährliches. Einer hatte sogar gesagt, es könne ihm zum Vorteil gereichen. Sollte er Opfer eines Attentats werden, könnte er seinen Angreifer hinters Licht führen. Ein Messer oder ein Schuss würden ihn an der falschen Stelle treffen.

Skeptisch hörte sie ihm zu, legte ihr Ohr aber seither nie wieder dorthin, sondern immer auf die linke Seite, auch wenn sie leer war.

Wenige Monate nach der Hochzeit erklärte der Arzt, sie sei in anderen Umständen.

Noch kann sein Vater all die Kriege bewältigen, die geführt werden müssen. Kanonen und Gewehrsalven. Kriegsschiffe, die Flüsse entlangsegeln, Kutschen, die über Wege fahren, Heere, die marschieren müssen.

Doch allmählich sollte der Sohn des Zaren auch anfangen, sich für das Regieren zu interessieren. Früher interessierte er sich nur für Botanik und konnte sich damit zufriedengeben, mit dem Gärtner durch die Gewächshäuser und Parks zu spazieren.

Der Zarensohn kennt ihn schon seit seiner Kindheit. Der Gärtner, inzwischen ein älterer Herr, hatte ihn eines Tages im Treibhaus gefunden, wo er sich versteckt hatte, nachdem er mit in der Kapelle gewesen war und dort seine aufgebahrte Großmutter gesehen hatte. Die Bediensteten hatten stundenlang nach dem jüngsten Enkel gesucht. Er hatte einfach nur dort unter dem seltenen Sagopalmfarn gesessen und die Menschen angestarrt, die ihn wie Schatten im Sonnenlicht suchten.

Die Mutter des Zarensohns war bei seiner Geburt gestorben. Aus seinen ersten Lebensjahren war ihm nur seine Großmutter väterlicherseits in Erinnerung geblieben, die ihn manchmal an ihr schwarzes Seidenkleid drückte, wenn er weinte. Mit der Zeit wurde sie halbtaub und halbblind und angeblich auch vergesslich.

Doch ihm erzählte sie von dem Schloss, wo sie als Kind gewohnt hatte. Im Park ihrer Eltern sei sie barfuß umhergegangen und habe die Blumen geküsst. Sie habe mit ihnen gesprochen, und sie hätten geantwortet.

»Wozu braucht man die Gesellschaft anderer Menschen, wenn man Schwertlilien, Maiglöckchen, Apfelblüten und Rosen hat?«

Die Großmutter lächelte, und ihre blassen Augen funkelten. Sie sagte, im Alter würde sie die Dinge deutlicher erkennen.

Doch irgendwann begann sie, unzusammenhängend zu sprechen, und klammerte sich an ihn. Wenn sie seine Hand nahm, sprach sie mit Kinderstimme und nannte ihn *Papa*. Ob er gut auf sie aufpasse? Ob er ihr versprechen würde, sie niemals zu verlassen?

Da bekam der Zarensohn Angst. Doch an dem Tag, als ihre warme Hand kalt wurde, packte ihn das Grauen.

Seit der Gärtner ihn unter dem Sagopalmfarn gefunden hatte, verbrachten sie jeden Tag zusammen. Der Gärtner erzählte dem Zarensohn von allen Pflanzen, und er versuchte, es auswendig zu lernen. Sie sahen sich die Samen aus den Schachteln an. Gerunzelte, glatte, tropfenförmige, längliche, runde, graue, grüne, gelbe oder weiß-braune, wie Insektenflügel. Alle von einem schwachen Duft dessen umgeben, was eines Tages aus ihnen werden würde, wenn sie Wasser, Erde und Sonne bekämen.

Er hatte beim Vorkeimen der Samen geholfen und die Pflanzen gegossen, und im Winter, wenn die Scheiben des Gewächshauses von der Feuchtigkeit beschlugen, hatte er Skizzen von ihnen angefertigt. Er hatte Beete geharkt und Stauden versetzt, gepfropft und beschnitten, mithilfe seiner Botanikbücher Gewächse bestimmt. Manchmal hatte er in den frühen Morgenstunden den langbärtigen Eremiten beobachtet, der am entlegensten Ende des Parkes lebt. Wenn die Sonne aufgeht, setzt sich der Eremit nämlich vor die Tür seiner kleinen Laubhütte. Es war der Großvater des Zarensohns, der ihn einst eingestellt hatte. Damals war es in Mode gewesen, einen Eremiten in seinem Park wohnen zu haben.

Der Zarensohn hatte Botaniker und Missionare gebeten, Setzlinge und Samen von ihren Reisen mitzubringen. Mitunter war ein Samen während des Transports aus seinem Tütchen gefallen.

Die Rosenpflanze, die jetzt am Fenster steht, war aus einem namenlosen Samen gesprossen, der ganz allein auf dem Boden einer Schachtel lag. Er erinnert sich noch genau an den kleinen, tropfenförmigen gelben Samen, aus dem sie entstanden war. Der Gärtner und er hatten ihn mit den Samen der Rosen verglichen, die im Rosarium des Palastgartens wuchsen. Der

Zarensohn hatte an den Gärtner des französischen Schlosses Malmaison geschrieben, zu dem der größte Rosengarten Europas gehörte, doch auch er konnte den Samen nicht zuordnen, obwohl dort ständig neue Rosen angeliefert wurden, selbst in Kriegszeiten, wenn eigentlich keine Waren die Grenzen passieren durften.

Der Gärtner und der Zarensohn hatten auch bei den Wildrosen geforscht und an Sammler geschrieben, die Rosen aus dem Himalaya besaßen, doch ohne Ergebnis.

Der Gärtner mag die Rose nicht. Sie gehöre nicht in die Gewächshäuser, findet er, und auch im Park solle sie auf keinen Fall stehen.

»Die ist schlimmer als eine Brombeerhecke. Wenn sie sich erst einmal ausbreitet, brauchen wir ein ganzes Heer, um sie einzudämmen.«

Doch er, der Sohn des Zaren, hat das Sagen.

Was für eine Vorstellung, eine ganz eigene Pflanze zu besitzen. Vielleicht ist die Rose hier die einzige ihrer Art auf der ganzen Welt? Er möchte sie besser kennenlernen; sie soll ihn allen anderen Menschen vorziehen. Vielleicht ist er der erste Mensch, der ihre Blüte erleben durfte? In jener Septembernacht, als sie ihren süßen, würzigen Duft im Schlafzimmer verbreitete, seine Ehefrau verjagte und beinahe auch ihn selbst?

Ein Schwarm grauer Nachtfalter prasselte gegen das Fenster.

Täuscht der Eindruck, oder hat die Rose ihre Zweige ein wenig in seine Richtung gewandt? Und das, obwohl durch das Fenster jetzt das Tageslicht hereinstrahlt.

Plötzlich muss sich der Zarensohn auf den Teppich übergeben. Er versucht, das Malheur mit seinem Seidenstrumpf aufzuwischen.

Ein Diener kommt mit dem Frühstückstablett und stellt es

auf den Tisch am Fenster, ohne den säuerlichen Geruch zu erwähnen, doch seine Wangen sind rot und angespannt.

»Unten im Hof ist man bereit. Sie geben Bescheid?«

Der Zarensohn öffnet das Fenster, stellt das an der Mauer befestigte Fernglas ein und richtet es auf den Wald. Es ist dafür gedacht, nach Tieren auszuspähen, während man Tee trinkt und frühstückt.

Als er auf den Schimmel steigt, befindet sich in seinem Magen nur ein Häppchen aufgelöstes Brot. Der einheimische Jäger hält sich hinter ihm und sieht aus, als sei er mit seinem Pferd verwachsen.

Das Tor öffnet sich, man reitet im Schritt über die neblige Wiese, die das Schloss umgibt. Hastig sieht sich der Zarensohn um. Die tiefhängenden Wolken gleichen Gesichtern, eines starrt ihn mit leeren Augen an, der Mund öffnet und schließt sich.

Die Treiber und die anderen Jäger stehen im Wald bereit. Der Zarensohn und sein Gefolge traben in die Mitte des Spinnwebsterns, wo der Jagdpavillon errichtet wurde. Es duftet nach Harz und frischer Farbe.

Ein Feuer brennt, es gibt Speisen und Wein. Alle sehen zum Sohn des Zaren hinüber, der nickt und sich neben dem Pavillon hält. Von hier aus kann man weit blicken, in sieben Richtungen.

Rufe, Schläge und Pferdeschnauben. Man bläst in Bisonhörner und Flöten aus Hirsch- und Elchgeweihen; die Tiere rufen sich gewissermaßen selbst. Der Zarensohn und der Jäger sind bereit, als der erste Zwanzigender herbeistürmt, die tobenden Hunde dicht an den Fersen. Unter den Rippen hat der Hirsch eine lange schwarz-rote Wunde, das durchlöcherte Gedärm baumelt heraus, sein Fell ist mit Exkrementen verschmiert. Die

Hunde bringen den Hirsch zu Boden, beißen ihn in Hals und Schnauze. Einige Männer binden die Hufe zusammen, der Zarensohn zieht den Hirschfänger seines Vaters aus der Scheide.

Einer seiner großen Brüder wurde während einer Parforcejagd getötet, als ein Rothirsch plötzlich genau in dem Moment mit dem Kopf schlug, als der Bruder ihn erdolchen wollte. Sein Onkel wurde von einem Hirsch aufgespießt, der wild mit ihm durch den Wald preschte, er brach sich beide Beine und konnte nie wieder laufen.

Als der Zarensohn seinen Hirschfänger hebt und sich der Jäger hinter ihm in Stellung bringt, um ihm zu helfen, sieht er, wie sich etwas in den Augen des Hirschs spiegelt. Ein kleiner Sternenblick, ein winziger Mund, eine sich ausstreckende Hand. Der Hirsch starrt ihn an, seine Wunde reißt weiter auf, die Rippen leuchten hervor. Der Schaum vor seinem Mund, der Urin zwischen den Beinen, die Blutlache im Kies.

Er versucht, die Armmuskeln anzuspannen. Die Leute johlen, er ruft in dem Moment *Nein*, als er das Messer brutal ins Herz stößt, dessen letzter Schlag bis in seinen Arm zuckt. Eine Fanfare ertönt, er muss den Hirschfänger herausziehen, bekommt ihn jedoch nicht los. Der Jäger übernimmt, stemmt seinen Stiefel gegen die Rippen und zieht das Messer in einem Schwung heraus.

Der Sohn des Zaren hat Blut im Mund und muss spucken. Die Leute jubeln, er schwankt. Dort liegt der Hirsch mit offenem Herzen, sein Blick ist nach innen gerichtet, in die gerinnende Dunkelheit. Der Zarensohn streckt die Hand aus, sieht in die Augen eines anderen Wesens, das immer tiefer und tiefer fällt, um zuletzt in der Erde zu verschwinden.

Die Jäger partieren den Hirsch vor Ort. Sein Herz wird in Scheiben geschnitten und gegessen, solange es noch warm ist, und zusammen mit Brot und in Butter gebratenen Steinpilzen serviert. Der Zarensohn schiebt sich das Herz mit der Messerspitze in den Mund, denn es ist üblich, den Hirschfänger auch als Besteck zu verwenden, spült es mit viel Wein herunter, schluckt und schluckt.

Dem Zwanzigender wird der Kopf abgesägt. Das restliche Fleisch bekommen die Hunde, denn ein gejagtes Tier schmeckt streng. Ein Vorderhuf wird abgehackt, die Pelzfetzen am Knochen geflochten. Den Huf soll er seiner Frau als Trophäe mitbringen. Der schnelle Fuß des Tieres, der schnelle Fuß des Zarensohns.

Und da kommt sie in einer kleinen vergoldeten Kutsche. Er hilft ihr heraus und geleitet sie zu dem großen, mit Schnitzereien verzierten und mit grünem Samt bezogenen Holzstuhl. Ihre Wangen glühen fiebrig, aber die Augen strahlen. Er verbeugt sich vor ihr und überreicht ihr den Huf. Sie nimmt ihn mit einem Taschentuch entgegen, das sich rot färbt, lächelt und trinkt ein Glas Wein, das ihr ein Diener eingeschenkt hat.

»Entschuldigung«, sagt der Zarensohn.

Sie beugt sich vor: »Wie bitte?«

Er schüttelt den Kopf, hebt die Hand, deutet mit dem Finger auf den Wald. Die Jäger verstehen ihn. Die restliche Jagd gehört ihnen.

Der Bauch seiner Frau wölbt sich. Ob es gutgehen wird? In der Welt der Bäume darf nur einer von tausend Samen keimen und zu einer Pflanze wachsen, die so groß wird wie seine Mutter. In der Tierwelt überleben weniger als die Hälfte aller Jungen.

Sie lächelt. Die Wildschweine, Bären, Elche und Wölfe brüllen, als sie von den Hirschfängern der Jäger getötet werden. Plötzlich wirkt sie geradezu verliebt, er dreht sich um und sieht, dass der Jäger auf dem Weg in den Pavillon und zu ihnen ist.

Immer mehr Tierkadaver werden rings um den Pavillon auf einer Strecke präsentiert. Zungen hängen schief aus Hälsen, wie bei hetzenden Hunden. Die größten Köpfe werden ausgestopft. Die toten Augen werden wieder lebendig, wenn sie durch Glas ersetzt sind.

Ihr flüchtiger Kuss auf seine Wange. Ein runder, kalter Abdruck, als der Mund verschwunden ist und ihre Hand die linke Seite seines Brustkorbs getätschelt hat.

Sie begrüßt den Jäger. Seine Arme sind von unten bis oben rot, mitten auf seiner Stirn prangt ein Spritzer von einer Tierarterie.

Erneute Fanfaren. Ein weiterer Elch geht zu Boden. Die Herbstfliegen klumpen sich in der mittlerweile rotbraunen Sternenwegsmitte zusammen und saugen daran.

Lächelnd steigt sie wieder in die Kutsche. Der Jäger stützt sie und redet auf sie ein, während sie Platz nimmt. Die Pferde setzen sich in Bewegung, der Jäger dreht sich um und verbeugt sich linkisch vor seinem Herrscher.

Auf dem Rückweg versucht der Zarensohn für sich zu reiten, schließlich hatte er davon geträumt, allein im Wald zu sein. Doch alle folgen ihm, beschützen ihn, sind stets zu seinen Diensten. Immer ist er der Anführer des Fischschwarms, die erste Gans in der V-Formation.

Der Wald ist genauso schwarz und unheimlich, wie er von der Kutsche aus wirkte. Doch jetzt bleibt er stur und vertreibt seine Angst. Er wählt die schmaleren Pfade, auf denen man sich unter Ästen wegducken muss. Ein kleiner Pfad weicht vom Spinnwebsystem ab, er windet und gabelt sich. Der Zarensohn reitet nach links, und dann, mit einem Mal, ist er weg.

Jetzt könnte er dem Tier die Sporen geben und tief dort drinnen verschwinden, wo es nicht einmal Wildwechsel gibt. Er könnte eine Hütte bauen und von dem leben, was der Wald hergibt, könnte seinen Bart wachsen lassen und sich selbst unkenntlich machen, im Reich des Waldes.

In seinem Bauch kribbelt es. Er müsste nur die Augen öffnen, um eine andere Welt zu sehen, müsste sich nur an sie gewöhnen und aufhören, im Dunkeln Angst zu bekommen. Müsste nur aufhören, sich zu gruseln, wenn er nachts am Feuer sitzt, allein, mit dem riesigen Waldkörper vor sich. Denn wer weiß, was die Tiere und Blumen nachts machen? Oder täuscht er sich? Ist es umgekehrt? Kann nur derjenige, der Schwäche zulässt und sich ergibt, den Wald wirklich kennenlernen? Sollte man einfach abwarten, anstatt zu fragen oder zu rufen?

Das Herz des Zarensohns klopft laut und zwiespältig.

Seine großen Brüder verprügelten ihn *zum Spaß*. Sein Lehrer ohrfeigte ihn, wenn er nicht gelernt hatte. Schon damals dachte der Sohn des Zaren: Wenn alles schiefgeht, flüchte ich in den Wald.

Die Äste hängen über ihm. Die Blätter haben dunkle Handrücken, die Innenflächen sind hell. Das Pferd bewegt sich unter dem fächelnden Mosaik ein paar Schritte voran. Der Weg ist verschwunden, die Rufe der Jäger, die Hörner und das Schnauben der Pferde sind verstummt. Er steigt vom Pferd und hätte ihm beinahe einen Klaps auf den Hintern verpasst, damit es nach Hause läuft.

Der Sohn des Zaren setzt sich auf einen Baumstumpf, nur für einen kurzen Augenblick. Es wird niemals gehen, vor allem nicht jetzt, vor der Geburt des Kindes. Er ist der einzige Erbe. Und was ist, wenn das Kind bei der Geburt stirbt oder wenn es ein Mädchen wird? Oder wenn das Kind lebt, es aber keinen Vater mehr gibt, der es behüten kann?

Wenn er nicht zurückkehrt, durchkämmen sie sicher den ganzen Wald, um ihn zu finden.

Der Sohn des Zaren stützt das Kinn auf die Handflächen, schließt die Augen und holt tief Luft.

In diesem Moment spürt er einen Blick auf sich ruhen. Er späht durch seine Lidschlitze. Ein Hirschkalb, das ihn anglotzt. Es kann die Jagdhörner nicht gehört haben, und es weiß wohl auch nichts von seinem Hirschfänger. Mit gebeugtem Kopf stakst es auf ihn zu. Es ist viel zu dünn, aber irgendetwas funkelt an seinem Hals; ein schmaler Goldring an einem geflochtenen Band.

Für einen kurzen, fantastischen Moment drückt das Kalb seine feuchte Schnauze gegen seine Hände. Dann macht es kehrt und verschwindet zwischen den Bäumen.

Seine Hände duften vom Kuss des Tieres. Er reißt ein Buchenblatt ab und bläst hinein, versucht, den Laut einer Mutter nachzuahmen. Dann pfeift er weinend nach seinem Pferd, das gerade grast und träge durch seine Mähne hindurch zu ihm aufsieht.

Mit dem Baumstumpf als Hilfe steigt er auf, lockert die Zügel, lässt das Pferd den Weg finden und gelangt zu einem der Sternkieswege. Kurz darauf kommt die ganze weiße Pferdeherde. Sein Pferd beschleunigt den Schritt, um sich wieder an die Spitze zu setzen. Der Jäger ist erneut direkt hinter ihm.

Der Sohn des Zaren wischt sich die Augen, als das Schloss auf der Wiese aufleuchtet. Er muss mehrmals schlucken, steigt ab und geht hinein.

Oben im Schlafzimmer starrt er die Rose an, zupft ein grünes Blatt ab und zerreibt es. Wieder breitet sich ein brennender roter Ausschlag auf seiner Hand aus.

11

Der Bauch spannt sich. Schwesters Arme und Beine zittern.

Atemlos sucht sie unter dem gelben Laub nach Pilzen, Nüssen und Beeren. Sie trinkt Wasser und noch mehr Wasser. Sie leckt ihre Schulterwunde und findet ein wenig Ruhe. Sie legt sich in die Eiche, schont ihre Kräfte, legt ihre Hände auf die Wölbung.

Bruder streift durch den Wald. Er schleicht parallel zu den Jägern, im Schutz ihrer langen Schatten.

Das Kalb springt zu ihr herein, drückt seine Schnauze gegen den Puls an ihrem Hals. Ihr Körper zittert, ihr Herz hämmert. Schwester umarmt das kleine Kalb, schließt seufzend die Augen und hält seine Hufe fest, damit es sie nicht tritt.

Es wird dunkel in der Eiche, als ein großes Menschengesicht vor dem Loch auftaucht. Ein Mann mit runden braunen Augen und blassen Wangen sieht auf sie herab. Sie hält die Luft an, presst die Lippen zusammen und rollt sich dicht an die Eichenwand.

Schwester versteht ein wenig Russisch, obwohl es die Feindessprache ist. Der Mann sagt, er habe das Kalb gestern gesehen und jetzt den ganzen Tag danach gesucht. Ob es ihr gehöre?

Sie möchte es verneinen, doch dann würde sie sich durch ihre polnische Sprache verraten.

Er dreht sich zu jemandem hinter sich um. Stiefel gehen rückwärts zwischen die Bäume, ein kurzes, heiseres Kläffen ertönt.

»Du musst hungrig sein, Waldmädchen.«

Seine Hände strecken sich hinein, die Nägel sind kurz, mit weißen Rändern. Er trägt breite Ringe aus Gold mit verschiedenfarbigen Steinen.

Eine weiße Tüte wird geöffnet, sie erkennt Brot, Wurst und Käse wieder.

»Iss«, sagt er und steckt den Kopf noch weiter hinein.

Schwester kann nicht, ihre Hände umklammern weiter das Kalb. Die Ameisen erstürmen den Käse. Eine Schnecke schleppt sich heran. Die Fliegen hüpfen auf die Wurst. So etwas hatten Bruder und Schwester damals gegessen, als sie nicht hungerten.

Die Haut des Mannes ist glatt, ganz ohne schwarze Porenöffnungen. Die Brauen sind gerade, nicht ein Haar steht ab. Sein Bart ist kurz und dort, wo das Kinn endet, gestutzt. Im Winter hatte Bruder noch einen Flaum, jetzt sind seine Barthaare borstig und in allen Längen zu finden.

»Ich komme wieder«, sagt der Mann lächelnd und lässt die Sonne erneut scheinen.

Kurz darauf steht Bruder da und stochert im Feuer herum, er ist schwarz und rußig.

»Hier war gerade ein Mann, renn schnell weg, beeil dich!«, ruft sie.

Auch das Kalb starrt zu Bruder hinaus. Schwester versucht es am Halsband festzuhalten, doch es ist mit seiner Haut verwachsen.

»Warst du das?«, faucht er das Kalb an, »hast du ihn hergelockt?«

Bruder packt Schwesters Ring, Vaters Ring, zieht und zerrt, ohne ihn abzubekommen.

»Er war sehr vornehm«, flüstert sie. »Er wird wiederkommen. Ich kann ihn vielleicht ablenken, aber du musst schnell verschwinden!«

Bruder schlägt dem Kalb ins Gesicht und beschimpft es wüst. Schwester kann es nicht länger halten. Er tritt das Tier in die Seite, in den Hintern. Mit einem Schrei humpelt es in den Wald.

Bruder stampft auf, Schwester läuft dem Kalb nach. Blut auf einem Blatt hier, Blut auf einem Blatt dort. Eine ganze Blutlache auf dem Waldboden. Die Spuren verschwinden, sie ruft.

Ihre Tränen brennen, Bruder wankt, als er mit dem Rücken zu ihr seine Sachen packt.

Immerhin bekommt sie einen Abschiedskuss, schnell, aber innig. Dann geht er in Richtung Norden, dort, wo es am sumpfigsten ist. Dort, wo das Licht vor dem Waldboden abgefangen wird. Zum dunkelsten Teil des Waldes, in dem nur die Tiere etwas sehen und immer noch lautlos zwischen den trockenen Ästen und Zweigen umherwandern können.

12

Dem Sohn des Zaren brennt das Herz. Er erhebt sich aus dem Bett. Die Rose steht da und streckt ihre Zweige aus.

Er hat die Jäger gebeten, sich um die weitere Trophäenjagd zu kümmern. Er selbst möchte wieder zum Hirschkalb und zum Waldmädchen. Wie sie aussah: olivgrüne Haut, bernsteinbraune Augen. Und dann wohnte sie in einer Eiche! Das Kalb hatte die Schnauze in ihre Hand gelegt, genau wie bei ihm.

Der einheimische Jäger will ihn begleiten, *man könnte sich ja verirren.*

Die stechenden blauen Augen des Jägers, das verschlossene Gesicht. Die Zügel hält er mit Hirschlederhandschuhen.

Als sie die Quelle erreichen, steigen sie von den Pferden und gehen den Pfad entlang zur Eiche.

Sie liegt noch immer darin.

Der Jäger ruft hinter dem Zarensohn. Ein Hund hat eine Fährte aufgenommen, die vom Lager wegführt. »Es gibt wohl mindestens eine weitere Person, die hier unerlaubterweise wohnt«, sagt der Jäger. »Lassen Sie mich das erledigen. Es könnte ein Wilderer sein.«

Doch der Zarensohn sieht Schwester in die Augen und gibt dem Jäger und den Dienern ein Zeichen. Sie sollen die Hunde dazu bringen, sich hinzulegen, und ihm helfen.

13

»Iss«, sagt der Zarensohn und wirft noch eine Tüte mit Proviant herein.

Ihre Knochen und Muskeln haben sich ineinander verknotet. Sie kann nicht aufstehen.

»Seit wann wohnst du hier? Schon immer? Hast du einen Namen? Waldmädchen, bald wird es Winter …«

Sie starrt zur Holzdecke hinauf.

»Wo ist dein Kalb? Ist es weggerannt? Keine Angst, ich tue ihm nichts … Verstehst du, was ich sage?«

Er zieht ihr die Decke weg und schüttelt den Kopf über ihren Körper. Als sie den Kopf dreht, treffen sich ihre Blicke: Da ist der Rand des Augenlids, da ist das Weiße, da ist das Braune, und dann kommt die große schwarze Tiefe.

Er versinkt in ihr, fast bis auf den Grund. Dies ist der eigentliche Wald, dies die Tiefe des Mooses! Jetzt ist er da, wo er in seinen Träumen schon immer sein wollte. Er schnuppert ihren zarten süßlichen Duft.

Schwester fängt den fallenden Blick auf. Sie hält ihn oben, damit er nicht von Schwärze durchtränkt wird. Es tut weh, ihn zu halten, wie ein langer, stechender Schmerz. Sie richtet ihren Körper auf, das Skelett rastet wieder ein, und das Blut erstarrt fast zu Säure.

»Du musst ins Schloss mitkommen und dort überwintern«, sagt er lächelnd.

Die Eiche knarrt, als er sie herauswindet.

Schwester wird auf ein Pferd gesetzt, mit geradem Rücken. Draußen im Licht wirkt sie noch grüner als vorher.

Man wickelt sie in eine Decke und reitet vorsichtig zu den Spinnweb- und Sternenwegen. Er sitzt hinter ihr und hält ihren gewölbten Bauch. Dort drinnen herrscht Bewegung, wie von Ästen mit Blättern, die im Wind schaukeln.

Sein Blick in ihrem Nacken reicht ringsherum bis zu ihren Augen. Sie spürt seinen warmen Atem, Duft trifft auf Duft. Schwester kann nicht zur Seite sehen, nicht sehen, was am Waldrand vor sich geht. Folgt das Kalb ihnen? Tut Bruder es?

14

Bruder hat den nördlichen Teil des Waldes erreicht, jenen Ort ohne Lichtungen, wo man sich weder an der Sonne noch an den Sternen orientieren kann. An einigen Stellen ist das Unterholz wie von Menschen zertrampelt. Doch es riecht nach Tieren, und er stößt auf Fladen, die aussehen wie Hinterlassenschaften von Rindern. Hier muss ein Bison gewesen sein.

Bruder trabt durch Sümpfe, wird eingesogen, zieht sich heraus. Erst als er die Orientierung verliert, weiß er, dass er unmöglich gefunden werden kann. Er sinkt ins Moos: Wird er jetzt sterben? Oder ist er nach wie vor ein Jäger, der auf seine Beute wartet?

Die Mückenschwärme setzen sich, bedecken ihn, bis er schwarz ist, saugen und saugen. Seine Beine schlafen, die Arme schlafen. Die Zweige über ihm peitschen gegeneinander. Irgendwo da oben im Blauen ist der Wind.

Etwas leuchtet phosphorgrün: ein morscher Baum mit Honigpilzen, die nachts schimmern? Nein, es ist ein Rückgrat. Die Überreste eines Hirschs oder kleinen Bisons? Sterbende Tiere ziehen sich an entlegene Orte zurück, um keine Aufmerksamkeit zu erregen; gebärende Tiere auch.

Doch dies ist kein Tier. Am Ende des Rückgrats sitzt ein menschlicher Schädel.

Bruder befindet sich an einem Grab, und er vergisst die Jagd und seine Gedanken über das Sterben. Er gräbt mit einem Stein in der Erde und legt alles frei: Arme, Beine. Schlüsselbeine,

Rippen, Beckenknochen. Einige sind gebrochen, nicht von einem Tier, sondern von einer Axt. In einer Augenhöhle liegt eine Patronenkugel.

Er blickt auf, und dort oben hängt noch ein leuchtendes Skelett. Bruder klettert zur Spitze der Fichte und schneidet die Tote herunter. Mutters geflochtenes Band hängt halb aufgelöst um den Hals, ihr Goldring ist weg.

Bruder begräbt Mutter und Vater. Sein Weinen ist ein Brüllen, das im Dunkeln widerhallt.

Er bleibt noch eine Weile, die Umgebung nimmt vor seinen Augen Form an. An einer Felswand aufgeschichtete Steine. Es sind alte Grundstücke, überwuchert von Farn und Moos.

15

Der Weg wird breiter, die Wiese öffnet sich vor ihnen, und da liegt das Schloss mit seinem grünen Dach. Kräftige, dunkle Efeuranken klettern an den Mauern empor.

Schwester blickt geradeaus, als das Tor geöffnet wird. Im steinernen Raum des Innenhofs hebt man sie vom Pferd und trägt sie eine Treppe hinauf, immer im Kreis nach oben. Eine Holztür schließt sich, sie wird auf ein knarzendes Bett gelegt.

Eine Frau taucht einen Schwamm in warmes Seifenwasser und wäscht sie. Anschließend zerrt sie einen Kamm durch ihr Haar. Schwester verzieht keine Miene, obwohl das Haar so verfilzt ist, dass ihr die Frau Stücke von der Kopfhaut abreißt. Distelsamen, Kletten und ein kleiner Birkenzweig fallen auf die glänzenden Eichendielen.

Schwesters Blick wandert an den Wänden entlang. Der Raum ist geschlossen, es gibt keinen Sauerstoff von Pflanzen, stattdessen einen Kamin, dessen Feuer eine fürchterliche Hitze erzeugt. Die Tür, die Möbel, der Boden, die Decke und die Wandverkleidung: Alle haben Astlöcher, die zurückstarren. Sie schauen nach Schwester und nach den Ästen, die man ihnen einst abgeschlagen hat. Eine Kommode, die ebenfalls einmal ein Baum war, hat man so gefoltert, dass ihre Beine ganz krumm geworden sind.

An der Decke verläuft ein Fries aus Blättern, weiß wie Schnee. Das Laken unter Schwester duftet, als wäre es in der

Sonne getrocknet, das Kissen ist prall von Daunen. Durch das Fenster hört sie irgendwo über dem Dach einen Gänsezug gen Süden fliegen.

Die Frau schneidet Schwesters Haar direkt unterhalb der Schultern ab. Die Spitzen wirft sie in den Kamin, sodass der Gestank von verbranntem Mensch durch den Schornstein zieht, über die Wiese und den Wald hinweg.

Ist Bruder noch immer im dunklen Wald? Oder ist er ihr gefolgt? Weiß er, wo sie sich jetzt befindet?

Schwester bekommt die Nägel gesäubert und geschnitten. Die Frau zittert immer noch, weil sie Schwester berühren muss. Was hat der Sohn des Zaren da nur für ein Wesen gefunden? Als sie versehentlich in Schwesters Fingerspitzen schneidet und es rot auf das Laken tropft, entschuldigt sie sich, den Tränen nahe, doch Schwester gibt nach wie vor keinen Ton von sich. Sie presst lediglich die Zähne aufeinander und die Zunge an den Gaumen.

Nachdem die Partikel des verbrannten Haars verschwunden sind, kann sie durch die Ritzen im Fensterrahmen schwach den Wald riechen. Unten verwandelt sich das feuchte Wiesengras gerade in gesträubte Eisspeere.

Schwester schwitzt, obwohl sie nackt ist. Die Frau ist voll bekleidet und breitet die Bettdecke über sie. Dann spricht sie flüsternd zu einer Ecke und deutet auf Schwester. Sie zündet einige Kerzen an, macht einen Knicks, schiebt die Tür auf und verschwindet kopfschüttelnd hinaus.

Der Mann, der sie fand, und ein weiterer mit einem kurzen Spitzbart treten gemeinsam aus der Ecke hervor. Schwester sieht den ersten Mann an, den vornehmen jungen. Seine braunen Augen blicken lächelnd zurück.

Der Mann mit dem Spitzbart schlägt die Decke beiseite, sodass Schwester wieder frei zugänglich ist.

Er hört ihr Herz ab, misst am Handgelenk ihren Puls. Der Braunäugige notiert alles in ein Buch, und seine Schrift ist so zittrig, dass er sie selbst später wohl nur schwer wird entziffern können. Der Arzt, denn es muss ein Arzt sein, sagt, das Herz schlage langsamer als gewöhnlich.

Schwester versteht auch, was er sagt, als er sie auffordert, den Mund zu öffnen. Aber sie tut es erst, als er ihr mit zwei Fingern die Nase zuhält. Dann kann er hineinsehen und die Zähne zählen.

»Sie hat keine Milchzähne mehr, aber abgesehen davon kann man nur schwer etwas über das Alter sagen. Ihre geringe Größe könnte auch damit zusammenhängen, dass sie Hunger gelitten hat. Auch die grünliche Hautfarbe ist womöglich eine Folge von Unterernährung, eines Mangels an roten Blutkörperchen. Ihre Zunge ist unversehrt, sie könnte sprechen, sofern sie es gelernt hat.«

Der vornehme Mann hält seinen Blick immerzu auf sie gerichtet. Das Fenster mit dem Himmelslicht schrumpft, die Kerzen schmelzen und riechen nach Tiertalg.

Der Arzt tupft eine Creme auf Wunden, Schrammen und Stiche. Er drückt Abszesse aus, reinigt sie gründlich, entfernt Dornen, Steine und Zecken. Als er bei der Wunde an ihrer Schulter ankommt, sagt er, diese könne ihr in ihrem Zustand gefährlich werden.

Er säubert sie wieder und wieder mit Seife, reibt sie mit einer Salbe ein, legt einen Verband an.

Der Arzt nickt dem Vornehmen zu, er möchte, dass Schwester sich aufsetzt. Das kann sie auch, nachdem die beiden sie in der Mitte umgeknickt haben.

Der Arzt schlägt mit einem kleinen Hammer so gegen ihre Knie, dass die Beine von selbst zappeln.

»Lassen Sie uns sehen, ob sie gehen kann.«

Jeder der Männer hält einen von Schwesters Armen. Sie sind doppelt so groß wie sie. Schwesters Hände schlackern, die Beine schwingen. Der Arzt sagt dem Vornehmen, er solle sie loslassen, doch da fällt Schwester. Knie, Brust und Kopf schlagen so fest auf dem Boden auf, dass man es bestimmt bis unten hören kann.

Sie setzen Schwester erneut aufrecht hin. Diesmal kann sie direkt in einen Spiegel neben dem Schrank blicken.

Im ersten Moment ahnt sie nicht, wen sie sieht. Doch als sie die Augen ganz aufreißt, entfährt ihr ein hoher, vogelartiger Schrei, der sich als beschlagener Kreis auf der Scheibe niederlässt.

Alle Rippen treten weiß hervor. Die Knie sind knorrig, die Beine mager, ihre Beckenknochen ragen heraus. Ihr Bauch wölbt sich über dem nackten Schoß mit den einzelnen welken Härchen. Auch ihre Arme sind nur Haut und Knochen, gleichen zwei gebogenen Ästen, ihre Brüste sind klein, aber fest. Ihre Kehle ist sehnig. Die gelbgraue, fast grüne Haut spannt sich über das Skelett wie bei einer Mumie, und sie hat überall rote Punkte von Schrammen und Insektenbissen. Und dann ist da noch das Gesicht, ganz ohne Wangen. Ihr Mund ist blassrot und halb geöffnet, ihre Augen sind klar, doch die Brauen und Wimpern fehlen. Sie hat immer noch Haare auf dem Kopf, das schon, allerdings mit vielen kahlen Flecken. Die Wangenknochen liegen wie Schalen unter ihren Augen.

»Wir müssen ihr Nahrung einflößen«, sagt der Arzt.

»Aber was ist mit dem Bauch?« Der Vornehme legt das Ohr an ihren Bauchnabel. Schwester spürt etwas Langes, das sich zusammenkringelt.

Sie kann sein Haar und sein Gesicht riechen. Es riecht nach Seife, aber auch nach einem Hauch von etwas Süßem, Würzigem.

Langsam legt er die Hand auf ihren Bauch, sieht den Arzt erschrocken an.

»Ihr fehlt Eiweiß. Als ich Feldarzt war, sahen so die Kriegsgefangenen aus.«

Der Arzt schubst Schwester zurück auf die Matratze und wirft die Decke über sie.

Sie legen noch mehr Holzscheite nach, der Rauch steigt ihr direkt in die Nasenlöcher. Sie will nicht husten, doch der Qualm bewegt sich als schleimiges Röcheln durch ihre Lunge. Dann setzt ihr Atem aus.

Der Arzt sieht es und hebt Schwesters Kopf an, damit sie husten kann.

Die Frau, die vorher schon da war, bringt ihr Brot, Käse, Wurst und eine Karaffe mit Wasser.

Der Arzt und die Frau werden weggeschickt, und der Vornehme versucht Schwester zu füttern. Sie presst die Lippen aufeinander, als er ihr Häppchen von Wurst, Käse und Brot reichen will. Sie kann das nicht essen.

»Was möchtest du denn stattdessen haben?«

Wie zuvor der Arzt hält er ihr die Nase zu und gießt ihr vorsichtig Wasser in den Hals, das weiter in den Magen hinabläuft. Es ist kalt wie Grundwasser. Ein wenig mehr, noch ein wenig mehr. Es läuft weiter bis in die Adern.

»Du musst mir alles erzählen, was du über den Wald weißt. Über die Gegend und über dein Kalb. Wie hast du es so gezähmt? Kannst du dich mit ihm unterhalten? Kannst du mit dem Wald reden und mit den Pflanzen?«

Er liebkost Schwesters Wangen und streicht mit den Händen über ihren Bauch. Dann dreht er sich so hastig um, als hätte er sich verbrannt. Er hat Gänsehaut im Nacken, seine Haare zittern im Takt mit den Erschütterungen seines Körpers.

Schluchzt er?

Er dreht sich um, holt tief Luft und erzählt, er sei der Sohn des Zaren. Der Wald gehöre ihm.

»Schlaf du nur, ich bin bald wieder da.«

Im selben Moment kommt der Arzt hereingefegt. Sein Gesicht ist puterrot, und er entschuldigt sich wieder und wieder. Der Sohn des Zaren solle wegsehen. Er schlägt erneut die Bettdecke zur Seite, spreizt Schwesters Beine und steckt einen langen kalten Finger tief in sie hinein.

Er mustert lange ihre Brüste, drückt auf ihrem Bauch herum.

»Sie ist schwanger.«

Der Zarensohn muss sich setzen, er ist weiß wie die Wand.

Bruder und Schwester. Tief in der Sonne, hoch im Himmel, über den Baumkronen. Bruder und Schwester, die letzten und ersten Menschen der Welt. Und dann ein Kind, dort drinnen, in ihrem kleinen Körper?

Es bewegt sich erneut. Das, was sie für schreiende Gedärme und einen wütenden Magen hielt. Es kriecht in alle Ecken und Winkel, streift sie oben am Herzen, klopft an die Sternenöffnung des Nabels. Ja, es ballt und streckt wie wild die Finger. Starke Fäuste, die gegen die Himmelswölbung hämmern. Lippen formen sich und schreien.

Das Kleine kann und wagt dort drinnen im Wasser alles.

In Gedanken legt sie eine freundliche Hand auf ihren Bauch und lächelt, leise knirschend. Ist das eine Hoffnung für die Zukunft? Hat es einen tieferen Sinn, sollte es so sein? Und wird sie es schaffen? Werden sie es beide schaffen, oder wird einer von ihnen am Ende allein zurückbleiben?

Bruder, sagt sie stumm.

Unterhalb des Fensters liegt die Wiese, weiter entfernt sieht sie die schmale schwarze Öffnung des Waldes. Von hinten fällt das letzte Tageslicht auf die Baumwipfel und färbt sie rot, als stünden sie in Flammen. Ob er wohl dort unten ist, oder ob das Kalb dort ist?

Ihr sollt weggehen, denkt sie, *bleibt bloß weg und gebt auf euch acht!*

Eine Wolke schwebt über das Schloss hinweg, harte Hagelkörner prasseln auf das Kupferdach. Das gelbe Kaminauge wächst.

Es wird Nacht, Kleines. Wir müssen schlafen, aber trauen wir uns das? Können wir uns abwechseln?

Im Schlosslabyrinth rumort es, jemand stapft durch die Gänge und Säle und steigt die Wendeltreppe hinauf. Wörter fliegen durch Luftschächte. Sätze steigen durch den Schornstein. Geschichten laufen im Kreis.

Schwester schließt versuchsweise die Augen.

Irgendjemand bleibt vor ihrer Tür stehen und rüttelt an der Klinke. Das Kind zuckt zusammen und öffnet mit einem Tritt Schwesters Augen.

Es wird still, der Sohn des Zaren hatte die Tür abgeschlossen, bevor er ging. Der Besucher verschwindet wieder, trampelt die Treppen hinunter. Das Kleine beruhigt sich.

Mit ihrem Herzschlag tätschelt Schwester das Kind zum Dank.

Sie schließt die Augen und gleitet hinab in die Dunkelheit, dort, wo alles für einen Moment vergessen ist.

16

Der Sohn des Zaren holt seine Frau, die sich vor dem Abendessen hingelegt hat.

Ihre Wangen glühen, ihre Brüste sind geschwollen, ihr Kleid muss spannen. Sie steckt sich vor dem Spiegel Nadeln ins Haar, platziert sie selbst am Hinterkopf perfekt. Ihr Blick ist ein langer, kalter Blitz.

Dann klagt sie erneut. Die Efeuranken würden die Fenster verdunkeln. Nachts ertönten unheimliche Geräusche. Zu kalt sei es auch, und alles rieche muffig.

Sie habe Angst davor, hier im Wald das Kind zu gebären.

Auch wegen alldem, was ihr die Dienerinnen, Hofdamen und alle möglichen anderen Frauen erzählt hätten, sagt sie. Kinder, die mit den Füßen voran lägen. Risse und Blutverlust. Geburten, die Tage dauerten. Infektionen, die man sich anschließend zuziehen könne, und Brustentzündungen. Föten, die nur per Kaiserschnitt geholt werden könnten; und dass man manchmal anstelle des Kindes die Mutter opfere.

Die geflochtenen Hirschhufe hängen am Fußende des Betts und stinken.

Er drückt fest ihre Hand, als sich die Bediensteten verbeugen und knicksen, während sie durch die Gänge, Hallen, Säle und die breite Treppe hinab zum Speisesaal gehen.

Der Jäger bläst eine Fanfare, als sie auf den schachbrettgemusterten Marmorboden treten. Eine Reihe von Stühlen steht rings um einen nicht vorhandenen Tisch. Alle kennen ihren Platz, und unter großem Quietschen, Knarren und Klirren wird der große Trick vorgeführt. Das Essen steigt aus der Tiefe auf.

Man klatscht, als der reich gedeckte Tisch die richtige Höhe erreicht hat. Wie schön, wenn man beim Essen nicht in jeder Ecke eine Bedienung braucht. Der Fahrstuhltisch ist eine Erfindung des Urgroßvaters. Das ganze Schloss wurde danach ausgerichtet.

Ausgestopfte Tierköpfe glotzen von den Wänden herab. Ein Dreißigender, ein Wildschwein mit abstehenden Hauern, ein Bär mit schläfrigem Glasblick. Auch einen riesigen Bisonbullen mit einem langen Bart gibt es. Während der Kriege wurden viele Bisons getötet. Als Trophäen, als Nahrung für hungrige Soldaten. Keiner weiß, ob in diesem Wald überhaupt noch welche leben.

An den Wänden hängen außerdem Landschaftsbilder. Die Decke ziert ein Reigen aus gemalten Wesen, die im Kreis hintereinander herlaufen: Tierkörper mit Menschenbeinen oder umgekehrt, Menschen mit Hufen anstelle von Händen und Füßen. Junge Brüste, aufragende Penisse, feste Pobacken. Auch der Jäger Aktaion und die Göttin Artemis sind darunter. Aktaion überraschte die badende Artemis. Sie verwandelte ihn in einen Hirsch, und er wurde von seinen eigenen Jagdhunden zerfetzt.

In die Mitte der Decke wurde eine große Wolke gemalt, ringsherum sitzen halbnackte Engelskinder und spähen herunter, ihre Hände ruhen unter einem fetten Kinn. Inmitten des Ganzen, rings um den Kristallleuchter, befindet sich eine Stuckrosette. Die Rose steht für Vertraulichkeit. Nichts, worüber man hier spricht, darf nach außen dringen.

Als Erstes werden eine getrüffelte Waldtaube im Blätterteig

und Flusskrebse und Silberkarpfen in Champagner serviert. Man stößt auch mit Champagner an, in langstieligen Gläsern.

Der Sohn des Zaren bimmelt mit dem Silberglöckchen, der Tisch wird herabgelassen und taucht mit Fasanen, Hirschkalb und entsprechender Garnitur wieder auf. Jetzt ist der Wein rot.

Der Jägermeister soll von der Jagd erzählen, ehe man das Tier verspeist.

»Das Hirschkalb«, sagt er und nickt dem Zarensohn zu, »ist frisch aus dem Wald. Das Herz wird Ihnen getrennt serviert. Ich habe das Kalb tief im Wald erlegt. Es erstarrte, als ich mich näherte, sodass ich ihm direkt ins Kreuz schießen konnte. Es gibt kein besseres Fleisch als das der Jungen und Dummen.«

Der schmale Goldring mit dem weißen Quarzstein funkelt am kleinen Finger des Jägers.

Der Zarensohn blickt auf seinen Teller hinab. Dort liegt das Herz, nur kurz angebraten, mit dem Blut als Soße. Er leert das Weinglas in einem Zug und schiebt den Teller hastig weiter: »Für meine geliebte Ehefrau und für das werdende Leben!«

Sein Glas zittert, als er es erneut füllt und hebt.

Die Gäste starren betreten auf ihre noch leeren Teller. Man spricht nicht über das, was in den Gebärmüttern vornehmer Menschen heranwächst, bevor es draußen ist.

Sie steckt das Herz in den Mund, kaut es langsam, lächelt den Jäger an.

Der Sohn des Zaren nimmt von den Beilagen und stochert ein wenig im farcierten Fasan herum. Die Schüsseln mit dem restlichen Hirschkalb gehen herum. Er nimmt sich Luft und tut so, als läge ein Stück auf seinem Teller, schneidet in Luft, kaut nichts.

Er trinkt ein weiteres Glas Wein. Er ist derjenige, der alles bestimmt, und er bimmelt mit der Glocke, noch bevor alle aufgegessen haben. Die Teller, noch immer mit Fleisch gefüllt, verschwinden in der Tiefe. Die Ananastörtchen, die kurz darauf auftauchen, sind nicht ganz durchgebacken, aber das Kokoseis ist frosthart.

»Der Wald«, lallt er, »ich werde euch etwas über den Wald erzählen.«

Die Gesellschaft wechselt in den Salon mit den Bernsteinintarsien an Wänden und Decke. Die Bernsteinstücke starren wie Urzeitaugen. In ihrem Gelbbraun werden Ameisen, Mücken, Blätter und Blumen gefangen.

Der Sohn des Zaren öffnet einen großen, dunkel gebeizten Eichenschrank und holt ein Glas mit einem menschlichen Embryo in Formaldehyd hervor. Er erinnert an einen Zentauren.

Dann ist da noch die Zeichnung eines Inders. Das gerahmte Bild wird im Salon herumgereicht. Der Körper des Mannes ist mit langen, hängenden Warzen bedeckt. Ist er in Wahrheit eine Art Baum?

Alle trinken ein Glas Cognac. Der Sohn des Zaren trinkt zwei.

Aus dem Schrank holt er eine große Kiste mit einem langen Rohr, das an ein Jagdhorn erinnert.

»Dies«, sagt der Zarensohn und legt eine Baumscheibe auf die Kiste, »ist ein Baum aus dem Wald, und jetzt werdet ihr den Wald hören.«

Vorsichtig setzt er eine kleine Nadel darauf ab, und aus dem Horn ertönt ein Flüstern. Dann folgen ein Heulen, Knistern und Donnern.

»Das war dieses Jahr«, sagt er. »Jetzt kommt das nächste.«

Er versetzt die Nadel auf den nächsten Jahresring: Zweige scheuern im Wintersturm aneinander, Blätter rauschen im Sommerwind. Man kann Jahr für Jahr hören: tiefe Laute, hohe Laute, Eiswinter, Hitzesommer, Tauwinter, Frühlingsfrost und ein Hungerwinter, in dem die Tiere den Stamm anfressen. Es gibt einen Sommer, in dem ein Waldbrand die Rinde ansengt, ein Jahr, in dem der Baum mehr Licht bekommt und sich streckt, weil ein großer benachbarter Baum gefällt wird.

Der Zarensohn holt einen braunen, trockenen Ball aus einem Leinenbeutel. »Die Unechte Rose von Jericho. Sie gehört zur Familie der Moosfarngewächse.«

Die Unechte Rose von Jericho wird in einen tiefen, mit Wasser gefüllten Teller gelegt.

»In einer Stunde«, sagt er, »wird sie begonnen haben, sich zu entfalten, und wird grün. Nach ein paar Tagen nimmt man sie aus dem Wasser, und sie trocknet und wird wieder braun. So kann sie ewig weiterleben.«

Dann zeigt er ihnen ein Glas mit einem versiegelten Deckel. Darin befindet sich ein Stück vom Manchinelbaum. Wenn man bei Regen unter der Krone steht, bekommt man überall Blasen. Verbrennt man den Baum, wird man drei Tage lang blind von dem Rauch.

»Und dann hätten wir auch noch diese hier«, sagt er und hält ein kleines Glasrohr in die Luft. »Diese Pflanze ist einen halben Millimeter groß, erinnert an Entengrütze und heißt *Wolffia globosa.* Würde man ihr allerdings erlauben, sich unbegrenzt zu vermehren, wäre sie innerhalb von vier Monaten so groß wie die Erde von außen nach innen.«

Er hat weitere aus Bäumen gefertigte Instrumente, die er hervorzieht. Er zupft an Saiten und schlägt auf Trommeln aus hohlen Baumstämmen. So! Pflanzen können durchaus etwas sagen. Sie können singen und kommunizieren. Wie wäre es wohl, wenn man genau da, wo die Bäume einmal standen, auf den Instrumenten spielen würde? Was würde der Wald dazu sagen?

Er redet von Mysterien: Wie kann es sein, dass eine Kuh nur

Gras und Wasser braucht, damit weiße Milch aus ihrem Euter kommt? Was ist das für eine Verwandlung? Und wie kann es sein, dass eine Pflanze nur Licht, Luft und Wasser braucht, um grün zu werden?

Dann zeigt er eine Silberdose, die ein Pulver enthält.

»Eine Rose kann aus ihrem eigenen Staub wiederauferstehen«, sagt er und schüttelt die Dose vorsichtig. »Und jetzt werdet ihr die Anleitung dazu hören, die man genau befolgen sollte.«

Er öffnet ein zerfleddertes alchemistisches Buch und liest: »An einem sternenklaren Abend nehme man zwei Hagebuttensamen, zerreibe sie und verstreue sie auf einem großen weißen Laken, das zwischen vier Pfeilern aufgespannt wurde. Man lasse die Samen vom Tau durchfeuchten, lege sie in eine Glasschale und gebe zermahlenes Glas und Natron hinzu. Diese Schale platziere man in einem Haufen Pferdemist. Einen Monat darauf werden die Samen auf dem Boden der Schale an einen Klecks Gelee erinnern. Oben treiben nun ätherische Öle wie eine verschiedenfarbige Haut, und zwischen diesen beiden Substanzen ist ein grünlicher Belag erkennbar. Wenn man diese Substanzen im Laufe des Sommers dem Mondschein aussetzt, werden sie mit der Zeit aufquellen, und der Belag wird abnehmen. Nun kann man dies alles endlich in die Sonne stellen, und die Rosenpflanze wird allmählich wieder auferstehen, wobei sie wolkenartige Ausdünstungen ausstößt. Mit der Zeit verwandeln sich die Wolken zu blauem Staub, und aus dem Staub bilden sich der Stamm, die Blätter und Blumen. Immer wenn man die Rose aus der Sonne entfernt, verschwindet sie in einem großen Durcheinander wieder auf dem Boden der Schale. Setzt man sie dann erneut der Wärme aus, wird dieser pflanzliche Phönix stets aus der Asche wiederauferstehen!«

Der Sohn des Zaren schwankt und wendet sich der Rose zu, die auf einem kleinen Tisch aus Ebenholz steht.

Ihre Dornen werfen Schatten an die Bernsteinwände, die drei kleinen, stacheligen orangefarbenen Hagebutten erinnern an Kerzen. »Immer, wenn ich diese Pflanze gieße, rede ich mit ihr.«

Er holt eine Kupferkanne unter dem Tisch hervor und gießt die Rose. Im Salon wird es so still, dass man die Pflanzenerde schwappen hört.

»Jetzt stellen wir die Rose einmal hier ab, und ich setze mich ans andere Ende des Zimmers und sage etwas. Bitte beachtet, dass der Lichteinfall von allen Seiten gleich ist. Ihre Bewegungen hängen also nicht damit zusammen.«

Seine Frau sitzt in der ersten Reihe. Ihre Hände sind gefaltet, ihr Gesicht ist starr auf das verschnörkelte Muster des Bodens gerichtet, als würde sie am liebsten darin versinken.

Der Sohn des Zaren setzt sich auf seinen Stuhl. Er redet und redet. Über seine einsame Kindheit, dass er für einen Idioten gehalten wurde, *dass so einer Zar werden kann!* Ein Zar brauche aber nicht einsam zu sein, solange er nur eine Menge Pflanzen besitze.

Der Zarensohn seufzt und fasst sich an die Stirn.

»Komm schon, beweg dich. Sieh mich an!«

»Einige Blätter haben sich gedreht«, sagt seine Frau. »Ja, doch, sie haben sich bewegt …«

Sie begräbt ihr Gesicht im Taschentuch. Der Jäger, der hinter ihr sitzt, tätschelt ihr vorsichtig den Arm.

»Na gut«, lallt der Sohn des Zaren und kippt noch ein Glas hinunter, »dann überlassen wir die Pflanze ein wenig sich selbst. Stattdessen sollt ihr etwas über das Waldmädchen hören. Wisst ihr, dass ich ein wildes, grünliches Menschenwesen hier einquartiert habe? Sie hat immer im Wald gelebt und gehört einer eigenen menschlichen Art an. Vielleicht kann sie mit Gottes Stimme sprechen, denn sie hat nie mit anderen Menschen zusammengelebt. Sobald sie mir vertraut, werde ich alles niederschreiben, was sie sagt. Ich werde ein Wörterbuch erstellen …«

Seine Frau wird immer blasser. Sie versucht aufzustehen.

»Damals, als wir ohne Kleidung durch die Gegend liefen, bevor wir aus dem Paradies vertrieben wurden, haben wir kein Fleisch gegessen. Die Menschen lebten von Samen und Früchten, steht in der Bibel. Es gab noch keine Menschen, die dachten: ›Ich fälle einen Baum, ich baue etwas. Ich schieße ein Tier, ich esse es.‹«

Der Sohn des Zaren zeigt mit den Händen Schwesters Form und Größe an. »Schaut nur, so klein. Und dann ist sie auch noch schwanger!«

Seine Frau stützt sich auf die Armlehne des Stuhls und steht auf. »Gute Nacht!«

Als der Sohn des Zaren gehen will, kann er nicht mehr laufen. Wie erstarrt steht er da, mit langen Rotweinstreifen auf der Kleidung.

Die Diener stützen ihn auf dem Weg ins Schlafzimmer. Er möchte seine Frau bei sich haben und brüllt, dass es durch die Gänge hallt, es werde schon gehen, das mit dem Kind. Er schreit es noch einmal durch das Schlüsselloch, nachdem sie ihre Schlafzimmertür von innen verriegelt hat. Anschließend reißt er sich los und wankt die Treppen auf und ab. Torkelt durch die Gänge und Säle. Der Rotwein dampft aus seinem Mund, er grölt: »Versteht ihr denn gar nichts?«

Er zieht seine Runden durch das Schloss, die Lichter gehen aus, die Gänge werden schwarz. Das einzige Licht, das ihm noch bleibt, ist die weiße Kerze, die er in der Hand trägt und die seinen Schatten schief und in die Länge gezogen an die Wand wirft.

Wo ist sie, wo ist das Waldmädchen, wo war noch das Zimmer? Ja, da ist die Treppe, sie hört gar nicht mehr auf. Ganz oben angekommen, fällt er vor der Tür auf die Knie. Er hat den Schlüssel in der Tasche, doch seiner Hand gelingt es nicht, ihn herauszuziehen und das Schloss zu treffen.

17

Schwester trinkt aus dem Wasserglas, das der Zarensohn an ihre Lippen hält und von dem er anschließend selbst einen Schluck nimmt. Er hat abgenommen, die Augen sind tief in den Höhlen versunken. Seine Hände wirken unsicher, die Stimme ist dünn, sein Atem riecht nach saurem Moorboden: »Du vermisst den Wald, du vermisst dein Kalb. Du vermisst …«

Er schüttelt den Kopf. Er hat ihr kleine Bäume und andere Pflanzen mitgebracht, die er selbst am Waldrand ausgegraben hat. Zweige mit braunen Blättern, ein wenig Gras in einem Topf. Einen Ast mit frostgeschädigten Wildäpfeln, ein noch grünes Löwenzahnblatt und eine welke Brennnessel. Auf dem Tisch neben dem Bett stellt er die Rose ab. Er bringt ihr alle pflanzliche Nahrung, die er finden kann: Kohl, Obst und Samen. Er steckt sie ihr in den Mund, sie zerkaut sie krachend mit den Zähnen. Der Kiefer ist der einzige Teil ihres Gesichts, der sich bewegt.

Der Sohn des Zaren knuspert mit, er isst kein Fleisch mehr, obwohl der Arzt weiterhin behauptet, dass es ihm guttun würde.

Anschließend schlägt er die Decke zur Hälfte herunter und streichelt ihren Bauch, legt die Wange daran, spricht stundenlang mit dem Kleinen. Er sagt, er könne die Vögel hören: Da ist die Amsel, da ist der Eichelhäher, da sind die Nachtigall und der Specht. Dann hört er den Wind, der an den kleinen Blättern rüttelt, und eine Tanne, die ihre Nadeln verliert. Da ist eine

Wasserminze, die Wasser aus einer Quelle saugt. Ein Flussbarsch springt, ein Hirsch reißt die Rinde von einem Baum und beginnt zu kauen.

Der Zarensohn kichert, wenn das Kind hüpft und tanzt, sodass sich der Bauch hebt und senkt wie ein Schwingrasen. Er spricht mit väterlicher Stimme und fragt, wann man denn vorhabe, zur Welt zu kommen?

Schwester liegt da, mit Schmerzen tief in ihrem Hinterkopf. Wenn sie aufsieht, verschwimmt der Arm des Zarensohns vor ihren Augen mit den Rosenzweigen: Finger, Dornen und Klauen.

Er zieht die Decke ganz von ihr weg, säubert die Wunde an ihrer Schulter, cremt sie ein und wechselt den Verband. Die Wunde ist kleiner geworden, aber längst nicht verheilt, und gleicht selbst einem Rosenblatt.

Er drückt einen kleinen Kuss darauf.

Der Zarensohn beauftragt einen Diener damit, die Fenster zu putzen, damit mehr Licht hereinfällt und Schwester besser hinaussehen kann. Er legt das Ohr an ihren Mund, hört aber nur einen Atemhauch.

»Erzähl mir vom Wald …«

Schwesters Augen blinzeln nie, doch immer wieder gleitet Salzwasser über ihre Hornhaut, wie bei einer Überschwemmung. Auf diese Weise trocknen sie nie aus.

Als der Sohn des Zaren geht, schließt er die Tür hinter sich ab, doch es sind keine Schritte treppab zu hören, denn er bleibt stehen und späht durch das Schlüsselloch. Er betrachtet seine Rose und horcht, ob das Mädchen nicht doch etwas sagen wird?

Schwester blickt zum Fenster, ist noch immer niemand am Waldrand zu sehen?

Da kommt er wieder herein und sagt: »Jetzt weiß ich es!«

Er hat einen Wolfspelz über dem Arm und trägt selbst einen langen Bisonmantel.

Schwesters Oberkörper wird aufgerichtet, er schafft es, sie in den Wolfspelz zu stecken, der ihr bis zu den Fesseln reicht. Er riecht nach grauer Haut ohne Blut und Leben.

Dann schließt er die Tür von innen und öffnet den Kleiderschrank. Mit einem geheimnisvollen Lächeln entfernt er die Rückwand: Zwischen den Bügeln befindet sich ein Loch!

Er hebt sie zu einer schmalen, steilen Treppe.

»Hier gibt es massenweise Geheimgänge«, sagt er und keucht im feuchten Schimmelgeruch, als sie im Dunkeln die gewundene Treppe nach unten kreiseln. Ab und zu schlägt er versehentlich ihren Kopf gegen die Mauern, ohne es zu bemerken.

Dann sind sie unten angekommen, und es geht geradewegs auf einen weißlichen Schein zu. Er zieht sie von oben durch ein Loch und legt sie auf dem Boden ab.

Sie befinden sich am Waldrand. Schwesters zurückgelassenes Fenster leuchtet wie ein Stern. Die Herbstluft ist eisig auf ihrem Gesicht, sie fröstelt in ihrem Pelz.

Er setzt sich neben sie auf einen Baumstumpf. Er hat dafür gesorgt, dass ihr Gesicht zu seinem aufsieht.

»Ist es gut, wieder hier zu sein?«

Die Bäume rauschen, der Waldboden riecht nach der Eiche. Der Sohn des Zaren redet und redet. Über alles, was er hier draußen hört, riecht und denkt. Wie groß seine Sehnsucht ist. Während er redet, bewegt sie die Augen ein klein wenig. Im Gras sieht sie Spuren von einem nahezu ausgewachsenen Hirsch. Er hat eine Weile verharrt, genau hier. Hat er auf das Schloss geblickt? Tief drinnen, in Schwesters Bauch, bahnt sich ein Schrei an.

Zwischen den Bäumen regt sich nichts.

Der Zarensohn flüstert: »Süßes Mädchen, im Frühjahr

kannst du wieder herkommen. Dann baue ich dir eine Hütte, wo ich dich besuchen kann.«

Er sieht sich im dunklen Fächer der Bäume um. Er spricht von der Weite des Waldes, die unendlich sei, wenn man im Kreis gehe. Der Zarensohn holt tief Luft und spricht vom Leben unter der Erde. Was geschieht, wenn wir sterben und begraben werden. Die Pilze fressen die Leiber. Auch die Wurzeln der Bäume verzehren uns. Die Natur ist das lebendige Tote.

Plötzlich krümmt er sich vor Schreck zusammen. Für einen Moment sieht er aus, als hätte er Krämpfe. Doch dann sieht er Schwester an, und das helle Glück ist wieder da.

»Hat dir die frische Luft gutgetan?«, fragt er lächelnd.

Während sie dort liegt und zu den Baumkronen aufsieht, beugt er sich herab und öffnet den Wolfspelz. Er betastet den Bauch, versucht, das Kleine zu finden. Dann öffnet er seinen eigenen Mantel und zieht die Hosen herunter. Der Zarensohn versucht, ihre Beine auseinanderzudrücken. Irgendjemand muss ja schon einmal dort gewesen sein, denn wo sollte das Kind sonst herkommen? Seine Erektion überkommt ihn, er legt sich auf allen vieren über sie.

Dann schreckt er hoch, stürzt hinter einen Baum und bewegt sich eine Weile nicht mehr.

In diesem kurzen Moment der Einsamkeit spürt Schwester etwas unter sich. Eine zusammengerollte Schlange? Ein großes Schneckenhaus?

Es ist eine geflochtene Schnur. Die des Kalbes, der Mutter? Nein, sie ist viel länger. Ein Geschenk von Bruder? Sie ist unregelmäßig, gleicht beinahe drei Schlingpflanzen, die einander selbst gefunden haben.

Der Zarensohn kehrt zurück, er hat die Hose wieder hochgezogen, seufzt herzzerreißend und faltet Schwester zusammen wie einen Grashüpfer. Das Seil wird zwischen ihren Oberschenkeln und ihrem Bauch mitgezogen.

Über den geheimen Gang trägt er sie wieder zurück, die Wendeltreppe hinauf und durch die Rückwand des Schranks ins Zimmer. Er legt sie auf die Seite und deckt sie zu. Schwester bekommt einen Gutenachtkuss. Er entzündet eine Kerze neben ihrem Kopfende und sieht nach, ob sie noch etwas Grünes auf dem Teller hat. Er gießt alle Pflanzen, nickt seiner Rose zu.

Dann verschließt er die Tür und geht mit gebeugtem Rücken nach unten. Das Seil ragt unter Schwesters Hüfte hervor, es fällt mit einem Klatsch auf den Boden und verschwindet unter dem Bett.

18

Ein Blubbern und Zischen im Wasser, zehn Zehen und zehn Finger, und alle piksen. Die Bauchhaut ist eine Eierschale, die Sonne ist das Eigelb. Schwester versucht hineinzusehen. Ein verfrorenes Junges in einer Eiche oder ein schwitzendes Baby in der Wiege des Herrschers, was ist besser? Und wozu wird es sich dann entwickeln? Zu einem zarten, feinen Knospengebilde oder einer Missgeburt?

Der Arzt sagt erneut, sie solle Fleisch essen. Wenn sie kein Eiweiß zu sich nehme, werde das Kind sterben. Nach wie vor ist er der Meinung, ihre Gesichtsfarbe hänge nicht damit zusammen, dass sie ein Waldmädchen ist, sondern mit ihrem Hunger, und sie werde wieder hübsch und braun werden, wenn sie erst richtig esse.

Nichtsdestotrotz produziert ihr Körper Sahne. Weiß-grün rinnt es von ihren Brüsten und läuft an ihren Seiten entlang, süßlich und würzig.

»Die Geburt wird schon gutgehen«, sagt der Zarensohn, nachdem der Arzt verschwunden ist. »Einfache Menschen können das, genau wie die Tiere. Hast du jemals von einem Tier gehört, das eine Hebamme brauchte? Das Weibchen zieht sich an einen entfernten Ort zurück, damit niemand es sieht. Die Tierjungen können schon kurz nach der Geburt stehen. Bei den Hirschen dauert es nicht lange, bis die Jungen genauso schnell laufen können wie die Mutter.«

Er legt das Ohr an ihren Bauch und lächelt frühlingshaft. Er spricht von Buchfinken, Veilchen und Hundskamillen. Er spricht von einer Lichtung, wo die Sonne in einem langen gelben Strahl hereinfällt, während es gleichzeitig regnet, sodass die trockenen Blätter nach feuchter Erde riechen.

Jedes Mal, wenn er zu Besuch kommt, hat sich die Rose ein Stückchen weiter zu Schwester hinabgebeugt. Mit ihren drei roten stacheligen Hagebuttenherzen ringelt sie sich direkt über ihrem Gesicht.

»Sieh nur«, sagt er, »die Rose mag dich!«

Schwester döst ein, doch das Kind weckt sie mit einem Sprung.

Irgendjemand späht durch das Schlüsselloch. Der Sohn des Zaren? Nein, ein blaues und ein graues Augenpaar. Alle vier kalt und schmal.

Es sind ein Mann und eine Frau, die dort draußen stehen und flüstern.

Unten auf der Wiese gehen der Jäger und die Frau des Zaren in langen Mänteln umher. Sie wackelt mit ihrem Apfelbauch und erinnert in ihrem Pelzhäubchen an ein Kaninchen. Er geht mit geradem Rücken, sie nimmt seine Hand, blickt darauf hinab und streckt ihm ihr Gesicht entgegen. Sie stehen genau da, wo Schwester und der Zarensohn lagen. Die Frau des Zarensohns gestikuliert, der Jäger legt ihr eine Hand auf die Schulter. Dann sehen sie zum Schloss hinauf, und Schwester schließt die Augen.

Später kommt der Jäger mit einem toten Hirsch auf einem Karren aus dem Wald zurück, der Kopf des Tieres schlägt von einer Seite zur anderen. Für einen Moment hat sie das Gefühl, als würden Bruders Augen, grau und tot, direkt zu ihr aufsehen.

Schneeflocken schlängeln sich im Wirbelwind. Der Sohn des Zaren erhebt sich schwer vom Stuhl neben Schwesters Bett. Sein Gesicht hat die Farbe von bepinkeltem Schnee.

Die Rosenzweige beugen sich herab. Die Hagebutten hängen wie Tropfen. So tief herab, dass die stacheligen Früchte über Schwesters Bauch kratzen.

In dem Moment, als das Morgenlicht gerade das Fenster trifft, schreckt das Kind zusammen, kreischt beinahe im Bauch. Schwester atmet aus und macht sich flach. Ihre Augen bewegen sich, und sie sieht auf. Dort im Schlüsselloch sieht sie erst die blauen Augen und dann eine glänzende Mündung. Es klickt, ein Hahn wird gespannt, ein Knall ertönt, und der Splitter eines Rosenzweigs steckt hinter ihr am Kopfende des Bettes.

Schockiert riecht Schwester das erwachende Blut des alten Baums.

Der Rosenzweig hatte die Flugbahn der Kugel geändert, doch währenddessen hat sich ein anderer Zweig gebückt und ihre Bauchhaut gepackt. Dort drinnen liegt das Kleine mit großen Ohren.

Jetzt ist fast alles, was der Zarensohn Schwester zum Essen bringt, gelb geworden. Er entschuldigt sich mit dem starken Frost.

Der Wind pfeift durch den Schornstein, der Luftzug lässt das Kaminfeuer aufflackern.

Der Zarensohn sieht, dass der Rosenzweig rote Stiche auf Schwesters Bauchhaut hinterlassen hat. Er zieht die Dornen heraus, einen nach dem anderen, und rückt die Rose ein Stück weg. Aber kann sie Schwester vielleicht trotzdem wieder erreichen? Er hat Ausschlag an den Händen, der sich in roten Streifen die Arme hinauf ausbreitet. Schwesters Bauch ist gelblichgrün wie immer.

Dann hören sie es von den Gängen, durch den Boden und den Kaminschornstein: Die Frau des Zarensohns schreit und brüllt.

19

Brennholz wird hereingetragen. Geräusche und Stimmen aus dem Schornstein. Ihre Hoheit wünscht, dass beide Kamine eingeheizt werden.

»Ist es so weit?«

»Sie möchte ins Bad. Das ist alles, was wir gehört haben.«

Im Hof wird Holz gespalten.

Schwester hat an diesem Morgen weder Besuch vom Zarensohn noch vom Arzt, nur ein Dienstmädchen kommt. Mit angsterfüllten Augen schenkt es ihr hastig frisches Wasser nach und legt einige Kohlblätter auf den Teller.

Schwester schläft ein, gegen Nachmittag weckt das Kind sie mit Tritten. Überall ist Rauch, und das Schloss knarrt und kracht.

Die Zweige der Rose haben sich wieder gesenkt, die Dornen kratzen an ihrem Bauch, die Hagebutten zittern direkt über ihrem Mund. Das Kind dehnt die Bauchhaut, bis sie dünn ist, als versuchte es, zwischen den Zellen hindurchzusehen.

Schreie und Geheul, Getrampel auf den Treppen und platschendes Wasser.

Schwester hustet, versucht zum ersten Mal aufzustehen, doch der Körper gehorcht ihr nicht. Nur das Kind steht auf, aber es kann ja nicht ohne Schwester laufen.

Du bist mein, denkt sie, *du bist das Einzige, was ich je gehabt habe, du bist mein.*

Das geflochtene Seil liegt noch immer unter dem Bett, und es reicht mehrere Etagen hinab.

Im Zimmer wird es immer nebliger. Woher bekommt sie jetzt Kraft? An die Kohlblätter auf ihrem Teller kommt sie nicht heran, aber die Hagebutten sinken näher. Schwester holt Luft und pustet. Drei lackrote Hagebuttenherzen lassen ihren Stängel los und fallen in ihren Mund. Sie stechen auf der Zunge und in der Mundhöhle, doch Schwester zermalmt sie zusammen mit den trockenen, klebrigen Kelchblättern. Die kleinen tropfenförmigen Samen unter dem Fruchtfleisch brennen, und der Saft geht ihr schnell ins Blut über. Schwesters Körper kribbelt bis in die Fingerspitzen, bis in die Zehen hinab. Auch im Kind kribbelt es.

Erst richtet Schwester den Oberkörper auf und sitzt für einen Moment mit dem Rücken am Kopfende des Bettes. Dann stellt sie die Füße auf den Boden. Anschließend stemmt sie sich mit den Händen hoch, steht mitten im Zimmer, und das weiße Nachthemd fällt an seinen Platz. Ein paar vorsichtige Schritte, eine Runde durch den Nebel. Sie bleibt vor dem Fenster stehen.

Langsam strecken sich meine Arme und öffnen das knarrende Fenster. Mein hustendes Gesicht gelangt ins Freie, meine Lunge wird mit Sauerstoff gefüllt. Plötzlich habe ich das Seil an den Bettpfosten gebunden und mache einige zusätzliche Knoten, dann starre ich in das flammengelbe Gras.

Einst habe ich im Wald gelebt, war es gewohnt, auf Bäume zu klettern und litt wohl nie an Höhenangst. Doch welche Muskeln sind in meinem Körper noch übrig?

Trotzdem wickeln sich meine Beine um das Seil, und ich lasse das Fensterbrett los. Die Rindenstreifen sind nach wie vor frisch, das Seil ist elastisch. Eine überraschende Kraft hält meine Knochen und Sehnen zusammen, als ich langsam am Seil hinunterrutsche. Immer, wenn ich an Flammen vorbeikomme, spritzt der Speichel aus meinem Mund, und das Feuer zischt.

Tiefer und tiefer hinab. Wann erreiche ich das Gras?

Dann hört das Seil plötzlich auf. Das Ende peitscht wie ein Schwanz zwischen meinen Beinen, ich schaukele vor und zurück: ins Schwarze, gegen die Mauer. Ein Stückchen weiter unten ist ein Fenster. Meine Hand bekommt eine Efeuranke zu fassen, meine Füße erreichen den Fenstersims. Meine Stirn stößt krachend gegen die Scheibe.

Das Zimmer ist schwarz vor Ruß, und es riecht nach verbranntem Fleisch. Die Hitze ist schmelzend, aber das Feuer muss in die anderen Zimmer des Schlosses weitergewandert sein.

In einer Ecke liegt ein Mann auf dem Rücken. An seinem kleinen Finger sitzt ein schmaler Goldring mit einem Quarz.

Seine Augen haben keine Farbe mehr, sein Gesicht ist grässlich verbrannt.

Meine Finger ziehen an dem Ring, bis er nachgibt. Das Gold ist brennend heiß, als meine rechte Hand den Ring an den Ringfinger meiner linken steckt.

Meine Füße laufen weiter nach unten, durch schwelende Säle. Die ausgestopften Tierköpfe sind in sich zusammengesunken, in einem Saal rinnt der Bernstein von den Wänden, und die Funken schwirren umher wie seltsame Insekten. Die Ziegelsteine glühen lavarot.

Treppe für Treppe, Gang für Gang. Wie lange können drei Hagebutten einen Körper tragen?

Draußen im Hof steht ein Kreis aus Menschen: Der Sohn des Zaren, seine Frau, einige Diener. Sie leuchten goldfarben im irrsinnigen Feuerschein. Seine Frau steht neben ihm, ihr langer Zopf hängt über Brust und Bauch, ihr Stirnhaar wird von einem Band zurückgehalten. Doch das Kind ist noch nicht gekommen.

Sie stößt einen herzzerreißenden Schrei aus, als sie den Ring erblickt. Der Zarensohn gibt keinen Mucks von sich, starrt mir nur steif hinterher.

Die Flammen steigen aus dem Schloss empor. In meinem Kopf gleichen sie Engelsfiguren, die zum Himmel fliegen und bald die Sterne berühren werden.

Meine Beine beginnen zu rennen, mein Bauch wölbt sich vor meinem Körper, der auf und ab schaukelt wie der eines kleinen Kindes und im Wald verschwindet, zwischen den kalten Stämmen. Er hinterlässt eine weiße Spur aus Asche. Jetzt bin ich fast wie Rauch, der weiterweht, ohne die Äste zu berühren.

Die Augen des Zarensohns sitzen immer noch in mir fest, und meine Traumgedanken brennen.

Ich spüre, dass die Tiere mit mir zusammen laufen, parallel, wie Schatten hinter den Bäumen: die Hirsche, die Wildschweine, die Wölfe, Elche, Bären, Dachse, ein Bison?

Meine Flucht verlangsamt sich, die Tiere legen sich hin und verschnaufen. In diesem gemächlicheren Tempo spüren meine nackten Füße erneut die Steine, Blätter, Wurzeln, kleinen Äste, Eicheln und Bucheckern. Dann kommen die dunklen Tannen, deren Nadeln den Boden bedecken, glatt, dicht nebeneinander, wie flachgedrücktes Glas.

Hier ist es so still. Ein Moor, dann wieder Nadelwald. Meine Beine bleiben stehen. Meine Ohren horchen. Die Rufe und Schreie, die sich in den Ohren festgesetzt hatten, verstummen. Jetzt ist nur noch das alte Rauschen der Baumwipfel zu hören.

Hier ist das tiefe Schwarz, ich bin angekommen.

Lange Zeit kann ich weder meine Hände noch meinen Bauch sehen.

Ein Streifen Morgenblau fällt herab. Ich liege auf einer winzigen Lichtung zwischen überwucherten alten Mauerresten. Die Sonnenstrahlen haben nicht genug Kraft, um Schnee oder Erde zu schmelzen, aber sie dringen durch mein weißes Nachthemd und meine blasse gelbgrüne ausgedehnte Haut.

Säugetiere leben länger als Insekten, Menschen länger als die meisten Säugetiere. Bäume können länger leben als Menschen. Die Erde lebt länger als die Bäume. Die Sonne lebt länger als die Erde, und Kristalle können unendlich leuchten.

Ich weiß genau, dass man nicht in die Sonne sehen soll, aber meine Augen tun es trotzdem, während meine Atemzüge und Herzschläge immer langsamer werden. Der blaue Himmel leuchtet durch die blasse Bauchhaut. Ob das Kind grün gefärbt wird? Ich merke, wie es den Kopf dreht, sodass es durch seinen Nabelstern zur Sonne hinaufsieht.

Es wird wieder Nacht, mein Körper hat immer noch ein wenig Tageswärme in sich, und sie hält an, bis die Sonne aufgegangen ist und das Herz und Blut dazu bringt, sich wieder in Bewegung zu setzen.

Etwas hat sich in meinem Bauch festgesetzt, dicht neben der Gebärmutter, und es juckt wie ein Hagebuttensamen. Ist das auch ein Steckling, der keimt und sich liebevoll in das Kind hineinbohrt?

Als Letztes merke ich wohl, wie sich meine Schulterwunde verschließt. Vielleicht bleibt nicht einmal eine Narbe zurück. Stattdessen strömen Duft und Geschmack aus meinen Knochen, meinem Fleisch und meiner Haut.

Ich bin zu einer warmen Suppe geworden.

An meinem Finger sitzt der Ring mit seinem Quarz. Mutters oder Vaters Ring, der Ring des Jägers oder des Kalbs? Mein oder Bruders Ring?

Die Sonne blitzt auf den Stein, das Licht wird zurückgeworfen und wieder von der Sonne reflektiert, und von dort fällt es sicher auf irgendeine andere Stelle im schwarzen Wald hinab. Dort kann es den Stein in einem anderen Ring erleuchten.

20

Jemand tritt auf die Lichtung. Ein Kopf mit einem Geweih, das nur ein einzelnes Ende hat. Gesicht, Hände, Arme und Beine sind geschwollen von Schrammen und Stichen. Er hat Menschenfüße und hinterlässt dennoch Klauenspuren. Unter seinen gewickelten Lederschuhen sitzen zurechtgehackte Holzstücke in der Form von Hirschhufen.

Seine Vorderbeine, die Arme, hängen am Körper herab.

Tiere können riechen, dass er ein Mensch ist, Jagdhunde auch. Doch ein Jäger kann sich durchaus täuschen.

Am Ringfinger trägt er einen Goldring mit einem Quarz. Den hatte er am Waldboden gefunden, unweit der Eiche, halb in einem Moosbüschel versunken, zusammen mit einem kleinen Hirschschädel und einer blassen Wirbelsäule.

An jenem Tag wollte Bruder sterben, doch das Seil hielt nicht.

Schwester liegt in ihren Dornen und sieht leuchtend zur Sonne auf, wenngleich ihre Augen blind wirken.

Atmet sie? Schlägt das Herz, oder ist es nur ein schwacher Luftzug über der Brust, der die grünen Blätter des Rosenstrauchs zittern lässt? Ihre Wangen sind rot, das Haar ist lang und buschig.

Der andere Goldring sitzt locker an Schwesters Ringfinger.

Bruder kniet sich neben sie, so gut es trotz der Dornen geht.

Starr wie eine Salzsäule betrachtet er die Zweige, die aus ihrem Bauch wachsen. Schwester duftet wundervoll.

»Schwester«, ruft er mit heller Stimme.

Sie antwortet nicht, aber sein Hunger wird gedämpft.

Dann steht er auf, wie ein Waldkönig, mitten im Sonnenfleck. Sein Geweih schaukelt vor und zurück, er bindet es besser fest.

Bruder geht durch den Wald, aber er ist immer ganz in der Nähe.

21

Die Ruine liegt verlassen da. Die Ziegelsteine sind rußig, die Fensterscheiben zerbrochen, die kostbaren Möbel, die gerettet werden konnten, wurden abtransportiert. Alles andere haben die Leute aus der Gegend bei Nacht und Nebel weggeschleppt: ein Nachttisch, ein angeschlagenes Glas, ein ausgesägter Dachbalken oder ein Rest vom Kupferdach.

Mauerraute, Efeu und Winden saugen sich fest, nagen am Travertinsockel der Ruine. Eine Buche, die im Sturm entwurzelt wurde, ragt durch eine Fensternische. Moos gesellt sich dazu, sucht sich seinen Platz.

Auf der Wiese und auf den Spinnwebwegen sprießen kleine Birken und Vogelbeeren.

Ein Zar bewegt sich durch die Städte seines Reiches, um zu sehen, ob alles in Ordnung ist. Für einen Augenblick herrscht Frieden im Land, und er möchte seinem Jagdwald einen Besuch abstatten.

Der Sohn des Zaren sei alt genug, um eine Jagd mitzuerleben, hatte seine Mutter gesagt.

Zum ersten Mal verreist er ohne sie und sein Kindermädchen.

Vor den Häusern am Zarenweg stehen die Einheimischen. Ihre mageren braunen Hände winken, ihre schmalen Rücken verbeugen sich knackend. Der Zar und sein Sohn nicken ihnen zu. Aus den kleinen Schornsteinen strömt ein kräftiger, guter

Duft, das finden sie beide, aber der Zar möchte nirgends Halt machen.

Als sie den Jagdweg erreichen, schließen sie die Fenster und verlassen das Automobil. Die Pferde stehen bereit.

Sie reiten in die Dunkelheit, die Spinnwebwege sind von Unkraut befreit worden.

Die Zelte sind so groß, dass man darin stehen kann. Es gibt Tische und Stühle, Feldbetten und Decken. Das Lager liegt im Schutz der schwarzen Flammenzeichnungen der Ruine.

Der einheimische Jäger erzählt dem Sohn des Zaren, er brauche keine Angst zu haben. Er selbst glaube nicht an Gespenster. Aber vielleicht hat der Kleine noch nie etwas von Gespenstern gehört. Er ist erst sechs Jahre alt. Vielleicht war es dumm, sie überhaupt zu erwähnen?

Die Pferde grasen auf der Wiese, während die Männer die kleinen Bäume beseitigen, die im Laufe der Jahre gewachsen sind. In der Dämmerung streift eine Gruppe von Hirschkühen über die offene Fläche. Sie sind nach dem Schlossbrand geboren und haben wohl vergessen, was ihre Vorfahrinnen erleben mussten. Das Gras schmeckt süßlich, die Pferde genießen es. Die beiden Herden beäugen einander.

Der Zar ist in keiner guten Verfassung. Sofort nach der Ankunft legt er sich hin. Er erbricht sich in eine Waschschüssel und muss auf dem Weg zur Toilette gestützt werden. Die Gesellschaft hat Wasser aus dem Schlossbrunnen getrunken, doch außer ihm ist niemand krank. Der Arzt untersucht ihn, fühlt seinen Puls, horcht sein Herz ab. »Können Sie einatmen? Tief in die Lunge hinein?«

Sein Magen beruhigt sich ein wenig, nachdem er eine Schale

Grütze gegessen hat. Die Jäger werden ungeduldig. Viele sind schon vor Tagen angereist und haben Trophäen gefangen, die jetzt ringsherum in Gehegen und Kisten warten.

Bis auf Weiteres müssen sie vom mitgebrachten Proviant leben. Ehe die richtige Jagd eingeläutet wird, darf niemand schießen, weil man die Beute nicht zu sehr verängstigen möchte.

Dörrfleisch, trockenes Brot, Obst mit Druckstellen.

Die Jäger sitzen im Gras und spielen Karten.

Der Wald ist wie ein Bett mit einer darüber gebreiteten Decke. Schon nach kurzer Zeit kann sich kaum noch jemand vorstellen, dass es etwas anderes auf der Welt gibt als den Wald.

Mitten in der Nacht erhebt sich der Zar mit eingesunkenem Bauch. Mit einer Laterne in der Hand schleicht er durch die ausgebrannten Säle. Er leuchtet in die Ecken, späht zwischen die Mauerbrocken, schnuppert die Luft ein.

Dann kehrt er mit seinem flackernden Licht zurück. Prustet und stöhnt, hat Schmutz im Gesicht und an den Händen. Für einen Moment starrt der große Mann zum dunklen Wald hinüber, und die lähmende Angst überwältigt ihn beinahe. Diese Reihe von Bäumen, die dort steht und den Weg versperrt. Diese groben Stammgesichter, diese langen, stechenden Nadelhände. Die großen krummen Wurzelfüße, und ein Brüllen im Wind: *Du bist hier nicht willkommen!*

Kleine Kinder werden früh wach. Der Sohn des Zaren schläft in einem anderen Zelt als sein Vater, nicht nur der Ansteckungsgefahr wegen, sondern weil sie auch sonst getrennt nächtigen. Ein Diener liegt schnarchend neben dem Jungen.

Sehnt er sich nach seiner Mutter oder dem Kindermädchen? Jedenfalls muss er mal. Man hat ihm gesagt, er dürfe nicht allein in den Wald gehen. Zwischen den Bäumen verliere man schnell die Orientierung, weil dort drinnen alles gleich aussehe.

Der Junge möchte an einen Baum pinkeln, genau wie die Männer. Doch erst steht er eine Weile da, vor dem stillen Zelttuch, und starrt in Richtung Wald.

Ein kleiner Atemhauch lässt ein Rosenblatt leicht erzittern. Auf dem Blatt hockt eine Spinne, die sich gerade abseilen will. Der Faden wird gestrafft, und sie spinnt weitere Fäden, um zu einem anderen Blatt hinüberzugelangen. Auf dem höchsten Rosenzweig sitzt ein Kleiber, der die Spinne entdeckt und sie frisst. Die Rosenzweige schwanken, als der Vogel aufflattert und sich auf einen dünnen Buchenzweig im Dickicht setzt, der sein Gewicht gar nicht tragen kann. Der Zweig peitscht herab auf einen Ast, der nach oben schwingt. Als die Sonne aufgeht und der Wind auffrischt, biegt sich der ganze Baum, und das erste Herbstblatt löst sich. Es fällt nicht senkrecht herab, sondern trudelt zwischen den Bäumen entlang bis in einen Bach. Dort treibt es dahin und gesellt sich zu anderen Zweigen und Blättern, die in einer Biegung festhängen. Dann setzt es seinen Weg fort bis in einen See, wo es von einer Welle erfasst und bis über das Ufer hinausgetragen wird. Das Wasser erreicht eine Wurzel, die schon lange nicht mehr so viel Wasser bekommen hat. Der Baum streckt sich ein wenig, wächst einen Viertelmillimeter und beschattet nach einem jahrelangen Kampf endlich einen anderen Baum. Oben am Himmel schwebt eine Regenwolke vorüber. Ehe die Tropfen fallen, fegt ein Windstoß über die Baumwipfel und trägt Schwesters Geruch mit sich.

Er wirbelt bis zu dem kleinen Zarensohn, der dort steht, vor dem Zelt, ganz allein.

Vielleicht ist seine Nase feiner als die der anderen? Die Pferde grasen, kauen in der Dämmerung. Sie heben nicht die Köpfe, achten wohl eher auf Raubtiere.

Der Junge macht sich in die Hose, rennt los, ist bald im hohen Gras verschwunden, steuert auf den dunklen Waldrand zu. Er hat Instinkte und Ahnungen, aber ein richtiges Waldkind ist er nicht, denn dann hätte er den Duft schon viel früher wahrgenommen.

Der Junge geht und geht. Alles schließt sich hinter ihm wie ein Theatervorhang, und er blickt nicht zurück. Er folgt dem Duft, der sich um Büsche, Seen und Moore windet, er springt über Bäche. Sein Magen knurrt. Vielleicht denkt er an die Amme, die er vor langer Zeit einmal hatte?

»Ich bin eingeschlafen«, schluchzt der junge Diener, der auf den Jungen aufpassen sollte.

»Finde ihn!«, brüllt der Zar.

Was ist, wenn sie ihn nicht finden? Seine Frau würde vor Unglück vergehen, sie haben bereits zwei Kinder verloren. Und das Geschlecht muss weitergeführt werden. Er blickt auf die vielen vergangenen Generationen zurück und denkt an die vielen, die noch kommen sollen.

Die Hunde schnuppern, rennen in den Wald, doch die Spur endet an einem nahe gelegenen Bach.

Der Zar möchte sich an der Suche beteiligen.

»Aber wir müssen auf Eure Majestät aufpassen«, sagt der Oberjäger. »Ihr dürft nicht auch noch verschwinden.«

Er wird unter einen Baum gesetzt, und die beiden Männer bleiben bei ihm. Er lehnt die Wange und das Ohr an die Rinde und lauscht, hört aber nur Knarzen, keine Kinderstimme. Er flüstert etwas in den Baum hinein. Die Männer blicken auf ihn herab. Und das soll der Herrscher über dieses große Reich sein?

Er geht und geht, der kleine Junge, in seinem Seidennachthemd mit einer Webborte aus Goldfäden. Jetzt stehenzubleiben wäre wohl nicht so gut. Dann würde er die Geräusche des Waldes erst richtig hören, dann würde er wirklich sehen, dass er weit weg ist von zu Hause. Er muss einfach nur einen Fuß vor den anderen setzen: so. Und auf den Waldboden starren.

Er gelangt zum dunkelsten Teil des Waldes und geht hinein. Lange wandert er blind umher, und die Mücken saugen an all seinen nackten Körperstellen.

Doch dann, tief drinnen, leuchtet etwas weiß und warm. Der Zarensohn ist zur Lichtung mit dem Rosengestrüpp gekommen, das alle Grashalme zu Boden gedrückt und die Zweige der Tannen erobert und ihre Stämme umschlungen hat. Seine Ableger ragen überall auf, bereit, die nächste Reihe von Bäumen einzunehmen.

Der Junge geht auf alle viere und krabbelt unter die Dornen, setzt seinen Weg durch die stechenden Gänge fort. Hier, in der Mitte, befindet sich der Ursprung des Duftes.

Rasselnd holt er Luft, nähert sich. Dort liegt eine Dame. Es ist nicht seine Mutter und auch nicht das Kindermädchen oder die Amme, sondern eine kleine Frau, die in die Sonne hinaufblickt. Aus ihrem Bauch wachsen Zweige, sie hat blasse gelbgrüne Haut und atmet sehr langsam und leise. Vorsichtig berührt er ihre eine Hand, die ein wenig zittert.

Der Mund des kleinen Jungen bewegt sich näher. Er öffnet sich, der Essensgeruch ist überwältigend: würzig, fettig, süß; das, was einmal das Erste war, was seine Nase wahrgenommen hat. Worauf ein Neugeborenes reagieren *muss*. Ein Kind, das noch nicht krabbeln kann, schafft es durchaus, sich auf eine Brust zu wälzen. Das Runde, Rosafarbene, ist das Erste, was Auge, Zunge und Nase wiedererkennen.

Er saugt sich an der Brust der Frau fest: Sahne, Eisdessert, Suppe, die aus Fleischknochen gekocht wurde. Kräuter. Rosen.

Er achtet behutsam darauf, sie nicht zu beißen, und trinkt und trinkt.

Das Baby zappelt im Bauch, doch das sieht er nicht. Ein Kind rechnet ja nie damit, ein Geschwisterchen zu bekommen. Aber vielleicht ahnt der Junge einen kleinen Beigeschmack, einen Hauch von Knochen?

Ein Zucken läuft über ihren Bauch. Ihre Pupillen weiten sich, als hätte sie Schmerzen. Er hört auf zu saugen, als ein Ton aus ihrem Mund dringt.

Der Junge erhebt sich taumelnd und mit einem Brennen in Bauch und Brust. Er blickt in den Himmel hinauf, sieht die Dornen rings um sich herum, versucht, so viel Luft wie möglich einzuatmen.

Im nächsten Moment weiß er, dass er verlorengegangen ist. Dass er ganz allein im Wald ist. Natürlich ist da die Frau, aber sie sieht ihn nicht an, und sie legt auch nicht die Hand um seinen Hinterkopf und lenkt ihn zur anderen Brust, damit er auch dort trinkt und anschließend ein Nickerchen machen kann.

Der Junge heult, er pinkelt erneut in die Hose und benimmt sich dümmer als jedes Tierkind.

Bruder steht zwischen den Tannen. Jeden Tag und jede Nacht geht er einmal am Rosengestrüpp vorbei, um nach dem Rechten zu sehen. Lebt sie noch? Ist sie aufgewacht? Blühen die Rosen vielleicht?

Was sind das für Schluchzer dort drinnen? Bruder kennt alle Gänge und robbt hinein.

Das Kind sieht ihn sofort, krabbelt zu ihm und presst das Gesicht an seinen Bauch.

Ein kleines Menschenwesen mit zwei blassen Pausbacken und zwei blauen Augen, die zu ihm hochstarren. Bruder schaut kurz zum Himmel auf. Ist ein Kind aus Schwester gekommen?

Aber der Junge ist kaum kleiner als Schwester, und er trägt Kleidung.

Der Junge wundert sich inzwischen kaum noch über irgendetwas. Vor ihm steht ein Mann, der nur einen Kopf größer ist, Felle trägt und ein Geweih auf seinem Schädel festgebunden hat. Am Hals hat er ein schwaches rotes Mal. Seine Haut ist grünlich, das Haar steht wirr vom Kopf ab.

Ich könnte ihn erwürgen, denkt Bruder, und die Leiche irgendwo im Wald ablegen, dann würden die wilden Tiere kommen und ihn fressen. Das Skelett wäre noch da, aber es würde schneller zerfallen als das eines erwachsenen Menschen.

Die Tränen des Jungen sind konzentriert, sie brennen in den Schrammen, die er sich an den Wangen geholt hat. Bruder krümmt sich, denn ein Hirsch läuft nicht auf zwei Beinen. Der Himmel wird dunkler, die Konturen des Waldes verschwinden. Ein Zug Kraniche fliegt trompetend über den Wald, sie hätten längst einen anderen Ort zum Schlafen finden müssen.

Gut genährt wirkt der Junge durchaus, aber kann er im Wald überleben? Er sieht nicht aus wie einer, der schon einmal Holz gehackt, Wasser geholt und ein Feuer gemacht hat.

Der Junge blickt zu dem Fremden auf: Soll er fliehen, sich tot stellen, angreifen oder einfach nur neugierig sein?

Vorsichtig berührt er Bruders langen Bart. Ob er ein richtiger Mensch ist?

Es fällt schwer, einen Vertreter der eigenen Art im Stich zu lassen. Doch wenn Bruder mit dem Jungen zum Lager geht, wird er vielleicht selbst entdeckt. Vielleicht sollte er ihn einfach loslassen, ihm heimlich folgen und beobachten, ob er zurückfindet. Und ihm vielleicht zwischendurch einen Schubs in die richtige Richtung geben. Aber der Junge hat Schwester gefunden. Könnte er auf die Idee kommen, eines Tages mit ein paar

Männern zurückzukehren? Und dann zu sagen: »Seht her, da liegt sie!«

Soll Bruder den Jungen verwirren, damit er den Orientierungssinn verliert?

Bruder nimmt ihn huckepack und bringt ihn hinaus an die frische Luft. Er zappelt wie ein Käfer, ehe er schließlich freiwillig die Beine um Bruders Hals legt, und so bewegen sie sich durch die Nacht. Der Junge hält sich am Geweih fest, dessen Enden sich kreuzen. Bruder duckt sich unter den tiefhängenden Zweigen oder geht auf allen vieren, wenn es nötig ist.

Man ruft, aber so weit entfernt, dass Bruder nicht weiß, ob der Junge es hören kann. Jagdhörner spielen Kinderlieder.

Bruder bewegt sich lautlos, kennt alle Korridore des Waldes, alle zugewachsenen Gänge. Er schleicht sich an den suchenden Jägern vorbei.

Was geht Bruder durch den Kopf? Denkt er gar nicht daran, dass der Junge der Sohn des Herrschers sein könnte?

Das Kind klammert sich weiter mit seinen kleinen, mittlerweile frostklammen Händen an ihm fest. Bruder atmet Wolken, er schwitzt. Der Junge sieht die Tiere des Waldes: ein einsames Wildschwein auf einem Hügel, einen Wolf, der sich unter eine Wurzel duckt. Mehrere Rotwildherden. Eine Eule mit Augen so groß wie Sonne und Mond. Ein einsames Bison unter einer Tanne.

Dann erreichen sie die Wiese. Ein Feuer brennt, Laternen leuchten.

Bruder beugt sich herab, sodass der Junge herunterspringen kann. Bruder bleibt gekrümmt sitzen, schüttelt den Kopf, damit das Kind herunterpurzelt. Schließlich muss er das Geweih abbinden, dann erst steht der Junge endlich auf dem Boden.

»Lauf«, sagt Bruder auf Polnisch, jener Sprache, die er als

Kind lernte, und die sich mit der Zeit mit den Geräuschen des Waldes vermischt hat, den Rufen der Tiere, dem Summen der Insekten, dem Rascheln des Windes in den Baumkronen und dem Rieseln der Quellen.

Der Junge bleibt stehen. Bruder schiebt ihn von hinten an und geht zurück: »Lauf, lauf, lauf.«

Dann flitzt der Junge los, so schnell er kann, bremst jedoch schnell wieder ab und dreht sich um. Er stürmt zurück zu Bruder, läuft ihm in die Arme, sieht mit seinem Mondgesicht zu ihm auf. Bruder dreht ihn erneut um und verpasst ihm einen ordentlichen Klaps auf den Hintern. Da läuft er kreischend zum Feuer. »Wo wart ihr?«, fragt er heulend. »Ihr wart weg!«

Was war passiert? Wem konnte der Junge davon erzählen?

Der Zar ist glücklich und umarmt seinen Sohn mit pochendem Herzen. Jemand sorgt dafür, dass der Zarensohn etwas Warmes anzieht, ein anderer säubert seine Schrammen. Sein Gesicht ist aufgedunsen, die Augen liegen tief, die Arme sind rot und geschwollen.

Der Junge bekommt gesagt, er dürfe seiner Mutter niemals erzählen, was passiert sei. Auch die Diener und Jäger müssen Stillschweigen bewahren. Als könnte das Kind vertauscht worden sein und wäre in Wahrheit nicht mehr das Zarenkind, das eines Tages über den Wald herrschen wird.

»Ich bin auf einem Hirsch geritten, auf seinen Schultern!«

Wie viel der Junge seinem Vater mit dem Mund erzählt und wie viel mit den Augen, ist schwer zu sagen. Doch auch der Blick des Zaren verändert sich. Die kleinen Punkte auf seiner Hornhaut verwandeln sich in Sternbilder.

»Du warst weg«, sagt der Junge wieder und wieder zu seinem Vater. »Du warst weg!«

Die Augen des Zaren wandern über das Dickicht des Waldes

hinweg. Für einen Moment schämt er sich so sehr, dass er den Wald am liebsten niederbrennen würde.

Stattdessen beschließt er, vorzeitig wieder abzureisen.

In der letzten Nacht bekommt der Junge Fieber und Atemprobleme. Sein Hals ist geschwollen, das Gesicht grün, die Augäpfel haben eine gelbliche Farbe.

Die Erinnerung an den Wald hängt immer noch in ihm wie ein vager Traum, als er auf dem Pferderücken aus dem Wald gebracht wird, dorthin, wo das Automobil bereitsteht. Er hat Milch aus einer Brust getrunken, wie viele Menschen können sich daran erinnern?

Der Zarensohn liegt auf dem Rücksitz, der Arzt neben ihm. Die Decke reicht dem Kleinen bis über die Nase. Er japst nach Luft, und man beschleunigt das Tempo. Ehe der Junge das Bewusstsein verliert, nimmt die Geschichte ihren Anfang.

Der Zar sitzt auf dem Beifahrersitz. Eigentlich sollte er in einem anderen Fahrzeug sitzen, falls die Krankheit des Jungen ansteckend ist. Oder hat er seinen Sohn mit etwas angesteckt?

Doch er blickt nach hinten und redet auf den Sohn ein, er redet und redet. Und zwischen seinen Sätzen schwört er sich, den Wald zum Schutzgebiet zu machen.

22

In den Walddörfern wird weiter gehungert. Für die Bevölkerung ist es einerlei, ob der Wald ein Schutzgebiet oder ein Jagdwald ist. Die Regeln sind fast dieselben, und jetzt bahnt sich auch noch ein neuer Krieg an.

Wo die Geschichte herkommt, weiß niemand. Vielleicht hatte Bruder ihr den Weg bereitet? Oder hatten die Rosenwurzeln etwas verraten, ein Signal ausgesandt? Ein paar kleine elektrische Stöße zu anderen Pflanzenwurzeln und weiter bis in die Waldbäume, die rund um das Dorf wachsen? Haben sie den Obstbäumen an den Hauswänden zugewunken, die dann an den Fenstern gekratzt haben?

Jedenfalls hört man die Geschichte einer Frau, die dort draußen im Wald liegt und allein vom Sonnenlicht lebt.

Nachts gehen die Dorfbewohner durch den dunkelsten Teil des Waldes. Keiner pflückt etwas, keiner tötet Wild, keiner sammelt auch nur einen winzigen Zweig für den Kamin. Sie wandern auf einem kleinen verschlungenen Pfad, in einer Reihe, einer nach dem anderen. Keiner hinterlässt Spuren.

Die Dorfbewohner erreichen Schwesters Rosengestrupp. Sie sehen sie durch die Dornen, zwischen denen sie in ihrem verfaulten Nachthemd liegt. Sie bleiben stehen, schnuppern: die Knochen, die Haut, das Fleisch. Den Suppengeruch. Er ist so intensiv, dass sie nach Luft schnappen müssen. Im Spätsommer, wenn die Rosen blühen, wird er viel zu stark, und sie müssen sich fernhalten.

Im Herbst und im Winter sind die Dorfbewohner wieder da, und die Hagebutten sitzen an den Zweigen wie Blutstropfen, die bald in den Schnee fallen werden.

Nach ihren Besuchen bewahren die Hungernden für den Rest des Tages ihren Anblick und die Hoffnung im Kopf, während sie freier atmen.

Wie schafft sie das? Wie kann sie ohne richtige Nahrung leben, wenn sie es nicht können? Und wie gelingt es ihr, die Mägen der anderen zu beruhigen?

Bruder steht immer am Rande des nächtlichen Auflaufs, wo ihn niemand sieht. Jede Nacht wandert eine Frau mit den anderen mit, die er einst gekannt hat. Die Freundin der Schwester mit den langen braunen Zöpfen und den grünen Augen aus dem Dorf. Auch sie geht dort im Mondschein und wird magisch von Schwester angezogen, jetzt wo die Sonne auf der anderen Seite der Erde verschwunden ist.

Weder die Dorfbewohner noch Bruder erkennen, dass Schwester dünner und dünner wird. Ihre Haut schlackert über den Knochen, das Haar fällt ab, und die gelbgrüne Farbe verblasst immer mehr. Es ist das kleine Wesen in ihrem Inneren, das die letzte Nahrung bekommt. Grünes Fruchtwasser sickert in die Mulde, und ein kleiner stacheliger Körper rollt auf den Waldboden.

J.

Atlantik, den 27. Mai 1970

Meine lieben Töchter –
liebe Lilly und liebe Viola!

Hier sitze ich nun, unten auf dem Etagenbett in der Kabine in meinem weißen Kleid, meine Schulterblätter stehen vom Körper ab, meine Haare sprießen, und mein Stift verrutscht, weil die Wellen schaukeln. Ich bitte euch vielmals, meine Schrift zu entschuldigen, und hoffe, ihr könnt alles entziffern.

Das Schiff nähert sich der unterirdischen Gebirgskette des Atlantiks, dort, wo die Kontinentalplatten auseinanderdriften und eines Tages vielleicht wieder vereint sein werden. Inzwischen hat die Wissenschaft endlich die Theorie von der Kontinentalverschiebung anerkannt, die ich und andere Ketzer schon so lange unterstützen. Aber was ist mit mir? Werde ich je als das anerkannt werden, was ich bin? Und was ist mit Esther?

Liebe Töchter. Vielleicht hat die Polizei euch schon kontaktiert und nach mir gefragt. War ich in der Zeitung – als Mordverdächtige? Haben die Journalisten mit dem Personal im botanischen Garten gesprochen? Habt ihr bereits herausgefunden, was für ein merkwürdiger Mensch eure Mutter ist?

Leider war ich gezwungen, sofort abzureisen. Bitte verzeiht mir, dass ich mich nicht verabschiedet habe.

Ehe wir uns wiedersehen können, werden Jahre ins Land gehen, und vielleicht braucht ihr ja auch Jahre, um all das zu verarbeiten und zu verstehen, was ich euch jetzt erzählen werde.

Ich hoffe, ich finde den Mut, diesen Brief abzuschicken, und schreibe meine Lebensgeschichte nicht nur zum eigenen Vergnügen nieder, wobei, was heißt schon Vergnügen.

Und was ist, wenn ich an der Passkontrolle abgefangen werde? Vielleicht fahndet man auf der ganzen Welt nach mir? Oder was, wenn sie sich über Esther wundern, obwohl ich eine Einladung von einem Wissenschaftler an einer amerikanischen Universität erhalten habe?

Sehen wir uns womöglich im Gefängnis, wenn ihr tatsächlich Lust haben solltet, mich zu besuchen?

Zeit vergeht, und Lügen stinken, genau wie die liebe Esther, die hier in der Kiste vor meinen Füßen liegt.

Lilly und Viola, bitte lest diesen Brief zu Ende. Hier erfahrt ihr meine Lebensgeschichte, bis ins intimste Detail. Die ganze Wahrheit liegt im Schamvollen, aber jetzt, wo ihr erwachsen seid, könnt ihr sie vielleicht verkraften?

Ihr werdet eine Antwort auf all die Fragen erhalten, die ihr im Laufe der Jahre gestellt habt: Warum sehen wir so aus, wie wir aussehen, wer war unser Vater, warum sind wir in einem Kinderheim aufgewachsen und durften dich nie zu Hause besuchen?

Vielleicht werdet ihr am Ende die Sympathie empfinden, die ihr vorher nie richtig für mich aufbringen konntet. Denn, meine Kinder, die Liebe ist und bleibt das Wichtigste. Selbst wenn man mit einem schweren Schicksal geschlagen ist, kann das nie eine Entschuldigung dafür sein, andere schlecht zu behandeln. Das weiß ich jetzt.

Ich hoffe, dass ich Esther – durch meine Arbeit an der amerikanischen Universität – rehabilitieren kann, und diesmal mit all der Liebe, die sie verdient hat.

Die Aussicht durch das Bullauge ist grau, schon seit wir in Kopenhagen abgelegt haben. Die Feuchtigkeit von Meer und Himmel, das Salzige und das Frische, treffen hier an der Meeresoberfläche aufeinander. Der Motor macht klopfende Geräusche, und der strenge Ölgeruch überdeckt trotz allem den Gestank schließlich doch. Oben auf Esthers Kiste sitzt Margrethes gelber Teddybär und starrt in die Luft. Glasaugen blinzeln nie.

Ehe ich beginne, meine Lebensgeschichte zu erzählen, möchte ich wiederholen, was ich schon so oft gesagt habe: Lilly und Viola, bitte haltet zusammen, was auch immer passiert. Als Zwillinge könnt ihr immer füreinander da sein. Ihr werdet nie allein sein, auch jetzt nicht, da ich euch verlassen habe.

Mit Esther verhält es sich anders. Es gab und gibt immer nur mich, die sie lieben konnte, vor allem nach Margrethes Tod.

Und zu guter Letzt, meine lieben Kinder: Würdet ihr mich immer noch Mama nennen? Ich wünsche mir so, dass ihr mich als Mutter betrachtet.

Jetzt werde ich die Kiste umräumen, bevor ich zu schreiben beginne. Sie soll auf dem oberen Bett stehen, unter dem Bullauge. Dort werde ich sie öffnen, denn wenigstens im Tod soll es Esther nicht an Licht fehlen. Sie soll all die Sonne haben, die sie kriegen kann.

Mit innigen Grüßen
Eure Mutter
Johanne

MEINE ERSTEN JAHRE

1918–1924

Mein Vater war Rektor an der Allgemeinbildenden Höheren Schule der Kommune Helsingør.

Meine Mutter blieb zu Hause und kümmerte sich um unsere große weiße Villa an der Strandpromenade, die südlich von Snekkersten und nördlich von eurem ehemaligen Kinderheim lag.

Hinter dem Haus begann der Wald, groß wie eine Kathedrale. Der Garten war von einem schmiedeeisernen Zaun umgeben, damit die Rehe nicht hereinkamen. Auf der anderen Seite lag der Öresund, und das Flimmern des Meeres wogte durch die Zimmer.

Aus meiner frühen Kindheit habe ich nur meine Mutter in Erinnerung. Ich saß bei Mutter, ich lag bei Mutter, ich ging an Mutters Hand. Wir aßen, schwammen, sangen gemeinsam, wir gossen gemeinsam die Blumen. Vielleicht war ich nie außerhalb ihrer Sichtweite? Vielleicht behielten wir einander immer im Auge? Mutter zog an meinen gelben Korkenzieherlocken, ich an ihren. Sie küsste mich auf den Mund, und ich legte meinen Kopf an ihren Busen, sog ihren Duft ganz tief ein und fühlte mich beinahe, als wäre ich noch immer in ihrem Inneren.

Die Leute, die uns sahen, sahen zuerst mich. Ich erinnere

mich, dass sie sagten, wie reizend ich sei. Mutter gab ihnen recht, und das machte mich glücklich.

Eines Winters, ich war fünf Jahre alt, war meine Mutter schwanger. Ich erinnere mich nicht an einen Bauch, aber ich sehe ihre flinken Finger vor mir. Dort, im Licht des Fensters, strickte sie irgendetwas Weißes zum Anziehen. Ich fragte, ob es für mich sei, aber sie lächelte nur.

Als Nächstes erinnere ich mich an Vaters trockene Gesichtshaut, die runde schwarze Brille und seine Zeitung, die *Berlingske Tidende*. Er blätterte hin und her, wir waren allein, saßen uns gegenüber.

Der geklöppelte Läufer auf dem Mahagonitisch, der glatte, aber kratzende Rosshaarbezug unter mir. Vater hatte eine Orangenlimonade aus dem Keller geholt, das Glas stand auf einem Untersetzer, damit es keinen Rand auf dem Tisch hinterließ. Ich durfte mir das *Handbuch der dänischen Flora* ansehen, Mutters und Vaters Hochzeitsgeschenk, in dem sonst nur Erwachsene blätterten. Auf Vaters Untersetzer stand ein Bier.

Mutter war oben, hatte ich erfahren. Ich durfte nicht hochgehen, und Vater hatte mich gerade »junger Mann« genannt. Plötzlich rollte etwas über den Boden, ein Scharren, hastige Schritte und heisere Schreie waren zu hören. Ich sprang vom Stuhl herunter und lief zur Tür.

Der Messinghandgriff war kalt.

»So war das auch, als du geboren wurdest.«

Vater hob mich wieder auf den Stuhl und schenkte mir den trüben Rest aus der Limonadenflasche ein. Im Wohnzimmer war es so dunkel geworden, dass ich die Blumen in der *Flora* nicht länger erkennen konnte.

Dann war ich im Schlafzimmer. Mutters Kopf lag fern, mitten auf dem großen Bett. In einer Wiege lag ein weißes Kind, ganz allein.

»Das ist deine kleine Schwester«, sagte jemand.

Sie hatte eine nasse gelbe Locke über jedem Ohr, wie Holzspäne. Die Wimpern zeigten wie winzige Stängel nach unten zu den Wangen. Ich beugte mich herab, mein Herz überschlug sich beinahe, und ich küsste das leuchtende kleine Mädchen so innig, wie ich Jahrzehnte später auch eure zarten Säuglingswangen küssen sollte.

Sie hatte Regenwetterhaut mit winzigen Flaumhärchen und duftete nach Rosen, und erst als meine Lippen wieder losließen, spürte ich die Knochenkälte. Ich schrak zurück und stieß mit meinen Schulterblättern gegen die Tapete.

»Hast du dich verabschiedet?«, fragte Vater aus einer Ecke.

Auf der Decke meiner kleinen Schwester lagen zwei Märzbecher. Auf der Fensterbank leuchtete ein Strauß Winterlinge.

Ich drehte mich um, Vater stand da und sah auf Mutter herab. Meine Beine bewegten sich steif über den braunen Boden, und ich blieb neben Mutters Kopf stehen.

»Sie braucht Ruhe.«

Ein kleiner Schrei stieg aus dem schwarzen Loch zwischen Mutters Lippen auf.

Wieder sagte jemand, dass sie Schlaf brauche, und dann drang ein Rascheln von der Wiege meiner kleinen Schwester herüber. Als würde gerade ein Engel seine Flügel ordnen.

Meine Eltern trugen Schwarz und mussten zum Friedhof, und ich wähnte mich allein zu Hause in der Schneestille.

Das breite Bett war gemacht. Die Kommode drängte sich an die dunkelblaue Tapete mit den verschnörkelten Zweigen. In der obersten Schublade steckte ein Messingschlüssel, und dank des gestreiften Flickenteppichs konnte ich das Zimmer lautlos betreten.

Die Schublade ächzte, ich fand darin ein kleines weißes Strickset aus Kleid und Hose in rosa Seidenpapier. Wie hatte Mutter gewusst, dass es ein Mädchen war?

Ich zog mich aus, versuchte, in die kleine Strickhose mit Spitze zu steigen, blieb jedoch kurz über den Knien stecken. Ich wollte das Kleid über den Kopf ziehen, doch es saß fest wie ein Hut, und der Rock hing über meine Augen. Ich fand einen Pullover, ebenfalls weiß, konnte mir jedoch lediglich die Ärmel um den Hals legen.

Das Hausmädchen schrie, als es hereinkam. Ich bin mir sicher, dass es mich schlug.

Lange schwarze Äste peitschten durch die Luft. Rote Blätter lagen zusammengeklebt auf dem Boden und erinnerten an Rost. Ich war hinausgegangen und wollte mit dem Fuß dagegentreten, aber die Erde war hartgefroren. Meine nackten Hände, halb hellblau, halb hellrosa, hatte ich in die Hosentaschen gesteckt.

Die Rosen rings um das Haus hatten immer noch grüne Stängel. Dort hing eine einzelne Blüte, die den Winter überlistet zu haben schien. Als ich die Nase hineinsteckte, stellte sich heraus, dass sie welk war und nach nichts roch. Tote Stauden lagen flach und braun in den Beeten wie Spinnenbeine. Nur die orangeroten Lampionblumen standen immer noch aufrecht und leuchteten und bewachten die Beeren in ihrem Inneren.

Ein Wind strich durch das Eisengitter, aus der Richtung, in der die alte Eiche stand. Ich hörte ein Flüstern: »Komm, kleines Mädchen!«

Lilly und Viola, damals war ich ein Junge. Jedenfalls wurde ich im Körper eines Jungen geboren. Ihr seid jetzt sicher ziemlich erschrocken, und ich hoffe inständig, dass ihr nebeneinandersitzt, wenn ihr meine Erzählung lest. Ich bitte euch, meinen Brief nicht gleich wegzuwerfen. Ich habe noch so viel mehr zu berichten.

Nehmt euch in den Arm, seid füreinander da.

Der Zaun des Gartens war so geschmiedet, dass nicht einmal ein Kind zwischen die Stäbe passte, aber vielleicht war ich in der Kälte geschrumpft? Ich glitt hindurch und gelangte auf die andere Seite. Von dort überquerte ich die Straße, wanderte den Hang hinauf und zwischen die grauen Säulen der Buchenstämme.

Das Waldreich wurde immer kälter, je tiefer ich vordrang. Doch ich empfand keine Angst, nur Trost.

Vielleicht hatte ich meine Eltern einmal begleitet und wusste deshalb, wo das Grab meiner Schwester lag? Oder es war reiner Zufall, dass ich es auf dem Friedhof von Egebæksvang fand.

Ich legte mich auf den Rücken, sah ein rotes Licht, konnte mein Gesicht, meine Beine, meine Arme und meinen Rumpf nicht mehr spüren. Dafür öffnete sich mein Mund, und Pfingstrosen, Hyazinthen und Maiglöckchen stiegen daraus empor. Das Licht änderte seine Farbe, wurde orange, gelb und weiß. Anschließend breitete es sich aus und sammelte sich wieder, in einem zarten geäderten Muster, das aus dem Schatten der niedrigen Friedhofsbäume und ihren schaukelnden Ästen entstand.

Dann waren plötzlich Hände da, die mich aufhoben und trugen. Jemand weinte auf eine hustende Art und Weise. Ein dunkelgelbes Licht tauchte auf, das waren unsere Fenster, und kurz darauf lag ich unter einer warmen Decke. Vater saß auf meiner Bettkante.

»Es klang, als würde ein Mädchen singen«, sagte meine Mutter neben dem Kopfende.

Mutter behielt mich im Blick, wenn ich in der Badewanne mit den Messinglöwenfüßen lag. Ein Großteil meines Körpers war unter dem Seifenwasser verborgen, während sie Haar, Hals, Finger und Zehen wusch. Sie hatte mich immer *mein Schatz* genannt, aber jetzt wurde ich plötzlich zu *Johannes.* Sie reichte mir den Schwamm, damit ich mich untenherum selbst wusch.

Meine Schwester war durch den Pullermann meines Vaters in das Loch meiner Mutter gekommen. Dasselbe Loch, aus dem meine Schwester auch wieder verschwunden war. Meine Eltern hatten das getan, was ich auf den Zeichnungen in den Botanikbüchern sah, das, was hochentwickelte Pflanzen tun. Sie hatten einander so gefunden, wie die Pollen eine fremde Blüte finden.

Das Frühjahr kam. Auf der einen Seite lag das Meer mit seinem hellblauen Himmelsschein, auf der anderen Seite der Wald, rotbraun mit seinen wachsenden Knospen. Die steifen weißen Märzbecher und die eigelbfarbenen Winterlinge waren tot. Faschingsbunte Krokusse lagen schlaff auf dem Boden. Das grüne Unkraut wucherte empor.

Wir besuchten das Grab meiner Schwester. Dort wuchsen tatsächlich Pfingstrosen, Hyazinthen und Maiglöckchen, viel zu früh; Vater meinte, die Seele sei aufgestiegen.

War der Körper meiner kleinen Schwester dann in den Pflanzen? Und dachte Mutter dasselbe? Sie, die meine Schwester in blinder Zuversicht in den Sauerstoff der Welt hinausgeboren hatte. Jenem Sauerstoff, den die Pflanzen herstellten. Ich holte Luft und sang mit meiner zarten hellen Kinderstimme ein Kirchenlied: *Jetzt sehen die kleinen bunten Blumen einander an.*

Meine Mutter und ich gingen in den Garten. Ich trug meine dunkelblaue Gartenhose und eine alte Jacke, die ruhig schmutzig werden durfte. Ich half mit meiner kleinen Harke oder dem Spaten mit dem verkürzten Stiel. Wir säten, pflanzten Zwiebeln und Stecklinge ein. Wir düngten mit Kuhdung und Pferdemist. Wir gossen, jäteten und banden hoch. Wir ernteten und kompostierten. Wir versteckten die besten Samen tief unten im Keller. Diese Samen würden wir dann im nächsten Jahr auswählen, und aus den Pflanzen würden wir wieder die besten auswählen, genau so, wie man immer schon eine gute Zucht betrieben hat. Wir versuchten uns auch daran, Pflanzen selbst zu bestäuben, um genau die Eigenschaften zu bewahren, die wir uns für die nächste Generation wünschten. So lernte ich auf kindgerechte Weise die Mendelschen Regeln der Vererbung. Ich zeichnete und verglich die neuen Pflanzen jedes Jahres. Manchmal gelangen unsere geplanten Kreuzungen, andere Male nicht. Man brauchte also auch Glück.

Außerdem beobachtete ich, dass Pflanzen nicht an einen anderen Ort gehen können, wenn es ihnen zu windig ist oder sie nicht genug Sonne bekommen, wenn ihnen die Nährstoffe fehlen oder sie bedroht sind, weil jemand sie essen will. Stattdessen verbreiten sie ihre Samen, und wenn die Bedingungen günstig sind, können sie keimen.

Ja, auf diese Art und Weise streben die Pflanzen in die Zukunft, und gleichzeitig ist ein Großteil ihrer Architektur Hunderte Millionen Jahre alt. Sie besitzen Urzeiterinnerungen, könnte man sagen. Unsere menschlichen Gehirne vielleicht auch?

Wir aßen, was wir anbauten, und schmückten die Zimmer des Hauses mit eigenen Schnittblumen. Wir waren von Sonnenaufgang bis Sonnenuntergang im Garten. Mutter bewegte sich behände hin und her, arbeitete mit energischen Bewegungen.

Durch das Gitter betrachtete ich die winkenden Baumkronen des Waldes. Ich konnte mich nicht länger zwischen den eisernen Gitterstäben des Zauns hindurchzwängen, und das Tor quietschte verräterisch, wenn ich versuchte, es aufzuschieben.

Im Winter kümmerten wir uns um die Zimmerpflanzen: rote, weiße und rosafarbene Pelargonien, Geranien und verschiedene Sukkulenten. Einige davon hatte meine Mutter von ihren Eltern geerbt, und die Eltern hatten die Ableger wiederum von ihren Eltern bekommen.

Die Pflanzen wandten ihre Blätter zum Meer und zum Himmelslicht, der Kachelofen tickte warm. Wenn wir die Pflanzen gossen und an ihnen herumzupften, sollten wir singen, sagte meine Mutter. Die Blumen hätten kleine Gesichter und vielleicht auch Ohren.

Eines Tages brachte mein Vater ein Geschenk aus Kopenhagen mit. Es sei eine Mimose, eine seltene Zimmerpflanze, die uns bestimmt Freude machen würde, meinte er. Ich habe euch auch so eine geschenkt, als ihr klein wart. Erinnert ihr euch?

Die Mimose reagiert auf Berührung, so wie viele fleischfressende Pflanzen auch. Sie will jedoch niemanden fangen, sondern führt ihre Feinde an der Nase herum, indem sie sich tot stellt. Sie faltet ihre kleinen, schmalen Blätter zusammen und beugt die Zweige so schnell nach unten, wie ein Mensch seine Hand bewegen kann. Anschließend wirkt sie ganz welk, als wäre sie es nicht mehr wert, gegossen zu werden.

Meine Mutter weinte, als sie die Pflanze vorsichtig auf die Fensterbank stellte.

DIE SCHULZEIT

1924–1938

Mit sechs Jahren kam ich in die Schule, und zur selben Zeit wurde ich im Knabenchor der Helsingør Domkirche entdeckt.

Die feuchte, kalte Luft roch nach Kalk, wir standen der Größe nach aufgereiht, ich neben der Orgel. Im ersten Jahr sah ich nichts als die Astlöcher der Empore, später konnte ich die dunklen Rücken meiner Eltern dort unten erkennen, und den Pfarrer, der sich abwechselnd in die eine und dann die andere Richtung wandte.

Ich erinnere mich an den dunkelroten Ziegelboden mit den Grabsteinen, an die fernen Bäume auf der anderen Seite der Fenster. An die Sträuße neben dem Altar, die verschnörkelten Blumenranken an den Gedenktafeln und Kronleuchtern. In dem vergoldeten Taufbecken wurden Babys getauft, Mädchen und Jungen in langen weißen Kleidern. Männer und Frauen heirateten. Beerdigungen gab es auch. Die Toten lagen immer allein im Sarg.

Falls die Kirchgänger nicht von selbst weinten, kamen ihnen die Tränen, sobald ich meine hohe, helle Stimme hob.

Der Chorleiter lobte mein absolutes Gehör.

Wenn meine Eltern nicht zu Hause waren, trat ich in die abgestandene Luft des Schlafzimmers und näherte mich dem Kleiderschrank. Ich berührte ein Kleid nach dem anderen. Warum trug meine Mutter die feinen so selten? In der untersten Kommodenschublade lag ein glänzendes Seidennachthemd, das offenbar unbenutzt war. In meinem Zimmer legte ich mich unter die Bettdecke, zog das Nachthemd an, presste meine Brustwarzen mit zu Schalen geformten Händen nach oben.

In der Dachschräge hinter meinem Bett befand sich ein Einbauschrank, und ich versteckte das Nachthemd darin wie eine eingemauerte Jungfrau. In meinem Zimmer wurden helle Träume lebendig. Ich lief mit dem Kleid unter meinen Anziehsachen herum, aber nur in Gedanken, und meine Mutter umarmte mich lächelnd, als wüsste sie alles.

Als ich acht Jahre alt war, stand Margrethe plötzlich neben mir im Chor. Dank ihres außergewöhnlichen Talents und weil es keinen Mädchenchor gab, durfte sie bei uns mitmachen. Bei Kindern in unserem Alter könne man den Unterschied zwischen Mädchen- und Jungenstimmen ohnehin nur schwer hören, sagte der Chorleiter.

Margrethe hatte lange blonde Locken und braune Wimpern. Ihre Augen waren immer leicht gerötet. Sie ergriff für einen kurzen Moment meine Hand, als sie es hörte: Unsere Stimmen waren vollkommen gleich.

Wir sangen um die Wette und rückten in der Reihe auf. Mein Herz toste, wenn wir dicht nebeneinanderstanden. Ich hätte sie sein können und sie ich.

Margrethe ging ebenfalls auf Vaters Schule, sie war eine Klasse über mir. Quer durch den Hof verlief eine weiße Linie, und wir spielten auf unserer jeweiligen Seite, die Mädchen auf der einen, die Jungs auf der anderen. Ich senkte den Blick, wenn sie aufsah, sie senkte den Blick, wenn ich aufsah.

Ihre Kleider waren kleingeblümt, manche hatten Knöpfe in Obstform. Als ich ihr eines Tages in der Kirche zuflüsterte, dass sie hübsch angezogen sei, fragte sie zurück: »Was ist mit mir, bin ich auch hübsch?«

»Ich wünschte, ich wäre du«, sagte ich.

Ich errötete, und Margrethe betrachtete mich verwundert.

Margrethes Vater ging nie in die Kirche. Ich hatte gehört, ihre Mutter sei gestorben. Ab und zu begegneten meine Eltern und ich Margrethe und ihrem Vater in der Stadt. Er hielt Margrethe an der Hand und sah auf mich herab, während er sie unter dem Kinn zwickte, sodass sie gezwungenermaßen lachen musste.

Nicht nur in unseren Kirchenliedern kamen Engel vor, sie waren allgegenwärtig: auf dem Altar, auf den Gedenktafeln und den Grabsteinen und über dem Eingang der Taufkapelle. Ich starrte sie an, Margrethes und mein Atem vermischte sich. Die Engel hatten halblanges Goldhaar und Blumenkränze auf dem Kopf, helle Kleider oder nur einen Lendenschurz. Hatten sie darunter einen Zipfel oder ein Loch? Oder beides? Ganz oben, an der Spitze des Goldaltars, hing der auferstandene Christus mit riesigen goldenen Flügeln. Später, auf dem Gymnasium, las ich bei Platon, die Seele habe kein Geschlecht. Ich musste an Adam denken, zu der Zeit, bevor Eva erschaffen worden war. Ob er da beide Geschlechter in sich vereint hatte?

Die Engel, die Boten und letzten Begleiter. Die weißen Schwäne, die über den Öresund hereinkamen und an der Kupferspitze vorbeiflogen. Margrethe mit dem langen blonden Zopf, der an ihrem Rückgrat herabbaumelte.

Meine Schulterblätter waren nur Knochenstümpfe, meine Beine weiß und viel zu lang. Meine Mutter schnitt mir regelmäßig die blonden Locken, und es fühlte sich an, als wären meine Haare nicht richtig tot. Ich quietschte wie die Schere und stieß kleine Schreie aus, wenn die Büschel auf den Küchenfußboden fielen. Die Haarberge wurden gesammelt, ich versteckte sie in einem Schuhkarton unter meinem Bett.

»Mein geliebtes Mädchen«, sagte meine Mutter und küsste mich.

Ich errötete, lächelte und presste mich verwirrt auf den Stuhl. Dachte sie immer noch so über mich?

Hastig ging meine Mutter ins Wohnzimmer, wo die Pflanzen ihr fließendes grünes Licht auf die Tapeten warfen.

Auf der Anrichte stand viele Jahre lang ein Foto von meiner Babyschwester. Heute würde man so etwas grotesk finden, aber damals war es ganz normal, Bilder von den Toten aufzuhängen.

Unter dem Glas des Rahmens klemmte eine getrocknete Gartenrose.

Margrethe wuchsen allmählich Brüste. Ich sah es von schräg unten, denn inzwischen war sie größer als ich. Dafür sang ich mittlerweile besser. Die Kraft, die meine wachsenden Muskeln der Stimme verliehen, hätte Margrethe heiser gemacht. Sie wurde nervös, als ich viele Solos bekam. Der Chorleiter sagte, ich solle es genießen, solange es noch möglich sei.

Margrethe ging neuerdings zum Konfirmandenunterricht, und ich hörte viel über ihr neues Kleid. Es bestand kein Zweifel daran, dass sie das Teuerste und Schönste von allen hatte. Trotzdem wirkte sie unzufrieden. Wenn der große Tag überstanden war, färbten die Mädchen ihre Kleider üblicherweise blau, um sie weiter tragen zu können.

»Das darfst du niemals machen«, sagte ich.

Das Gartentor quietschte nicht mehr, ich hatte es geölt. An Sommertagen ging ich im Wald von Egebæksvang auf eine verborgene Lichtung, zog mich aus und legte mich auf den Rücken. Ich klemmte den Zipfel zwischen meine Beine, damit mein Schoß mädchenhaft aussah. Doch er ließ sich nicht festhalten, schnellte immerzu wieder hoch. Nichtsdestotrotz lag ich dort nackt im mächtigen Sonnenlicht und glich für einige kurze Augenblicke wirklich einem jungen Mädchen.

Die Vögel sangen weiter. Das Auge der Natur war da, ohne auch nur zu blinzeln. Die Astlöcher der Bäume, die braunen Linsen der Rehe oder Insekten, die mehrere Hundert Augen haben konnten. Sie alle schienen mir gegenüber gleichgültig, das Gras liebkoste meinen Körper sogar. Die kleinen Pflanzen unter meinem Körper waren bestimmt verärgert, weil ich ihnen die Sonne nahm oder sie zerdrückte. Aber für sie hätte ich genauso gut ein Stein oder ein schlafendes Tier sein können.

Einige Male schlich ich mich nachts hinaus. Ich suchte nach Nachtblühern, so wie es auch der große schwedische Botaniker Carl von Linné getan hatte. Nach Pflanzen, die im Dunkeln ihre hellen Blüten öffnen und sich von Nachtinsekten bestäuben lassen. Ich träumte davon, die Weiße Lichtnelke zu sehen, fand sie in Egebæksvang jedoch kein einziges Mal.

Linné schlief nie, arbeitete immer. Er lief durch die Dunkelheit, obwohl er sich fürchtete. Da er rund um die Uhr wach war, fand er heraus, dass sich jede Pflanze zu ihrer eigenen Uhrzeit öffnet.

Ich legte mich in den Mondschein, nackt und mit eingezogenem Glied. Die Natur reagierte genau wie am Tag: Die Eule rief weiter, und der Wind hörte nicht auf zu wehen. Die Pilze, die zu einem Großteil unter der Erde lebten, streckten nach wie vor ihre blassen Fruchtkörper heraus. Die Elchkuh, von der alle sprachen, weil sie über den Öresund geschwommen war und jetzt einsam im Norden Seelands lebte, schlich vorbei, ohne den Kopf zu drehen.

Zu Linnés Zeit war die Sehnsucht eine Krankheit, an der

man sterben konnte. Blässe, Appetitlosigkeit und Seufzen zählten zu den Symptomen. Linné strebte nach Ordnung, er wollte das System der Natur finden und erklären. Aber ahnte er davon bereits etwas? Von der Evolution, die man in der Kirche nicht erwähnen durfte? Von der Unordnung; und dass nichts unveränderlich war? Können solche Ahnungen zu einer Krankheit werden? Weinte er im dunklen Wald, so wie ich? Und was ist mit euch, Viola und Lilly? Was habt ihr in all den Jahren geahnt? Über mich und euren Ursprung? Werdet ihr glücklicher sein, wird euer Leben farbenfroher werden, wenn ich euch alles erzählt habe? Oder wird die Gewissheit über eure und meine Geschichte alles nur umso chaotischer machen?

Margrethe verschwand von der Anhöhe der Empore, und ich sang, als sie vor dem Altar kniete und ihre Taufe bestätigte.

Meine Mutter hatte längst aufgehört, mir zu helfen, wenn ich ein Bad nahm. Sie legte lediglich das Handtuch auf einen Schemel und ließ das Wasser einlaufen.

Zwei Jahre vergingen, dann begannen sich meine Muskeln anders zu formen. Um meine Brustwarzen, unter den Armen und unten herum wuchsen Haare. Ich schnitt alles ab.

Mein Vater nahm mich mit zum Barbier, um meinem beginnenden Bartwuchs Einhalt zu gebieten, doch was nutzte es? Das, was in meine Zellen eingeschrieben war, wollte hinaus. Ich würde wachsen und zu einem Kraftpaket werden, so wie die anderen Schuljungen mit ihren kohlschwarzen Blicken und ihren stählernen Muskeln, die hervortraten, wenn sie an den Turnseilen emporkletterten.

Meine Stimme wurde heiser und kratzig wie ein Reibeisen, wenn ich sprach. Ich mied die hohen Töne, indem ich nur die Lippen bewegte, aber der Chorleiter wusste natürlich über meine Situation Bescheid. Ich müsse im Chor aufhören, ich würde kurz vor dem Stimmbruch stehen, aber vielleicht hätte ich ja Lust, später im Männerchor weiterzusingen, wenn meine Stimme voll entwickelt wäre?

Ich flehte ihn an, im Knabenchor bleiben zu dürfen. Das lehnte er kategorisch ab, und ich fiel mit gefalteten Händen vor ihm auf die Knie.

»Mein Junge«, sagte er seufzend, »das geht nun einmal nicht, aber vielleicht kannst du zu Hause ein wenig im Falsett singen?«

Ich schlug »Falsett« in *Salmonsens Konversationslexikon* nach. Dort stand auch etwas über Kastraten, denen die Hoden entfernt wurden, ehe sie in den Stimmbruch kamen. Auf diese Weise blieben ihre Stimmlippen klein wie die eines Jungen, wohingegen sich die Kraft ihrer Lunge zu der eines Mannes entwickelte. Einige Kastraten hatten im Vatikan gesungen, in Klöstern oder an Höfen, wo ihnen eine Sonderstellung zukam. Einige wurden zu ungefährlichen Liebhabern der Königin, da sie keine Kinder zeugen konnten. Die allermeisten von ihnen ereilte jedoch ein erbärmliches Schicksal.

Ich verkroch mich unter der Bettdecke und versuchte mich im Falsett, fürchtete jedoch, sie könnten mich im Untergeschoss hören.

Auf meinem Nachttisch lag das Messer, mit dem ich für gewöhnlich die Pflanzen schnitt.

Ich stürzte mich mit großem Ernst in die Botanik und las alles, was ich in der Bibliothek von Helsingør finden konnte. Der Bibliothekar bestellte mir aus der Königlichen Bibliothek in Kopenhagen Englers großes Werk *Die Natürlichen Pflanzenfamilien.*

»Du wirst noch ein großer Botaniker werden«, sagte meine Mutter und schenkte mir eine Blumenpresse.

Mein Vater entschied, dass ich eine Klasse überspringen sollte. Ich sammelte für ein Herbarium mit Pflanzen, die ausschließlich aus Egebæksvang kamen: Buschwindröschen, Wald-Veilchen, Einblütiges Perlgras, Echte Nelkenwurz, Berg-Weidenröschen, Sumpf-Schachtelhalm, Bach-Ehrenpreis.

Wenn sie gepresst wurden, entwich der Saft, wie wenn man Schlamm entwässert und die Erde zu Staub zerfällt. Ja, fast so wie Steine, die sich mit der Zeit und unter Druck in Kristalle verwandeln können.

Wenn ich die getrockneten Pflanzen ins Licht hielt, konnte ich hindurchsehen, als wären sie Insektenflügel.

Doch wo verlief die Grenze dieser Waldflora? Konnte die Narzisse mitgezählt werden, wenn ihre Zwiebel aus einer Schubkarre mit Gartenerde stammte, die ein Mensch hier ausgekippt hatte?

Ich studierte die Ordnungen. Linné hatte die Pflanzenfamilien anhand ihrer Fortpflanzungsweise und -organe klassifiziert. Diejenigen, die er nicht einordnen konnte, nannte er »Kryptogame«, was so viel heißt wie »heimlich Verheiratete«. Dazu gehörten die Sporenpflanzen, darunter Farne, Bärlappe und Schachtelhalme. Sie hatten keine Blüten oder Samen.

War es dieser Ordnungsdrang, der ihn daran hinderte, jemals an die Existenz der fleischfressenden Pflanzen zu glauben? Diese Pflanzen, die sich an dunklen und nährstoffarmen Orten befinden und deshalb einen Weg finden mussten, um ihre Nahrung zu ergänzen. Für Linné stellte das womöglich eine Form der Unordnung dar: dass Pflanzen so klug sein können, dass sie selbst Tiere an der Nase herumführen.

Und was war mit mir? Hätte sich Linné über jemanden wie mich geärgert?

Ich studierte die Entstehung des Pflanzenreichs. In der Zeitschrift *Wissenschaftliche Mitteilungen der Naturgeschichtlichen Vereinigung* las ich von neuen Entdeckungen, von denen einige damals noch nicht endgültig bewiesen worden waren. Dazu zählte beispielsweise die Idee, dass die erste Pflanze entstanden war, indem eine Urmeeralge ein Cyanobakterium fraß. Anstatt das Bakterium zu verdauen, nahm sie es in ihre Zellen auf, wo es sich in Chloroplasten verwandelte. Dieses neue kleine Wesen war also zu einer Fotosynthese fähig, und vielleicht gingen alle Pflanzen auf dieses wundersame Ereignis zurück.

Doch die Cyanobakterien lebten schon vorher und hatten die Fotosynthese bereits erfunden. Der von ihnen ausgestoßene Sauerstoff wurde zum Sauerstoff der Atmosphäre, und weit oben traf er auf die Sonnenstrahlen und verwandelte sich in Ozon. So entstand die Ozonschicht, jener Schutzfilm, der die Erde umgibt und die meisten schädlichen UV-Strahlen der Sonne absorbiert, und der noch immer dank des Sauerstoffs aller Pflanzen dieser Erde erhalten wird.

Die Ozonschicht sorgte dafür, dass sich die Pflanzen an Land begeben konnten, aber sie waren noch immer auf einen Schutz vor den Sonnenstrahlen angewiesen, der in ihrer Oberfläche abgelagert ist. Insbesondere, da sie nicht länger durch das Wasser abgeschirmt waren.

Wahrscheinlich waren Moose die ersten Landpflanzen. Dann kamen die Sporenpflanzen. Sie besaßen eine dicke Oberfläche und Pigmente, die sie vor der Sonne beschützten, und sie nutzten Sporen, um sich auszubreiten. Auch die später entstandenen Pflanzen, die Nacktsamigen und die Bedecktsamer, auch Blütenpflanzen genannt, hatten Sporen, die bei ihrer Fortpflanzung allerdings nur ein Zwischenstadium darstellten. Bei den Sporenpflanzen hingegen bildeten sie unmittelbar ein Gewebe, das Geschlechtszellen produziert.

Die Nacktsamigen waren das nächste Stadium nach den Sporenpflanzen. Zu ihnen gehörten beispielsweise Eiben, Sagopalmfarne und Nadelbäume, die wiederum als Übergangsstadium zu den Blütenpflanzen betrachtet werden konnten.

Die Vermehrungsstrategien der Pflanzen waren vielfältig, es gab sowohl eine geschlechtliche als auch eine ungeschlechtliche Fortpflanzung. Beide Arten kamen unter Sporenpflanzen, Nacktsamigen und Bedecktsamern vor, Letztere pflanzten sich sexuell mit Blüte und Pollen fort. Nach der Bestäubung entwickelte sich aus der Samenanlage mit der befruchteten Eizelle der Samen und aus dem Fruchtknoten die Frucht.

Darüber hinaus konnten sich Pflanzen aber auch asexuell vermehren, zum Beispiel durch Knospung oder Ausläufer, und dann pflanzten sie sich fort, indem sie sozusagen Klone ihrer selbst bildeten.

Die Pollen der Blütenpflanzen, die aus den männlichen Sporen entstanden waren, konnten mithilfe von Wind, Wasser oder Tieren auch Blüten der gleichen Art bestäuben, die sich in weiter Ferne befanden, vielleicht sogar auf anderen Kontinenten. Auf diese Weise erreichten sie als Art eine große genetische Variation.

Auch Samen konnten sich oft weit fortbewegen. Einige Pflanzen betteten ihre Samen in köstliches Fruchtfleisch ein, damit die Vögel sie fraßen und in ihren Bäuchen weitertrugen. Andere Samen waren klebrig und setzten sich im Gefieder oder Fell von Tieren fest. Die alten Sporenpflanzen bewegten sich dagegen nur selten weiter fort als bis zum Fuß ihrer Mutterpflanze. Ihre Sporen überlebten nicht lange, aber dafür waren die erwachsenen Pflanzen besonders robust. Einige überstanden längere Trockenperioden, indem sie Wasser speicherten.

Ich las, dass die meisten Blütenpflanzen zwei Geschlechter in sich tragen, weibliche Samenanlagen und männliche Pollen. Sie sind hermaphroditisch und können sich deshalb in vielen Fällen mit sich selbst vermehren. Ich las aber auch etwas über Diözie – Zweihäusigkeit oder Getrenntgeschlechtlichkeit –, wie beispielsweise bei der Lichtnelke, der Sal-Weide und den

Eiben. Sie haben nur weibliche oder männliche Blüten. Diesbezüglich kann man sie mit den Menschen vergleichen, die sich ebenfalls nur mit dem anderen Geschlecht vermehren können.

Manchmal wechselt ein solches zweihäusiges Gewächs sein Geschlecht. Es gibt Eiben, die jahrhundertelang ausschließlich weibliche Blüten trugen und sie plötzlich gegen männliche austauschen. Und es gibt Eiben, die jedes Jahr ihr Geschlecht ändern.

Nachdem ich alles über das Geschlecht und die Sexualität der Pflanzen nachgelesen hatte, widmete ich mich den Tieren. Bei Waranen, Truthähnen, Haien und Bienen konnte ein Weibchen, das kein Männchen fand, ein Ei von einer naheliegenden Zelle befruchten lassen und Nachkommen hervorbringen, die mit ihm identisch waren.

Im Tierreich gab es auch Hermaphroditen, die sowohl männliche als auch weibliche Geschlechtsdrüsen hatten, aber dennoch einen Partner finden mussten, um sich zu paaren. Schnecken und Regenwürmer beispielsweise wählten ihr Geschlecht, wenn sie einem Artgenossen begegneten.

Die menschlichen Föten, die ich im großen Medizinbuch studierte, sahen bis zur achten Woche zweigeschlechtlich aus. Die Chromosomen hatten aber wohl schon von Anfang an bestimmt, ob sie ein Mädchen oder Junge waren.

Bei meiner Lektüre stieß ich auch auf die flache, blattähnliche Grüne Samtschnecke oder *Elysia viridis*, die im Kattegat lebte. Durch ihre pflanzliche Nahrung nahm sie schon früh Chloroplasten auf und konnte, auch dank ihrer großen Oberfläche, teilweise ihr gesamtes restliches Leben über vom Sonnenlicht zehren. Unter Wasser war sie vor den ultravioletten Strahlen geschützt.

Auch die Geologie fesselte mein Interesse. Turmalin und Cordierit konnten das Sonnenlicht verstärken, sodass man die Sonne durch den Kristall hindurch sehen konnte, selbst wenn der Himmel wolkenverhangen war. Erst kürzlich habe ich vom rosafarbenen Tugtupit gelesen, der im Dunkeln verblasst, aber wieder Farbe annimmt, wenn er kurz in der Sonne liegt.

Lilly und Viola, ich schweife ab – aber jedenfalls übernehmen alle Organismen etwas von anderen. Die Eizellen meiner Mutter nahmen die Chromosomen aus dem Samen meines Vaters auf, und daraus entstanden meine Schwester und ich. Und meine Eltern und ich, ja, alle Menschen, müssen irgendeine Art von Nahrung zu sich nehmen, um zu überleben.

Die Aufnahme anderer Organismen kann als Transformation angesehen werden. Wenn die Grüne Samtschnecke Algen verspeist, verhält sie sich nicht mehr wie ein Tier, sondern wie eine Pflanze. Wenn der Tugtupit auf Licht reagiert, erinnert er ebenfalls an eine Pflanze.

Wann hat der Mensch das Tierreich mental hinter sich gelassen? Wird das Licht des menschlichen Geistes eines Tages erlöschen, sodass wir ins Tierreich zurückkehren und uns wieder wie Tiere fühlen werden? Oder werden wir in Zukunft damit aufhören, Mensch zu sein? Werden wir mit einem bislang unbekannten Bewusstsein in ein neues Reich eintreten?

Metamorphosen hat es immer gegeben, einige zufällig, andere regelmäßig oder unregelmäßig. Die Amphibien gingen an Land, und ihre Eier wurden robuster. Die Pflanzensamen veränderten sich, und auch ihre Schalen wurden so hart, dass die Vögel sie, in ihrem Verdauungskanal, an ferne Orte transportieren konnten. Der Mensch lernte, das Feuer zu beherrschen und sein Essen zu kochen, sodass es leichter verdaulich war, und wir entwickelten unsere großen Gehirne.

Im medizinischen Handbuch starrte ich erneut auf die Entwicklung des menschlichen Embryos. Es war, als würde man die Evolution selbst betrachten. Der kleine Fötus besitzt etwas, das der Gallenblase eines Fischs ähnelt. Etwas später erinnert sein Herz mit den beiden Kammern an das eines Reptils. In mehreren Stadien sieht es so aus, als hätte der Embryo einen Schwanz.

Doch wann entstand das erste Leben? Wann wurden die ersten Aminosäuren gebildet? Fielen sie mit einem Meteoriten herab oder entstanden sie in der gewaltsamen Kindheit der Erde, als chemische Reaktion, vielleicht infolge heftiger Blitzeinschläge, die dafür sorgten, dass sich die Grundstoffe auf neue Weisen zusammensetzten?

Ich las vom russischen Biologen Nikolaj Kolzow, der meinte, dass vererbte Eigenschaften durch ein Molekül aus zwei gespiegelten Strängen weitergegeben würden, das man kopieren könne. Auf diese Weise sagte er das DNA-Molekül voraus. Eines Tages, vielleicht in naher Zukunft, werden wir Menschen uns schnell und radikal veredeln können. Die Zeiten, als der Gärtner mühsam seine Pflanzen bestäuben oder der Bauer zwei seiner besten Tiere dazu bringen musste, sich zu paaren, könnten bald vorbei sein.

Liebe Lilly, liebe Viola. Parallel zu alldem wuchs die Sammlung an Topfpflanzen, die meine Mutter und ich angelegt hatten. Die Damen in der Familie und die Freundinnen meiner Mutter brachten uns Samen und Ableger und lobten unseren grünen Daumen.

Aber ihr beide habt euch nie für Pflanzen interessiert. Als ihr Kinder wart, bin ich mit meiner Begeisterung bei euch immer auf taube Ohren gestoßen, und alles, was ich euch an Grün anvertraute, habt ihr verwelken lassen. Kann es sein, dass ihr in

Wirklichkeit mich hasst? Eure abwesende Mutter? Dieser Gedanke kam mir mitunter.

Aber was ich zuvor geschildert habe, ist nichtsdestotrotz wichtiges Wissen, und ich hoffe, ihr habt es nicht allzu leichtfertig überflogen.

Margrethe, und später auch ich, fingen am Gymnasium von Helsingør an. An meinem ersten Schultag dort war ich knapp vierzehn Jahre alt, es war eine Woche, nachdem ich den Knabenchor hatte verlassen müssen.

Hier verlief kein Strich quer über den Schulhof, und Margrethe fragte mich, ob ich zu ihr nach Hause kommen und sie besuchen wolle.

Ich beugte mich ein wenig herab, denn mittlerweile war ich größer als sie. Sie lächelte, und mir gelang es, laut und deutlich *Ja* zu sagen.

Margrethe öffnete die Tür. Mit einem Mal hatte sie einen Pagenkopf.

»Das kannst du doch nicht machen!«, schrie ich heiser.

»Ich dachte, es würde dir gefallen?«

»Schön ist es nicht«, sagte ich mit einer Stimme, die plötzlich tief war.

»Du ahnst nicht, wie wütend Papa wird, wenn er es sieht«, sagte sie und ging voraus, hinauf in ihr Zimmer.

Der Rock ihres Kleides war türkisfarben mit blauen Blümchen.

Die Tapeten in ihrem Zimmer waren rosa, die Möbel weiß mit Goldstreifen, und die Gardinen umrahmten das Fenster wie zwei hängende Bögen. Der Läufer auf dem Boden fühlte sich weich an, als ich mich auf das Bett setzte und meine bestrumpften Füße ordentlich nebeneinanderstellte. Gegenüber von uns, neben dem Schrank, hing ein halbrunder Spiegel. Ihr abgeschnittener Zopf lag wie eine Borte auf dem Servierwagen.

Dann wollte Margrethe Tee holen, hatte die Milch vergessen, musste die Katze hinauslassen, bildete sich ein, jemand habe geklopft. Plötzlich musste sie ins Bad, und anschließend fiel ihr ein, dass noch etwas Kuchen in der Küche sein könnte. Ich starrte ihren Kleiderschrank an.

Während sie unten war, öffnete ich die Tür. Ihr Konfirmationskleid kam mir wieder in den Sinn. Ob sie es noch hatte? Ob es inzwischen blau war?

Es gab dunkle Kleider mit hellen Blumen und helle Kleider mit dunklen Blumen. Es gab Winterkleider, Sommerkleider, Festkleider und Alltagskleider. Eine Ablage mit Strohhüten und Sonnenhüten. Alles duftete nach Lavendelseife, und da, in einer Stoffhülle, auf einem klobigen Bügel, hing das nach wie vor weiße Kleid.

Ich hielt es hoch, während unten die Tür ins Schloss fiel. Margrethe hatte gesagt, sie wolle zum Bäcker laufen, wenn sie in der Küche keinen Kuchen mehr finden könne.

Plötzlich lagen meine Anziehsachen in einem Haufen auf dem Boden. Ich konnte das Kleid am Rücken selbst zuknöpfen, ganz so sehr zitterten meine Hände auch wieder nicht. Dort, wo die Brüste sein sollten, befanden sich zwei schlaffe Wölbungen, und ich nahm zwei Paar zusammengerollte Seidenstrümpfe und stopfte sie aus. Unter dem Hut konnte man mein Gesicht kaum erkennen. Meine Füße passten nicht recht in die Lackschuhe, aber das sah man im Spiegel zum Glück nicht. Ebenso wenig, dass der Saum nur bis zu den Knien reichte. Ich nahm den langen gelben Zopf und befestigte ihn am Hut. Das Licht strömte durch das Fenster herein und auf den Boden, genau zwischen den Spiegel und mich. Draußen schlugen die

Bäume aus, der Himmel war blau, ein Vogel sang, obwohl es schon spät am Tag war. Meinem Mund entfuhr ein Triller, meine Stimme war wieder hell.

Und da war sie, im Spiegel. Das kleine Mädchen war erwachsen geworden, und wir standen uns gegenüber. Ihr Gesicht unter meinem Hut, mein Gesicht unter ihrem. Dies war Johanne.

Die Treppe knarrte. Ich riss am Kleid, eine Naht platzte, Knöpfe sprangen ab. Dann war ich nackt und starrte erschrocken auf die Marmorkugeln meiner Pobacken, den glatten Rücken und die flache Brust im Spiegel. Hastig stieg ich in meine Kleidung und hängte das Konfirmationskleid auf einen wippenden Bügel. Ich knallte den Schrank zu, knöpfte mein Hemd schief und konnte es nicht mehr rechtzeitig in die Hose stecken. Der Hut mit dem Zopf saß immer noch auf meinem Kopf.

Margrethe sah mich an. Das Tablett mit den Tassen und Tellern fiel krachend zu Boden. Die Rumkugeln rollten in alle Richtungen.

Mit einem verzweifelten Schrei warf ich die Kopfbedeckung auf den Boden, rannte zu meinem Herrenfahrrad und strampelte in wildem Tempo heimwärts Richtung Snekkersten.

Konnte ich es noch schaffen?

Konnte ich meine Stimme daran hindern, ganz tief zu werden?

Konnte ich Johanne werden? Diejenige, die ich vielleicht war?

Zu Hause roch es nach Rollbraten und Kartoffeln. Meine Mutter rief irgendetwas aus dem Wohnzimmer. Ich ging nach oben, verbarrikadierte die Tür meines Zimmers mit einem Bücherstapel, zog das Messer, das auf meinem Nachttisch lag, aus der Scheide, kroch unter die Decke, schob meine Hose herunter und packte zu.

Ich wusste, dass es kein schneller Schnitt sein würde. Es kam nicht nur auf das Glied an, sondern auch auf die Hoden. Gleichzeitig war ich mir schmerzlich bewusst, dass es nahezu vergebens war, selbst wenn es mir gelänge, alles loszuwerden. Mein restlicher Körper war bereits der eines Mannes, und alle kannten mich als Johannes.

Trotzdem säbelte ich die äußere Hautschicht durch und kam bis zu den blauen Adern. Vielleicht konnte man den Eingriff auch nur zur Hälfte durchführen und den Rest absterben lassen? Ich drehte den Kopf, biss ins Kissen und flüsterte, dass Schmerz nur ein Signal sei. Der Wille geht von den Händen aus.

War der Schmerz die Strafe Gottes oder die Strafe der Natur? Oder war es in Wahrheit ein Suizidversuch?

Lilly und Viola, es tut mir leid, dass ihr dieses blutige Bild vor euch sehen müsst.

Die Tür flog auf, meine Eltern stürzten herein, die Decke gab nichts preis. Alles blieb unter den Daunen verborgen.

Ich musste die ganze Zeit geschrien haben, aber meine Ohren waren taub.

Mein Vater schlug mir auf die Wangen, meine Mutter schluchzte.

Der Arzt kam mit der Tasche. Er legte einen Verband an, und ich bekam Morphium.

Es war eine Schreckensnacht. Meine Mutter heulte unten im Wohnzimmer wie eine Wölfin und streifte auf und ab. Die Stimme meines Vaters war fest, sie drang bis durch die Balken.

Schließlich fiel die Haustür zu, mein Vater rief nach meiner

Mutter. Sie waren lange fort, ich hörte den Sturm und das Meer brausen.

Dann die klappernden Zähne meiner Mutter, und mein Vater, wie er sie mit schweren Schritten die Treppe hinaufschleppte. Die Salzwassertropfen, die auf den Boden fielen, als er sie ins Schlafzimmer trug.

Aus dem Zimmer mit dem großen Bett drang ihr Weinen. Irgendwann kam mein Vater herein und verpasste mir eine schallende Ohrfeige.

Später: der Arzt im kalten Kachelraum des Rigshospitalet in Kopenhagen. Er roch an meinen Achselhöhlen, maß meine Größe und die Breite meiner Füße und Hände. Drückte auf den Adamsapfel und betastete meine Hoden.

»Hatten Sie bereits eine Erektion und einen Samenerguss?«

Ich schüttelte den Kopf.

»Unmittelbar kann ich keine Funktionsschäden an Ihrem Penis erkennen. Sie entwickeln sich so, wie Sie sollen, das Leben liegt vor Ihnen.«

Dann sollte ich gehen, und er bat meine Mutter herein.

»Entschuldigung«, sagte sie, als wir durch das Tor hinaustraten. »Es ist meine Schuld.«

»Nein«, sagte ich, »ganz allein meine.«

Kurz darauf war ich mitten im Stimmbruch.

Drei Jahre nach meiner Gymnasialzeit wurde ich an der Universität für das Biologiestudium zugelassen.

»Haben Sie sich verirrt?«, fragte Professor Jørgensen lachend.

Unter allen Studierenden war ich mit Abstand am jüngsten.

»Warten Sie ab«, erwiderte ich.

Da waren das Licht, das Wasser, das Kohlendioxid. Die Verwandlung zu Zucker und Sauerstoff. Dass die Pflanzen uns Leben schenken, und wir, die Säugetiere, durch unser ausgestoßenes Kohlendioxid auch ihnen. Aber da war auch die Tatsache, dass die Pflanzen gut ohne den Menschen auskommen. Es gibt genügend andere Kohlendioxid-Quellen.

Ich half meiner Mutter noch immer im Garten. Wir spazierten nebeneinanderher und sprachen darüber, welche neuen Pflanzen wir uns wünschten.

Draußen auf den Feldern hinter dem Wald wuchs der Weizen, die am wenigsten giftige und am meisten veredelte Pflanze, die wir haben. Die ohne Dünger und Unkrautvernichtung nie überleben würde. Für unseren Garten hatten wir zarte Nutzpflanzen gewählt, die gehegt und gepflegt werden mussten: Tomaten, Gurken, Erdbeeren. Auch bei den Blumen wählten wir oft die Exoten, die besonderer Zuwendung bedurften, weil sie aus Orten mit anderen klimatischen Verhältnissen stammten.

So züchtet der Mensch bis heute seine eigene besondere Flora und verändert die Natur. Regenwälder werden gefällt, um Anbauflächen für Tier- und Menschennahrung zu schaffen. Ist der Mensch tatsächlich so schlau, oder haben uns die Pflanzen in Wirklichkeit längst überholt? Der Gedanke kam mir mitunter. Macht der Weizen uns schöne Augen, damit wir ihm dabei helfen, sich weiter auszubreiten? Und dient die Schönheit der Blumen dem gleichen Zweck?

Manchmal legte meine Mutter eine erdige Hand auf meine Wange und sah mir direkt in die Augen.

Meine Kommilitonen feierten. Sie rauchten, tranken und küssten Mädchen. Ich wurde nur selten eingeladen, und meine weiblichen Mitstudierenden würdigten mich keines Blickes.

Dafür war niemand so belesen wie ich, ich bekam die besten Noten und konnte immer antworten, wenn Professor Jørgensen eine Frage stellte.

Tuschelten sie über mich? Wie nannten sie mich? Ich ließ mir denselben Pagenschnitt verpassen wie Margrethe. In den 1930er Jahren sah kein Mann so aus.

Ich las Bücher über verschiedene Entdeckungsreisende. Robert Fortune verkleidete sich Mitte des 19. Jahrhunderts als Chinese und lernte die Landessprache, um sich ins Reich des Kaisers einzuschleichen und Teepflanzen zu stehlen.

Anfang des 20. Jahrhunderts brachte E. H. Wilson die Königs-Lilie nach Europa, die im Himalaya in zweieinhalbtausend Metern Höhe wuchs, und verlor ein Bein bei einem Steinschlag an der Grenze zwischen China und Tibet.

Außerdem gab es den unechten englischen Königssohn George, einen Onkel von Königin Victoria. Anfang des 19. Jahrhunderts wurde er nach Südafrika deportiert, damit er keinen Anspruch auf den Thron erheben konnte. Abgesehen davon, dass er, genau wie sein Vater, in Vielweiberei lebte, sorgte er auch dafür, dass die *Streptocarpus rexii* oder auch Drehfrucht, eine Pflanze mit kleinen weißen, lila- oder pinkfarbenen trompetenförmigen Blüten, nicht nur in englischen Blumentöpfen wuchs, sondern sich auf der ganzen Welt ausbreitete. Ja, und Henry David Thoreau war wohl auch eine Art Entdeckungsreisender, obwohl er als botanischer Eremit am selben Ort bei Walden Pond in Massachusetts lebte. Glück hieß für ihn, zusammen mit den Seerosen im Wasser dahinzutreiben.

Jeden Sommer verreiste ich mit meinen Eltern: nach Hamburg, an die dänische Nordsee, nach Bergen und Amsterdam. Einmal waren wir sogar in der Schweiz. Wollten sie mich damit aufmuntern oder sich selbst von dem Kummer ablenken, den ich ihnen bereitete?

Einige meiner Kommilitonen gingen auf Reisen, während sie an ihren Magisterarbeiten schrieben. Sie wurden von ihren Eltern finanziert, erhielten Stipendien oder lebten von dem Geld, das sie sich neben dem Studium selbst hinzuverdient hatten.

Ich besuchte Vorlesungen in der Dänischen Botanischen Vereinigung und der Dänischen Naturgeschichtlichen Gesellschaft und erhielt in allen Fächern Bestnoten. Professor Jørgensen nahm mich beiseite, lobte mich und meinte, ich hätte womöglich das Zeug dazu, selbst Professor zu werden.

Ich antwortete, dass ich davon träumte, eine botanische Entdeckung zu machen, von der die ganze Welt sprechen würde.

Dann müsse ich dafür sorgen, auf Reisen zu gehen, sagte Jørgensen.

Am liebsten hätte ich Knud Rasmussen geschrieben, aber der war inzwischen verstorben. Die Zoologin Marie Hammer war mit ihm auf Expedition gewesen und hatte in Grönland Moosmilben gesammelt. Ich hatte die Gelegenheit, sie in der Naturgeschichtlichen Gesellschaft zu treffen. Ihr Intellekt war messerscharf, ihre Kleidung ärmlich. Im Laufe der Zeit bekam sie vier Kinder, und ihr Mann, der zu Stubenfliegen forschte, kümmerte sich um die Familie, wenn Marie wieder einmal auf Forschungsreise ging. Ihre jüngsten Kinder erkannten die Mutter mitunter gar nicht mehr, wenn sie endlich wieder nach Hause kam.

Marie Hammer deutete an, dass an Wegeners damals noch umstrittener Theorie über die Kontinentaldrift durchaus etwas dran sein könnte.

Moosmilben sind kleine Urzeittiere, die in der Erde leben und sich unglaublich langsam fortbewegen. Hammer fand heraus, dass es sie auf allen Kontinenten gab. Auf ihren Reisen stellte sie fest, wie ähnlich sich beispielsweise die Milben an der Westküste Afrikas und der Ostküste Südamerikas waren. Aus geologischer Sicht sind auch die Berge in Brasilien und im Kongo identisch, und noch dazu kann man deutlich erkennen, dass auch die Küstenlinien zusammenpassen, wie etwa die des Amazonastieflandes mit jener des afrikanischen Guinea.

Mittlerweile weiß man, dass sie dort einmal als Urkontinent Pangäa zusammenhingen, der sich später teilte und in verschiedene Richtungen driftete. Hoch oben in den Bergen dieser Welt hat man Versteinerungen von Meerestieren gefunden – wie sollte das anders erklärbar sein, wenn nicht durch heftige Umwälzungen in den Erdmassen der Kontinente?

Ich las Artikel von Magister Steen, der Wegeners Theorien eifrig unterstützte.

Auch Steen hatte fast die ganze Welt bereist. Er sammelte die alten Sporenpflanzen: Farne, Bärlappe und Schachtelhalme, als Versteinerungen wie auch in ihren gegenwärtigen Erscheinungsformen. Die Pflanzen hatten ihre goldene Zeit im Karbon, vor dreihundertsechzig Millionen Jahren, als einige von ihnen bis zu fünfundvierzig Meter hoch werden konnten. Um sie herum kreisten Libellen mit einer Flügelspannweite von bis zu neunzig Zentimetern.

Im späteren Karbon passten sich die Kriechtiere an das Leben an Land an, und ihre Eier hatten jetzt Schalen, wohingegen die Pflanzen im Ordovizium hundertachtzig Millionen Jahre zuvor allein an Land gewesen waren. Das einzige Geräusch, abgesehen vom Meeresrauschen, verursachte der Wind in den Bäumen.

Magister Steen meinte, dass die ersten Landpflanzen, nämlich besagte Farne, Bärlappe und Schachtelhalme, auf dem Urkontinent Pangäa entstanden seien. Die heimischen Varianten dieser Pflanzen hätten sich entwickelt, nachdem der Kontinent sich geteilt hätte und mit den Pflanzen an Bord in verschiedene Richtungen getrieben sei, und seien vom jeweils unterschiedlichen Klima beeinflusst worden.

So komme der Glossopteris-Farn beispielsweise in Indien und in Australien vor, obwohl beide Länder so weit voneinander entfernt lägen. Ähnlich verhalte es sich auch mit den Reptilien, schrieb Magister Steen. In Afrika und Südamerika gebe es zwanzig identische Arten von beispielsweise Landschildkröten und Schlangen. Hatten sie über das Meer schwimmen können? Nein. Auch sie mussten auf Pangäa entstanden sein und sich erst nach der Teilung ausgebreitet haben.

Nachdem die verschiedenen Teile von Pangäa an ihren jeweiligen Ort gedriftet seien, sei es zu einem Massenaussterben gekommen. Vielleicht durch den Einschlag eines großen Meteoriten oder die Triebkräfte der Kontinente, die Vulkanausbrüche verursachen konnten, aber auch Klimaveränderungen in Form von heftigen Temperaturschwankungen. Wenn sich die Kontinente bewegen, würde sich die Geographie verändern. Die Richtung und die Stärke der Meeresströmungen hänge von der Form und Größe der Kontinente ab, und die Meeresströmungen wiederum beeinflussten das Klima.

Dann folgte die Trias mit den ersten Dinosaurierarten. Die meisten Sporenpflanzen hätten das Massenaussterben überlebt, seien jedoch klein und kümmerlich geworden. Farne, Bärlappe und Schachtelhalme wuchsen jetzt an Orten, wo keine anderen Pflanzen gewachsen wären. Die neuen Pflanzen, die Samenpflanzen, hätten einen Großteil des Landes übernommen. Nach einem Massenaussterben könnten jene Arten, die zuvor klein und unterdrückt waren, den Vorzug erhalten.

Nichtsdestotrotz seien die Sporenpflanzen aus der Vergangenheit immer noch ziemlich gegenwärtig, denn aus ihren Überresten seien Rohstoffe wie Kohle, Öl und Gas entstanden, die wir heute nutzen.

Magister Steen spann seine Theorien frei weiter. Was war mit den Säugetieren, zum Beispiel dem Bison? Das lebe ja sowohl auf dem europäischen wie auch auf dem nordamerikanischen Kontinent. Das Bison sei eine viel jüngere Art als die Kriechtiere und könne deswegen nicht mit den zersplitterten Teilen Pangäas in unterschiedliche Richtungen getrieben worden sein. Hatten zwischen Europa und Nordamerika Landkorridore existiert, über die die Bisons gewandert waren, und war der Mensch ihnen gefolgt? Warum, mutmaßte Steen, sollten die Züge der Mongolen sonst denen der Grönländer und Indianer ähneln?

Magister Steen war ein älterer Herr, von dem es hieß, er sei schon als Student sonderbar gewesen. Als Magister reiste er, vom Erbe seiner Eltern finanziert, um die Welt und war fast nie in Dänemark, sondern schickte lediglich seine Funde ans botanische Labor. Seine Sammlung war nahezu vollständig.

Ich stürzte mich auf Wegeners Theorien, was Jørgensen natürlich erboste. Während ich früher wie ein Echo des Professors geklungen hatte, musste ich jetzt bei jeder Gelegenheit Wegeners Thesen anbringen. Jørgensen und meine Kommilitonen fassten sich an den Kopf, einige lachten nur, andere waren diskussionsfreudiger. In einer Seminarstunde stand ich auf und rief: »Warten Sie nur ab, ich werde es Ihnen schon noch beweisen!«

Der Professor ermahnte mich, zugleich nahm ich aber auch wahr, dass er mir einen gewissen Respekt entgegenbrachte, weil ich ein so eifriger Student war.

Weder ich noch die Wissenschaftler waren in der Lage, herauszufinden, wie sich die Kontinente bewegten. Zu diesem Zeitpunkt konnte niemand tief genug hinabtauchen, um zu untersuchen, was sich auf den Meeresböden abspielte. Und solange man nichts darüber wusste, schien es vergeblich, an die Kontinentaldrift zu glauben. Wären die Landmassen denn nicht zerstört worden, wenn sie, wie Wegeners Theorie besagte, im Abstand von mehreren Hundert Millionen Jahren zusammenstießen?

Das ist einer der Gründe dafür, warum damals weder Wegener oder Steen noch ich in wissenschaftlichen Kreisen anerkannt werden konnten.

Über Umwege erfuhr ich, dass Margrethe sich am Konservatorium bewerben wollte, ihr Vater es jedoch nicht erlaubte. Margrethe wohnte weiterhin zu Hause und warf mir herzzerreißend wehmütige Blicke zu, wenn wir hin und wieder in Helsingør aneinander vorbeigingen. Obwohl sie mittlerweile erwachsen war, hielt der Vater sie immer noch an der Hand. Aber sie trug nach wie vor ihren Pagenkopf, genau wie ich.

Es kamen Briefe: Sie wolle sich treffen, ich würde ihr fehlen. Ich sei der einzige Freund, den sie je gehabt habe. Ich ignorierte die Briefe, aber meine Mutter sagte, ich könne mir jederzeit Briefmarken und Papier aus dem Sekretär nehmen.

Ich jätete gerade Unkraut im Garten, als Margrethe plötzlich auf der anderen Seite des eisernen Tors stand. Sie trug einen langen, zweireihigen grauen Mantel mit braunen Knöpfen. Dennoch schien sie zu leuchten.

»Ich würde gern mit dir reden.«

Mir fehlte noch ein Beet.

»Komm«, sagte sie.

Ich lehnte die Hacke an die Hausmauer, meine Hände zittern.

Wir wanderten die Pfade entlang. Die Buche hatte grüne Frühlingspunkte, das letzte Tageslicht fiel durch den Nieselnebel. Die Tümpel wurden schwarz.

»Können wir uns verirren?«, fragte Margrethe.

Ich erzählte von David Livingstone, der in der afrikanischen Wildnis starb, aber von seinen afrikanischen Trägern zur Küste gebracht und von dort nach England gesegelt wurde.

»Ich meinte hier im Egebæksvang«, erwiderte sie lächelnd.

»Wenn du einfach nur halbwegs geradeaus gehst, gelangst du früher oder später immer an eine Straße oder zu den Bahnschienen.«

Die Sonne war verschwunden, weil die Erde sich drehte. Die Bäume hatten mit der Fotosynthese aufgehört, jetzt atmeten sie. Sie setzten die Energie aus dem tagsüber produzierten Zucker frei, und vielleicht wuchsen sie im Schlaf.

Margrethe nahm meine Hand, unsere Finger waren kalt. Ich drückte die ihren fest, um nicht zu zittern.

»Meine liebe Margrethe«, flüsterte ich.

Wir kamen zu einem größeren Weg, und plötzlich waren wir am Strand. Wir setzten uns, sie blickte über den Sund nach Schweden. Ich betrachtete ihr Profil im schwachen Mondschein und streckte die Hand aus.

»Johannes, ich möchte weg von meinem Vater.«

Ich ließ meine Hand wieder sinken.

»Würdest du lieber einen Jungen oder ein Mädchen küssen?«, fragte sie.

»Mich will sowieso niemand haben«, antwortete ich.

»Hör mal …« Sie weinte.

Bebend legte ich meine Arme um Margrethe. Ich spürte ihre runden Brüste an meinen flachen, ihr Haar kitzelte an meinem

Hals, ihre Haut duftete nach Apfelblüte. Was für ein Kleid trug sie unter dem Mantel? Ob es Spitzen hatte? Und was war mit den Beinkleidern? Und dem Büstenhalter?

Goethe schrieb von der vitalen Schwungkraft, die die Schwerkraft überwinden kann und vielleicht die Lebenskraft an sich ist für Pflanzen, Tiere und Menschen. Pflanzensamen sterben sehr langsam: Man hat zweitausend Jahre alte Dattelsamen zum Keimen gebracht, und sie wussten immer noch, wo oben und unten war.

Doch Margrethe warf uns nach unten, in den Sand. Ihre kühle Hand bewegte sich auf meinen Hosenbund zu, und sie knöpfte ihren Mantel auf.

Darunter trug sie ein Hemd und eine grobe Herrenhose mit Hosenträgern.

»Komm, Johannes.«

»Warum trägst du denn so was?«

Ich zog meine Hände zurück, sprang auf und rannte davon. Margrethe setzte mir nach.

Vor unserem Haus hielt ein fremdes Auto, als wir dort ankamen. Meine Mutter öffnete uns erleichtert die Tür. Margrethes Vater zog seine Tochter an sich und sagte, sie müsse morgen früh aufstehen.

»Konntet ihr miteinander reden?«, fragte meine Mutter, während ich die Treppe hinaufging.

Die restliche Woche über stand Margrethes Fahrrad unabgeschlossen bei uns im Vorgarten.

Margrethe schrieb, wir könnten uns vielleicht verloben, wenn sie ihren Vater um Erlaubnis fragen würde. Sie habe mich gern, schrieb sie.

Aber was war mit mir, dachte ich ratlos, würde ich vor Sehnsucht vergehen, wenn ich jeden Tag gemeinsam mit einer Frau verbringen würde? Oder würde mich das ewige Zusammenleben mit Margrethe glücklich machen? Vielleicht könnte ich durch die Ehe nach und nach normal werden. Oder zumindest würden mich die Menschen in meiner Umgebung als vollkommen normal ansehen.

Und ja, sollte ich jemals heiraten, so wie alle anderen Menschen auch, wäre Margrethe natürlich die Einzige, die ich haben wollte.

Die letzte Kiste von Magister Steen erreichte das botanische Labor, ich nahm sie gemeinsam mit Professor Jørgensen entgegen. Jetzt hatte der Magister auch auf dem südamerikanischen Kontinent seine Sammlung erweitert, und damit, so schrieb er, seien seine Untersuchungen abgeschlossen. In der Kiste befanden sich Präparate von Farnen, Bärlappen und Schachtelhalmen aus der Gegenwart sowie eine große Sammlung an Fossilien. In einem Umschlag lag seine wissenschaftliche Abhandlung. Magister Steen hatte auf allen von ihm bereisten Kontinenten Sporenpflanzen gefunden. Sie wuchsen in sämtlichen Klimazonen bis auf die Wüsten und die Antarktis.

Ich bat Professor Jørgensen um Erlaubnis, die Sammlung durchsehen und die Arbeit lesen zu dürfen, für den Rest der Öffentlichkeit blieb sie jedoch unzugänglich in seinem Büro aufbewahrt.

Es war eine lange Fahrradtour am Öresund entlang. An jenem Tag hielt ich nicht nur um Margrethes Hand an, sondern bat ihren Vater auch, sie finanziell zu unterstützen, damit sie eine Ausbildung zur Opernsängerin machen konnte. Das war wohl das Mindeste, was ich tun konnte.

Er blies Rauch aus, die Zigarre wippte auf dem Rand des

Rauchertischs. Nachdem er den Qualm mit der Hand weggewedelt hatte, sagte er lächelnd: »Du bist der Einzige, dem ich sie anvertrauen würde.«

Mein Vater gab mir eine größere Summe für zwei Goldringe, einer davon mit Diamanten. Leidenschaftslos radelte ich nach Kopenhagen und besuchte mehrere Goldschmiede, ohne zu wissen, wie groß Margrethes Finger eigentlich war.

Außerdem bekam ich Geld, um Margrethe auszuführen. Da saß sie mir gegenüber, mit ihrem großen Busen, in einem Kleid mit Schottenkaro, die kleinen Füße unter dem Tisch verborgen. Auf ihrem kurzen Haar saß ein Hut. Das war 1937, ich war neunzehn und sie zwanzig, als wir uns verlobten.

In diesen Jahren verdiente ich auch selbst ein wenig: Ich registrierte die Chloroplasten verschiedener Pflanzen, wechselte das Formaldehyd in Gläsern mit Schlangen aus, zeichnete Vorlesungstafeln, hielt ein wenig Ordnung in der Bibliothek und sammelte in verschiedenen Gewässern Nordseelands Wasserjungfern, die ein Forscher für seine Dissertation brauchte.

Ein Großteil der Arbeit fand im Labor des botanischen Gartens statt. Ich arbeitete bis spät in den Abend hinein, das eine Auge geschlossen, das andere am Okular des Mikroskops. Kleines wurde zu Großem. Alles, was ich an Lohn bekam, versteckte ich in meiner Nachttischschublade.

An einem dieser Abende im Labor wurde auch das Stellenangebot ausgehängt.

»Das ist von Magister Steen«, erklärte Professor Jørgensen. »Wäre das nicht vielleicht etwas für Sie? In jedem Fall ist es der reinste Wahnsinn.«

Magister Steen habe begonnen, das Seelenleben der Pflanzen zu erforschen, hieß es in seiner Beschreibung. Die Person, die ihm bei seinem Forschungsprojekt in Südamerika helfen könne, werde womöglich berühmt werden. Er suche eine weibliche Assistentin, die schnellstmöglich aufbrechen könne und stark und auch sonst in guter körperlicher Verfassung sei.

Professor Jørgensen verschwand in seinem Büro und schlug die Tür hinter sich zu.

Ich klammerte mich an den Türrahmen.

War dies meine Chance?

Zögernd setzte ich mich in die Bibliothek, holte zitternd Briefpapier, Füller und Tintenfass hervor. Meine Hände arbeiteten wie von selbst. Ja, kaum dass ich mich Johanne nannte, wurde meine Schrift weich und rund, und die Wörter strömten wie von selbst aus mir heraus. Es war, als hätte sich ein Geist materialisiert. Ich bat darum, Magister Steens Assistentin werden zu dürfen, ich schrieb, ich sei eine Anhängerin von Wegeners Theorien und wahrlich auch eine Bewunderin von Magister Steen.

Am nächsten Tag verschickte ich den Brief als Telegramm.

Magister Steen antwortete mit einem Datum und einer Empfehlung für Frachtschiffe, die Buenos Aires ansteuerten. Ich müsse selbst für die Reise aufkommen, er werde Kost und Logis übernehmen. Der Magister fügte hinzu, ich solle es auf keinen Fall missverstehen, dass er explizit nach einer weiblichen Assistentin suche. Er sei lediglich der Meinung, dass Frauen in der Welt der Wissenschaft – völlig zu Unrecht – ständig übersehen würden.

Ich drehte an meinem Verlobungsring, betrachtete mein blasses Gesicht im Spiegel und strich mir das Haar hinter die Ohren.

»Die Geeinten können im Licht leben«, flüsterte ich, »die Geteilten müssen im Dunkeln ausharren.«

Margrethe nahm Unterricht bei einer königlichen Opernsängerin. Sie hatte bereits ihr Debüt in einer Nebenrolle am Königlichen Theater gegeben und erntete in den Zeitungen viel Lob. Sie war doch glücklich?

Sollte ich sie jetzt verlassen? Für einige Monate, oder Jahre? Für immer? Konnte ich meine Mutter zurücklassen? Und was würde mein Vater dazu sagen?

Immer wenn Margrethe und ich zusammen ausgingen, sollte ich mich zu ihrem Kleid äußern, und ich berührte schaudernd die Stoffe. Seide, dünne Baumwolle oder Taft. Ich liebkoste die Kragen und Nähte, ich öffnete die Schachteln mit Büstenhaltern und Hüfthaltern. Ganz hinten im Schrank hing ein Kleidersack mit dem Namen eines deutschen Geschäfts, aber es war mir strengstens verboten, hineinzugucken.

Eine Woche, nachdem Magister Steens Telegramm eingetroffen war, stand ich vor dem Kleiderschrank in Margrethes Zimmer. Als ich mich umdrehte, um ihr ein weinrotes Kleid zu reichen, das sie meiner Meinung nach am heutigen Premierenfest tragen sollte, hatte sie sich komplett ausgezogen.

Ihre Brüste hatten rosa Spitzen, ihre Taille war schmal. Hinter sanft gebogenen Rippen konnte man ihren Atem sehen, und ihr Spalt war von hellen Locken bedeckt. Ihre Oberschenkel waren breit, die Haut an ihnen so hell und zart wie die eines Neugeborenen.

Verwirrt stieß ich mir den Kopf an der Schranktür. Ohne Kleidung duftete Margrethe anders, süßlich und würzig, als hätte sie ihr Inneres nach außen gekehrt. Sie ließ sich auf das Bett fallen, und ich setzte mich vorsichtig neben sie. Sie nahm meine Hand und zog sie in ihren Schoß. Ich erstarrte, als ich die Wärme spürte, die von dort innen kam.

Dann begann sie zu singen, und ich sollte mitsingen. Seit der

Kirche hatte ich kaum gesungen und ging versuchsweise ins Falsett.

»Du Mädchen«, trällerte sie.

Mein letzter Ton war höher als der ihre, und ich hielt ihn verblüffend gut. Sie streckte den Arm aus, zog die Gardine zu und löschte das Licht. Wir horchten nach Geräuschen dort unten.

»Johannes, wir müssen es probieren.«

Langsam öffnete sie meine Hose, zog mich näher und rieb mein schlaffes Glied dort unten an ihr auf und ab. Margrethe atmete hastig, aber bei mir tat sich nichts.

»Liebst du mich?«

»Ja, Margrethe.«

Vor mir lag eine Frau mit offener Vagina. Eines Tages könnte ein Kind dort hinein- und wieder hinausgelangen, mit meiner Hilfe. Ich bewegte mich weiter auf und ab, doch nichts geschah. Meine Erbmasse blieb in mir.

Margrethe knipste das Licht wieder an und ging ins Bad. Meine Augen huschten über die Kleider, ich betrat ihren Schrank und öffnete den deutschen Kleidersack. Es war das Brautkleid.

Weinend warf ich meine Anziehsachen von mir, legte ihren Büstenhalter an und schlüpfte in ihre Seidenstrümpfe. Ich zog mir das weiße Kleid über den Kopf und konnte es gerade so hinten zuknöpfen. Dann setzte ich mich vor ihren Spiegel und schminkte mein Gesicht mit Puder, Lidschatten und Lippenstift, lächelnd und schluchzend zugleich.

Margrethes Schritte waren auf der Treppe zu hören. Ich erhob mich zu meiner vollen Größe.

Für einen kurzen Moment ahnte sie nicht, wer ich war.

»Margrethe«, sagte ich in meinem Falsett.

Es war, als würde ihr Gesicht explodieren. Sie zerrte an

ihrem Finger und schleuderte mir den Verlobungsring an den Kopf. Ich sollte gehen und niemals wiederkommen.

Die Treppen hinunter, durchs Gartentor, das ich mit einem Tritt öffnen musste, weil es eingefroren war. Ich stürmte zur Hecke und krümmte mich zusammen.

Das Brautkleid hatte Dreiviertelärmel, die Strümpfe waren dünn, die Schuhe hatte ich verloren. Sollte ich in den Wald gehen und mich dort zum Sterben hinlegen? Oder mich an einem Baum erhängen? Ich könnte auch ins eisige Meer springen und im Schein der blinkenden Fenster von Helsingborg ertrinken.

Was auch immer ich tat; es wäre furchtbar, tot in einem Kleid gefunden zu werden.

Margrethes Fenster ging auf. Wie eine große Fledermaus flatterte meine Jacke hinab. Dann folgten Hose und Hemd. Die Schuhe und die zusammengerollten Socken fielen wie vier schwere Tropfen zu Boden. Lautlos wurde das Fenster wieder geschlossen, das Licht gelöscht. Es gab kein Haus mehr.

Im Schutz der Hecke zog ich meine Sachen über das Kleid. Ihr Vater kam mit der Aktentasche unter dem Arm nach Hause und sah mich nicht. Meine Fahrradreifen waren platt, ich fuhr auf den Felgen nach Hause und schlich mich durch die Kellertür hinein.

Während meine Eltern beim Abendessen saßen, packte ich still meine Sachen. Das Brautkleid stopfte ich unter das Futter des Koffers und klebte es zu. Ich packte Bücher, das Messer und Geld ein.

Meine Eltern rechneten erst spät mit mir, und als sie ins Bett gingen, schlich ich ins dunkle Wohnzimmer hinunter und nahm mein Sparbuch und meinen Pass aus dem Sekretär. Ich schrieb einen Abschiedsbrief: Jetzt würde ich nach Südamerika reisen, um berühmt zu werden, erklärte ich, und entschuldigte mich dafür, dass ich mich nicht ordentlich verabschiedet hatte. Ich dankte meiner Mutter, *denk nur, dass Du mich all die Jahre geliebt hast.*

Die Nacht verbrachte ich in irgendeiner Kopenhagener Gasse, auf einer Mülltonne hockend. Das Make-up wusch ich mit dem Wasser einer Pfütze ab.

Als die Geschäfte öffneten, verkaufte ich die Verlobungsringe und plünderte mein Sparbuch. Ich erstand zwei Kleider, eines aus Wolle und eines aus Baumwolle, außerdem Strickstrümpfe und einen warmen Damenmantel. Alle Kleidungsstücke waren praktisch geschnitten. Dazu fand ich noch eine Haarspange und etwas Puder. Dann schickte ich Magister Steen ein Telegramm, dass Johanne Erichsen unterwegs sei. Ich nahm den Morgenzug nach Odense, um von dort auf ein DFDS-Schiff zu steigen, das in Buenos Aires Weizen laden sollte. Die Überfahrt würde einunddreißig Tage dauern.

Liebe Lilly, liebe Viola. Nicht nur euch habe ich im Stich gelassen.

DIE REISE MIT MAGISTER STEEN

1938–1939

Wogende Meere. Neunzehn Jahre alt sein und glauben, alles würde gut werden, sobald die Küste außer Sichtweite ist. Meine Hoffnung war unter Deck in Sicherheit, doch ich lag jede Nacht schlaflos und panisch da. Die Koje war mit dem knarrenden Schiffsrumpf verschraubt, der über die damals noch unbekannten Tiefen des Atlantiks schwankte. Man hatte nicht gewusst, welche enormen Gebirgsketten sich auf dem Grund der Ozeane befanden. Erst in der jüngeren Zeit konnte man tief genug tauchen, um herauszufinden, dass der mehrere Hundert Meter dicke oberste Teil der Erdkruste, die Lithosphäre, auf der weichen, warmen, unterirdischen Asthenosphäre umhergleitet. So können sich die Kontinente bewegen.

Während der Reise klopften die Matrosen immerzu Rost ab, das Schiff wurde von einem gigantischen, angeschweißten Bauchgurt zusammengehalten, weil es schon einmal durchgebrochen war. Wenn ich oben frische Luft schnappte, sah ich fliegende Fische, Delphine und später auch Albatrosse.

Ein womöglich hundertjähriger Blauwal kam in Sicht, seine Augen waren größer als der Kopf eines Säuglings. Er tauchte wieder unter und verschwand. Welchen Respekt hätten wir Menschen wohl vor diesem Tier gehabt, wenn wir schon damals gewusst hätten, dass ihre Unterwasserstimmen zweitausend Meter weit reichen, von einer Küste zur anderen? Und wenn wir gewusst hätten, dass die tauchenden Wale dazu beitragen, die Weltmeere mit Sauerstoff zu versorgen und damit das Leben in der Tiefe aufrechtzuerhalten?

Ich zwang mich, mich nicht zu übergeben, und ließ die Äquatortaufe über mich ergehen, bei der man mich in eine Neptunverkleidung steckte, meinen Mund und meine Wangen mit Ketchup beschmierte und mich rücklings ins Wasser warf. Die Matrosen lachten, und ich fror, obwohl die Sonne brannte.

Dann kam ein so gewaltiger Sturm auf, dass die Gardinen der Kojen waagerecht in der Luft hingen. Wie besessen las ich weiter in der *Flora* und Büchern über Südamerika.

Später ging ich an Deck, und wir passierten andere Schiffe, die Stämme von gefällten Bäumen, Baumwolle von künstlich bewässerten Feldern, Seide von gefangenen Raupen und Pelze von getöteten Wildtieren transportierten.

Das weiße Kleid rief aus dem Futter des Koffers nach mir, als wir uns der Küste näherten. Unter dem Schiff wuchsen die Algenwälder der Ozeane, die genauso hoch werden können wie die Wälder an Land.

Ich probierte meine neuen Kleider an, puderte mich, lief auf und ab, übte mich im Falsett. Ich betrachtete mich in dem kleinen Spiegel über dem Waschbecken, nickte, dachte, dass es schon gehen würde. Johanne verabschiedete sich lächelnd von Johannes.

Nachdem ich die Passkontrolle und den Zoll hinter mir gelassen hatte, suchte ich eine Toilette, zog endlich meine Herrenkleidung aus und schlüpfte in mein Kleid.

Magister Steen stand ein Stück weiter entfernt am Kai. Er war lang und dünn, sein Rücken war krumm und das eingesunkene Gesicht blass, obwohl er einen Großteil seines Lebens im Freien verbrachte. Sein eines rundes Brillenglas hatte einen Sprung.

Nervös schwankte meine Stimme zwischen hell und dunkel. Der Blick des Magisters wanderte an mir auf und ab.

Ich folgte ihm, als er langsam, geradezu suchend, die palmengesäumten Alleen und Boulevards entlangspazierte. Die Luft war warm und roch intensiv, die Leute hatten dunkle Gesichter. Ich verstand kein Spanisch, aber immer, wenn wir an einem Straßencafé vorbeikamen, grölten und lachten die Menschen.

Magister Steen hielt vor der Herberge an und drehte sich um. »Wie Goethe schon sagte: *Die Natur hat kein Geheimnis, was sie nicht irgendwo dem aufmerksamen Beobachter nackt vor die Augen stellt.* Wissen Sie was, Erichsen. Jedes Kind sieht, dass Sie ein Mann sind.«

Ich brach schluchzend zusammen. Seufzend lehnte Steen sich an die Hauswand: »Haben Sie irgendwelche praktische Herrenkleidung dabei?«

Ich schüttelte den Kopf, und er brachte mich zu unserem Zimmer.

»Dann gehe ich jetzt los und kaufe Ihnen etwas zum Anziehen. Ich habe einen Wagen mit Chauffeur gemietet. Morgen fahren wir in die Anden.«

Die zwei schmalen Betten standen dicht nebeneinander, Magister Steen schob sie lärmend mit dem Fuß auseinander. »Erichsen. In den Augen der Welt wirkt es mitunter verdächtiger, sich mit einem Mann einzulogieren als mit einer Frau.«

Er redete den ganzen Weg über. In gewisser Weise stellte es eine Erleichterung dar, dass er mich kaum ansah. Ich hätte gerne gefragt, worum es bei unserer Expedition eigentlich gehe, doch ich saß einfach nur da, ganz unglücklich in meinen steifen Hosen und meinem zugeknöpften Hemd, und ließ mich von seinem Redestrom mitreißen. Der Fahrer kaute Kokablätter mit Vulkanasche, um sich wach zu halten, und bot uns ebenfalls davon an. Magister Steen lehnte dankend ab, und ich tat es ihm gleich.

Oft konnte ich unmöglich verstehen, was er sagte, weil das Auto auf seinen Gummireifen wild über die staubigen Wege holperte. Doch es ging immer um Pflanzen, um seine Reisen und Theorien. Magister Steen hatte im österreichischen Graz ein Jahr bei Wegener studiert. Zuvor war Wegener schon einmal seines Amtes verwiesen worden, weil man ihn für einen Fantasten hielt. Wegener war ausgebildeter Meteorologe und Geophysiker. Er stellte Rekorde als Ballonfahrer auf und nahm an mehreren Polarexpeditionen teil. 1930 starb er im grönländischen Inlandeis, nicht vor Kälte, sondern vermutlich an Herzversagen – Wegener war schwerer Raucher gewesen. Seine Anerkennung erlebte er nicht mehr.

Wegener versuchte, die Geschichte der Kontinente auch zeitlich einzuordnen. Heute ist man der Meinung, zwischen dem Zerbrechen des ersten Superkontinents, Rodinia, und dem nächsten, Pangäa, hätten sechshundertfünfzig Millionen Jahre gelegen. Marie Hammer, die Milbensammlerin, hat dazu beigetragen, die Bewegungen und ihren zeitlichen Horizont einzugrenzen. Magister Steens Pflanzensammlungen hätten vielleicht etwas Ähnliches ermöglichen können.

Magister Steen erzählte, die Cyanobakterien, die als Erstes eine Fotosynthese durchführten, hätten ihre Umwelt mit Sauerstoff vergiftet. Der wachsende Sauerstoffgehalt der Luft habe sogar ihre eigene Existenz bedroht, sodass sie mit der Zeit zu einer weniger dominanten Art wurden. Nichtsdestotrotz sei das darauffolgende sauerstoffproduzierende Pflanzenreich mit der Zeit so groß geworden, dass es fünfundneunzig Prozent der gesamten Biomasse der Welt ausmache.

Magister Steen war der Meinung, alles auf dieser Welt habe sich aus dem grünen Leben entwickelt. Als die Pflanzen entstanden seien und die Fotosynthese wirklich an Fahrt aufgenommen habe, habe dies die chemische Zusammensetzung des Urmeers verändert. Vorher habe es gar keine Kontinente gegeben, doch die neue chemische Zusammensetzung habe das Grundgebirge beeinflusst, den Basalt, der verwitterte. Durch Erhitzung, beispielsweise Vulkanausbrüche, sei der verwitterte Basalt zu Granit geworden. Granit sei leichter, habe sich im Laufe der Zeit auf den Basalt gelegt und damit die Kontinente aufgebaut. Daher könne man durchaus sagen, die Fotosynthese, also die Pflanzen, hätten an der Entstehung der Kontinente und ihrem Aussehen mitgewirkt, meinte Steen. Natürlich seien sie auch von Erdbeben und Vulkanausbrüchen beeinflusst, vermutlich aber nur verhältnismäßig gering im Vergleich dazu, was die Pflanzen seit Millionen von Jahren geleistet hätten.

Ich schüttelte den Kopf. Wenn Magister Steen das zu Hause Professor Jørgensen erzählte, würde er sich nur noch lächerlicher machen. Doch heute, nach allem, was seither in der Naturwissenschaft geschehen ist, lässt mich der Gedanke nicht los, ob Magister Steen vielleicht auch damit recht gehabt haben könnte.

»Dank der Pflanzen stehen den Menschen unglaubliche Mengen an Energie zur Verfügung. Wir sind die einzigen Organismen, denen es je möglich war, auf der Chaiselongue zu fläzen, während die Kartoffeln auf dem Gasherd kochen und das Zimmer mit der Kohle im Kachelofen geheizt wird. Oder, so wie wir jetzt, in einem Automobil zu sitzen und voranzukommen, ohne selbst den Körper zu bewegen, Erichsen. Auch das ist das Werk der Pflanzen. Sie sind unsere Nahrung und unser Brennstoff.«

Als wir unterwegs haltmachten, um – in getrennten Zimmern – zu übernachten, versuchte ich, nach Hause zu schreiben. Sie mussten sich ja Sorgen machen, und in der schriftlichen Form begann ich, versuchsweise von meinen Neigungen zu erzählen. Ich hätte mir eine Briefmarke von Magister Steen geben lassen können, denn er schrieb täglich Briefe. Meine landeten aber doch immer in der Schublade.

Magister Steens Briefe gingen an Professor Krysa, einen Botaniker im polnischen Urwald Białowieża. Jedes Mal zeichnete er eine Rose auf die Rückseite des Umschlags und küsste sie, ehe ich damit zur örtlichen Post geschickt wurde. Wenn ich, was meistens der Fall war, mit einem Brief von Krysa zurückkehrte, war auch auf diesem Umschlag eine gezeichnete Rose, und auch die küsste Steen.

Die beiden Männer hatten sich während ihres Studiums bei Wegener kennengelernt. Krysa hatte Steen bei vielen seiner Expeditionen auf der Suche nach Farnen, Bärlappen und Schachtelhalmen rings um die Welt begleitet.

»Eigentlich wollten wir auch diese Tour zusammen unternehmen«, erzählte Magister Steen eines Tages, als die gezackten Gipfel der Anden in der Ferne auftauchten. »Doch Krysa wagte es nicht, Białowieża zu verlassen, weil ein Krieg drohte, und irgendjemand muss ja auf den Wald und das botanische Museum aufpassen. Ansonsten ist immer er derjenige, der unseren Rucksack trägt.«

Magister Steen verstummte ausnahmsweise, er holte ein Notizbuch hervor. »In mehreren alten Schriften von verschiedenen Kontinenten«, sagte er dann, mit dem Mund dicht an meinem Ohr, »sind Krysa und ich auf Beschreibungen einer

Rose gestoßen, deren Eigenschaften menschlich wirken.« Er blätterte zu einer Zeichnung von einem Dornenzweig. Ganz oben saß eine kleine Blüte, und die grünen Blätter hatten nur wenige Leitbündel. Die Abbildung stammte aus Tibet.

In der Nationalbibliothek in Paris hatte Krysa eine Kopie der mittelalterlichen Schrift *Liber Herbarum* gefunden, in der eine Rose aus den Alpen beschrieben wurde, die jener tibetanischen Pflanze glich. Angeblich reagierte sie auf menschliche Anwesenheit und Ansprache. Es gab ein langes Gedicht darüber, dass die Rose bestimmte Menschen bevorzuge. Und Wegener, so erzählte Steen, habe seinen treuen Anhängern, nämlich Krysa und ihm, eine versteinerte Rose gezeigt, die er in der Nähe des grönländischen Inlandeises gefunden habe. Es habe sich um eine ziemlich kümmerliche und primitive Pflanze gehandelt, an der man jedoch deutlich Blätter, eine Blüte, eine Hagebutte und ein paar Samen erkennen konnte. Wer hätte gedacht, dass Rosen an so kalten Orten wachsen konnten?

Vor einigen Monaten war Krysa in der botanischen Bibliothek auf das Tagebuch eines inzwischen verstorbenen russischen Botanikers gestoßen, in dem aller Wahrscheinlichkeit nach dieselbe Rose beschrieben wurde. Sie sollte an einem Gletscher hoch oben in den Anden wachsen, und das Tagebuch enthielt eine sorgfältig gezeichnete Karte; der Fundort war mit einem Kreuz markiert. Krysa hatte die Karte und eine Abschrift des Tagebuchs an Steen geschickt. Die Rose habe sich um die Finger des russischen Botanikers gewickelt, stand dort. Einige ihrer Hagebuttensamen hatte er dem Zaren in seiner alten Heimat geschickt.

Ich warf Magister Steen einen skeptischen Blick zu. Damals, Ende der 1930er Jahre, war nicht einmal allgemein anerkannt, dass Tiere eine Seele hatten. Sie galten nur als eine Art Maschinen, die keinen Schmerz fühlten und automatisch reagierten. Erst in den letzten Jahren hat die Aktivistin Ruth Harrison das Leid beschrieben, dem Tiere in der industriellen Nutztierhaltung ausgesetzt sind. Später veröffentlichte das britische Parlament den Brambell-Bericht, in dem die Forderungen vorgestellt wurden, die man jetzt als die »Fünf Freiheiten« des Tierwohls bezeichnet.

»Pflanzen haben dieselben fünf Sinne wie wir. Denn ihre Wurzeln schmecken sich bis zu den guten Nährstoffen vor, oder etwa nicht? Außerdem erkennen sie den Unterschied zwischen Säure und Base. Und den Unterschied zwischen Licht und Dunkelheit. Wenn sie selbst Düfte aussenden, warum sollten sie dann nicht auch den Duft anderer Wesen riechen können? Und ja, natürlich können sie auch spüren, also hören, wenn die Erde bebt.«

»Und diese Rose wird uns berühmt machen?«, fragte ich.

»Wenn wir die Rose finden, kann das die Welt verändern. Es wäre ein noch größeres Ereignis als die Anerkennung von Wegeners Theorien. Die Menschen sind so engstirnig, so wenig offen. Die Entdeckung der Rose würde vielleicht Raum dafür geben, Menschen wie mich und wie dich anzuerkennen. Wer weiß?«

Ich zuckte die Achseln. Zu diesem Zeitpunkt hatte ich nicht mehr viel Hoffnung.

Die Vegetation wurde trocken und stachelig, mit Salzseen und Säulenkakteen. Es gab vereinzelte Luzernenfelder, allerdings nur, weil die Bauern Kunstdünger verwendeten. »Es ist traurig«, sagte ich, als Magister Steen ausnahmsweise einmal gerade nicht redete. »Eines Tages wird es keine unberührten Landschaften mehr auf der Welt geben.«

Am Fuß der Anden heuerte Magister Steen Gauchos mit

Maultieren an, und wir rüsteten uns für eine mehrwöchige Tour.

Gemeinsam kämpften wir uns zum ersten Pass hinauf. Magister Steen war atemlos, ritt aber trotzdem immer vor mir am brausenden Río Atuel entlang. Wir passierten eine Ebene mit zartlila Lilien, ritten über federnde Mooskissen und Grassteppen und an kristallklaren Seen vorbei. Vor einem Wasserfall machten wir Halt, errichteten ein Lagerfeuer aus mitgebrachtem Brennholz, aßen gebratenes Ziegenfleisch mit Eiern, Käse und Brot. Als wir unsere Zelte aufschlugen, kreisten Kondore über uns, auf der Suche nach Aas.

Wir kamen so weit hinauf, bis wir nur noch von Klippen und Eis umgeben waren. Die Gurte der Sättel wurden furchtbar stramm gezogen, damit sie an den steilen Hängen nicht verrutschten, und aus demselben Grund bekamen die Tiere auch nur noch einmal am Tag etwas zu fressen. Ich fürchtete, dass mein Maultier jeden Moment stolpern könnte, aber die Gauchos sagten, wir sollten die Verantwortung ihnen überlassen. Zuletzt mussten wir einige große Basaltblöcke überwinden, die nach einem Erdbeben abgebrochen oder vielleicht auch von einem prähistorischen Gletscher mitgerissen worden waren. Sie wackelten heftig, und wir wurden von einem neuen Wasserfall durchnässt, der aus einem Bassin entsprang; der Quelle des Atuel.

Auf der anderen Seite des Passes blickten wir in ein unberührtes Gebiet mit gelben Gaukler- und Pantoffelblumen, Ranunkeln und saftigem Moos.

Das weiße Kleid lag im Koffer, der auf einem Maultier schaukelte. Würde es mir immer noch passen, oder war mein Körper von den Anstrengungen dieser Tour für immer männlich geworden? Immer wenn ich einen weiteren Hang erklomm, spürte ich, wie die feinen Seidenfasern des Rocks um meine Beine wirbelten. In meinen Träumen sah ich mich in einem Wald stehen, geblendet vom Mondschein und mit einem langen blonden Zopf auf dem Rücken.

Manchmal wurde ich nachts davon wach, dass ich weinte.

Der Bart des Magisters wuchs, doch sein Haupthaar ging ihm aus. Ich ließ mein Haar wachsen, rasierte mir aber jeden Morgen und Abend das Gesicht. Manchmal auch die Beine und Arme, wenn ich es heimlich hinter einem Felsen erledigen konnte.

Abends, im Schein des Feuers, lasen wir in den Botanikbüchern, die wir beide mitgebracht hatten, ich in seinen, er in meinen. Wenn wir umblätterten, befeuchteten wir die Seiten mit Spucke, mein Speichel berührte seinen Zeigefinger und umgekehrt.

Vor dem letzten Pass mussten wir uns von den Maultieren verabschieden.

Der Anstieg war zu steil, und außerdem wollte Magister Steen ohne die Gauchos weiterreisen.

Ich bekam all unser Gepäck auf den Rücken geladen. Nicht ohne Grund hatte er eine starke Begleiterin gesucht. Ich klagte nicht, sondern genoss die schwere Anstrengung sogar ein wenig. Sie zehrte so an meinen Kräften, dass ich für einige Tage nicht mehr an das Kleid im Koffer dachte, ich war zu erschöpft, um mir auszumalen, was nach dem Ende der Reise aus mir werden würde.

Auf diesem Streckenabschnitt schliefen wir im selben Zelt. Der eine drehte sich um, während der andere sich auszog. Ich rüttelte Magister Steen nicht, egal, wie laut er schnarchte. In einer Vollmondnacht entdeckte ich an seinem linken Handgelenk eine Tätowierung, oder besser gesagt eine Art Narbe, in Form von einer Rose.

In der nächsten Nacht stürmte es, ich zitterte und konnte weder Finger noch Zehen bewegen, sagte aber nichts, obwohl sein warmer Körper direkt neben mir lag. War es denn besser zu sterben, als sich zu umarmen? Doch spät in der Nacht setzte Magister Steen sich auf, deckte mich mit seiner Jacke zu und stopfte sie um mich herum fest. Mir kamen die Tränen, denn niemand hatte mich mehr berührt, seit Margrethe und ich damals Händchen gehalten hatten. Und was war mit meiner Mutter? Würde sie mich nie wieder auf die Wange küssen? Würde ich den Rest meines Lebens in Einsamkeit verbringen müssen?

Am nächsten Morgen stampfte Magister Steen um das Zelt herum und schlug sich mit den Händen auf die Arme, um sich aufzuwärmen. Sein Gesicht war bläulich, ich reichte ihm seine Jacke, aber es wäre seltsam gewesen, sich zu bedanken.

In seinen schlotternden Sachen erinnerte Magister Steen an eine Marionette. Wenn wir eine Pause machten, wollte er nichts essen. Die Luft war dünn, wir waren bei 5000 Metern Höhe angekommen. Als wir irgendwann beide ein Stück den Hang hinabstürzten und im Gesicht und an Händen und Knien bluteten, schlug ich vor, wir sollten aufgeben. Doch Magister Steen las mir gehörig die Leviten, zog Kokablätter aus seiner Tasche und stopfte sie sich in den Mund.

Wir gelangten zu der blau-weißen Gletscherzunge, die Steine zu Sand zermalmte. Plötzlich war es so eisig kalt, als wären wir nackt. Durch die Nebelwolken konnte man unmöglich erkennen, wie weit sich der Gletscher über den Gipfel erstreckte.

Sorgfältig reinigten wir unsere Stiefel, schüttelten die Hemdsärmel aus und leerten die Hosenumschläge. Nichts durfte diese Gegend verunreinigen.

»Jetzt zerstören wir diesen Ort also auch noch«, sagte Magister Steen dennoch.

Ja – mit der Säure an unseren Händen, den Bakterien und Pilzen unseres Atems, dem Gewicht, mit dem wir unsere Füße aufsetzten und die Erde zusammenpressten.

Magister Steen zeigte mit einem krummen Finger auf den Rand des Gletschers, wo ich suchen sollte. Als ich einige Stunden lang hin und her gelaufen war, ohne etwas Grünes zu finden, verlangte er, dass ich in das Eis hackte.

Sein Gesicht war fahl, er blutete noch immer, seine Augen waren rot. Während ich drauflooshackte, dass die Eissplitter nur so flogen, kamen mir plötzlich Zweifel daran, wer dieser Mensch eigentlich war, der mich hier herumführte. In dieser Urlandschaft erinnerte er an einen Troll, der aus seinem Stein ausgebrochen war. Ich rechnete fast damit, dass er gleich brüllen und Blitze werfen würde, wenn ich nicht weiter tat, was er sagte. Doch dann setzte er sich plötzlich auf einen Stein und sagte mit kaum vernehmbarer Stimme: »Wissen Sie was, Erichsen, vielleicht ist das Ganze auch einfach nur Unsinn?«

Er glitt auf den Boden, krümmte sich zusammen und weinte. Ich entfernte mich und wartete, bis er fertig geweint hatte.

In der weiten Dunkelheit des Zeltes wurden Magister Steens Arme lang, und seine Hände wickelten sich um meinen Körper. Für einen kurzen Moment presste er sich an mich. Ich erstarrte und hielt den Atem an. Er keuchte.

Nachts sah ich mich selbst immer als Johanne, in dem weißen Seidenkleid. Doch Magister Steen spürte das, was er im Tageslicht gesehen hatte: meine großen, männlichen Muskeln, geschaffen von den Bergen, Pfaden und Wegen. Geschaffen von all unseren Bemühungen, die Rose zu finden.

Er küsste meinen Nacken, seine Arme lösten sich und verschwanden. Dann wurden Magister Steens Atemzüge ruhig, und ich blieb kalt und allein liegen.

Die Pfade wieder hinab, graue Tage. Zuletzt musste ich darauf bestehen, dass Magister Steen in den Schlafsack kroch. Ich stieg allein weiter hinab, holte die Gauchos und die Maultiere und zwang sie, den viel zu steilen Hang zu erklimmen.

Mit Magister Steen, der über dem Rücken eines Maultiers lag, gelangten wir am Ende dennoch zum Fuß der Anden, wo unser Chauffeur wartete.

Während der gesamten Rückfahrt nach Buenos Aires hustete er. Als wir in unsere Herberge zurückkehrten, hörte ich ihn auf der anderen Seite der Wand bellen.

Eines Morgens war er verschwunden. Ich suchte ihn einen ganzen Tag und eine Nacht lang und fand ihn am nächsten Vormittag in einer finsteren Spelunke, wo Opium und andere pflanzliche Rauschmittel konsumiert wurden. Magister Steen faselte wirr vor sich hin oder sprach Polnisch, er schluchzte *Krysa!*, als säße der Mann, der ihm so fehlte, direkt neben ihm.

Im Laufe des Tages verflog sein Rausch, und ich half ihm nach Hause. Er schlief und verlangte nach dem Nachttopf, sobald er wach war. Ich flößte ihm Wasser mit Zucker und Salz ein und fütterte ihn mit Bananenstückchen. Er hustete so fürchterlich, dass ich einen Eimer holen musste.

»Jetzt fahren wir nach Hause zu Krysa«, flüsterte er.

Auf der Reise über den Atlantik wurde Magister Steen immer schwächer. Hätte ich darauf bestehen sollen, noch in Buenos Aires zu bleiben, hätte ich den besten Arzt Südamerikas finden sollen?

Ich verlor während der Überfahrt an Muskelmasse, in meinem fleckigen Koffer lagen die halbfertigen Briefe an meine Mutter und Margrethe. Das Klebeband hatte sich gelöst, und ein Zipfel des Brautkleids ragte aus dem Futter hervor. Hier, an Bord des Schiffs, mit einem abgemagerten Gerippe im Etagenbett und tausenden Metern Wasser unter mir, konnte ich fast nicht mehr. Immer wenn ich einatmete, war mir, als würde die weiße Seide durch Nase und Mund in mich hineinflattern. Als würden die Atemzüge meinen Körper färben.

In Málaga führte ich Magister Steen an Land. Die Erde schwankte, an der Hotelrezeption lag Post von Krysa.

Steen legte sich ins Bett, las den Brief und seufzte tief.

Der Kalk blätterte von den Wänden ab, die Fenster lagen weit oben, und die Winterkälte hatte sich im Zimmer festgesetzt. Magister Steen nahm seine Brille ab und legte sie auf den Nachttisch. Sein Speichel hing weiß in den Mundwinkeln, und es knisterte, wenn er Luft holte. Immer wieder wurde sein ganzer Körper von Zittern geschüttelt, und seine Zähne klapperten so sehr, dass es an die Geräuschkulisse einer tropischen Zikadennacht erinnerte.

Ich öffnete den Koffer, zog das Kleid hervor und hielt es hoch. Es war so steif zusammengefaltet gewesen, dass es für einen Moment von alleine stand.

Dann kroch ich hinein und knöpfte es am Rücken so weit zu, wie ich konnte. Ich flocht mein mittlerweile langes Haar zu einem Zopf, stopfte die Brust mit zwei Paar Socken aus und zog den Rock am Bund herunter, sodass er richtig fiel. Der Stoff duftete nach wie vor sauber und neu, und er war nicht brüchig geworden. Ich atmete erleichtert ein.

»Mein Vorname ist auch Steen«, flüsterte es vom Bett hinüber.

Der Magister schloss die Augen, und ich machte einen langen Schritt und kniete mich hinter das Fußteil seines Bettes.

Seine Stirn war abwechselnd schweißüberströmt und starr vor Kälte. Dann wurde er nahezu durchsichtig, als würde die äußerste Hautschicht verschwinden.

Alle brauchen Haut, die Bäume brauchen ihre Rinde als Schutz, doch Magister Steen sah aus, als würde er sich in einen Engel verwandeln.

»Krysa hat geschrieben, wir könnten die Rose vielleicht im Białowieża-Wald finden. Er hatte Besuch von einer Nonne, Schwester Marusja, die in einem Kloster im Wald wohnte. Sie war schrecklich abgemagert und hatte überall Schrammen im Gesicht und an den Armen. Sie erzählte von einer Rose, die auf menschliche Ansprache reagiert. Ein Rosengestrüpp, das im Wald gewachsen war und keiner anderen Art glich, die sie je zuvor gesehen hatte. Sie zeichnete die Blätter und Stängel für ihn auf. Krysa schrieb, sie ähnele unserer Rose. Schwester Marusja hatte die Rose nie blühen sehen, deshalb wusste sie nichts über die Kronblätter. Krysa fragte, wo er das Gestrüpp finden könne, bekam jedoch keine Antwort aus ihr heraus. Nichtsdestotrotz redete sie immer weiter von der Rose, aber ihre Erzählung wurde zunehmend verworrener, bis sie japsend und mit blauem Gesicht zusammenbrach. Krysa bezahlte den Arzt im Militärkrankenhaus, damit er sie behandelte, doch sie starb wenige Tage darauf.«

Magister Steen zeigte mir eine Karte des Waldes, die Krysa ihm mitgeschickt hatte. Ich würde das Kloster leicht finden können, und die Nonnen müssten mehr über die Rose wissen.

»Fahr nach Białowieża«, wisperte er. »Hilf Krysa. Du kannst als Johanne reisen, ich habe ihm geschrieben, dass ich gemeinsam mit einer Johanne unterwegs war.«

Ich legte mein Ohr an seinen Mund, um zu hören, ob er mir

noch mehr sagen wollte. Beinahe erleichtert berührte Magister Steen den Stoff meines Kleides und krallte die Fingernägel in mein Handgelenk. »Als ich dich im Hafen sah, glaubte ich erst, du wärst eine Frau. Wie du gegangen bist, wie du gelächelt hast. Du hättest mich fast an der Nase herumgeführt, weil du so schön warst. Vielleicht wird es leichter, als du glaubst? Wenn nur die Stimme nicht wäre.«

Seine Nägel bohrten sich in meine Haut. Ich jaulte vor Schmerz auf, doch im selben Moment begann ich zu singen. Seit ich damals bei Margrethe gewesen war, hatte ich es nicht mehr versucht, aber mein Falsett war rein. Die Töne stiegen und fielen wie ein Lichtbogen, während der Magister keuchend in den Tod hinüberglitt. Steen lächelte, als schiene dort die Sonne, und er könne dort frei nach seiner Natur leben. Dann erstarrte sein Mund zu einer kleinen, stummen und faltigen roten Öffnung.

Ich löste die Hand, befreite mich von seinen Nägeln.

Auf mein Handgelenk war eine Rose gepflanzt worden.

Die Nacht neben der erstarrenden Leiche. Die Schleppe meines Brautkleides, die über den Boden schleifte. Steen hatte einen Umschlag mit einem Bündel Scheinen für mich hinterlegt: genug für die Beerdigung, die Heimreise und einiges mehr.

Ich zog mich nicht um, als ich nach unten ging und den Portier nach einem Bestatter und einem Steinmetz fragte. Mit geradem Rücken stand ich da und verwendete die spanischen Wörter, die ich kannte. Von Erde bist du genommen, zu Erde sollst du werden. Über dem Marmorfriedhof lag ein Sonnenuntergangsstreifen, und ich blieb allein im letzten Licht stehen.

Dann wanderte ich als Johanne durch die Straßen und Gassen. Ging ins Restaurant, trank zwei Gläser Wein. Die Augen der Menschen stachen, von innen brannte die Trauer.

Einen ganzen Monat lang übte ich. Ich kaufte mir zwei weitere Kleider, ein Paar Schuhe, eine lange Wolljacke, Strümpfe und Unterwäsche. Ich hielt meine Stimme, aber es reichte nicht. Ich rasierte mich mehrmals am Tag, schnitt mich jedoch zu oft.

Ich übte in Straßenbahnen, Bussen, Geschäften. Jeden Tag an neuen Orten. Ich unterhielt mich nie länger, sagte lediglich, was ich haben wollte, kaufte eine Zeitung und buchstabierte mich durch die Nachrichten über Hitler und Stalin. Offenbar bahnte sich ein neuer Krieg an.

In einer dunklen Gasse ließ ich ein S aus meinem Pass entfernen.

Auf meiner Reise durch Europa standen an allen Bahnhöfen Soldaten. Tag und Nacht saß ich auf harten Sitzen, wollte mein Geld sparen. Ich starrte auf meinen Schoß, zeigte mein Gesicht nicht. Hinter Warschau waren Stimmen zu hören, die Deutsch und Polnisch sprachen. Der rote Teppich auf dem Gang roch nach Hund. Ich döste nur hin und wieder kurz weg.

Tageslicht, grünes Gras, die Ernte war jedoch verschwunden. Der Septembernebel der Flüsse drang bis in die Knochen, das weiße Kleid war zu dünn für den Herbst. Ich hatte neue Briefe an meine Mutter und Margrethe geschrieben und sie immer noch nicht abgeschickt. Sollte ich nicht besser warten, bis ich die Rose gefunden hatte?

Der Dampf der Lok quoll herein, als ich das Fenster öffnete und die Kerne meiner letzten Apfelsine hinauswarf. Wenn die Sonne auf diesen Ort fallen sollte, stünde dort vielleicht in vielen Jahren einmal ein Baum.

BIAŁOWIEŻA

1939–1940

Das polnische Dorf Białowieża liegt am gleichnamigen Urwald, dem größten Europas, nahe der russischen Grenze.

Mit gesenktem Kopf ging ich die Hauptstraße entlang. Die kleinen braunen Holzhäuser hatten kunstvolle Schnitzereien und hölzerne Dachschindeln. Hinter den Zäunen lagen verwelkte Gärten. Die Waldarbeiter und Soldaten schielten zu mir hinüber, viele waren von Hunger gezeichnet. Ich hörte Jiddisch, Polnisch, Russisch und Deutsch, passierte eine orthodoxe Kirche mit einem Zwiebelturm, eine katholische mit einer Spitze und ein zerbombtes und nach wie vor qualmendes Militärkrankenhaus.

Das botanische Museum befand sich neben der Schule für Waldarbeiter und Botaniker, umgeben vom botanischen Garten, in dem Exemplare aus den Wäldern und Büschen des Urwalds standen.

Im Ersten Weltkrieg hatte der russische Zar den Wald an die Deutschen verloren. Sie vertrieben die Bevölkerung, fällten Bäume, legten Sümpfe trocken und versuchten, den Narewka-Fluss zu begradigen. Zusammen mit einheimischen Wilderern töteten sie Hunderte von Wildtieren und reduzierten den Bisonbestand auf ein Minimum. 1929 eroberte die polnische Armee den Wald, und Krysa war der erste polnische Botaniker, der seinen Zustand untersuchte. Zum Glück gab es nach wie vor große unberührte Gebiete, doch jetzt schienen die Russen wieder auf dem Vormarsch zu sein. Lange hatten sie versucht, Verbündete unter den ansässigen Polen zu finden. Und auch die Deutschen waren nach wie vor am Wald interessiert. Hitler und Göring meinten, er sei genauso rein wie die arische Rasse, und träumten davon, den Jagdwald des Zaren erneut anzulegen und so zu erweitern, dass er bis nach Litauen reichte.

Als ich Krysas Professorenwohnung erreichte, lagen die Fensterscheiben in Scherben am Boden, und die Tür war aufgebrochen. Im selben Moment brüllte mich jemand auf Russisch an, und ein Soldat näherte sich von hinten. Instinktiv begann ich zu rennen und nahm den Pfad hinter dem Haus, der in Richtung Wald führte, doch er holte mich ein. Schläge hagelten auf meinen Nacken ein, Finger wurden in meinen Mund gestopft, dann wurde ich bäuchlings zu Boden gestoßen. Meine Strumpfbänder wurden durchgerissen, die Strümpfe schlackerten um meine Fesseln, etwas stieß grob von hinten gegen meinen Unterleib. Dann hielt der Soldat inne und schrie etwas Verächtliches. Ich drehte mich um, so gut es mit meinem Rucksack ging. Er bespuckte mich und rannte erschrocken davon.

Ich stand auf und humpelte mit meinen Strümpfen in den Händen weiter auf den Wald zu.

Was hätte ich sonst tun sollen?

Hinter einem Busch wusch ich mich mit Wasser aus meiner Trinkflasche. Weinend schüttelte ich meine Kleidung aus, leerte alle Hosenaufschläge und Taschen von Staub und pflanzlichem Material, kratzte die Sohlen meiner Stiefel aus. Ich zog mich um und tauschte das weiße Kleid gegen ein braunes.

Die Russen hatten Krysa vermutlich gemeinsam mit vielen anderen polnischen Bewohnern Białowieżas deportiert. Sie wurden mit Zügen nach Sibirien gebracht, nur wenige überlebten. Während ich mich im Wald aufhielt, wurden im botanischen Garten die Bäume gefällt. Später kamen die Deutschen und versuchten, ihre Pläne für ein Jagdrevier voranzubringen. Am Ende des Krieges eroberte Stalin den Wald erneut, und heute ist er zwischen Polen und Weißrussland geteilt.

Lilly und Viola – als ich durch das Tor ging, wusste ich nichts über die Zukunft. Ich wusste nicht, dass ihr, meine Mädchen, in diesem Wald gezeugt werden würdet. Als ich mich auf schmalen Wildwechseln und mit meinem Messer in der Hand durch das dichte Unterholz kämpfte, ging es nur ums Überleben. Überall konnten Soldaten sein, mit Kriegsbemalung, die Waffen im Anschlag. Verzweifelte und hungrige Flüchtlinge gab es bestimmt auch, und was war mit Landminen? Und wilden Tieren?

Schon von Kindesbeinen an hatte ich verwunschene Beschreibungen des Białowieża-Waldes gelesen, und vielleicht wuchs hier ja wirklich eine Pflanze, die unsere menschliche Sicht auf die Welt erweitern konnte. Doch jetzt war ich panisch vor Angst und wagte mich nur in der Dämmerung heraus. Die restliche Zeit des Tages lag ich zusammengekauert in meinem Zelt.

Es wurde immer kälter und kälter, jeder Tag war eine Abwärtsspirale, und ich war so allein. Krysa und Steen hatten einander geliebt, aber was war mit mir? Würde ich jemals jemanden kennenlernen, den ich richtig lieben konnte, mit Leib und Seele? Und wer würde mich lieben?

Die Bäume verloren ihre Blätter. Wenn sie ihr Laub jetzt nicht abwarfen, würde sich der Schnee auf sie legen und die Zweige durchbrechen.

Die Bodenkälte drang durch meine Kleidung, wenn ich ging und wenn ich lag. Mein Proviant war aufgebraucht, und ich musste mich im Wald bedienen: Pilze, Blätter, Beeren und Wurzeln. Im Gegenzug bekam der Wald meinen Schweiß und Urin und meine Exkremente.

Von den Flüssen drangen Motorengeräusche zu mir herüber, ich hörte Schüsse und dröhnende Jagdbomber. Ich kam an Feuern vorbei, die noch schwelten, und stieg über tiefe Stiefelabdrücke hinweg. Ich machte Umwege, ohne zu ahnen, wo die Grenzen verliefen. Was war Feindesland, was Freundesland? Ich studierte Krysas Karte und bewegte mich langsam auf das Kloster zu.

Es roch verbrannt, und ein träger Fliegenschwarm stieg auf, als ich vorsichtig auf eine Lichtung trat. Jemand hatte in der Erde gegraben, auch hier waren die Überreste eines Lagerfeuers zu erkennen, und ringsherum lagen Patronenhülsen. Ich sah abgeschnittene, aufgedunsene Gliedmaßen im Gras, noch mit Stiefeln und Handschuhen. Die Bäume ringsherum waren vor Schreck verstummt, ihre Stämme gefleckt. Die Kräuter am Boden ließen ihre Blätter hängen.

Jetzt folgte ich nicht einmal mehr den Wildwechseln. Ich ließ mich vom Wald verschlucken wie eine Schnecke, die sich in ihr Haus zurückzieht. Weder Krysas Karte noch der Kompass ergaben noch irgendeinen Sinn.

Im Zelt las ich Magister Steens Notizbücher, sah mir all die von ihm gesammelten Beschreibungen und Zeichnungen der Rose an. Sie war eindeutig da, auf dem Papier, aber auch steif, stumm, kalt und geruchlos.

Als wäre alles nicht schon schlimm genug gewesen, stürzte ich, erschöpft von Hunger und Durst, über eine Eichenwurzel, die aus der Erde wuchs. Mein linker Fuß schwoll an, und bald konnte ich vor lauter Schmerzen nicht mehr gehen.

Jetzt reicht es, dachte ich, schlug mein Zelt wieder auf und verkroch mich in meinen Schlafsack.

Mitten in der eisigen Nacht erwachte ich von Amselgezwitscher und einem Rascheln, das nach wogenden Buchenzweigen mit frischen hellgrünen Blättern klang. Mücken summten, und in meinem Kopf war es frühjahrshell. Verwundert setzte ich mich auf und öffnete den Zelteingang. Zwischen Kuckucksrufen und Nachtigallengesang wehte mir der erste Schnee entgegen. Die sommerlichen Klänge kamen aus einer bestimmten Richtung.

Ich legte mich wieder hin, es wurde Morgen, und jetzt hörte ich aus derselben Richtung eine Glocke läuten, ein Schwingen, als würde jemand gegen einen Fels schlagen.

Umgeben von Schneewehen, auf einem Bein stehend, packte ich meine Sachen zusammen. Das Kleid knisterte vor Frost, die dünnen Zweige der Bäume schlugen mir ins Gesicht, kalte Windstöße schoben mich an, und ich schleppte mich vorwärts.

Zwischen den Bäumen erhoben sich kreideweiße Mauern. Die Glocke schlug in einem hohen Zwiebelturm.

Als ich das Tor erreichte, bewegte sich die Glocke zum letzten Mal. Ich betastete mein Gesicht. Mein Bart war fürchterlich lang geworden.

Ich humpelte wieder zurück unter die Bäume, holte meinen Taschenspiegel hervor und rasierte mir Oberlippe, Wangen und Kinn. Ich schnitt mich mehrmals, versuchte, die Wunden mit Puder zu überdecken. Aber dann, mit blutbefleckten, zitternden Händen, klopfte ich endlich an das Tor des Klosters.

Die Luke wurde aufgeschoben, das magere Gesicht einer Nonne erschien. Ihre Augen waren moosgrün, und über ihrer Oberlippe wuchsen lange schwarze Haare.

»Schwester Marusja?«, fragte sie und öffnete mit einem großen Eisenschlüssel, der an einer Kette unter ihrer Tracht hing, das Tor.

Quietschend ging es auf, das Lächeln der Nonne erstarrte. Ich verbarg die Hände hinter meinem Rücken, schob die Brust vor und stellte mich auf Deutsch als Botanikerin Johanne Erichsen aus Dänemark vor. Ich hätte mich im Wald verirrt, mir den Fuß und das Gesicht verletzt. Überall wimmele es von Soldaten, ich würde mich schrecklich fürchten.

Sie spähte zum Dickicht hinüber.

»Ich bin die Äbtissin«, sagte sie und nickte mir zu.

Ich bemühte mich, ihr zu folgen, durch Gänge aus grauem Stein, in denen Zeichnungen von versteinerten Tintenfischen und Seeigeln aus dem Kambrium und Ordovizium hingen. Wir durchquerten den Klosterhof mit dem Küchengarten. Hier wuchsen Kohl, Zwiebelgewächse und abgestorbene Kartoffelpflanzen. Rosen sah ich keine.

Die Äbtissin öffnete die Tür zu einer schmalen, fensterlosen Zelle. Als sie das Licht einschaltete, konnte ich die Höhe des Raumes nur ahnen.

Sie sagte, ich solle mich auf das Bett setzen, und brachte mir eine Decke, in die ich mich sofort einhüllte. Ich spülte mein blutiges Gesicht mit lauwarmem Wasser aus einer Schüssel. Dann wollte sie meinen Fuß verbinden, doch ich hatte mir die Beine nicht rasiert, und meine Füße sind ja so schrecklich breit.

»Darum kümmere ich mich selbst«, sagte ich.

Sie holte ein Kissen, das ich unter den verbundenen Fuß legen konnte. Anschließend wollte sie mir die Decke wegziehen. Ob ich noch andere Schrammen am Körper hätte, die gereinigt werden müssten?

Wir zerrten an zwei Enden der Decke, bis sie errötet aufgab, mir die Wange tätschelte und mich in ihrem gebrochenen Deutsch fragte, ob ich unterwegs einer Schwester Marusja begegnet sei. Sie sei im Spätsommer losgegangen, um Kräuter zu sammeln, aber nie zurückgekommen. Deshalb läuteten sie die

Glocke, obwohl sie damit riskierten, andere zum Kloster zu führen. Hin und wieder würden polnische, deutsche und russische Deserteure an die Pforte klopfen.

Ich musste erzählen, dass Schwester Marusja im Militärkrankenhaus gestorben war.

Die Äbtissin weinte, faltete die Hände und flüsterte ein Gebet. »Aber Sie sind jetzt in Sicherheit«, sagte sie schluchzend. »Kein Mann hat dieses Kloster je betreten, und keiner wird es je tun. Fräulein Erichsen, Sie dürfen so lange bleiben, bis Ihr Fuß verheilt ist. Aber Sie müssen mir alles erzählen, was Sie über Pflanzen wissen.«

Ich wurde eingeladen, an den beiden täglichen Mahlzeiten teilzunehmen. Beim Frühstück schien die Sonne durch das Ostfenster, direkt auf das Gesicht der Äbtissin. Beim Abendessen würde sie von Westen hereinfallen und ihren Rücken treffen. Ich saß am einen Tischende, sie am anderen, zwischen uns zwanzig magere Nonnen. Ihre vogelhaft dürren Hände zitterten, ihre Gesichter waren ungepflegt: Warzen, Haare und Akne sprossen, auch die Fingernägel wuchsen ungehemmt, und sie hatten braune Zähne und schützengrabentiefe Ringe unter den Augen.

Die meisten reichten die Schüsseln weiter, ohne sich etwas zu nehmen. Einige aßen kleine Stückchen von Kohl, Kartoffeln, Mairüben, Nüssen oder getrockneten Beeren. Ich solle ruhig zugreifen, hieß es, doch ich wagte es kaum.

Zwei Nonnen dösten auf den harten Bänken ein, eine von ihnen kollabierte und fiel rücklings auf den Steinboden. Beide hatten lange, geschwollene Schrammen an den Händen und im Gesicht.

Dann wurden Exerzitien im Hof abgehalten. Jede Nonne hatte eine Waffe, mit der sie trainieren sollte, ein Gewehr, eine scharfgeschliffene Axt oder eine Heugabel. Schwankend hieben sie auf Heuballen ein oder schossen auf ausgesägte Silhouetten von Männern.

Ich ging zurück in meine Zelle, rasierte und puderte mich, löschte das Licht und versteckte mich in der Dunkelheit.

Die Zeitgebete richteten sich nach dem Rhythmus der aufgehenden und untergehenden Sonne. Die Äbtissin holte mich zum Mittagsgebet, und ich wagte es nicht, in meiner Zelle zu bleiben.

Der Altar war ein gläserner Sarg, in dem man die Knochen einer Heiligen aufbewahrte. Die Nonnen wandelten ringsherum und küssten die Seiten des Sargs, die genauso undurchdringlich waren wie die Luft in der Kapelle, in der ein Nebel aus rosenduftendem Weihrauch waberte.

Rings um den Sarg standen Vasen mit Zweigen aus dem Wald: Misteln, Christusdorn, Schneebeere und Vogelbeere. Darüber hing ein goldener Baldachin, der einer Sonnenscheibe glich. Durch ein Loch in der Scheibe und in der Decke sickerte ein langer gelber Lichtstrahl bis auf die Knochen hinab.

Die Stimmen der Nonnen schwebten, die Erde drehte sich, selbst wenn wir auf den Bänken saßen. Ich drehte mich mit, die Nonnen nahmen ihre Rosenkränze und beteten das Rosarium. Traditionell ist es an die Jungfrau Maria gerichtet, aber hier beteten sie zum Licht. »Das Licht ist der Grundstoff von allem, es durchdringt das Leben auf der Erde. Das Angesicht Gottes spiegelt sich in den Pflanzen, denn alles Grüne wächst mithilfe der Sonne. Pflanzen erschaffen die Verbindung zwischen dem Himmel und den Menschen«, betete die Äbtissin.

Ich sang mit, meine Stimme hob sich überzeugend hell. Die Äbtissin lächelte verwundert und lud mich ein, die Bibliothek zu besuchen.

Sie ließ den Schein der Kerze an den Goldbuchstaben der Buchrücken entlanggleiten, die bei jedem unserer Atemzüge flimmerten. Ich hielt nach Titeln Ausschau, die von Rosen handelten, und sie fragte mich, ob ich mir nicht vorstellen könnte, Nonne zu werden?

Ich erzählte von Wegeners Theorien und der Verbreitung der Sporenpflanzen. Die Äbtissin schüttelte den Kopf und sagte, die Pflanzen seien durch den Glauben verbreitet worden. Es seien Mönche und Nonnen gewesen, die Samen und Sporen unter ihren Schuhsohlen bei sich getragen hätten, wenn sie auf der ganzen Welt auf Mission gingen.

Wir starrten einander an, und dann versuchte ich es mit Darwin: dass alles Zufall sei und das Leben keinen anderen Sinn habe als das reine Überleben. Das Wort sei nicht gefährlich, das Chaos sei nicht gefährlich. Der Tod nicht das Gegenteil von Leben. Tief in der Erde würden unsere Atome eines Tages zum Leben erweckt, und neue Organismen bildeten sich aus dem, was wir einmal waren. Wie eine Art natürliche Wiederauferstehung.

Sie murmelte, Pflanzen, Menschen und Tiere müssten doch keine Gegensätze sein. Alle hätten das Licht auf ihrer Seite.

Dann sollte ich mich an eines der kleinen Pulte setzen, denn die Äbtissin wollte etwas über ihre Heilige erzählen. Sie sei eine Jungfrau gewesen, erzählte man sich, und in den Wald geflüchtet, als die Russen ihr Dorf angegriffen hätten. Die Soldaten waren ihr dicht auf den Fersen, als sie erschöpft auf den Waldboden sank. Doch genau in dem Moment, als sich die Männer auf sie stürzen wollten, stieg eine Rose aus dem Boden auf. Sie umkränzte das Mädchen mit stechenden Stängeln, bis sie in einem Rosengestrüpp eingekapselt war. Dort drinnen begann sie, einen wundervollen Duft zu verströmen, als hätte man aus ihren Knochen Suppe gekocht.

Nur die Armen und Hungernden in den umliegenden Dörfern konnten es riechen. Sie erwachten mitten in der Nacht, pilgerten in den verbotenen Wald ihres Herrschers, umringten das Rosengestrüpp und atmeten tief durch die Nase ein.

Mit der Zeit verfaulten die Haut, das Haar und die Kleidung des Mädchens. Eines Tages atmete es nicht mehr.

»Doch bis dahin lebte sie ohne feste Nahrung, nur von der Sonne. Das Gestrüpp beschützte sie vor Mensch und Tier. Es war immer grün, aber ich habe es nie blühen sehen.«

Die Äbtissin beugte sich über den Tisch. Sie ergriff meine Hände, streifte Magister Steens Rosenzeichen und tippte auf meine dunklen Haare, die schon wieder nachwuchsen.

»Ich habe selbst Erfahrungen mit Flucht«, sagte sie. »Ich habe ein Massaker überlebt, als die Russen in mein Walddorf kamen, aber ich hatte nicht so viel Glück wie unsere Heilige. Da war kein Rosengestrüpp, als sich die Soldaten auf mich stürzten. Später wurde ich Dienstmädchen in einer nahe gelegenen Stadt und bekam nie genug zu essen. Eines Nachts schlich ich mich in den Wald, und plötzlich wanderte ich gemeinsam mit einer Gruppe Nonnen, die jede Nacht dorthin zur Rose ging. Am nächsten Morgen wurde ich hier im Kloster aufgenommen. Als unsere Heilige starb, schnitten wir die Rose bis auf den Grund zurück, um an ihre Überreste zu gelangen. Wir gruben die Wurzeln aus und flammten alles ab.«

»Haben Sie etwas von der Rose aufgehoben, vielleicht einige Samen?«, fragte ich und entwand meine Hände aus dem Griff der Äbtissin.

Ich erzählte, ich hätte von einer Rose gehört, die auf menschliche Anwesenheit reagieren würde, und dass sie womöglich hier im Białowieża-Wald zu finden sei.

Sie schüttelte den Kopf.

Die Kerze war fast niedergebrannt, und die Äbtissin wollte

gern noch ein paar gute Ratschläge für den Küchengarten von mir haben.

Auf dem Weg zurück in meine Zelle rüttelte ich versuchsweise an der Klosterpforte.

Nachts waren die Geräusche wieder da, die ich auch im Wald vernommen hatte. Ein Eichhörnchen keckerte, eine Quelle rieselte, eine Amsel sang. Ein warmer Wind strich über eine Baumkrone mit prallen Knospen. Dann ertönten Schreie und Gebrüll, gefolgt vom sanften Laut schleichender Tierpfoten, von Vogelpfiffen und Regen, der auf dicke Blätter fiel. Schwalben zwitscherten, Bienen summten. Zuletzt waren erneut Kreischen und Gebrüll zu hören, das Geräusch von Schlägen auf einen Körper, am Ende ein langgezogener Schrei.

Am Frühstückstisch konnte ich mich nur schwer wachhalten. Trotzdem fragte ich, ob ich wieder in die Bibliothek gehen dürfe? Auf keinen Fall – heute war Sonntag.

Die Nonnen schleppten Feldbetten in den Hof hinaus und klappten sie unter kakophonischem Quietschen aus, woraufhin sie die Betten in einem rosettenartigen Muster zwischen den Beeten aufstellten. Dann zogen sie sich aus und legten sich wie gekreuzigt darauf, ausgestreckt und entblößt. Die Sonne kam über die hohe Mauer und schien auf die gelblich blassen, verschrumpelten Körper.

Der Wind war eisig. Die Nonnen hatten winzige Brüste, ihre Nasen waren blau, die Nägel lila, die Schöße fast unbehaart. Zwischen den Feldbetten hielten sie einander an den Händen, und die Fußsohlen der einen berührten den Schädel der anderen.

Wie sich ohne den Schleier herausstellte, hatten die meisten von ihnen dünne Haare oder eine Glatze, und viele hatten Narben an den gelblichen Armen und Beinen.

Die Äbtissin blieb eine Weile stehen und betrachtete ihre Nonnen. Ich drückte mich vor der Sonne geschützt an die Mauer. Die Äbtissin klappte auch für mich ein Feldbett aus und begann sich zu entkleiden: »Ziehen Sie sich aus, dann werden Sie satt!«

Ich schüttelte den Kopf.

»Die meisten von uns sind schon ganz dazu übergegangen, sich von Licht zu ernähren, die anderen sind auf dem Weg dorthin.«

»Es ist zu kalt.«

»Sie sind vielleicht borniert!«

Ihr Mund öffnete sich zu einem breiten Grinsen. Steif blieb ich stehen, während sich die Äbtissin langsam hinlegte. Ihr Blick wich nicht von mir, mein Herz hämmerte. Sie, die Leiterin, war die Magerste von allen. Sie spreizte die Beine ein wenig, ihre Schamlippen glichen verschrumpelten Blättern. Der lange schwarze Klosterschlüssel ruhte schwer auf ihren Rippen.

Erschrocken würgte ich das Kohlblatt herunter, das gerade durch meinen Hals wieder hochkommen wollte.

Während die Nonnen in der Sonne lagen, kehrten die Geräusche zurück. Frühjahr und Sommer hallten vom Turm wider und auf die Nackten herab, die sich unruhig hin und her wälzten. Die Äbtissin hob den Kopf und schrie: »Los mit euch!«

Die beiden zerschrammten Nonnen zogen hastig ihre Tracht über und verschwanden in Richtung der Wendeltreppe, die zum Turm hinaufführte. Wieder ertönten Schläge und Schreie.

Ich humpelte davon, so schnell ich konnte. »Nächsten Sonntag kommen Sie nicht um das Sonnenbad herum, Fräulein Erichsen!«, rief die Äbtissin.

Nachts lag ich in meiner Zelle und zitterte aus Angst davor, meinen Körper enthüllen zu müssen. Die Äbtissin würde mich wohl kaum verschonen. Es war unmöglich, aus dem Kloster hinauszugelangen, denn sie trug den Schlüssel immer am Körper. Und würde ich eine solche Flucht überhaupt überleben?

Bei Tagesanbruch wackelten die Wände, als ein Bomber über uns hinwegdonnerte und seine Ladung am Waldrand abwarf. Zum zweiten Mal in meinem Leben drückte ich das Messer gegen meinen Unterleib. Was, wenn ich ihn abschnitt? Oder es versuchte? Würden die Äbtissin und die Nonnen dann verstehen, wie brennend ich mir wünschte, so zu sein wie sie? War ich ihnen denn nicht ebenbürtig, wenn ich sogar mein Leben dafür aufs Spiel setzte? Zählte mein Schmerz nicht als Opfer?

Doch der Abend bei meinen Eltern war mir in schmerzlicher Erinnerung. Wenn sie, die mich selbst erschaffen hatten, mich nie so akzeptieren würden, wie ich war, wie konnte ich es dann von den Nonnen erwarten? Verzweifelt legte ich das Messer wieder in den Rucksack und rasierte mich noch einmal gründlich.

Kurz vor dem Frühstück klopfte es an meiner Tür. Lächelnd setzte sich die Äbtissin auf mein Bett.

»Menschen haben keine Chloroplasten!«, sagte ich. »Was Sie da sonntags machen, kann nicht funktionieren. Sie werden den Hungertod sterben!«

Doch sie nahm erneut meine Hände und küsste sie.

»Das Licht ist der Grundstoff aller Dinge«, sagte sie. »Unsere Körper bestehen aus Lichtenergie, die zu organischem Material kondensiert wurde. Essen ist lediglich eine entbehrliche Stimulation der Sinne. Man kann vom Licht leben, wenn man geistig dafür bereit ist.«

»Und Sie selbst leben auch von Licht?«, fragte ich und starrte in ihre blassen Augen.

»Einige haben das Glück, einen Schock zu erleben, der dafür sorgt, dass sie direkt zur Lichternährung übergehen können. Andere müssen etwas dafür tun. Sie ahnen nicht, wie viele grauenvolle Nächte ich schon durchlitten habe, weil ich glaubte, ich würde sterben, und zuletzt habe ich doch ein paar Kohlblätter gegessen. Doch wenn man standhaft bleibt, geschieht es eines Tages. Mit einem Blitzstrahl wird der Körper von weißem Licht erfüllt, das durch die Adern strömt und die Zellen versorgt. Anschließend braucht man nichts anderes zu tun, als einmal wöchentlich ein Sonnenbad zu nehmen und täglich ein Glas Wasser zu trinken. Das Herz schlägt langsamer, der Blutdruck sinkt. Wenn wir an diesen Punkt gelangen, brauchen wir nicht mehr für unsere Nahrung zu arbeiten. Wir brauchen nicht mehr zu spülen oder den Tisch zu decken und bekommen unendlich viel Zeit, um zu singen und zu beten. Und an dem Tag, an dem sich die Lichternährung auf der ganzen Welt verbreitet, werden alle Kriege enden.«

»Das ist unmöglich«, sage ich. »Wenn ein Mensch wirklich Chloroplasten in der Haut hätte, bräuchte man dafür so viel Haut, dass sie den ganzen Klosterhof bedecken würde. Und das nur, damit man durch die Fotosynthese genug Energie gewinnt, um gerade so am Leben zu bleiben. Wenn sich der Mensch dann auch noch bewegen wollte, bräuchte er sogar viel mehr Energie. Und wo sollte sich all diese Haut befinden? Soll man sie auf dem Kopf mit sich herumtragen?«

»Viele von uns hier haben seit Jahren nichts anderes mehr gegessen als zwei Kohlblätter am Tag. Wie wollen Sie das erklären?«

Die Äbtissin erinnerte an eine Luciabraut. Ich versuchte, meine Hände zu mir zu ziehen.

»Sie wollen uns doch wohl nicht verlassen?«, fragte sie.

Ich sagte, ehe ich ginge, würde ich gerne alle Bücher über Rosen lesen, die es in der Bibliothek gab.

»Erst habe ich Sie hereingelassen, weil ich Sie für Schwester Marusja hielt. Sie durften bleiben, weil Sie etwas über Pflanzen wissen. Ich habe Sie gefragt, ob Sie sich vorstellen könnten, Nonne zu werden, und jetzt hoffe ich, dass Sie bleiben, weil … Fräulein Erichsen, Johanne, Sie haben irgendetwas an sich, das ich nur schwer erklären kann …«

Sie warf sich mir entgegen, drückte ihren Körper an meinen.

»Ich bin gekommen, um eine Rose zu finden«, sagte ich und wich zurück. Sie seufzte schwer.

»Wir haben hier keine Rose. Aber vielleicht haben wir etwas anderes, das eine Wissenschaftlerin interessieren könnte.«

Im Turmzimmer duftete es intensiv nach Blumen. Das Nachmittagslicht sickerte durch die großen Fenster, die ringsherum verliefen. Von einem Bett hinter einer hölzernen Gitterwand starrten zwei bernsteinbraune Augen zu uns hinüber. Zwei Wangen blähten sich auf, und ein Mund stieß Eulenrufe aus. Dann spitzten sich die Lippen, und das Menschenwesen machte ein Geräusch wie Blätter im Wind, sprang herbei und umklammerte mit beiden Händen die Gitterstäbe.

Es war eine Frau, sie hatte zwei kleine grüne Brüste mit dunkellila Warzen. Das Haar auf ihrem Kopf und zwischen den Beinen war grün. Sie reichte mir fast bis zur Brust und war schmächtig, aber nicht so krankhaft abgemagert wie die Nonnen. Verwundert ging ich in die Hocke und steckte vorsichtig meine Finger durch die Stäbe. Die Frau wich zurück, steckte hastig ihren Kopf in einen Eimer und trank ausgiebig.

»Wie heißt du?«, flüsterte ich.

»Wir haben sie im Sommer gefunden«, erklärte die Äbtissin.

»Sie saß blutverschmiert auf einer Lichtung, wo ein Massaker stattgefunden hatte. Vielleicht war ihre Familie hingerichtet worden, vielleicht hatte sie etwas Schlimmes mit angesehen und war davon krank geworden. Oder hatte sie schon ihr ganzes Leben im Wald verbracht? Wir haben auf vielen verschiedenen Sprachen versucht, mit ihr zu kommunizieren, aber sie stößt nur Waldlaute aus. Wir wollten sie mit Kohl und Kartoffeln füttern, aber die will sie nicht haben. Anscheinend kann sie sich besser vom Sonnenlicht ernähren als wir alle zusammen. Erst dachte ich, sie wäre ein Art Gotteskind, und wir dann vielleicht so etwas wie Johannes der Täufer.«

Die Äbtissin musste kichern, als sie Johannes sagte.

»Wir nennen sie Esther, das bedeutet Stern. Es war der schönste Name, den wir uns vorstellen konnten.«

Die Frau hatte Punkte auf der Haut, die wie Stacheln aussahen. Die Nägel an ihren Händen und Füßen waren lang und braun, ihr Rücken, Bauch, die Arme und Beine von blutigen Striemen und weißen Narben überzogen.

Esther kehrte zurück und legte forschend ihre Finger um die meinen. Für einen kurzen Moment sah sie mich mit einem offenen, liebevollen Blick voller Hoffnung an. Es war ein Blick, dem ich erst nach vielen Jahren wieder begegnen würde, aber davon werde ich euch später erzählen.

Heute denke ich, es war ein Vertrauensbeweis. Esther hoffte auf Liebe und Kontakt. Hätte ich mich anständig benommen, wäre es uns vielleicht möglich gewesen, friedlich und einträchtig zusammenzuleben. Vielleicht würde sie dann sogar noch leben, und ich hätte euch erzählen können, dass ihr aus einer glücklichen, gegenseitigen Liebe entstanden seid, meine lieben Töchter.

Ich streckte meine Hände und Unterarme ganz zu ihr hinein und berührte die struppige, klebrige Haarpracht, die wie ein

Flor von ihrem Kopf abstand. Die Strähnen waren dick und grünlich. Ich zog ein wenig daran, doch da zuckte Esther zusammen, als hätten ihre Haare Nerven. Sie drückte ihre Nase an meine Achselhöhle und ließ ihre Lippen an der Innenseite meines Arms hinabgleiten, und mir lief ein Schauer über den ganzen Körper. Ihr Atem duftete nach Gras, der Blumengeruch in der Zelle kam offenbar von ihrem Körper. Sie schloss die Augen und deutete auf die Wand hinter mir. Neben einer Peitsche hing ein Schlüssel.

»Darf ich mit ihr allein sein?«, fragte ich.

Die Äbtissin bat mich, gut auf mich achtzugeben. Ich solle unbedingt rufen, wenn auch nur die kleinsten Schwierigkeiten aufkämen. Als sie Esther im Wald gefunden hätten, sei es noch nicht so schlimm gewesen. Damals habe sich Schwester Marusja um sie gekümmert. Doch im Spätsommer und Herbst, und vor allem jetzt im Winter, sei sie immer gefährlicher geworden.

Ich setzte mich zu der kleinen Frau hinein. Ihre Nase näherte sich erneut, diesmal schob sie sie unter meinen linken Arm. Ja, ich roch wohl anders als die Nonnen.

»Darf ich dich ein wenig untersuchen?«, fragte ich, nahm ihre Hände und zog sie näher.

Zu meiner Verblüffung sah es tatsächlich so aus, als hätte sie eine Art Chloroplasten unter der Haut, und meine Hände begannen zu zittern.

Ich musste an die Schnecke *Elysia viridis* denken, von der ich zu Hause in Snekkersten gelesen hatte. Hatte Esthers Haut auch Chloroplasten gebildet, weil sie im Wald geboren worden war und möglicherweise ausschließlich grüne Nahrung zu sich genommen hatte? Könnte eine Fotosynthese erklären, warum sie nichts essen musste? Aber *Elysia viridis* war ja gezwungen, hin und wieder pflanzliche Nahrung zu sich zu nehmen, um die Chloroplasten aufrechtzuerhalten.

Um herauszufinden, ob sie atmete, legte ich meinen Mund auf den ihren. Ja, sie atmete Sauerstoff ein und Kohlendioxid aus. Dann legte ich mein Ohr zwischen ihre kleinen Brüste. Doch, sie hatte eine Lunge, ich spürte, wie sich ihre Brust hob und senkte, und ich hörte das Herz schlagen. Ihr Puls war regelmäßig, aber höher als mein eigener. Ob sie auch durch die Haut atmete wie die Pflanzen, vor allem tagsüber, und ob sie Kohlendioxid durch ihre Spaltöffnungen einsaugen konnte? Nein, das ließ sich ohne ein Labor auf keinen Fall untersuchen.

Sie hatte in eine Ecke gepinkelt, das konnte ich riechen, doch ich sah nirgends Exkremente.

Ich studierte ihre Fußsohlen und die Handflächen, an denen die Haut blasser war, wie auch bei Menschen und Affen. Die Anatomie ihrer Augen wirkte normal. Im Dunkeln weiteten sich ihre Pupillen, im Licht wurden sie winzig.

Esther ließ sich alles gefallen und schien meine Untersuchung sogar zu genießen, wie ich zu meiner Verteidigung sagen muss. Sie betrachtete mein Gesicht, ohne auch nur zu blinzeln.

Als ich fertig war, schien sie mich untersuchen zu wollen. Sie schnupperte an meiner Brust, stupste ein wenig gegen die Füllung dort drinnen. Dann glitt ihre kalte Hand langsam unter mein Kleid und erreichte meinen Unterleib.

Ich erstarrte und stieß einen kleinen Schrei aus.

Im Nu hatte sie meinen Rock hochgeschoben und meine Strümpfe heruntergezogen. Einen Augenblick lang versuchte ich, sie wegzuschieben, aber sie war stark, und mein Glied hob sich ihr entgegen. Ich versuchte, es zwischen meine Beine zu drücken, doch da war es schon geschehen, wie bei einem Springkraut, das durch eine kleine Berührung explodiert.

Ich zitterte, aber nicht mehr nur vor botanischem Eifer. Das, was die meisten Menschen kannten, hatte ich schließlich noch nie erlebt. Verwundert berührte ich meinen klebrigen Samen, er roch wie ein frisch aufgeschnittener Pflanzenstängel.

Esther studierte das erschlaffte Glied, schnupperte lange daran. Anscheinend war auch sie davon fasziniert, was gerade passiert war, und jetzt näherte sich ihr Mund, sie leckte das nasse Weiße ab, das nach wie vor aus mir heraustropfte.

In dem Moment sank ich ohnmächtig auf sie herab und vergaß alles über meine wissenschaftlichen Untersuchungen. Ich vereinigte mich mit ihr, schaukelte vor und zurück, bis ich endlich, erschrocken und wonnig zugleich, erneut in einem langen Strahl explodierte.

Verwundert musterten wir einander. Verstanden wir überhaupt, was da gerade geschehen war?

Ach, wir waren wie das Licht, Esther und ich. Dort, in der einsetzenden nächtlichen Dunkelheit, waren wir die Sonne. Es war, als würden alle Geschöpfe dieser Welt auf uns blicken, und als wären wir es, die ihnen Leben schenkten. So empfand ich es jedenfalls, bei diesem ersten Mal, oben im Turm.

Nur langsam kam ich wieder zu mir. Das Glück der Lust flaute ein wenig ab. Ich schob Esther von mir herunter, zog zitternd meine Strümpfe wieder hoch und das Kleid herunter. Sie blickte auf ihren Unterleib herab, ein kleines Rinnsal Blut, gemischt mit Sperma, lief an einem Bein herunter.

Ich hatte erneut Lust, überredete meine Hände jedoch dazu, den Handgriff der Gittertür zu fassen, um den Turm zu verlassen. Doch da brach Esther plötzlich in ein lautes Dachsgejaule aus. Ich drehte mich um und hielt ihr den Mund zu. Sie machte sich los und kroch erneut unter mein Kleid.

Während sie an mir saugte, war Esther still. Doch wann immer ich versuchte, sie wegzuschieben, schrie sie auf. Dann kam die Explosion, und das Licht war fast genauso strahlend wie beim letzten Mal.

Am nächsten Morgen standen die beiden zerschrammten Nonnen auf der anderen Seite des Holzgitters.

»Schläft Esther?«

Ich blickte an mir herab, zum Glück saß der Rock meines Kleides so, wie es sich gehörte.

»Wir mussten jede Nacht mit ihr kämpfen.«

»Esther geht es gut.«

»Hat sie Sie nicht angegriffen?«

»Nein, ich war einfach … freundlich zu ihr.«

»Haben Sie irgendwelche Schrammen abbekommen? Die müssen sofort gereinigt werden.«

Hastig öffneten die Nonnen die Tür und stellten Esther einen neuen Eimer mit Wasser hin, während ich hinausgehen musste.

»Ich habe ihr etwas vorgesungen«, log ich, als sie die Tür abschlossen.

Die Morgensonne fiel herein und erleuchtete Esther. Sie setzte sich auf, streckte die Arme aus, öffnete die Augen weit, drehte das Gesicht nach oben. So saß sie dort in den Lichtstrahlen, ziemlich moosgrün, wie die schönste Göttin, die die Welt je gesehen hatte.

»Darf ich mich um Esther kümmern?«, bat ich.

Die Äbtissin bedankte sich. Roch ich nach den nächtlichen Vereinigungen? Merkte sie es? Sie küsste mich auf die Wangen.

Ich befand mich im Licht, oben im Turm, jeden Tag. Draußen die Sonne, die Wolken und die kreisenden Raubvögel, drinnen Esther und ich: Grün an Blassrosa. Sie duftete nach Blumen und dampfte vor Pflanzensaft. Es war ein solches Glück. Ihre Waldgeräusche waren jetzt nur noch ein Flüstern, als bräuchte sie ihre Stimme nicht länger zu heben. Weil die Person, nach der sie gerufen hatte, jetzt bei ihr war? War diese Person ich?

Ja, tagsüber war sie das lieblichste Wesen, das man sich nur vorstellen konnte. Morgens saß sie vollkommen still da, bewegte sich nicht von der Stelle, ganz so, als hätte sie Wurzeln geschlagen. Zur Mittagszeit aber stand sie auf und drehte sich im Kreis. Vermutlich bekam ihr stacheliger Körper so von allen Seiten Licht. Sie streckte die Arme aus, ihre Venen lagen beinahe außen auf der Haut und glichen den Leitsträngen der Blätter.

Wir vereinigten uns im Sonnenlicht.

Nachts wurde sie wild. Genau wie die Nonnen musste auch ich mich in Acht nehmen. Konnte es das mangelnde Sonnenlicht sein, das sie so aggressiv machte? So hätte ich denken sollen, aber verblendet, wie ich war von meiner neu entdeckten Lust, dachte ich voller Überzeugung, es liege daran, dass sie verliebt in mich sei. Und mich mit Haut und Haaren begehrte.

Auf diese Weise half ich den Nonnen, die nun wieder ein wenig besser schlafen konnten und mehr Ruhe für ihre Aufgaben und ihr Sonnenbad hatten. Ich wiederum hatte einen guten Vorwand, um mich nicht nackt mit ihnen in den Hof legen zu müssen, und die Äbtissin war überaus dankbar.

War ich selbst verliebt? Nein, wohl nicht aus meiner Seele heraus, denn mit Esther war alles so körperlich. Und doch, wenn sie manchmal an der Gittertür stand, um mich zu empfangen, machte es mich auch im Herzen glücklich. Und natürlich war es von Bedeutung, dass sie mich nicht sonderbar fand. Sie verschwendete keinerlei Gedanken daran, dass ich oben Sockenbrüste hatte und unten einen Penis. Einen Zopf und gleichzeitig Bartstoppeln.

Auch nach einigen Wochen nahm die Leidenschaft nicht ab.

Manchmal dachte ich mit Grauen daran, wie freudlos mein Leben gewesen wäre, hätte ich wirklich alles abgeschnitten. Gleichzeitig war ich auch von einer seltsamen Genugtuung erfüllt. Alles, was mir die Welt mit ihren Vorurteilen vorher nicht gegönnt hatte, konnte ich jetzt voll und ganz ausleben.

Vielleicht nahm ich deshalb zunächst nicht richtig wahr, wie sie anfing, mich wegzuschieben, wenn wir tagsüber zusammen waren. Und selbst als ich es erkannte, konnte ich nicht aufhören. Auch nicht, als sie ihre Farbe veränderte, von Grün zu türkisfarben, genau wie sich die weißgelbe Lupine lila färbt, nachdem die Bienen zu Besuch waren. Selbst da hörte ich nicht auf.

Anschließend lag Esther jedes Mal erschöpft am Boden. Ihre bernsteinfarbenen Augen waren auf die Fenster gerichtet.

Was war Esther? Wenn ich glücklich und erlöst neben ihr lag, philosophierte ich darüber. Eine Art göttlicher Lichtmensch vielleicht? Brauchte sie nichts als Sonnenschein, konnte das wirklich stimmen?

Allerdings benahm sie sich nicht göttlich, sondern eher primitiv. Lag es daran, dass sie allein im Wald aufgewachsen war? Und niemals Liebe und Fürsorge erfahren hatte? Vielleicht hatte es nie einen großen, schützenden Körper in ihrem Leben gegeben, an den sie sich anlehnen konnte. Ein ausgehöhlter Baum oder ein Loch im Boden reichte offenbar nicht aus, um aus jemandem einen richtigen Menschen zu machen. Und wer mochten Esthers Eltern sein? Waren sie ganz normal, und bei Esther handelte es sich lediglich um einen seltsamen genetischen Zufall? Oder gab es noch andere wie sie auf der Welt?

Auch die seltsamen Laute, die sie ständig ausstieß, gaben mir Rätsel auf. Ob sie mit dem Wald kommunizierte? Wenn sie seit dem Säuglingsalter allein dort gelebt hatte, konnte man immerhin davon ausgehen, dass sie mit außergewöhnlich guten Überlebensinstinkten ausgestattet war.

Manchmal wurde ihr Gesicht ganz starr, und sie schaukelte vor und zurück. War sie retardiert, oder litt sie unter einem früheren Trauma?

Ich überlegte, was geschehen wäre, wenn sie von Geburt an ein gutes Leben mit viel Liebe gehabt hätte. Wäre sie dann ein echtes Gotteskind geworden, hätte sie eine größere und stärkere Heilige werden können als die Heilige der Nonnen aus dem Rosengestrüpp? Hätten wir beide, Esther und ich, uns auch geistig vereinigen können? Ich versuchte, ihr Wörter beizubringen, um das Menschliche in ihr zu fördern, doch sie wiederholte nie, was ich sagte. Ich probierte es mit Zeichensprache, ebenfalls ergebnislos.

Die Rose hatte ich noch nicht gefunden, aber ich hatte Esther gefunden. Könnte diese Entdeckung die Welt verändern? Könnte ich sie vorzeigen?

So lag ich auf dem Zellenboden und träumte vor mich hin, bis ich endlich einsah, wie geistlos ich mich selbst verhalten hatte.

Der Krieg tobte nach wie vor. Immer wieder flogen Jagdbomber über das Kloster hinweg. Wir hörten Schüsse, und einmal marschierte ein Trupp ganz in der Nähe vorbei. Die Nonnen holten ihre Waffen und gingen auf den Mauern in Position. Die Äbtissin kochte einen Topf Pech.

Später an diesem Tag kam ein Soldat herbeigekrochen und hämmerte an die Pforte. Seine Kleidung war zerfetzt, der Arm hing schief herab, er bat um Einlass.

Wir starrten auf ihn herab.

»Helft mir!«, sagte die Äbtissin.

Sie kippte den Topf aus. Der Soldat schrie auf und schleppte sich zurück in den Wald.

Immer wenn ich schlafen wollte, kam die Äbtissin zu mir. Ob ich etwas über Esther herausgefunden hätte? Sie sei doch ein interessantes Phänomen, nicht wahr?

»Fräulein Erichsen, Sie wirken so müde, meinen Sie nicht, Sie sollten mal für einige Nächte aussetzen. Sie haben ja gar keine Zeit mehr, mit mir zu sprechen. Und Sie sind so zerkratzt, denken Sie auch immer daran, sich zu waschen? Sie wollten doch unsere Bücher über die Rosen studieren, aber ich treffe Sie nie in der Bibliothek an.«

Ich nickte. Ich wusch mich immer mit Seifenwasser, wenn ich im Turm fertig war.

Sie schnupperte an meinem Hals, lächelte. Sie hob meine Decke an und wollte darunter kriechen. Ich schob sie weg.

»Was ist denn nur mit Ihnen?«, fragte sie lachend.

Im Laufe des Winters war der Himmel für vierzehn Tage bedeckt. Mal war Esther schwerfällig und müde, mal plötzlich aggressiv, auch tagsüber. Manchmal biss sie mich sogar in die Schulter und saugte ein wenig von meinem Blut, wenn ich mich mit ihr vereinigen wollte.

Mein Fuß heilte allmählich, ich humpelte nicht mehr.

Bei den Mahlzeiten nahm ich mir so viel aus den Schüsseln, wie ich wagte. Ich war schrecklich hungrig und brauchte dringend mehr Speck auf den Rippen für den Fall, dass ich die Gelegenheit bekäme, gemeinsam mit Esther aus dem Kloster zu fliehen.

Zwei der Nonnen überlebten den Winter nicht. Sie wurden in alte Laken gehüllt, in Schubkarren in den Wald gefahren und unter zwei kleinen Holzkreuzen aus Ästen beerdigt, die im nächsten Winter verrottet sein würden.

In den Wochen davor waren die Nonnen vollkommen verschrumpelt gewesen, ohne dass es die Äbtissin bekümmert hätte. Sie erzählte nur unbesorgt, wie sich die Nonnen im Fernen Osten dem Pflanzenreich annähern würden und damit auch Gott: Sie mumifizierten sich selbst bei lebendigem Leib, indem sie ihren Körper über einen längeren Zeitraum austrockneten und ausschließlich Samen, Rinde und pflanzliche Brechmittel aßen. Dann ließen sie sich im Lotussitz betend begraben. Unter der Erde hatten sie ein Röhrchen zum Atmen und eine Glocke, mit der sie bimmeln konnten, solange sie lebten. Wenn der Tod eingetroffen war, wurden sie wieder ausgegraben und im Kloster ausgestellt.

Ich schlief immer unten in meiner Zelle, nie neben Esther. Die Nonnen durften uns um alles in der Welt nicht erwischen, und davon abgesehen wusste ich auch nicht, auf welche Ideen Esther kommen könnte, wenn ich die Augen schloss.

Doch in einer dunklen Nacht, nach einer weiteren Vereinigung, bei der Esther mich gekratzt und nach mir geschnappt hatte, sank ich dennoch auf den Boden und wurde erst wieder wach, als sie mich in den Arm biss. Ich versuchte, mich zu befreien, aber jetzt ging sie mir an die Kehle. Ich spuckte und zappelte. Sie schlug die Nägel in meine Oberschenkel, tief in die Haut. Ich trat nach ihr, konnte mich losmachen und sie in eine Ecke stoßen, wo sie eine Weile lag und winselte. Als sie wieder auf die Beine kam, sah ich ihre ganze Figur dort im Mondschein.

Ich schnappte nach Luft, und mir wurde so schwindelig, dass ich mich hinsetzen musste.

Ihr Bauch wölbte sich rund wie ein Ballon, ihre Brüste waren geschwollen, die Haut hatte jetzt eine blaugrüne Farbe.

Esther war schwanger.

Warum hatte ich nicht vorher einen Gedanken darauf verschwendet? Immerhin war ich Botanikerin!

Kurz sah es so aus, als würde sie mich anlächeln. Ihr rundlicher, stacheliger Körper glich einer Samenkapsel. Ihre Haarpracht war in der Mitte gescheitelt und lag auf ihren Schultern wie zwei Keimblätter.

Wir mussten beide weg. Die Nonnen würden mich durchschauen und der Meinung sein, ich hätte sie überlistet und mich als Mann ins Kloster eingeschlichen. Auch Esthers Leben konnte in Gefahr sein.

Unter der straffen Bauchhaut bewegte sich bereits etwas, Esther quiekte, schlang ihre Arme um die Brüste und hielt ihren Bauch in das weiße Licht, das durch die Fenster hereinfiel. Das wart ihr, ihr habt euch dort drinnen bewegt, Lilly und Viola. Damals habt ihr mir Angst eingejagt, denn ich kannte euch ja noch nicht. Was wird aus Esther herauskommen, dachte ich nur, und was in aller Welt sollte ich damit machen?

Erst da sah ich ein, dass ich Esther Leid zugefügt hatte. Vermutlich hatte ich sie über einen längeren Zeitraum vergewaltigt, vielleicht schon, seit die Befruchtung stattgefunden hatte. Was ich als gieriges Begehren aufgefasst hatte, war wohl nur eine Art Selbstverteidigung gewesen.

Auch aus ihrer Wildheit sollte ich erst viele Jahre später schlau werden.

»Verzeih mir«, sagte ich, aber das verstand sie bestimmt nicht.

Ich traf Vorsichtsmaßnahmen, die jetzt notwendig waren. Als ich das nächste Mal in den Turm ging, umwickelte ich meinen Unterleib vorher stramm mit einem Stoffstreifen. Ich durfte nicht in Versuchung geführt werden, ich musste meine Triebe unter Kontrolle behalten.

In den darauffolgenden Nächten wurde Esther immer gewalttätiger. Zuletzt riss sie mit den Zähnen ein großes Stück Haut aus meiner Hand, und das Blut strömte. Ich reinigte die Wunde und verband sie, aber die Äbtissin bemerkte es beim Frühstück. »Sie dürfen sich nicht mehr allein im Turm aufhalten«, sagte sie, »das ist viel zu gefährlich.«

Doch das Frühjahr nahte, und das Licht fiel erneut durch die großen Fenster. Mit der Zeit wurde Esther wieder ruhiger, auch nachts.

Wenn ich zu ihr ging, stand ich manchmal einfach nur dort in der Tür und genoss ihren Anblick. Ja, es zuckte unter meinem Verband, aber ich blieb, wo ich war. Sie lag blaugrün mitten in ihrem Verschlag, die Arme und Beine sternförmig von sich gestreckt, die kleinen Stachel ragten auf, und ihre dicken Haarsträhnen bauschten sich wie eine Glorie um ihren Kopf. Ihr großer Bauch wölbte sich nach oben. Es wurde höchste Zeit, dass wir flohen.

Der Himmel strahlte und wärmte die Klostermauern. Esther und ich würden keine verräterischen Fußspuren mehr im Schnee hinterlassen, und ich könnte im Wald problemlos grüne Nahrung finden.

Vorsichtshalber stahl ich dennoch zwei der letzten halbverfaulten Kohlköpfe aus der Speisekammer, die ich gemeinsam mit meinen Habseligkeiten in den Rucksack packte. Ich ging eine Runde auf der Mauer entlang und stellte fest, dass es lebensgefährlich gewesen wäre hinunterzuspringen.

An dem Abend, als sich die Amsel oben auf den Turm setzte und ihre erste Strophe sang, öffnete die Äbtissin meine Zellentür und wollte mich unbedingt zu Esther hinaufbegleiten. Sie sei wieder so schön ruhig geworden, sagte sie. Und ich sähe ja auch nicht mehr so zerkratzt aus wie früher.

Mit einem Mal kicherte sie und zog sich aus. Ob Esther heute Abend nicht vielleicht doch allein auf sich aufpassen könne?

Ihre dünne, bleiche Haut spannte über den Knochen, und der Schlüssel pendelte über ihrer eingesunkenen Brust.

Ich zitterte und glaubte, mein letztes Stündlein hätte geschlagen, als sie sich an meinen Körper presste. Ihre Augen glänzten, ihre Brustwarzen waren steif, ihre Hand glitt langsam unter mein Kleid und die Beine hinauf.

Sie sah mich verwundert an, als sie meinen Verband entdeckte. Dann lächelte sie und wickelte ihn langsam ab.

Im Schein der Kerze sahen ihren Augen alles.

Erst schien es, als wollte sie um Hilfe rufen, dann beschimpfte sie mich stattdessen als »Dämon«. Sie fauchte und biss, und umklammerte mich immer heftiger, um im nächsten Moment plötzlich zu beten und zu singen. Für einen kurzen Moment war ihr Gesicht nichts als ein Totenschädel, dann überkam es sie, und ihre Miene wurde hell und selig. Die Augen der Äbtissin strahlten frühlingsgrün, ihr Haar schimmerte bräunlich. Ihre Wangen waren beinahe rund und rosig. Sie schloss die Augen, ihre Atmung verlangsamte sich, und dann sank die arme verwirrte Frau auf das Bett.

Atemlos sah ich an mir selbst herab, mein Glied war nach wie vor klein und schlaff.

Hätte ich der Äbtissin helfen sollen? Hätte ich die Nonnen rufen müssen?

Doch mir blieb kein anderer Ausweg, und ich rettete auch euer Leben, als ich den Klosterschlüssel von ihrem Hals zog. Nicht ein Laut kam über ihre bleichen Lippen, als ich meinen Unterleib erneut einschnürte. Ich setzte meinen Rucksack auf und ging in den Turm, um Esther zu holen.

Einen Moment standen wir dort nebeneinander auf der Vortreppe, Esther und ich.

Es war Schwarzmond, und meine ersten Schritte fühlten sich an, als würde ich ins Nichts treten.

Esther dagegen streckte die Nase in die Luft und sprang auf allen vieren in den Wald, und ich war gezwungen, hinter ihr herzurennen. Die Zweige peitschten mir ins Gesicht, ich folgte dem Geräusch ihrer Füße und Handflächen, die auf die aufgetaute Frühlingserde klatschten.

Ein Stück weiter im Wald verharrte sie, vielleicht, um auf mich zu warten? Ja, eine kleine, kalte Hand schob sich plötzlich in meine, und hier, unter den Bäumen, stand die Welt endlich wieder still.

Die Klosterglocke rief hämmernd nach uns, doch wir gingen weiter, weg von den Nonnen, hinein in den Frühling. Wie lange sie wohl überleben konnten? Würde das Frühjahr ihnen gegenüber gnädig sein, so wie es offenbar auch bei Esther der Fall war? Ja, und auch bei mir selbst.

Die rote Sonne stieg auf, und wir sahen durch das Dunkel ins Licht.

Immer wieder machte Esther Halt, um sich im saftigen Gras zu wälzen. Sie liebkoste die grellgrünen Tannenspitzen, drückte das Gesicht gegen die Rinde der Bäume, trippelte in einen Sumpf und beschmierte sich lächelnd die Wangen mit Schlamm.

Während sich das Sonnenlicht gelb färbte, sprang Esther voran.

Aber wo wollte sie hin, und was wollte ich? Und wann würde sie gebären? Neugeborene brauchten doch Nahrung und Wärme, und vermutlich herrschte immer noch Krieg?

Ich küsste Esther vorsichtig auf den Kopf, wenn wir uns zusammen in meinen Schlafsack legten. Ja, mehr geschah wirklich nicht. In ihrem klebrigen Haar verfingen sich Blätter, Samen und Äste. Die Nächte verliefen ruhig, sie machte keinerlei Anstalten mehr, mich zu beißen. Und jeden Morgen, wenn sie aus dem Zelt krabbelte und aufstand, war ihr Bauch größer geworden.

In der nächsten Zeit aß ich Buchenblätter, verzehrte den Rest der Kohlköpfe und fing Fische in den Bächen. Esther sah die aufgespießten Fische an, deren Farbe sich im Feuer wandelte, von Rot zu Braun zu Weiß. Wenn ich meine Nahrung einnahm, betrachtete sie unterdessen die Blumen und streichelte die Stängel. Sie legte sich auf den Rücken, säuselte mit den Blättern, knarrte mit der Baumrinde und zwitscherte mit den Vögeln. Sie wirkte genauso glücklich wie ich damals in Snekkersten, als ich endlich allein in den Wald gehen durfte. Ach, wenn wir doch nur nach Dänemark zurückkehren könnten, dachte ich.

Sobald ich den Schlafsack ausrollte, kroch sie mit hinein. Ich war ihre Wärme und ihr Schutz. An mich schmiegte sie sich.

Esther bewegte sich weiterhin schnell durch den Frühlingswald voran. Hin und wieder legte sie das Ohr an einen Baum oder eine Wurzel. Sie schnupperte in die Luft und knabberte an ein paar Blättern. Ich trabte hinterher, fühlte mich erschöpft und abgemagert.

Ich bin nicht sicher, wie viele Wochen wir so auf kleinen Pfaden durch den Wald wanderten. Ab und zu duckten wir uns, wenn ein Flugzeug kam. Manchmal sahen wir Stiefelabdrücke. Ein einziges Mal marschierten ein paar Soldaten an uns vorüber, doch da hatte Esther mich schon lange vorher in ein schützendes Gebüsch gezogen.

Eines Nachmittags begann Esther zu humpeln. Sie blieb stehen und klammerte sich an eine Birke. Dann gab sie einen gurgelnden Laut von sich, und ihr Kopf färbte sich bläulichlila.

Neun Monate konnten auf keinen Fall vergangen sein, es war viel zu früh. Esther ließ sich auf alle viere sinken und krabbelte zwischen einige junge Eichen. Hier hockte sie sich mit geöffneten Beinen hin. Etwas Grünliches sickerte aus ihr heraus, und dann begann sie zu schreien wie ein richtiger Mensch.

Ich kroch ebenfalls in das Gehölz und presste ihr meine Hände auf den Mund, bis ihre Augen hervortraten. Ihre Nägel bohrten sich in meine Arme, und ich biss mir auf die Lippen, damit auch ich keine Geräusche von mir gab.

Während sie die Geburt durchlitt, vermutlich, ohne zu wissen, wie ihr geschah, wanderte die Sonne von der Abendröte zur Morgenröte. Als es dunkel wurde, machte ich ein kleines Feuer, um alles mitverfolgen zu können. Ich bereute, dass ich jemals in Esther eingedrungen war.

Doch dann kam der erste rosafarbene Kopf zum Vorschein. Ich legte meine Jacke ins Gras und fing auch die Nachgeburt auf. Esther presste weiter, und während ich dich, Lilly, an meiner Brust wärmte, kamst du, Viola, und hinterließest rote Flecken auf meinem Kleid. Ich hätte mir nicht solche Sorgen machen müssen, meine Angst vor dem, was in Esther heranwuchs, war unbegründet gewesen. Ihr saht ja beinahe normal aus. Klein wart ihr, das schon, aber genauso hellrosa wie alle anderen Menschenkinder. Ja, auf dem Kopf hattet ihr einzelne dieser dicken grünen Strähnen, aber sie waren weich und gelockt, genau wie meine Haare. Und ich konnte auch voller Glück feststellen, dass ihr meine blauen Augen geerbt hattet. Ihr gabt ein Fiepen von euch wie Katzenjungen, und eure Münder suchten nach Nahrung. Ich bettete Esther in den Schlafsack und legte euch an ihre Brüste, und ihr saugtet euch fest. Esther schlief ein, und ich half euch, wenn eine Brustwarze aus eurem Mund herausglitt.

Schließlich zwängte ich mich ebenfalls in den Schlafsack und küsste meine Mädchen.

Ach, ich hatte euch so lieb.

Esther war schnell wieder auf den Beinen, aber sie hinkte und blutete. Sie war bis zum Anus aufgerissen, und wir hatten keine Möglichkeit, die Wunde zu nähen.

Ich trug euch, meine lieben Mädchen, aber Esther musste allein gehen.

Mitunter ertappte ich mich bei dem Gedanken, sie als euren Nahrungsvorrat zu betrachten, und schämte mich. Ich versuchte, euch dazu zu bringen, an meinen Brustwarzen zu saugen, vielleicht konnte ich euer Schnuller sein, aber davon wurdet ihr ja nicht satt.

Manchmal, wenn Esther nicht genug Milch hatte, legte ich euch auf eine Lichtung, um zu sehen, ob euch die Sonne half. Doch ihr brülltet nur, und ich trug euch wieder in den Schatten. Aber dennoch – vielleicht hat die helle Jahreszeit zu eurem Überleben beigetragen.

Von jetzt an bestimmte ich die Richtung. Wir wanderten aus dem Wald hinaus und Richtung Dänemark. Obwohl ich selbst nicht wusste, welche Zukunft mich in meiner alten Heimat erwartete, musste es dennoch der beste Ort zum Aufwachsen für euch sein. Immer wenn Esther auf andere Gedanken kam, zog ich sie wieder auf den richtigen Kurs.

Es waren große Soldatenkolonnen unterwegs. Esther hörte sie immer, oder vielleicht roch sie sie auch, sodass wir uns rechtzeitig verstecken konnten.

Zwischendurch wackelte die Erde, wir sahen Bombenfunken.

Esthers Gang war seltsam schaukelnd geworden, wie der einer alten Frau. Die Wunde heilte an den Rändern, aber sie konnte nach wie vor den Urin nicht halten. Selbst wenn ich ihre Öffnung nur vorsichtig berührte, zog sie sich winselnd zurück. Mein Glied reagierte immer noch, wenn auch nicht mehr so stark wie vorher. Aber schließlich wart ihr ja auch zur Welt gekommen, und ich hatte genug zu tun.

Wenn ihr weintet, sang ich euch mit meiner hellsten Stimme etwas vor. Ich streichelte, küsste und knuddelte euch. Ich blickte euch in die Augen und redete mit euch. Esther befasste sich nicht mit euch, sie schien es lediglich zu genießen, wenn ihr ihre gespannten Brüste leertet.

Einmal lief ich in eine Stadt, musste Esther voller Sorge mit euch in einem Straßengraben zurücklassen. Ich kaufte Babykleidung und Stoff für Windeln, ich fand ein kleines Kleid, einen Pullover und eine Mütze für Esther.

Eure kleinen Finger umklammerten die meinen, als wir uns langsam der Ostsee näherten. Die meiste Zeit gingen wir zu Fuß, manchmal nahmen wir den Zug. Allmählich wurde es Herbst. Ich zog Esther die Mütze tief in die Stirn und hoffte, die Leute würden sie für meine missgestaltete kleine Schwester halten.

EURE ERSTEN JAHRE

1940–1941

Lilly und Viola, jetzt seid ihr sicher schockiert. Habt ihr zwei Mütter? Oder einen Vater und eine Mutter? Und dann die Art und Weise, wie ich Esther, eure leibliche Mutter, behandelt habe. Aber wenn ich nicht getan hätte, was ich nun einmal tat, würde es euch vielleicht gar nicht geben. Und ihr hättet womöglich nie überlebt. Vielleicht kann ich mich damit entschuldigen.

Ja, was für ein Wissen, um eine Existenz darauf aufzubauen. Doch ihr habt wiederholt verlangt, etwas über euren Ursprung zu erfahren – vermutlich ohne irgendeine Vorstellung davon zu haben, wie überraschend die Wahrheit sein kann.

Leider gibt es noch mehr zu gestehen.

In Kopenhagen logierten wir uns in einem kleinen Zimmer ein, das auf einen Hinterhof hinausging. Esther sprang sofort auf die Fensterbank, legte den Kopf in den Nacken, um das Licht aufzufangen, und stieß ihre Waldlaute aus. Ganz reglos saß sie da, reckte die Arme hoch, drückte ihre schlanken Finger fest gegen die Scheibe. Es gab weder eine Regenrinne noch Efeuranken, an denen sie sich hätte herabhangeln können. Dennoch verriegelte ich das Fenster zusätzlich mit einem Vorhängeschloss.

Ihr brülltet, bis eure Köpfe feuerrot waren, die Nachbarn

hämmerten gegen die Wände und an die Decke. Ihr leertet Esthers Brüste, die grünliche Milch schäumte um eure Nasenlöcher und Mundwinkel. Wenn am Ende des Tages endlich ein Streifen Sonne durchs Fenster fiel, drehte und wendete sie sich. Ganz gleich, wie laut ihr währenddessen schriet, sie entfernte sich nie vom Licht.

Die Feuchtigkeit rann die Wände herab, und es stank nach euren Windeln, die ich in einem Eimer wusch und am Kachelofen zu trocknen versuchte. Esthers Urin durchnässte den Teppich. Wenn ihr schlieft, redete ich mit ihr und wollte sie freundschaftlich umarmen. Doch meistens entzog sie sich mir und fürchtete sicher, ich könnte aufdringlich werden.

Ob sie sich normaler entwickelt hätte, wenn sie mehr Aufmerksamkeit und positiven Körperkontakt von mir erfahren hätte? Wenn ich zurückblicke, denke ich nach wie vor, dass es vielleicht möglich gewesen wäre, hätte ich nur mehr Zeit und Willenskraft aufgewendet.

Doch an den meisten Tagen schaffte ich es nicht einmal mehr, mich zu rasieren oder anzuziehen. All meine Aufmerksamkeit widmete ich euch. Ich hätte euch endlos betrachten können. Ihr glicht euch aufs Haar, aber ich zweifelte trotzdem nie daran, wer von euch wer war. Denn es gab ja die kleinen Merkmale. Dein Knick im rechten Ohr, Lilly, dein schielendes Auge, Viola. Dein Weinen war eher ein Winseln, Lilly, und du, Viola, hattest bedeutend mehr Stimmkraft.

Nebeneinander schlieft ihr am besten. Besser, als wenn ich euch im Arm hielt. Ihr brauchtet nur euch, es sollte so sein wie damals, als ihr verschlungen in Esthers Bauch lagt. Wenn ich euch trennte, brülltet ihr voller Schmerz. Brauchtet ihr überhaupt andere Menschen, abgesehen davon, dass sie euch fütterten und eure Windeln wechselten? Ihr saht euch in die Augen, ahmtet gegenseitig eure Geräusche nach. Am wichtigsten war euch der Blickkontakt, bei dem ihr euch gegenseitig spiegeltet, und ich fühlte mich oft gänzlich außen vor. Manchmal brachte es mich zum Weinen, wie nah ihr euch wart.

Der Winter wurde allmählich garstig, die Sonne ragte nicht mehr bis über die Mauer. Esther hatte weniger Milch, ihre Haut wurde blasser, und ihre Aggressivität flammte erneut auf.

Als ich eines Tages Milch und Kartoffeln kaufen gewesen war und wieder nach Hause kam, herrschte ein fürchterliches Geschrei, und dir, Viola, fehlte das äußere Glied des einen Ringfingers.

Esther hockte nur da und stierte in die Luft. Sie wirkte gesünder als in den letzten Tagen, und die Milch floss wieder. Ich verband den Finger. *Nein, nein, nein,* fauchte ich Esther zu, aber sie sah mich nur mit leeren Augen an.

Oh, ich hätte selbst wissen müssen, dass ich euch nicht allein lassen durfte.

Wie sollte ich euch je wieder verlassen? Und was war, wenn Magister Steens Geld aufgebraucht war und ich mir eine Arbeit suchen musste? Ich erwog sogar, an Margrethe oder meine Mutter zu schreiben. Würden sie mich aufnehmen, wenn ich mit zwei Kindern nach Hause käme? Meine Mutter wahrscheinlich nicht, denn was würde mein Vater dazu sagen? Aber Margrethe? Vielleicht wohnte sie immer noch bei ihrem Vater.

Esther und ich waren sicher nirgends willkommen.

An jenem Tag tat ich dasselbe wie die Nonnen. In meiner Verzweiflung schlug ich Esther. Konnte ich ihr beibringen, nicht mehr zu beißen?

Sie kroch über den Boden.

»Entschuldigung«, sagte ich, »kannst du mir verzeihen?«

Unter Tränen räumte ich auf und wischte den Boden. In einer Ecke hinter der Tür fand ich einen Klumpen Kot und einen Knochen. Ich wunderte mich, denn ich hatte Esther noch nie ihre Notdurft verrichten sehen. Doch damals hatte ich keine Zeit, um näher über meine Entdeckung nachzudenken, und warf alles in den Mülleimer.

Viola, mein geliebtes Mädchen. Ich wusch deinen Fingerstummel gründlich mit Seife und verband ihn sorgfältig.

Am nächsten Morgen traf ich eine Entscheidung.

Vielleicht versteht ihr es jetzt, dass ich die Küstenbahn nahm und an der Klingel zog, damit man mir Einlass ins Kinderheim gewährte?

In allen Türrahmen standen kleine Kinder und starrten mich an, als ich euch ins Büro der Vorsteherin trug. Es roch nach gebohnerten Böden und gemangelten Gardinen.

»Eins oder zwei?«

Ich packte euch aus. Ihr wart schmutzig und mager.

»Und Sie sind die Mutter?«

Ich bejahte es, bat jedoch darum, als unbekannt registriert zu werden.

»Geben Sie die beiden zur Adoption frei?«

»Ich würde sie gern besuchen dürfen.«

Die Vorsteherin studierte Violas Verband und sah mich lange an. Ich versteckte meine eigenen Hände unter dem Tisch.

»Die beiden müssen nebeneinanderliegen«, sagte ich weinend. »Im selben Bett. Sie dürfen sie niemals voneinander trennen.«

Die Vorsteherin nickte. Ich küsste zum Abschied eure Löckchen und ging still hinaus, während ihr schlieft.

BOTANISCHER GARTEN

1941–1970

Gegen Abend klopfte ich an der Tür des botanischen Labors. Professor Jørgensen öffnete sie. Er kratzte sich hinter dem Ohr, rückte seine Brille zurecht und musterte von oben bis unten mein weißes Kleid, das strahlte wie eine frisch erblühte Prunkwinde.

Ich stellte mich als Johanne Erichsen vor, seine frühere Studentin.

Kleine Schneeflocken schwebten vom Himmel. Jørgensen stieg die Treppe zu mir herab.

»Es gab einen Studenten, der Johannes Erichsen hieß.«

Ich nickte und verschränkte die Arme hinter dem Rücken.

»Er ist nach Südamerika gereist. Seine Mutter kam weinend zu mir und fragte, ob wir etwas von ihm gehört hätten.«

Ich richtete den Blick auf den Boden, bohrte meine Fingernägel in meine Handflächen und fragte, ob Magister Steens Fossilien und Pflanzen immer noch Staub ansetzten.

»Durch den Krieg ist die Forschung völlig zum Stillstand gekommen. Es gibt keine Mittel.«

Daraufhin erzählte ich ihm von Magister Steens Tod. Ich sei gezwungen gewesen, in einem polnischen Nonnenkloster zu überwintern, und mittlerweile sei ich Mutter zweier Zwillingsmädchen, die jetzt in einem Kinderheim lebten. Ob der Professor vielleicht einen Job für mich wüsste?

Ich wagte es nicht, aufzusehen.

Jørgensen schwieg sehr lange.

»Sie verwirren mich.«

»Das verstehe ich«, erwiderte ich und streckte ihm meine Hand entgegen. Er ergriff sie verwundert und starrte hinaus auf die Gothersgade, an der das Labor lag.

»Sie sind so mager geworden. Bevor Sie abreisten, waren Sie groß und stark. Aber wir suchen einen Gärtner, vorausgesetzt, Sie können immer noch zupacken? Eine Dienstwohnung wäre inbegriffen.«

Im Schutz der Dunkelheit holte ich Esther. In meinem zugeschnürten Rucksack trug ich sie zu dem kleinen kalten Fachwerkhaus auf der Anhöhe neben dem Observatorium, das zur Øster Voldgade und zum Schloss Rosenborg hin liegt. Ich hatte einen Schlüssel zum Garten erhalten und öffnete das Tor des schmiedeeisernen Zauns, dessen Stäbe wie Lilien geformt waren. Obwohl der Abstand zwischen ihnen gering war, würde Esther sich mühelos hindurchzwängen können. Ich war gezwungen, Tag und Nacht meine Tür abzuschließen.

Esther winselte und fasste sich an die Brüste. Ich betupfte sie mit Kamillentee, bis die Schwellung zurückgegangen und auch die Milch verschwunden war. Sie kratzte an der Tür. Vermisste sie euch, oder brauchte sie mehr Sonnenlicht? Oder beides?

Auch ich selbst verging fast vor Kummer. War es richtig von mir gewesen, euch abzugeben? Behandelte man euch im Kinderheim gut? Würde ich je wieder mit euch zusammenwohnen können? Meine Mädchen – ihr müsst wissen, dass es nicht leicht für mich war.

Kurz nach Sonnenuntergang, wenn der Garten seine Tore geschlossen und das Personal Feierabend gemacht hatte, holte ich Esther beim letzten bisschen Tageslicht aus dem Rucksack, trug sie zu einer Lärche oben auf den Steinhügeln und band sie dort fest. Esther zog sich jedes Mal vorher aus, vermutlich, um so viel Licht wie möglich abzubekommen. Dann blieb sie vollkommen reglos stehen, als wäre sie mit dem Boden verwurzelt, und bewegte sich genauso wenig wie die Bronzestatue des Gartens, die den jungen Narziss darstellte, der beim Anblick seines eigenen Spiegelbildes erstarrt war.

Ich starrte sie an, mein Begehren war immer noch da, ließ sich jedoch unterdrücken. Ihre Arme locker um die Lärche geschlungen, stand sie mit leicht gespreizten Beinen da, die Zehen einige Zentimeter tief in die Erde gebohrt. Sie hatte den Kopf in den Nacken gelegt, damit sich ihr Haar ausbreitete.

Esther erwiderte Vogelrufe und Hundegebell und ahmte das Geräusch des Windes nach, der an den Ästen zerrte.

Dann legte sich der Nebel über den See des Gartens. Die Türme und Kuppeln vom Kommunehospital, vom Schloss Rosenborg und der Sankt Andreas Kirche glänzten im Mondschein. Im botanischen Labor arbeitete Professor Jørgensen bis spät in die Nacht. Ein schmaler Streifen gelben Lichts schimmerte unter der Verdunkelungsgardine hervor.

Oft war ich für die harte Arbeit am Torfhäcksler vor dem Kesselraum zuständig. Wir brauchten genug Brennstoff, damit die exotischen Pflanzen im Treibhaus nicht eingingen. Außerdem mussten die Gewächse im Farnhaus in Hängekörbe umgetopft und die großen Fidschi-Fächerpalmen mit Zeltleinen befestigt werden. Ich half auch dabei, das Glas des Palmenhauses von Algen zu befreien und eine Scheibe auszuwechseln, die zerbrochen war, weil sich der Riesenbambus wieder einmal einen Weg hindurchgebahnt hatte. Manchmal wuchs er bis zu dreißig Zentimeter an einem Tag.

Ich versuchte, mich auf dem neusten Stand zu halten, las *Physiologia Plantarum* oder was auch immer ich mir an Lektüre ausleihen durfte. Auch Marie Hammers Moosmilbenforschung verfolgte ich. Magister Steens Folgerungen, wie und wo die Kontinente zusammengehangen haben könnten, stimmten offenbar mit den ihren überein.

Außerdem las ich natürlich alles über Rosen, was ich finden konnte. Doch ich fand nie eine, die an jene von Krysa und Steen erinnerte, nicht einmal äußerlich. Immer wieder starrte ich auf die Zeichnungen und Beschreibungen in Steens Notizbüchern. Gab es wirklich eine Rose mit menschlichen Eigenschaften? Der Gedanke wirkte immer noch vollkommen unwissenschaftlich, aber dasselbe galt wohl gewissermaßen auch für Esther.

Ich plauderte mit ihr, sang ihr etwas vor und tätschelte ihr vorsichtig den Rücken, wenn es mir gelang, sie auf einen Stuhl zu setzen, während ich las. Manchmal versuchte ich auch, ihr etwas vorzulesen, aber die Wörter drangen nicht bis zu ihr vor.

Jede von uns hatte eine eigene Decke, aber es wäre wärmer gewesen, sich eine zu teilen.

Sie betrachtete mein Essen, während ich es einnahm, ohne dass es sie richtig zu interessieren schien. Meine Mahlzeiten waren spartanisch: Grütze, Kartoffeln, gelbe Erbsen. Fleisch konnte ich mir nie leisten. Alles, was ich an Geld übrig hatte, bekamt ihr.

In den Kriegswintern wurde es bis zu minus zwanzig Grad kalt, die Frosttiefe betrug fast einen Meter. Andere Wohnungen im Park wurden abgedichtet oder bekamen einen Kamin; ich hatte nur den kleinen Ofen, und der Wind pfiff durch die Fenster herein. Oft war es im Palmenhaus wärmer als bei mir, aber das Schlimmste war, dass ich nachts bis ins Gesindehaus musste, wenn ich auf die Toilette wollte. Fließend Wasser hatte ich auch nicht.

Esther schlief in einem geflochtenen Korb in einer Ecke, den ich mit Kissen ausgepolstert hatte. Bevor ich das Licht ausmachte, sah ich als letztes ihre blitzenden, bernsteinfarbenen Augen.

»Gute Nacht«, flüsterte ich.

Ein einziges Mal untersuchte ich Esther, indem ich ihre Beine an die Bettpfosten band. Sie schrie und heulte und versuchte, nach mir zu treten. Ihr Unterleib war so zerstört, dass sie mit Sicherheit keine weiteren Kinder bekommen konnte, und für mich wäre es unverzeihlich, je wieder dort einzudringen. Sicherheitshalber band ich meinen Unterleib nach wie vor ab, obwohl es lästig war. Aber vielleicht war es eine gerechte Strafe?

Esther hatte immer noch diesen türkisfarbenen Schimmer, den sie mit der Schwangerschaft angenommen hatte. Im Kloster hatte sie schwach nach Blumen geduftet, doch seit der Flucht – oder auch seit der Schwangerschaft? – roch ich es nicht mehr. Und was war mit mir? Hatte sich auch mein Körpergeruch so verändert, dass sie sich nicht mehr für mich interessierte? Denn sie hatte mich doch wohl einmal begehrt? Ja, die ersten Annäherungsversuche waren von ihr ausgegangen.

Ich lieh mir eine Waage und wog Esther. Ich maß ihre Größe, kratzte ein wenig Haut ab und untersuchte die Proben unter einem Mikroskop im botanischen Labor. All das tat ich auch im Hinblick auf euch, denn sie war ja die eine Hälfte eures Ursprungs.

Die Haut enthielt wirklich kleine Chloroplasten, wie ich

schon im Kloster vermutet hatte. Hier verwandelte sie durch Fotosynthese Kohlendioxid, Sonnenlicht und Wasser zu Sauerstoff und Zuckermolekülen. Sie atmete durch kleine, pflanzenähnliche Spaltöffnungen in ihrer Haut, aber auch durch den Mund, und so setzte sie Energie in den Zuckerstoffen frei und konnte sich bewegen und ihre Zellen erhalten. Als wäre sie, dank der Respiration und der Fotosynthese, eine kleine Ewigkeitsmaschine.

Auch die Haarsträhnen enthielten Chloroplasten. Sie waren keine toten, herausgewachsenen Zellen wie andere Haare, sondern immer noch lebendig. Ihre kleinen Widerhaken klebten wie das Kletten-Labkraut.

Die Dunkelheit des Winters zehrte schwer an ihr. Sie wurde blass wie ein Fichtenspargel, jene Pflanze, die kein Chlorophyll besitzt und keine Fotosynthese durchführt, sondern nur davon lebt, Nahrung aus totem organischen Material zu saugen. Hätte sie draußen frei herumlaufen können, wäre sicher alles ganz anders gewesen.

Das Muster, das sie im Kloster, auf der Flucht und während der Zeit in dem kleinen Zimmer gezeigt hatte, schien deutlich. War sie von Licht umgeben, saß sie reglos da, beinahe lächelnd, und nahm die Energie der Sonne entgegen. Bei Dunkelheit lag sie entweder da wie tot oder attackierte mich beißend, bis das Blut floss.

Inzwischen hatte ich so viele Narben, dass Magister Steens Rose auf dem Handgelenk kaum noch auffiel. Ich nahm meine Hacke mit ins Haus, um deutlich Nein zu sagen und mich notfalls auch verteidigen zu können. Nachts legte ich sie unter mein Kopfkissen.

Das mag brutal klingen, aber was sollte ich machen?

Es gab viele gute Gründe, Esther einzusperren. Wo würde sie landen, wenn sie entdeckt würde? Im Zoo, in einem Forschungslabor oder vielleicht einer psychiatrischen Klinik?

Andererseits winkte womöglich auch Ruhm. Ja, vielleicht würden wir weltweit auf die Titelseiten der Zeitungen kommen? Da war jedoch auch noch die Sache mit mir. Ein Mensch, der als Mann geboren war und in Frauenkleidern herumlief. Ich würde geächtet und vielleicht sogar bestraft werden. Und noch dazu hätte jemand herausfinden können, was ich mit Esther getan hatte.

Das Schlimmste war jedoch meine eigene Scham.

Tagsüber, wenn ich arbeitete, saß sie gerne oben im einzigen Fenster des Hauses und starrte hinaus. Ihr ganzes Gesicht war auf das bisschen hereinfallende Licht gerichtet. Ich konnte nicht umhin, gerührt zu sein von der Frau, die dort fast wie gelähmt saß. Ob man sagen konnte, dass die Sonne Esthers Mutter war oder vielleicht sogar die Liebe ihres Lebens? Verging sie beinahe vor Sehnsucht?

Doch ich musste sie immer schnell wieder von der Fensterbank herunterjagen, damit sie nicht von einem Gärtner oder einem Parkbesucher entdeckt wurde.

Ach, ich war so müde, von der schweren körperlichen Arbeit, aber auch von der ewigen Furcht, entdeckt zu werden. Hinzu kamen die Angst und Sorge um euch. Behandelte man euch im Kinderheim gut? Durftet ihr in einem Bett schlafen, und schmiegtet ihr euch immer noch aneinander? Vertrugt ihr euch?

Auch meine Mutter und Margrethe vermisste ich. Die nicht verschickten Briefe lagen immer noch in meinem Koffer. Ich versuchte zu vergessen, dass meine Mutter in Professor Jørgensens Büro geweint hatte.

Und was war mit der sexuellen Befriedigung, die ich im Klosterturm erlebt hatte? Es war wundervoll gewesen, das ja, aber mein Verlangen nahm immer mehr ab. Ich genoss es, mich um die Pflanzen zu kümmern, jeden Tag in meinem Kleid hinauszugehen und als Johanne angesprochen zu werden. Die Leute hielten mich wohl schon für sonderbar, aber das nahm ich in Kauf und erwartete auch keine Freundschaften. Jeden Morgen zog ich das Kleid an, schloss die feinen kleinen Knöpfe des Oberteils und flocht den Zopf, der schon weit meinen Rücken hinabreichte.

Viele alte Bäume im Park fielen den strengen Wintern zum Opfer. Ihre Rinde hielt dem Frost nicht stand, aber der Gesamtbestand hatte sich trotzdem gut geschlagen. In Dürrejahren verbreiten die überlebenden Bäume große Mengen an Samen. So merken sie, dass sie sterben. Dasselbe gilt für die jüngeren, frostgeschädigten Bäume.

Ich tat alles, was ich konnte, um die exotischen Arten des Parks zu schützen, damit sie in den dänischen Witterungsverhältnissen überlebten. Der botanische Garten hatte ja nie bloß der Zierde gedient, sondern war immer auch ein Ort der Forschung gewesen. In den letzten Jahren habe ich gedacht, dass der Garten auch eine Art Saatgutdepot ist. Ein Ort, wo die Menschen der Zukunft jene Pflanzen wieder ziehen können, die durch unser Verhalten vom Aussterben bedroht sind.

Bei der Arbeit trug ich immer ein weißes Kleid, und hinter meinem Rücken wurde ich »die weiße Dame« genannt, nicht nur von den Angestellten, sondern auch von den Stammgästen des Gartens.

Ich zog Pflanzen in Anzuchtkästen vor, jätete Unkraut, harkte und bewässerte. Ich pfropfte und grub. Ich verbrannte Reisighaufen, und meine Augen schmerzten. Die Welt wandelte sich von Hellgrün zu Dunkelgrün zu Gelb, von Braun und Rot zu Schwarz und Weiß und wieder zu Hellgrün. Es gluckerte, wenn das Wasser aus der Kanne in den Boden sprudelte, und die Pflanzen genossen es eindeutig genauso sehr wie ich. Das Kondenswasser vom Glasdach der Gewächshäuser tropfte auf die großen dunkelgrünen Blätter herab wie die letzten Reste eines tropischen Regengusses. Die Luft dort drinnen war stickig und roch bitter.

Ich beschnitt die Pflanzen mit Schere und Säge, und vielleicht war es wie eine Liebkosung für sie, denn die neuen Zweige trieben mit einer enormen Kraft aus. Die fleischfressenden Pflanzen fütterte ich mit Fliegen. Die bestäubenden Insekten summten, und ich half ihnen, indem ich die zartesten Pflanzen mit einer Gnuhaarbürste bestäubte. Ich stellte versuchsweise einen Fuß auf die Riesenseerosenblätter. Ihre Blüten lockten die Insekten mit ihrer Wärme herbei und schlossen sich nachts, dann konnten die Insekten dort drinnen herumkrabbeln und ihre Arbeit erledigen. Die Riesenseerosen entstanden schon vor Millionen Jahren, sie waren nicht viel jünger als die Dinosaurier. Ich zog den Fuß wieder zurück; ich war doch zu schwer. Ich überlegte, ob ihr beide wohl zusammen auf einem Seerosenblatt sitzen könntet. Ja – wenn ich es gewagt hätte, euch mein Zuhause zu zeigen.

Die Besucher und Gärtner passierten einander auf den verschlungenen roten Steinwegen mit ihren Versteinerungen von Seeigeln und Tintenfischen. Die Gitter, die über den Vertiefungen mit den Wärmerohren lagen, ächzten metallisch, wenn wir darauf traten.

Ich achtete darauf, die kleinen Krötenkinder nicht zu verletzen, die auf den Steinwegen herumsprangen. Ich küsste die Palmen, die Buchen, das Rentiermoos, und, sehr vorsichtig, auch die großen Kakteen. Alle Treibhauspflanzen träumten davon, ganz in die Sonne hinauszugelangen. Sie drängten sich gegen die Scheiben, ohne zu wissen, wie kalt es dort draußen im Winter war.

Der Krieg war ein Weltkrieg. Damals wusste niemand, ob er je enden würde. Heere überwanden Bergketten, Schiffe und Flugzeuge überquerten Ozeane, die durch die Kontinentaldrift entstanden waren, die wiederum eine Folge der Entstehung der Pflanzen vor Milliarden von Jahren war, wenn man an diese Theorien glaubte.

Auf diese Weise bestimmte auch die von den Pflanzen erschaffene Geologie der Erde, wo Unruhen entstanden, wo Grenzen gezogen wurden, wo Schlachten stattfanden – doch die Landschaften bewegten sich nicht schnell genug, um die Unruhen der Menschheit aufzuhalten. Zur Sølvgade hin wurden immer mehr Bunker gegraben, in denen die Kopenhagener Bevölkerung Zuflucht suchen sollte, und man beschloss, den See des botanischen Gartens im Falle eines Großbrandes als Wasserreservoir zu nutzen.

Der Park ist ein Teil der alten Kopenhagener Wallanlage, und bei meiner Arbeit fand ich mitunter Uniformknöpfe, Granatsplitter und Patronen im Boden. Eines Tages stieß ich sogar auf einen Oberschenkelknochen, der, wie sich herausstellte, von einem Menschen stammte. Vielleicht von einem Soldaten, der bei der Bombardierung Kopenhagens ums Leben gekommen war?

Schließlich wurde der Krieg durch die menschengemachte Atomexplosion beendet. Sie wirkte genauso furchteinflößend wie die Kräfte, die einst die Erde erschaffen hatten, und jene, die sie womöglich eines Tages vernichten würden.

Flüchtlinge, Soldaten und Gefangene kehrten nach Hause

zurück, es wurde der Toten gedacht. Doch für Esther und mich änderte sich kaum etwas.

Die Botaniker im Labor traf ich nur selten, in den ersten Jahren lud mich Professor Jørgensen jedoch mitunter zu einer Tasse Tee oder Kaffee ein und wies mich in kleinere Aufgaben ein, mit denen ich mir ein wenig Geld hinzuverdienen konnte. Ich sei so tüchtig, sagte er. Ich bestimmte Saatgut, das man ihm aus dem Ausland geschickt hatte, half Mag. scient. Ingrid Muhl bei ihren Extraktionsversuchen und durfte eine längere Korrespondenz mit dem Professor einer amerikanischen Universität führen. Zunächst ging es nur um einige Stecklinge eines *Viburnums*, die er zugesandt haben wollte. Er war sehr angetan von meiner sorgfältigen Hilfe, und daraus entwickelte sich ein jahrelanger Briefwechsel. Sein Verdienst ist es auch, dass ich nun dorthin reisen kann, in die USA, mit dem Versprechen einer Stelle in seinem Labor.

In dieser Zeit äußerte ich keinerlei Theorien mehr über irgendetwas. Die Forschungsmittel waren nach wie vor knapp, und ich hatte Angst, meine Stelle zu verlieren. Deshalb tat ich dasselbe wie die Pflanzen und passte mich im Großen und Ganzen meiner Umgebung an.

Irgendwann fand ich heraus, dass es Esthers Aggressivität im Winter ein wenig dämpfte, wenn wir nächtliche Spaziergänge unternahmen. Wir wanderten an den städtischen Seen entlang, wo die Leuchtreklamen glitzerten wie Meeresleuchten im Wasser. Hier konnte sie stehen und sich drehen und wenden.

Wir schlichen über Brücken und leere Plätze und an Kneipen vorbei, hielten kurz bei den betäubten Alkoholikern und schlafenden Obdachlosen auf den Bänken und bei den Prostituierten, die steif und frierend auf ihren Plätzen standen. Esther schnupperte an ihnen, bis ich sie weiterzog.

Manchmal begegneten wir Leuten, die mitten in der Nacht ihre Hunde ausführten. Die Hunde beachteten Esther gar nicht. Wofür mochten die Tiere sie halten?

Einmal passierte es sogar, dass eine große Dänische Dogge an der kleinen Esther ihr Bein hob, als wir uns auf einer Bank hinter dem Søpavillonen ausruhten.

Auch damals gab es schon Bars und Partys in der Stadt, wo Menschen wie ich einander treffen konnten, aber es bestand das Risiko, dass man uns auflauerte und zusammenschlug. Ja, ich hatte Angst und bereits zu viele schlechte Erfahrungen gemacht. Abgesehen davon hatte ich auch das Gefühl, weder genug Energie noch Lust zu haben.

Hatte ich mich vollkommen mit der Einsamkeit abgefunden? Manchmal tauchte mein Elternhaus in meinen Träumen auf, mit Mutter, Vater und Margrethe. Die Zimmerpflanzen bohrten sich durch die Decke, meine Mutter goss sie und sang dabei. Mein Vater und Margrethe saßen sich am Teetisch gegenüber und starrten mich an.

Einst war mein Haar golden gewesen, jetzt hatte es die Farbe von Flachs. Der Zopf hing gerade vom Rücken herab und reichte mir bis über das Gesäß, damit mich niemand von hinten für etwas anderes als eine Frau halten konnte. Oben wurde ich allmählich kahl, legte das Haar jedoch als Kranz über meinen Kopf, wenn ich nicht gerade eine Mütze oder einen Hut trug.

Meine Haut wurde heller. Dabei war ich viel im Freien unterwegs, doch weil ich immer so viel Kleidung trug, hatte meine Haut vielleicht aufgegeben; als hätte sich der weiße Stoff des Kleides wie ein Schutzschild auf meinem Körper ausgebreitet.

Ich besuchte euch regelmäßig, allerdings im Abstand von mehreren Monaten. Und vielleicht merkte Esther, wo ich hinwollte? Jedes Mal stürzte sie sich vorher auf mich, biss mich in Hände und Arme und zerrte an den teuren Geschenken, die ich für euch gekauft hatte. Ich musste eine mit Erde gefüllte Schubkarre vor die Tür stellen und die Fensterläden schließen.

Die Besuche im Kinderheim waren die längsten Ausflüge, die ich außerhalb des Gartens unternahm.

Hätte ich euch zur Adoption freigeben sollen, euch zuliebe? Dann hättet ihr mich vergessen und eine richtige Familie haben können. Oder lag der Fehler vielleicht nur darin, dass ich nicht oft genug kam?

Die Vorsteherin sagte stets, dass es euch gut gehe, und ich zahlte ihr immer pünktlich das Geld.

Anscheinend wart ihr immer zusammen. Eure Betten standen ein wenig auseinander, aber die Vorsteherin versicherte mir, dass sie euch nie ausschimpfte, wenn die eine unter die Decke der anderen kroch.

Ihr hattet einzelne Strähnen, die wie Esthers Haare aussahen. Die Vorsteherin fragte, ob ich die Ursache kennen würde. Ihr wärt ja auch sehr klein, sagte sie. Ich erwiderte, das läge wohl an eurem schweren Start ins Leben.

Ihr starrtet mich an, und manchmal setztet ihr zu einer Umarmung an, die ich so gern erwidert hätte. Ich sehnte mich ja selbst danach und erinnerte mich noch aus meiner eigenen Zeit mit meiner Mutter daran, wie heilsam Körperkontakt sein konnte. Doch stattdessen nahm ich hastig eure Hände, tätschelte eure Wangen und streckte euch meine kleinen Geschenke hin. Konntet ihr spüren, dass etwas an mir anders war? Und sehen, dass meine Brüste nicht echt waren? Wundertet ihr euch über meine Bartstoppeln, die hervorstachen, wenn ich einen ganzen Tag mit euch verbrachte? Und was war mit meiner Stimme, die immer so piepsend hell war? Und meinem Adamsapfel, wenn ihr einmal eine Hand unter mein Halstuch stecktet? Ich hielt meine Tränen zurück und sang stattdessen für euch, während ihr auf dem Boden saßt und mit den Bauklötzen, Stoffpuppen oder Blumen spieltet, die ich euch mitgebracht hatte.

Draußen auf dem Flur raschelte es. Ich glaube, man überwachte uns.

Ich testete eure Atmung, indem ich euch Luftballons schenkte. Ihr pustetet hinein, bis eure Köpfe blau waren, und ich knotete zwei davon zu und nahm sie mit nach Hause, um sie näher zu untersuchen. Wie wütend ihr wart, als ihr nicht alle eure Ballons behalten durftet!

Eines Tages durfte ich euch auf die Toilette begleiten und sorgte dafür, Proben von eurem Stuhl und Urin zu nehmen.

Als ihr größer geworden wart, lud ich euch nach Helsingør in die Konditorei ein. Ich hatte lange darauf gespart, und ihr durftet euch alle Kuchen aussuchen, die ihr wolltet, und so viel heiße Schokolade trinken, wie ihr konntet. Und dann gelang mein Plan: Auf dem Heimweg im Bus schlieft ihr ein. Ich hatte dafür gesorgt, dass wir in der hintersten Reihe saßen und hielt Rasierklinge, Nadel und Reagenzglas bereit. Das Abschaben einer Hautprobe gelang problemlos, doch als ich einer von euch die Nadel ins Ohr stechen wollte, um an etwas Blut zu gelangen und eine Strähne von eurem grünen Haar abzuschneiden, wurdet ihr wach und schriet. Ihr tratet nach mir und schlugt mir ins Gesicht, bis wir zum Kinderheim kamen, und dort wolltet ihr euch nicht von mir verabschieden.

Die Vorsteherin zog mich in ihr Büro und fragte, warum ihr so blutige Ohren und Wunden an der Kopfhaut hättet?

Fast ein Jahr verging, ehe ich euch erneut besuchte.

Ihr saht demonstrativ weg, als ich zu euch in den Garten kam, dabei hatte ich Napoleonschnitten und Zelluloidpuppen dabei. Ihr tratet mir gegen die Schienbeine und warft den Kuchen auf den Boden, die Puppenköpfe schlugt ihr gegen die Bank. Ihr starrtet mich mit euren vier Augen an. Wer hätte auch jemals Teil eurer Welt werden können? Ob eine Mutter es gekonnt hätte? Ihr hattet ja immer eine Freundin, in der ihr euch spiegeln konntet.

Meine Forschungen ergaben, dass ihr nur mit der Lunge atmetet und eurer Blut einen normalen Sauerstoffgehalt hatte. Die grünen Haarsträhnen enthielten Chloroplasten, die Haut jedoch nicht. Und eure Haare klebten auch nicht auf die gleiche Art wie Esthers.

Am liebsten hätte ich auch eure geschlechtliche Entwicklung untersucht, aber das hätte unser Vertrauensverhältnis vermutlich endgültig zerstört.

Hatte es im Laufe der Jahre die Gelegenheit gegeben, euch etwas über mein Leben und eure frühe Kindheit zu erzählen? Es als ein Geheimnis zu lüften, das nur uns allein etwas anging? Nein, es wäre alles zu schwer zu verstehen gewesen, und als ihr ins Konfirmationsalter kamt, wart ihr so distanziert und meine Lügen waren so groß, dass ihr nach einer solchen Enthüllung wohl den Kontakt zu mir abgebrochen hättet. Eigentlich glaube ich, dass eine Lebensgeschichte wie meine nur von Menschen verstanden werden kann, die von vornherein einen sehr offenen Blick auf das Leben haben.

Das Einzige, was ich tun konnte, war immer zu wiederholen: Lilly und Viola, bleibt zusammen, lasst euch nicht trennen. Seid immer füreinander da, wenn ich es schon nicht kann. Eure Mutter liebt euch, eure Mutter liebt euch.

Da ich inzwischen in den mittleren Jahren war, schonte man mich ein wenig mehr, ich bekam nicht mehr die härtesten Arbeitsaufgaben.

Eines Tages, ich jätete gerade Unkraut neben der Rosenhecke, blieb jemand auf dem Weg vor mir stehen.

Ich blickte nie zu den Menschen auf, es sei denn, sie sprachen mich direkt an, und meine Jäthacke war immer scharf geschliffen.

Ziemlich nah an meinem Rocksaum sah ich einen anderen weißen Rocksaum. Eine Frau sagte *Guten Morgen,* verneigte sich leicht und blickte in mein Gesicht.

Das *Guten Morgen,* das mir entfuhr, war tief und dunkel. Erschrocken schlug ich die Hand vor den Mund. Ich hatte doch so viele Jahre im Falsett gesprochen!

»Johanne?«, fragte Margrethe. Das S kam hinterhergehinkt.

Ihr langer Zopf war ebenfalls flachsfarben. Obwohl der Hut einen Schatten auf ihr Gesicht warf, konnte ich sehen, dass sie blass und faltig war und Ringe unter den Augen hatte.

Ich warf die Hacke beiseite, zog mein Kleid hoch und rannte davon, doch sie folgte mir, war mir dicht auf den Fersen.

»Warum hast du nicht geschrieben? Wir dachten, du wärst in Südamerika.«

Ich steckte den Schlüssel ins Schloss, aber Esther kratzte dort drinnen. Ich stellte mich mit dem Rücken zur Tür davor.

»Johannes!«

»Johanne«, sagte ich, und meine Stimme wurde wieder hell.

»Wir haben uns solche Sorgen gemacht.«

Jetzt waren wir gleich groß. War ich zusammengesunken oder hatte sie sich aufgerichtet?

Margrethe umarmte mich weinend, und ich blickte erschrocken nach allen Seiten. Nachdem sie wieder von mir abgelassen hatte, winkte sie mit einer kleinen weißen Hand, während sie *Auf Wiedersehen* schluchzte und auf dem Weg verschwand.

Was hätte ich tun sollen? In einen jütländischen Wald ziehen, wo wir vielleicht halbwegs unbemerkt hätten leben können, aber froren und hungerten? Was wäre dann aus euch geworden? Zu diesem Zeitpunkt wart ihr Mitte zwanzig und wohntet immer noch im Kinderheim, jetzt in einem kleinen Dachzimmer. Ihr putztet und halft in der Küche aus, aber ich wusste durchaus, dass ihr gern eine Ausbildung gemacht hättet. Die Vorsteherin hatte ja immer gesagt, ihr wärt überaus talentiert. Ich wünschte so sehr, ich hätte euch helfen können, doch alles, was ich konnte, war etwas Kleidung zu schicken, ein paar Botanikbücher oder Blumensamen.

Ich entschied mich, das Übliche zu tun. Ich drohte Esther mit der Hacke, bis sie ruhig war. Dann begann ich aufzuräumen. Ich wischte alle Fensterbänke, Wände und Regale, wusch die Gardinen und schüttelte die Teppiche aus. Ich lüftete und bezog das Bett neu.

Erinnerungen suchten mich heim. Margrethes offener roter Unterleib. Ihr wahnsinniger Blick, als ich dort im Brautkleid stand. Die nächtliche Flucht von meinen Eltern, ohne mich zu verabschieden. Der Arzt, der mich untersuchte. Wie Margrethe mich damals am Strand fragte, wen ich lieber küssen würde, ein Mädchen oder einen Jungen. Das Blutbad unter der Bettdecke. Der Chorleiter, der sagte, ich könnte nicht mehr mitsingen. Das Hausmädchen, das mich mit dem kleinen Strickkleid auf dem Kopf sah. Meine kleine Schwester, die nicht warm war, sondern kalt wie Eis.

Mein Haus duftete nach Seife, und ich richtete den Schuppen für Esther ein. Ganz oben saß ein ziemlich kleines Fenster, durch das kaum Licht hereinfiel. Ich stellte eine Kanne Wasser auf den Boden und verriegelte die Tür mit einem Vorhängeschloss. Hier würde sie nun also für die nächste Zeit bleiben müssen.

Ich säte, pflanzte und harkte weiter. Karrte Dünger heran, schleppte Äste weg. Kaufte zwei gleiche Kaffeetassen und wischte den Stuhl ab, auf dem Esther normalerweise saß. Backte eine Dose Kekse, die ich ins Regal stellte.

Die Bäume hatten ausgeschlagen, nur die Eiche fehlte noch. Die Agaven standen an ihrem Platz neben dem Rasen, die Dahlienknollen waren gesetzt, die Engelstrompeten rechts und links neben der Treppe zum Palmenhaus aufgereiht.

Margrethe kam am See entlang auf mich zu, jetzt ganz ruhig, wie die Spiegelung eines Schwans.

Ich harkte weiter, hatte den Blick auf die Erde gerichtet und hielt erst inne, als sie eine Hand auf meine Schulter legte.

»Johanne?«

Ich zog einen Löwenzahn aus dem Boden.

Dann ging ich schweigend und mit gesenktem Kopf voran. Die Schubkarre blieb stehen, meine Nägel waren schwarz.

Bald stieg der Dampf aus dem Kessel, er flötete. Durch das Laub vor dem Fenster fiel grünes Licht auf den Tisch. Ich richtete die Kekse auf einem Teller an. Das Tablett zitterte, die Tassen klirrten. Margrethe fragte, ob sie Sahne haben könne, dabei hatte ich nicht einmal Milch.

Ihre Hände lagen auf dem Tisch, meine Hände lagen auf dem Tisch. Alle vier Hände waren weiß.

»Wir hatten befürchtet, du wärst gestorben.«

»Nur Johannes ist tot.«

»Möchte Johanne mit mir befreundet sein?«

Ich antwortete nicht.

»Johanne«, sagte sie vorsichtig. »Du hast deine Eltern verloren. Dein Vater ist vor fünf Jahren gestorben, deine Mutter in diesem Frühjahr.«

Ich wandte das Gesicht ab, schloss die Augen.

»Deine Mutter hat dich so schrecklich vermisst. Ich habe ihr Geld geerbt, aber ich werde es dir hinterlassen.«

Margrethe streichelte meine glattrasierten Handrücken, ehe sie aufstand.

Draußen im Flur hing mein kleiner Spiegel. Hier betrachtete ich mich normalerweise prüfend von allen Seiten, bevor ich das Haus verließ. Jetzt stand Margrethe neben mir.

Wir waren wirklich gleich groß, unsere Busen wölbten sich auf die gleiche Weise vor, unsere Kleider hatten den gleichen hochgeknöpften Hals. Ja, sie hatte sich aufgerichtet, während ich so krumm geworden war, dass meine Schulterblätter wie Flügel vom Rücken abstanden. Margrethe kommentierte mein Kleid nicht, aber sie löste ihren Zopf, teilte ihn in zwei Hälften und legte den einen um den Scheitel herum, genau wie ich.

Als sie ging, setzte ich mich und weinte.

Beim nächsten Besuch brachte Margrethe zwei Berliner mit und erzählte stückchenweise ihre eigene Geschichte.

Ihr Vater war vor vielen Jahren gestorben, und sie hatte einen Mann geheiratet, der *fast noch schlimmer war als Vater,* wie sie sagte. Sie bekam drei Kinder, die das Licht der Welt alle viel zu früh erblickten. Die ersten beiden waren bereits vor der Geburt gestorben, das letzte lebte noch wenige Stunden. Anschließend war sie krank geworden. Wie sich herausstellte, litt sie unter Diabetes und war deswegen jetzt auch in Behandlung. Sie sang schon lange nicht mehr und lebte ausschließlich vom Krankengeld und vom Erbe ihres Vaters.

Immer wenn Margrethe mich besuchte, redete sie von ihren kleinen Kindern. Ich spürte, dass es ihr guttat, deshalb hörte ich ihr zu. Sie erzählte von den Schwangerschaften, vom Glück, eine fruchtbare Frau zu sein, und von den Geburten, die schrecklich und zugleich schön gewesen seien.

Sie beschrieb den wunderbaren, warmen Duft der Haut ihrer Kinder, wie die Milch eingeschossen und immer noch geströmt war, nachdem die Gräber längst verschlossen waren. Margrethe erzählte, wie alt ihre Kinder heute wären, sieben, neun und elf. Dass sie *Mama* zu ihr sagen würden und wir hier zusammen durch den Garten spazieren könnten.

Eines Tages hatte sie eine Mappe dabei, die mit einer weißen Seidenschleife zugebunden war. Sie enthielt Bleistiftzeichnungen von den Kindern, die sie selbst angefertigt hatte, in Lebensgröße. Die beiden ersten waren höchstens so groß wie ein ausgestreckter Zeigefinger, das letzte so groß wie eine Hand. Das erste hatte eine riesige Nase und die Andeutung eines Auges auf der Stirn, bei dem zweiten waren die Beine wie die eines Froschs gefaltet, und die Arme fehlten, das dritte war am ganzen Körper behaart.

»Sind sie nicht schön?«, fragte sie seufzend.

Ich wusste nicht, was ich sagen sollte. Ich versuchte, das Geschlecht der Kinder zu erkennen, konnte es aber nicht genau sehen. Ich fragte Margrethe, ob sie es wüsste? Sie schüttelte den Kopf, als hätte sie nie einen Gedanken daran verschwendet. Dann beugte sie sich herab und küsste die Zeichnungen.

Ihre Kinder waren in allem: Die rosa Kirschblüten konnten ihr Lächeln sein. Ein blauer Schmetterling, der sich ans Ende ihres Zopfes setzte, war ein Brief, den sie ihr geschickt hatten. Ein Fächerschwanz zeichnete platschend Kreise in den See, und Margrethe glaubte, ihre Kinder würden sie rufen. Sie vertrieb schimpfend die Möwen, wenn sie nach den Fischen tauchten. Sie bat mich, abends zum See zu gehen und den Fuchs zu vertreiben, wenn er die Stockenten jagte, obwohl sie genau wusste, wie sehr ich die Enten leid war, weil die wiederum die Pflanzen schädigten.

Hatte Margrethe den menschlichen, aber gnadenlosen Drang verloren, alles einordnen und in Schubladen stecken zu wollen? Hatten das Leben und ihre Krankheit sie so verändert? Es war, als hätte die Schlange ihr Nest verlassen und sich in einen kriechenden Pflanzenstängel verwandelt. Oder war Margrethe einfach nur menschlicher geworden als alle anderen Menschen zusammen?

Gleichzeitig tat es weh, sie über die Kinder sprechen zu hören. Ich vermisste euch nur noch mehr, aber von euch konnte ich ja nicht erzählen.

»Glaubst du, es wäre anders ausgegangen, wenn wir beide Kinder miteinander bekommen hätten?«, fragte sie eines Tages, als sie vor dem Spiegel meine Hand ergriff. Wir betrachteten unsere Gleichheit und erzitterten beide innerlich. Wenn irgendwann eine von uns nicht mehr da wäre, würden wir die andere sicher immer noch im Spiegel sehen können.

Unter meinem Unterleibsverband blieb es ruhig, aber mein Herz bebte vor Glück. Neben mir stand wohl die einzige richtige Freundin, die ich je gehabt hatte.

»Darf ich bei dir einziehen?«, fragte sie.

Ohne nachzudenken, antwortete ich mit Ja.

Sie küsste mich auf die Wange und ging. Ich verbrannte die Briefe, die meine Mutter und sie hätten lesen sollen.

Margrethe brachte Kissen, eine Decke, ein wenig Kleidung, Bücher, Nähsachen, mehrere Kochbücher und Schallplatten mit. Auf die Fensterbank setzte sie einen gelben Teddybären mit

Glasaugen, der uns rund um die Uhr anstarrte. Der Bär war zunächst für das erste Kind gedacht gewesen, dann für das zweite und schließlich für das dritte. Er wäre jedes Mal fast mit in den Sarg gelegt worden, doch Margrethe hatte sich immer in letzter Sekunde dagegen entschieden.

»Ist er nicht süß?«

Ich hatte Stofftieren nie etwas abgewinnen können, vielleicht, weil ich Naturwissenschaftlerin war? Ein echter Bär hat ja nicht diese kurzen, klauenlosen Vorder- und Hinterläufe. Ein Bär hat keine freundlichen Augen. Ein Bär hat Krallen, ist dunkelbraun und gefährlich.

Den anderen Gärtnern gegenüber behauptete ich, Margrethe sei meine Cousine, obwohl ich eigentlich gesagt hatte, ich hätte keine Familie. Sie und die Stammgäste des Gartens hörten nicht auf, uns anzustarren, wenn Margrethe und ich zusammen umhergingen.

Ob sie uns »die weißen Damen« nannten?

Margrethe kochte, putzte, unternahm kleine Spaziergänge im Garten. Sie pflanzte eine Reihe von Astern am Haus und jätete das Unkraut ringsherum.

Jeden Morgen und Abend stellte ich Esther kurz ein wenig Wasser hin. Ich hatte meine Hacke dabei und schlug nach ihr, wenn sie mich ansprang. Außerdem verstärkte ich die Tür des Schuppens, und wenn sie an der Wand kratzte, sagte ich zu Margrethe, das sei eine Ratte, der ich schon noch den Garaus machen würde. Dann ging ich mit der erhobenen Hacke in den dunklen Schuppen, flüsterte jedoch gute Nacht, bevor ich abschloss. Als zusätzliche Absicherung rollte ich einen Stein vor die Tür.

Ich hatte Tag und Nacht Bauchweh.

Mein Haus bestand aus einem Zimmer, das Schlafzimmer, Wohnzimmer und Küche zugleich war. Ich schaffte ein breiteres Bett an und stellte es ans andere Ende, dem Schuppen entgegengesetzt, und wir legten uns vorsichtig nebeneinander. Ein einziges Mal versuchte sie mich zu küssen, aber ich drehte das Gesicht zur Wand. Ein anderes Mal hatte sie einen teuren Anzug in meiner Größe gekauft und mich morgens, ehe ich richtig aufgewacht war, hineingesteckt.

Ich riss ihn mir vom Leib und schrie sie an.

Margrethe entschuldigte sich und entdeckte die vielen Narben von meinen Kämpfen mit Esther. Ich sagte, sie würden von den ständigen Rasuren stammen. Sie sah auch den Schuppenschlüssel, den ich um den Hals trug, aber ich verweigerte die Antwort auf ihre Frage, wozu er diene.

Margrethe faltete den Anzug zusammen, sie könne ihn bestimmt umtauschen, sagte sie.

Die Blätter fielen, der Winter kam. In einer Mondscheinnacht wurde ich von einem Schrei geweckt und sah, dass Margrethe nicht neben mir lag. Als ich nach dem Schlüssel auf meiner Brust tastete, war er verschwunden. Ich hörte eine Tür zuschlagen und lief in die Kälte hinaus, wo Margrethe mir entgegenkam und sich in meine Arme stürzte.

»Da drinnen ist jemand!«

Es gelang mir, Margrethe wieder ins Bett zu bugsieren, ich schenkte ihr ein Glas Wasser ein. Sie zeigte mit den Händen, wie groß das Wesen gewesen war. »Nicht größer als ein großes Kind«, sagte sie, »und es hat ganz weiß geleuchtet, fast wie ein Nachtschwärmer oder ein Engel.«

Zwei bernsteinfarbene Augen hätten sie angefunkelt, und dann sei das Wesen auf sie zugesprungen. »Ich glaube, es hat Flügel.«

»Margrethe«, murmelte ich, hielt sie fest in den Armen und kämmte ihr langes offenes Haar mit den Fingern. »Du siehst Gespenster.«

In den nächsten Nächten war es vollkommen still im Schuppen. Was geschah dort drinnen, war Esther verkümmert?

Margrethe hatte den Bären von der Fensterbank genommen und drückte ihn an sich, wenn sie schlafen ging. Sie küsste ihn und redete von *ihr da draußen im Schuppen.* Vielleicht brauchte sie Wärme? Vielleicht sehnte sie sich danach, dass jemand sie in die Arme nahm?

Doch Esther war zu gefährlich, und davon abgesehen würde Margrethe wohl zu viele Fragen stellen.

Ich ging hinter das Haus und öffnete die Schuppentür. Die Hacke hatte ich dabei. Es war vollkommen still, ein entsetzlicher Fäulnisgestank schlug mir entgegen. Ich hielt den Atem an, als ich das Licht der Taschenlampe auf sie richtete.

Esther war hellgrün geworden, wie ein Keim, der durch die Erde nach oben drängt. Und lächelte sie nicht sogar? Jedenfalls streckte sie mir die Hände entgegen. Ihre Nägel waren schwarz und lang wie Klauen. Dann krabbelte sie zu mir und presste ihr kaltes Gesicht an meine Knie.

Wie hatte sie im Winter so grün werden können? Durch das winzige Fenster fiel auf keinen Fall genug Licht herein. Sie war blassgrün, ja, aber trotzdem wohlgenährt. An einigen Stellen hatte ihre Haut einen hellbraunen Farbton angenommen.

Ich leuchtete in die Ecken. Neben ihrem Korb lag ein Kothaufen, den ich in die Schubkarre schaufelte. Als ich ihn am nächsten Morgen in der Personaltoilette herunterspülen wollte, entdeckte ich, dass die Masse einige tropfenförmige, kleine weiße Samen enthielt. Es waren eindeutig Hagebuttensamen, und jedes Mal, wenn meine Arbeit und Margrethe es zuließen, durchsuchte ich den Katalog des botanischen Gartens nach diesen Samen und überprüfte alle Büsche im Rosarium. Genau diese Art fand ich jedoch nie, und was geschehen war, blieb lange ein Mysterium.

Nachdem Margrethe bei mir eingezogen war, besuchte ich euch nur selten. Zu Hause gab es so viel zu tun, und es wurde immer riskanter, den Garten zu verlassen. Konnte Margrethe auf die Idee kommen, die Scheunentür aufzubrechen? Oder würde sie mich fragen, wo ich hinwollte, wenn ich zum Bahnhof ging, um in die Küstenbahn zu steigen?

Ihr wart mürrisch, aßt aber alle Kuchen, die ich euch mitbrachte. Ich sah zum Fenster hinüber, aber ihr hattet keine der Samen eingepflanzt, die ich euch geschickt hatte. Als ich das letzte Mal da war, hattet ihr euer Haar platinblond gefärbt und musstet euch gegenseitig dabei geholfen haben, die grünen Haarsträhnen auszureißen. Ich hätte euch gern gefragt, ob ihr jetzt weniger Energie hattet, doch das traute ich mich nicht. Beim Abschied streckte ich euch versuchsweise die Hand entgegen, aber ihr hattet eure Arme hinter dem Rücken verschränkt und stelltet euch ganz eng beisammen.

Ich sagte es erneut: »Meine lieben Kinder. Wie gut es ist, dass ihr einander habt!«

Dunkelheit umfing das kleine Haus im botanischen Garten, selbst im Sommer, denn Margrethe hatte keine Kraft mehr, Unkraut zu jäten und die Büsche rings um das Haus zu stutzen.

Sie wuchsen in die Höhe, das Dach war mit einer dicken Moosschicht überzogen. Drinnen stapelte sich der Abwasch mehrerer Tage, und in den Ecken sammelte sich der Schmutz.

Auch ich brachte nichts zustande, schaffte gerade so meine Arbeit im Garten. Esther musste weiter im Schuppen in der Dunkelheit wohnen, schien sich aber wohlzufühlen. Das ganze Jahr über war sie halbwegs grün, allerdings noch immer mit diesen braunen Flecken, die womöglich eine Alterserscheinung waren. Falten hatte sie keine.

Nach wie vor hinterließ sie Exkremente mit Hagebuttensamen, und ich mistete so oft wie möglich aus. Esther musste sie selbst produzieren, aber wo kam ihr Energieüberschuss her? Manchmal sang ich ihr etwas vor. Ich redete freundlich mit ihr, tätschelte ihr vorsichtig den Kopf, reichte ihr die Wassertasse. Sie war nicht mehr sonderlich aggressiv, ja eigentlich wirkte sie ziemlich zufrieden.

Eines Tages sprach mich der neue Professor des Gartens an, als ich gerade Unkraut jätete. Jørgensen war schon vor einigen Jahren gegangen, und jetzt hatte sein Nachfolger bei einer Aufräumaktion die Sammlung von Magister Steen entdeckt. Jemand hatte ihm erzählt, dass ich damals mit dem Magister auf Reisen gewesen sei und schon vor vielen Jahren sowohl Steens als auch Wegeners Theorien über die Kontinentaldrift verteidigt hätte. Ob ich wüsste, dass diese Theorien nun vor dem Hintergrund von geologischen Untersuchungen der Tiefsee anerkannt worden seien?

Ich hatte schon lange keine wissenschaftlichen Artikel oder Zeitungen mehr gelesen. Der Professor bedauerte, dass Magister Steens Material in Vergessenheit geraten sei, denn seine Arbeit hätte große Bedeutung erlangen können. »Und Sie waren die ganze Zeit hier und haben sich nur um den Garten gekümmert.«

Mir rutschte ein langes, tiefes Lachen heraus. Er sah mich erschrocken an und fragte, ob er etwas für mich tun könne.

Ich gewann die Fassung wieder und bat darum, meine Stunden reduzieren zu dürfen, denn meine Cousine sei ernsthaft erkrankt.

Ja, Margrethe wurde immer dünner und dünner. An den Füßen hatte sie Wunden, die nicht heilen wollten. Unsicher humpelte sie zur Bank am See, wo sie jeden Tag einige Minuten saß und dem Piepsen der Spatzen lauschte, das sich mit dem Summen der Bienen und der Autos mischte. Sie atmete die Feuchtigkeit der Bäume ein, den Blumenduft der Beete und kurz darauf auch die erste Frostluft.

Eines Tages verschwand ihr Geruchssinn infolge des Diabetes, und sie hatte keinen Appetit mehr. Außerdem waren ihre Fingerspitzen und Fußzehen taub, und sie traute sich nirgends mehr hin.

Als ich gerade Obst für Margrethe schnitt, überlegte ich, welche Bedeutung die treibenden Kontinente – dass sie sich beständig trennten und wieder vereinten – wohl für die Menschheit erlangen würden? Vielleicht war es nur eine Art Fortsetzung von Darwins Theorie, dass nichts stillstand, sondern immer in Entwicklung begriffen war? Jedenfalls erschien ein Menschenleben jetzt noch kürzer und vollkommen unbedeutend angesichts der langen Geschichte der Erde. Aber was war mit der Toleranz? Würde die nun bewiesene Entdeckung den Normalitätsbegriff der Menschen erweitern? Es tut mir leid, das sagen zu müssen, aber ich glaubte nicht mehr richtig daran.

Margrethe war in die Dunkelheit gesunken wie ein Samen, der zu Boden trudelt und einen Spalt findet. In ihrem eigenen Raum, unter der Bettdecke, mit dem Gehör als einzigem noch intakten Sinn, begann sie wieder zu singen. Man singt nicht besonders kräftig, wenn man liegt. Muskeln hatte sie auch kaum noch, aber sie sang, so gut sie konnte.

Wenn ich zur Tür hereinkam, streckte sie mir die Hände entgegen, und ich ergriff sie und sang mit Margrethe. Es war wie damals, als wir in der Kirche standen, aber mittlerweile konnten wir uns berühren.

War es nur unsere Physiologie, die gegen uns gewesen war? Margrethe begann, erneut von dem einsamen Wesen da draußen zu reden, das sich nach Liebe sehnte. Ob ich nicht hinausgehen und nach ihm rufen könnte, ob ich unsere Nachbarin nicht bald einmal zu uns einladen würde?

Hin und wieder kam ein Arzt und sah nach Margrethe, kontrollierte die Wunden, die Insulineinnahme, den Blutdruck und Puls.

Wenn ich an ihrer Seite saß und ihren Atemzügen lauschte, wusste ich, sie war noch auf dieser Welt. Bisweilen redete oder sang ich ein wenig, damit sie wusste, dass ich bei ihr war.

Während sie schlief oder ruhte, hatte ich ein wenig Zeit, um meine wissenschaftliche Lektüre wieder aufzunehmen.

Das DNA-Molekül war ja schon lange bekannt, doch jetzt sah ich zum ersten Mal Zeichnungen von der langen dreidimensionalen Doppelhelix des Menschen, von der man annimmt, sie würde den ganzen Organismus kodieren. Ich las etwas über Versuche, die Stränge zu kopieren, und darüber, wie man hoffte, Hefezellen zur Produktion von Insulin anzuregen, indem man ihnen ein zusätzliches Stück DNA gab. Vielleicht wäre Diabetes eines Tages heilbar? Vielleicht könnte man auch unsere Ernte verbessern und die Pflanzen widerstandsfähiger gegenüber Schädlingen machen? Oder sogar ganz neue Organismen erschaffen, wie Kinder, die mit Bauklötzen spielten?

Ich las Artikel von Herbert Boyer von der Stanford University in Kalifornien, der versuchte, eine Technik zu entwickeln, um DNA-Stränge umzugestalten. Und dann gab es die Genforscherin Barbara McClintock, die das Erbgut von Mais untersuchte. Ihre spätere Forschung hat bewiesen, dass Gene ihre Position innerhalb der Chromosomen verändern können und aktiviert oder deaktiviert werden können. Einige Eigenschaften werden direkt weitervererbt, andere können mehrere Generationen überspringen, ehe sie aktiviert werden und zum Ausdruck kommen. Eine ziemlich spannende Erweiterung der Mendelschen Regeln.

Außerdem war da noch das Miller-Urey-Experiment an der Universität von Chicago, bei dem man versuchte, das Leben vor vier Milliarden Jahren zu simulieren. Die Forscher mischten Wasser, Methan, Ammoniak und Hydrogen, also die alten Gase aus dem Urmeer und den Urvulkanen, in einem Glaskolben. Sie setzten sie Blitzen, also elektrischen Ladungen aus, und tatsächlich kam es zu einer chemischen Reaktion, bei der sich verschiedene Aminosäuren bildeten, jene biochemischen Moleküle, die der Beginn des Lebens auf der Erde gewesen sein könnten. Doch reichte ein Blitzschlag aus?, fragte man sich. Könnte auch ein Komet oder ein Meteoriteneinschlag das alles ausgelöst haben? Oder könnte es sogar der Komet oder Meteor selbst gewesen sein, der die ersten komplexen Moleküle auf die Erde gebracht hatte?

Ich las, dass sich einige Wissenschaftler um die Luftverschmutzung in den Großstädten sorgten und vergleichende Analysen zwischen den botanischen Gärten von Tokio und Kopenhagen erstellt hatten. In Tokio war der alte Schnurbaum eingegangen, und wie sich herausstellte, waren auch die Bäume in Kopenhagen betroffen. Die elektrischen Lichter der Stadt, der ewige Tag, störten auch die Bäume, die nie zur Ruhe kamen. Überdies hielt die Luftverschmutzung auch die Hitze in der Stadt und sorgte dafür, dass es dort viel wärmer war als auf dem Land.

Ein Forscher war in den Amazonas gereist und hatte gesehen, in welchem Ausmaß man den Regenwald fällte. Er schrieb über den sogenannten Treibhauseffekt infolge der Verbrennung fossiler Brennstoffe. Vielleicht würde er eines Tages die Pole zum Schmelzen bringen?

Ein anderer Forscher sorgte sich um die Zukunft der Bienen, weil ihre Lebensräume zunehmend eingeschränkt wurden. Was würde passieren, wenn es eines Tages keine Insekten mehr gäbe, die unser Getreide bestäubten?

Wieder andere schrieben über UFOs und Marsmenschen. Rein statistisch gesehen musste es Leben auf anderen Planeten geben, und es sei nur eine Frage der Zeit, ehe wir Besuch bekämen.

Wenn Margrethe schlief, nahm ich meine Korrespondenz mit dem Forscher der amerikanischen Universität wieder auf, zu der ich nun unterwegs bin. Er forderte mich ein ums andere Mal dazu auf, in die USA zu kommen und ihm in seinem Labor zu helfen.

Wenn ich schlafen ging, lag ich wach und grübelte über den Drang des Menschen nach, die Natur beherrschen zu wollen. Er kam in Millers und Ureys Schöpfungsexperiment zum Ausdruck, aber auch in der Genforschung, mit der sich mein amerikanischer Freund beschäftigte. Wir Menschen versuchen – mit unserem Willen, aber auch mit unserem Intellekt –, Pflanzen, Mineralien, Tiere und ja, sogar uns selbst, genauso zu gestalten, wie wir es uns erträumen.

Manchmal gelingt es uns. Wir sind in der Lage, schneller als die meisten anderen Geschöpfe auf dieser Welt Veränderungen herbeizuführen, und das, obwohl wir erst seit verhältnismäßig kurzer Zeit existieren.

Ist es unsere Todesangst, die diesen Schöpfungsdrang antreibt? Werden wir die Natur eines Tages so sehr verändert haben, dass wir durch einen dunklen Wald gehen können, ohne auch nur das kleinste bisschen Urangst zu haben, gefressen zu werden?

Und was ist mit mir? Würde ich, irgendwann in der Zukunft, auch körperlich zu der Person werden können, die ich tief in meinem Inneren bin? Können alle den Körper bekommen, der zu ihrer Seele passt?

Und ja – was ist mit Esther, die oben auf dem Bett in der Kiste liegt? Kann man eine wie sie noch einmal erschaffen?

Einst beobachtete ich, wie sich Margrethe körperlich von einem Mädchen in eine Frau verwandelte. Doch jetzt, da sie so schwer krank war, bildeten sich ihre weiblichen Formen zurück, als würde sie wieder ein Kind werden. Auch ich hatte viele meiner Muskeln verloren, seit ich nicht mehr so viel arbeitete. Stattdessen saß das Fett, das übrig blieb, an Brust, Hüften und Bauch, so wie bei vielen älteren Männern.

Verschwanden die körperlichen Unterschiede von Mann und Frau mit dem Alter? Näherten wir uns einander an? Ihre Stimme wurde angesichts ihrer Machtlosigkeit tiefer, meine vor Angst kreischend hoch.

Margrethe litt immer wieder unter schweren Wundinfektionen, und ich war für die Erfindung des Penicillins dankbar. »Aber sie hat nicht genug Kraft für eine Operation«, sagte der Arzt. »Sollten die Infektionen überhandnehmen, können wir keine Amputation wagen.«

Hätte Margrethe pflanzliche Eigenschaften gehabt, wäre sie vielleicht widerstandsfähiger gewesen. Wie schön es wäre, wenn ein Mensch neue Gliedmaßen ausbilden und mehrmals blühen könnte. Hätte Margrethe dann Jahrhunderte oder sogar Jahrtausende alt werden können?

An einem Frühjahrstag, als ich gerade auf das Haus zuging, um nach Margrethe zu sehen und Mittag zu essen, stand das Fenster offen, und ich konnte sie dort drinnen sprechen hören. Erst lächelte ich, weil ich dachte, sie würde mit dem Teddybären reden. Doch als ich durchs Fenster hereinsah, lag Esther in Margrethes Armen.

Ich ergriff meine Hacke und rannte hinein. Esther flitzte zwischen meinen Beinen hindurch und verschwand unter einem Buchsbaum neben der Scheune. Als ich den Hackenstiel hineinstieß, entdeckte ich einen langen Gang. Hastig nahm ich den Schlüssel vom Hals und schloss die Schuppentür auf, während ich die Hacke erhob. Esther saß mitten im Raum und sah aus, als würde sie grinsen. Ich drängte sie mit dem spitzen Metall an die Wand und fauchte, sie solle sich nicht von der Stelle rühren.

Ich untersuchte alle Ecken des Schuppens. Unter dem Korb fand ich den Eingang zum unterirdischen Gang.

Erst schüttete ich Steine hinein. Dann mischte ich Zement und verteilte ihn auf dem Boden. Margrethe rief herzzerreißend von ihrem Bett nebenan, und Esther saß mit dem Ohr an der Wand und wimmerte. Ich knallte die Scheunentür zu.

Margrethe erzählte mir, wie unsere Nachbarin aus der Scheune sie besucht hatte. Sie hätten einander umarmt, und Esther hätte ihre Lippen an Margrethes Hals gepresst. »Ich habe für sie gesungen, ich habe sie hin- und hergewiegt. Wie sie duftet, ist dir das aufgefallen?«

Ich sog die Luft ein, hatte jedoch nur den Blutgeruch von der schweren Arbeit in der Nase.

»Ich hoffe, sie kommt wieder, du hättest nicht so mit ihr schimpfen dürfen …«

In den folgenden Tagen bat Margrethe mich darum, ihre Freundin zu rufen. Sie weinte und warf sich auf dem Bett hin und her. Sie flehte und bettelte.

Es war schwer, sie so zu sehen, also holte ich tief Luft und öffnete vorsichtig die Tür zur Scheune.

Esther fauchte mich an, sie war dünn und blass geworden, und in den Ecken lagen keine Exkremente mehr. Margrethes Schluchzen auf der anderen Seite der Wand wurde lauter. Draußen auf dem Weg gingen einige meiner Gärtnerkollegen vorbei. Hörten sie etwas?

Ich nahm eure Mutter hoch. Sie zappelte und schlug die Zähne in meine Hand. Doch im Haus breitete Margrethe glücklich die Arme aus. Esther lag zusammengerollt auf ihrer Brust, und zum ersten Mal seit Langem waren Margrethes Wangen rosig. Sie küsste Esther.

Draußen an der Wasserpumpe wusch ich meine Wunden, während ich das Fenster im Blick behielt. Aus dem Haus strömte ein starker Rosenduft, und in dem Moment kam mir der Gedanke.

Ich sah Magister Steens Notizbücher vor mir, die Zeichnungen von den Hagebuttensamen.

An die Mauer gestützt, bewegte ich mich langsam zur Tür. Als ich eintrat, fletschte Esther die Zähne.

Ich ging in die Hocke und streckte vorsichtig meine Hände aus. Esther riss mit ihren Nägeln fünf lange Wunden hinein.

»Du darfst nicht gehen«, rief Margrethe.

»Für heute ist es erst mal genug«, stammelte ich.

Esther schrie und brüllte, als ich sie in die Scheune hinaustrug.

Den restlichen Tag über hielt ich Margrethe verwirrt in den Armen und musste ihr versprechen, dass die Nachbarin erneut zu Besuch kommen würde. War Esther die Rose? Die von Krysa und Steen gesuchte Rose, Schwester Marusjas Rose? Die auf menschliche Ansprache reagierte? Die manche Menschen anderen gegenüber bevorzugte und von der auf der ganzen Welt Spuren gefunden worden waren?

»Fühlst du dich besser?«, fragte ich.

Margrethe schüttelte entschieden den Kopf und sagte, eine Besserung könne leider niemand mehr bewirken.

Dann sprach sie von der Möglichkeit einer Operation. Ich könnte das Erbe meiner Mutter dafür verwenden. Inzwischen habe man ja sowohl in Dänemark als auch in Deutschland schon vereinzelte Geschlechtsumwandlungen vorgenommen. Doch ich schüttelte den Kopf, das konnte ich mir nicht richtig vorstellen.

Ich sorgte dafür, dass Esther jeden Tag für ein paar Stunden bei Margrethe liegen konnte, wenn es dunkel war und der Garten geschlossen. Margrethes Wangen wurden nach wie vor rosig, aber ihre Augen glänzten fiebrig.

Ich stand vor dem Fenster, starrte sie an und atmete den Duft ein. Versuchte, das Unbegreifliche zu begreifen.

Ich weinte, weil meine Einsamkeit zurückgekehrt war. Ich hatte die Rose gefunden, aber konnte ich jemals das erleben, was Esther und Margrethe miteinander teilten? Das, was auch ihr miteinander teilt? Und was ich einst mit meiner Mutter teilen konnte? Ja, auch das, was ich in kurzen Momenten mit Margrethe geteilt hatte, als wir uns ineinander spiegelten?

Esther kratzte und strampelte, als ich sie wieder in die Scheune trug. Ich wusch meine brennenden Wunden und Schrammen. Esther war immer noch blass, und sie produzierte auch keine Hagebuttensamen mehr.

Während der Herbststürme waren einige Bäume umgestürzt. Jetzt im Frühjahr wurde es Zeit, die großen Wurzeln auszugraben. Ich half, so gut ich konnte, sie zu zersägen, zu zerhacken und wegzutragen.

Bei dieser Arbeit stießen wir auf das erste Skelett. Die Polizei meinte, es handele sich um einen Verstorbenen aus der Besatzungszeit, doch als ich in einem Komposthaufen ebenfalls menschliche Überreste entdeckte und ein Wachmann ein Skelett im See fand, kam die Sache ins Rollen, von der ihr bestimmt auch in der Zeitung gelesen habt.

Der botanische Garten wurde geschlossen. Ich stand im Schatten des Hauses, als die Beamten in ihren schwarzen Uniformen eintrafen. Bei den drei Leichen handelte es sich um Obdachlose, wie man anhand der schlechten Zähne erkennen konnte. Die Polizei suchte auch an anderen Orten, und vor der Mauer neben dem botanischen Labor fand man die Leiche einer Prostituierten, die schon seit Monaten vermisst wurde. Anschließend wurden alle Gärtner aktiviert, und selbst nachts grub man im Schein der elektrischen Lampen.

In einem Pflanzkübel lag ein Kind, das vor anderthalb Jahren aus einem Kinderwagen verschwunden war.

Hätte es denn nicht auffallen müssen, wenn jemand am helllichten Tag eine Leiche verscharrte? Nachts wäre es vielleicht auch möglich gewesen, doch dafür hätte man über den hohen Zaun klettern müssen, noch dazu mit einer schweren Last. Und warum hatte Kandy, der Wachhund des Parks, nicht angeschlagen?

Die siebte Leiche fand man nahe des großen Palmenhauses, sie war erst halb verwest.

Am 13. Mai war eine Großversammlung für alle Angestellten des botanischen Labors angesetzt. Es war ein drückender Tag, ein Unwetter zog herauf. Ich schwitzte und zitterte und konnte nicht vermeiden, dass ich rot wurde. Ehe ich Margrethe zurückließ, rasierte ich mich besonders sorgfältig im Gesicht und an den Armen, ich wusch mich am Waschtisch und zog mein weißes Kleid an.

Wir wurden angehalten, auf verdächtiges Verhalten im Park und in seiner Umgebung zu achten und gut auf uns aufzupassen. Man hatte Nagespuren an den Leichen gefunden, aber die Abdrücke schienen nicht von Tierzähnen zu stammen, sondern von einem menschlichen Gebiss.

Meine Kollegen verstummten schaudernd, und während wir alle für einen Moment die Luft anhielten, wurde ich in das kleine dunkle Zimmer zurückversetzt, wo Esther dir, Viola, ein Stück vom Finger abgebissen und zum ersten Mal Kot hinterlassen hatte. Damals war ich zu erschöpft gewesen, um mich darüber zu wundern, und ich hatte auch nicht nach Hagebuttensamen Ausschau gehalten.

Später, im Schuppen, hatte ich eine dicke Schicht Exkremente mit einer Menge Hagebuttensamen vorgefunden. Das war zu der Zeit gewesen, als Esther durch ihren Tunnel ins Freie gelangen konnte. Vorher war sie blass gewesen, dann jedoch grün geworden, mit braunen Flecken, trotz des mangelnden Sonnenlichts im Schuppen. Nachdem ich den Betonboden gegossen hatte, war Esthers Haut erneut erbleicht. Ich musste auch an ihren Blutdurst im Winter denken, damals im Klosterturm. Die zerkratzten Nonnen und Esthers Angriffe auf mich.

Musste sie ihre Lichtnahrung ergänzen, wenn die Sonne verschwand? War sie eigentlich Fleischfresserin, und ich hatte eine Mörderin aus ihr gemacht? Produzierte sie die Samen mit der Energie, die sie aus fleischlicher Nahrung gewann? Und waren ihre braunen Flecken in Wirklichkeit auch darauf zurückzuführen?

Als die Versammlung beendet wurde, stolperte ich über ein Stuhlbein. Ein Kollege reichte mir steif ein Glas Wasser.

»Ich muss nach Hause, meiner Cousine geht es nicht gut.«

Ich tastete neben meinem BH nach dem Schlüssel. Der Schuppenschlüssel war weg. Hatte ich ihn auf dem Waschtisch liegen lassen?

In der Dämmerung ging ich nach Hause, Regen setzte ein. Ich roch den Rosenduft schon vor der Tür, die nur angelehnt war.

Beide lagen im Bett. Margrethe mit geöffnetem Gesangsmund, Esther an ihrer Brust erstarrt. Sie hatten sich eng aneinandergeschmiegt zusammengerollt und erinnerten an ein unreifes Hagebuttenherz.

Sie waren lauwarm, fast kalt. Ihre Arme und Finger waren ineinander verschlungen, fast so, wie Esther und ich einander zum ersten Mal durch das Holzgitter im Klosterturm berührt hatten. Ihre Augen waren geöffnet, die Blicke klar und vertrauensvoll. Sie starrten in ein Reich der Liebe.

Der Kies knirschte, Stimmen waren zu hören. Ich löste Esther und Margrethe voneinander, ehe ihre Glieder steif wurden. Esthers Mund war fest um ihre Brust geschlossen. Sie musste von Margrethes Blut gesaugt haben.

Weinend band ich Margrethes Kiefer hoch und küsste ihren Mund. Ich zog mein weißes Kleid aus, schnitt es am Rücken auf und legte es ihr an. Dann schlüpfte ich in ein schwarzes Kleid mit Punkten und faltete vorsichtig Esthers Gliedmaßen zusammen. Ihre Haarsträhnen klebten nach wie vor, aber die Dornen ihrer Haut waren weich. Ich leerte eine Holzkiste, die ich im botanischen Labor ausgeliehen hatte und in der ich Bücher und Zeitschriften aufbewahrte, und verstaute Esther behutsam darin.

Jetzt duftete es nicht mehr im Haus.

Noch immer war die Polizei im Garten unterwegs, und es gab Leute, die gruben. Das Gewitter hing über der Stadt. Ich hätte am liebsten laut für meine Toten gesungen, doch ich wagte es nicht. Stattdessen packte ich einen Koffer mit Kleidung und Büchern.

Margrethes gelber Teddy war hinter das Bett gefallen und starrte mich mit seinen Glasaugen an. Der Schuppenschlüssel lag daneben. Margrethe musste ihre letzten Kräfte mobilisiert haben.

Mein erster Gedanke war, ihr den Teddy mit ins Grab zu legen, doch sein Blick war so durchdringend und lebendig, dass ich nicht anders konnte, als ihn mitzunehmen. Ich hinterließ ein Bündel Scheine für Margrethes Beerdigung und knipste das Licht über dem Spiegel im Flur an, um mich zu vergewissern, dass meine Frisur so lag, wie sie sollte, dass nirgends Barthaare zu sehen waren und mein Busen richtig saß. Ich konnte den Blick kaum von mir abwenden, auch dann nicht, als ich mich halb umdrehte und meine Schulterblätter betrachtete, die so flügelgleich vom Rücken abstanden.

Ich beschloss, erneut aufzubrechen. Den Job anzunehmen, den mir der amerikanische Forscher angeboten hatte. Und Esther sollte mich begleiten. Die Universität war schließlich für ihre Forschung auf dem Gebiet der Pflanzen und der Genetik bekannt. Auf dem neuen Kontinent konnte ich eure Mutter vielleicht rehabilitieren. Und diesmal mit all der Liebe, auf die jedes Wesen ein Anrecht hat.

Ich zog das Kleid hoch und die Unterhose herunter und löste meinen Verband. Ich sah nicht genau nach, aber ich wusste es. Dort unten gab es kein Verlangen mehr. Es war vorbei.

Im Flur küsste ich mein Spiegelbild, als würde ich einen

Pakt schließen. Der Dampf meines Atems verbreitete sich im Raum. Jetzt waren wir zu zweit. Ich, aus Fleisch und Blut, und dann der weiße, halb durchsichtige Schatten dort hinter dem beschlagenen Spiegel. Er hatte weiße Flügel und war das, was ich mir jetzt als eine Art schöpferisches Liebeswesen vorstelle.

Aufrecht stand ich da und wartete, bis es ganz dunkel war. Dann legte ich Esther und meinen Koffer auf den Handwagen, mit dem ich normalerweise Blumenkübel und Gartengerät transportierte. Ich verließ den Garten durch das Tor zur Øster Voldgade, es regnete schwere Tropfen.

Ein Blitz schlug ein, ich hörte einen Baum zersplittern, und kurz darauf kam die Feuerwehr.

Meinen Schlüssel ließ ich in der Haustür stecken, den Gartenschlüssel im Schloss des eisernen Tors.

In jener Nacht versteckte ich mich hinter der Trinitatis Kirche.

Nach all diesen Schilderungen werdet ihr wohl verstehen, dass ich mich nicht von euch verabschieden konnte, Lilly und Viola. Es wäre zu gefährlich gewesen, mit einem Brief vorbeizukommen.

Wo ich wohnen und an welcher amerikanischen Universität ich arbeiten werde, kann ich hier nicht schreiben. Vielleicht in einigen Jahren, wenn ein wenig Gras über die Mordfälle im botanischen Garten gewachsen ist.

Natürlich hoffe ich, dass ihr nicht mit meiner Lebensgeschichte zur Polizei gehen werdet. Das sollte unter uns bleiben.

Versteht ihr nun, wie viele meiner Lebensentscheidungen ich aus der Not heraus treffen musste? Versteht ihr auch, dass ich jetzt, im Alter von zweiundfünfzig Jahren, verstanden habe, dass es keinerlei Entschuldigung dafür gibt, andere Menschen schlecht zu behandeln?

Margrethe wusste etwas über die Liebe. Dass absolute Hingabe keine Rücksicht auf Aussehen, Art oder Geschlecht nimmt.

Margrethe konnte die menschliche Angst hinter sich lassen.

Viola und Lilly. Ihr beide habt einander.

Esther hat nur mich.

Es ist mir gelungen, euch einen Teil meines Erbes zu überweisen, ehe ich in Kopenhagen an Bord dieses Frachtschiffs ging. Ich hoffe, das Geld ist bei euch angekommen, und ihr werdet es vernünftig einsetzen.

Ich bin gerade vom unteren Bett aufgestanden, um oben nach Esther zu sehen. Während ich dies schrieb, hatte ich das Gefühl, der Duft aus der Kiste hätte sich verändert. Hier duftet es … ja, nach Rosen.

Es ist ein beeindruckender Anblick. Aus der Leiche ragen jetzt Rosenstängel auf. Einige mit Knospen, andere mit geöffneten roten Blüten, die auf das helle Bullauge zustreben. An einem Zweig hängt auch eine einzelne Hagebutte und schaukelt im Takt des Schiffs. Die Pflanzen wachsen aus Esthers Unterleib, aus den Gedärmen. Ihre eigenen Samen müssen gekeimt haben, und die Rosen wachsen in ihren nährstoffreichen Exkrementen. Exkrementen, die aus Margrethes Blut erschaffen wurden.

Eigentlich darf ich Esthers Überreste wohl nicht mitnehmen. Vielleicht werde ich vom Zoll aufgehalten. Sie ist noch nicht ganz zu Erde zerfallen, gleicht immer noch einer Leiche.

Es gäbe viele gute Gründe, mich ins Gefängnis zu stecken.

Nun habe ich also einen ordentlichen Haufen Samen aus Esthers Gedärmen entnommen. Mithilfe des Messers habe ich einige kleine Knochen daraus gelöst. Bald, wenn ich die letzte Zeile geschrieben habe, gehe ich an Deck und werfe Esthers Überreste über die Reling. Ich werde Margrethes Teddybär aufschlitzen und die Kapokfüllung durch Samen und Knochen ersetzen. Hoffentlich wird das genügend Forschungsmaterial ergeben.

Die Natur, die Pflanzen, Esther und Margrethe akzeptierten mich so, wie ich bin. Beim Rest der Welt habe ich eher Zweifel. Wird sich zu meinen Lebzeiten überhaupt etwas ändern? Kann sich etwas für Esther ändern?

Meine lieben Kinder, was denkt ihr wohl über all das, was ihr jetzt gelesen habt? Ich weiß nicht, ob ich darauf hoffen soll, dass ihr weitsichtiger seid als der Rest der Menschheit. Im Grunde ist das wohl auch zu viel verlangt.

An dieser Stelle höre ich auf und schließe den Umschlag. Ich hoffe, ich kann meinen Bericht schicken, sobald ich sicher durch den Zoll und die Passkontrolle gelangt bin. Ja, es sei denn, der Mut verlässt mich.

Meine lieben Mädchen, Viola und Lilly. Passt immer gut aufeinander auf, seid füreinander da. Lasst euch von nichts und niemandem trennen.

In Liebe
Eure Mutter Johanne

PANGÄA

1

In der Luft ergreife ich die kleine, blasse Hand meiner Mutter mit meiner großen, glatten, sonnengebräunten. Ich presse sie zusammen, bohre meine Finger in ihren Handrücken, aber sie verzieht keine Miene. Meine Mutter sitzt einfach nur da, ganz ruhig, den Blick auf das kleine Fenster gerichtet, und sie weiß, dass es wehtut, weil ich Angst habe.

Das Flugzeug bewegt sich steil nach oben, das Meer liegt tief unten, wir schießen mit übernatürlicher Geschwindigkeit durch die Wolken, und jetzt scheint die Sonne weiß-gelb zu uns herein, während die Räder surrend im Rumpf verschwinden.

Die Stewardessen stehen auf, die Anschnallzeichen erlöschen mit einem Pling, gleich wird der Kaffee serviert. Langsam lasse ich meine Mutter los. Nachdem ihre Hände wieder frei sind, reißt sie das Zellophan von ihrem Muffin, um ihn zu essen.

Die Motoren verschnaufen, nahezu lautlos gleiten wir voran, und als die Küste von England hinter uns verschwindet, bleiben auch die Luftlöcher aus. Über und unter uns kreuzen sich lauter weiße Streifen. Wie kleine Pfeile ziehen die Flugzeuge sie hinter sich her.

Kein Mensch sollte fliegen, es sei denn, er hat ein lebenswichtiges Anliegen. Doch selbst Jan war der Meinung, ich müsse aufbrechen.

Als wir uns in die Nacht hineinbewegen, bin ich immer noch wach. Meine Mutter schläft tief und fest mit dem Kopf auf ihrem aufblasbaren Nackenkissen. Ihre Füße erreichen die Fußstütze nicht, sondern baumeln in der Luft. Ich habe mich ein wenig gedreht, damit ich mich quer auf den Sitz legen kann, wo Fine hätte sitzen sollen.

Unten die Fischerboote, oben die Sterne. Der Atlantik, für dessen Überquerung wir mit einem Segelboot zwei oder drei Wochen gebraucht hätten. Einst kannten die Europäer Amerika nicht, weil das Meer so breit ist, dass niemand hinübersehen kann. Und eines Tages werden sich die Kontinente wieder vereinen, vielleicht auf der Rückseite der Erde.

Ich habe Fine mit Fieber, Schwindel und Bauchschmerzen bei ihrem Vater zurückgelassen und schäme mich für diese Reise, die mir in vielerlei Hinsicht naturwidrig vorkommt.

Wahrscheinlich bin ich so bösartig, wie es nur der Mensch sein kann. Die Pflanzen und Tiere folgen lediglich ihrer Bestimmung, aber wir haben ja auch etwas anderes in uns und können uns dazu entscheiden, alles anders zu machen.

Ich bin nicht die Einzige, die so denkt. Das weiß ich. Aber hier oben im Flugzeug sitzen alle anderen seelenruhig da und schlafen. Oder sehen Filme auf ihren Bildschirmen.

Der steile Fall, als wir landen. Meine Mutter, die ihre Hand auf meine legt. Hier ist es auch Tag, genau wie als wir in Dänemark losflogen, aber hinter meinen Augenlidern ist es nachtschwarz und auf meiner inneren Uhr Mitternacht.

Das Flugzeug donnert auf die Landebahn, meine Mutter zählt meine Finger, eins, zwei, drei, vier, fünf. Ich weiß, dass sie meine schmutzigen Fingernägel sieht. Sicher kleben mir Mascaraklumpen in den Augenwinkeln, und ich habe Straßendreck unter den Schuhsohlen.

Ich trage einiges mit mir über das Meer.

Langsam stehen wir auf und folgen den anderen Passagieren hinaus. Mein Herz rast, mir ist schwindelig, und der kalte Schweiß bricht mir aus, als wir an der Pass- und Gepäckkontrolle befragt werden. Ob wir Waffen dabeihätten, Geschenke oder tierische oder pflanzliche Produkte? Was unser Reisegrund wäre? Wie lange wir bleiben wollten und wo wir wohnen würden? Ob wir schon einmal hier gewesen seien?

Ich schiebe den Trolley und versuche dabei, mein Mobiltelefon zum Laufen zu bringen, doch dann steht Tante Vibeke plötzlich vor mir.

Ich beuge mich herab und liege ihr für einen Moment in den Armen. Anschließend umarmen meine Mutter und sie einander. Ihre weißen Haare, wie zwei Schneebälle. Die Schmelzwassertränen strömen, der Lippenstift meiner Tante hinterlässt zwei rote Herzen auf Mamas Wangen. Die Zwillingsschwestern wiegen sich eng umschlungen vor und zurück und flüstern sich gegenseitig etwas ins Ohr.

Währenddessen passe ich auf unser Gepäck auf, wie erstarrt von ihrem Anblick. Ich müsste eigentlich auch weinen, aber es ist, als würde mich alles kaltlassen. Ringsherum Lautsprecherdurchsagen, bunte Cafés, Läden und Kioske. All die Menschen, die auf dem Weg zu allen möglichen Orten auf der Welt sind. All die Menschen, die von allen möglichen Orten auf der Welt wieder heimkehren.

Die Schwestern winden sich auseinander, sie holen tief Luft und blicken mich lächelnd an. Ich sehe in ihre glücklichen Gesichter, und dann muss auch ich weinen. Die Zwillinge, von einem Ozean getrennt. Sie haben sich jahrelang nicht gesehen. Und vielleicht werden sie sich danach nie wiedersehen, weil man nicht wissen kann, wie lange ein Leben währt.

Auch deshalb ist diese Reise so wichtig, denke ich, und dann wird alles schwarz.

Menschen umringen mich, darunter auch ein Sanitäter mit einer Wasserflasche.

»Marie«, sagt meine Mutter, »kannst du mich hören?«

Ich nicke und versuche, mich aufzusetzen, sehe aber immer noch Sterne. Der Sanitäter hebt mich auf den Trolley und schiebt mich in eine Ecke mit einer gepolsterten Sitzreihe, damit ich mich hinlegen kann.

Ich trinke das kalte Wasser und bekomme Traubenzucker gereicht, und meine Tante erklärt dem Sanitäter, ich sei lediglich erschöpft, sie würden sich schon um mich kümmern. Wie aus weiter Ferne höre ich, dass meine Mutter und ihre Schwester darüber reden, ob Fine mich angesteckt haben könnte. »Aber Fine hatte Fieber. Marie glaube ich nicht.«

Immer wenn ich die Augen öffne, sagt meine Mutter, ich solle mich entspannen. Sie hat mich mit ihrer Jacke zugedeckt und meinen Kopf auf die weiche graue Strickjacke meiner Tante gebettet.

Aber wir können hier nicht zu lange bleiben, wir müssen heute Abend bei Oma Johanne sein, deshalb richte ich mich ganz auf.

»Setz dich auf den Wagen«, sagt meine Mutter.

Ich nehme oben auf den Koffern Platz, und die beiden schieben den Trolley hinaus in die brütende Hitze und bis in das kühle Parkhaus.

Tante Vibeke drückt mich an sich, während meine Mutter das Gepäck in den Kofferraum des alten currygelben Cabriolets hievt.

»Danke, dass ihr gekommen seid.«

»Ich bin auch sehr glücklich, hier zu sein«, sage ich.

»Es tut mir so leid, dass Fine nicht kommen konnte«, sagt Tante Vibeke, stellt sich auf die Zehenspitzen und gibt mir einen Kuss, ehe sie den Trolley zurückschiebt.

Die beiden Damen nehmen vorne Platz, ich bekomme die weichgepolsterte Rückbank.

»Es gibt Kissen und Decken, mach ruhig ein Nickerchen«, sagt meine Tante, setzt den Wagen zurück und wünscht dem Wächter einen guten Tag, als wir die Bezahlschranke passieren. Meine Mutter fragt Vibeke, ob sie den Weg kennt, und sie kennt ihn. Meine Mutter verlangt trotzdem nach einer Karte und findet sie im Handschuhfach.

»Kann ich irgendwie helfen?«, frage ich. »Soll ich das Navi auf meinem Handy einstellen?«

»Wir benutzen kein Navi«, antwortet meine Tante.

Und mein Handy hat sowieso keinen Empfang.

Tante Vibeke beugt sich vor, sie sitzt auf einem hohen Kissen und kann trotzdem gerade so über das Lenkrad hinwegsehen, und ich weiß, dass Onkel Charles Klötze auf die Pedale montiert hat. Meine Mutter hat die Karte komplett auseinandergefaltet, sie bedeckt den unteren Teil der Windschutzscheibe, sodass sie nur noch durch das Seitenfenster etwas sehen kann.

Langsam rollt das Cabriolet auf die Autobahn, meine Tante reiht sich auf der zweiten Spur von links ein, ein großer Truck hupt wütend. Meine Mutter zeigt nach rechts und links, liest laut die Schilder vor und blickt auf die Karte. Ich presse meine Handflächen auf den roten Plüschsitz und die Knie gegen den Vordersitz und beiße die Zähne zusammen. Eigentlich sollte ich hinter dem Steuer sitzen.

Die anderen Autos ragen turmhoch um uns herum auf. Wir liegen dicht über dem Asphalt, mein Gesicht befindet sich auf Reifenhöhe der anderen. Die Autobahn ist sechsspurig, Tante Vibeke schleicht voran, die anderen überholen rechts, weil sie immer noch auf der zweiten Spur von links fährt. Direkt in meinem Rücken, neben dem rechten Hinterreifen, ertönt ein klopfendes Geräusch, und kurz darauf beginnt der Regen, auf die Scheiben zu prasseln. Meine Tante schaltet die Scheibenwischer ein, die sich quietschend hin- und herbewegen.

»Ich kann auch gerne mal fahren.«

Meine Stimme klingt müde, und sie fährt unverdrossen weiter.

»Du hast doch gar nicht geschlafen«, entgegnet meine Mutter.

Die Regenschauer nehmen zu, die Scheiben beschlagen, und meine Mutter versucht mit ihrem Taschentuch, für freie Sicht zu sorgen. Immer wieder blitzen hinter uns die Lichter der anderen Fahrzeuge auf, die hupen und aufblenden.

»Im Handschuhfach müsste irgendwo meine Brille liegen«, sagt Tante Vibeke.

Meine Mutter wühlt mit der Landkarte auf dem Kopf darin herum. Dann wischt sie die Brille an ihrer Hose ab und setzt sie ihrer Schwester auf die Nase.

»Jetzt ist es noch schlimmer als vorher.«

»Könnte das Charles' Brille sein?«

Meine Mutter erklärt, die Brille sei grau, und meine Tante seufzt. Daraufhin nimmt meine Mutter ihre eigene Brille ab und zieht sie der Schwester auf.

Meine Tante nickt, fährt aber genauso wie vorher. Meine Mutter schreckt immer wieder hoch und ruft abwechselnd: *Brems!* oder *Fahr!*

»Hör auf damit!«

»Du fährst so unsicher.«

»Wir hatten noch nie einen Unfall.«

»Ist alles in Ordnung mit dir?«

»Mir geht es gut.«

»Wollen wir nicht irgendwo übernachten? Wir sind doch

alle müde. Wir können Mama ja einfach anrufen und sagen, dass wir erst morgen kommen.«

»Ich habe ihr gesagt, wir kommen heute. Außerdem muss das Essen in den Kühlschrank.«

»Glaubst du, Johanne wird wütend sein, wenn wir uns verspäten?«

Es tropft durch ein Loch im Verdeck. Meine Mutter sagt, ich würde nass, und Vibeke erklärt, unter dem Sitz liege irgendwo eine leere Dose, die ich unter das Loch halten könne.

Ein Geländewagen fährt an uns heran, der Mann hinter dem Steuer zeigt uns den Mittelfinger. Meine Mutter sieht es nicht, aber ich erwidere seinen verzweifelten Blick.

»Er möchte, dass wir die Spur wechseln«, erkläre ich.

Meine Tante hat das Fernlicht eingeschaltet.

»Wollen wir nicht abbiegen und irgendwo was essen gehen, bis der Regen abklingt?«, frage ich.

»Ich habe auch Hunger«, stimmt meine Mutter zu.

»Na gut«, sagt meine Tante. »Fahren wir ins Restaurant.«

Tante Vibeke dreht sich um. Dann rauscht sie quer über alle Fahrbahnen und macht eine Vollbremsung, ehe sie gerade noch rechtzeitig vor einem McDonald's-Schild abbiegt.

Das war dumm, denke ich. Bis zu Oma brauchen wir noch mindestens drei Stunden. Es wird dunkel werden, bevor wir ankommen.

Meine Beine sind wie Wackelpudding, als ich aussteige. Meine Mutter nimmt meine Hand und betrachtet mich ängstlich. Wir treten hinter Vibeke in den eiskalten, klimatisierten Raum.

In dem grellen Licht, mit dem schwarzen Unwetter dort draußen und einer Speisekarte, die ich den beiden erst erklären muss, sagt meine Mutter erneut, es wäre ihr lieber, wenn wir in einem Motel übernachten würden. Morgen seien wir alle wieder frischer, und Vibeke habe schließlich auch schon drei Stunden Fahrt hinter sich, um uns abzuholen.

»Ich spendiere uns das Motel«, wiederholt sie, als wir uns mit unseren Tabletts hinsetzen.

»Jetzt hör endlich auf, Birgit!«

Tante Vibeke wirft ihren Colabecher um, die braune Flüssigkeit schäumt über den ganzen Tisch. »Jetzt reicht es«, sagt sie in einem so scharfen Ton, dass sich das Personal umdreht. Eine Angestellte bewegt sich auf uns zu.

Meine Tante bricht weinend über ihrem Menü zusammen. Sie spricht Amerikanisch, es kommt tief aus ihrem Inneren, und sie wechselt auch nicht ins Dänische, als meine Mutter sich neben sie setzt und sie umarmt und an sich drückt und küsst.

»Ich liebe dich. Ich habe dich vermisst. Du fährst nur so unsicher! Was ist mit dir los?«

Ich schlucke den letzten Bissen meines in Dressing getränkten vegetarischen Burgers herunter und kaue einen Streifen Salat, der sicher nicht in Erde gewachsen ist.

Auf der Toilette habe ich WLAN-Empfang. Ich schreibe Jan und Fine, dass ich gut angekommen bin, und erhalte die Nachricht, Fine gehe es etwas besser, aber sie liege immer noch im Bett.

Wie soll ich Johanne nur beibringen, dass ihre geliebte Urenkelin Fine zu Hause geblieben ist? Wenn eine von uns anderen verhindert gewesen wäre, hätte sie das sicher nicht so schwer getroffen.

Fine war vier Jahre alt, als sie und Jan und ich hier waren. Seither haben wir Johanne nicht mehr besucht, und jetzt ist sie dreizehn. Auch damals war es eine anstrengende Reise. Fine wollte nicht schlafen und krabbelte unter den Flugzeugsitzen umher. Die Zeitverschiebung brachte uns fast um, und sie schien nie in den amerikanischen Rhythmus zu fallen, sondern brüllte die ganze Zeit nur hysterisch. Ich glaube, meine Cousins und Cousinen, Onkel Charles und vielleicht auch Tante Vibeke waren ziemlich erleichtert, als wir sie für einige Tage verließen, um zu Johanne zu fahren.

Jan kannte meine Großmutter noch nicht und freute sich schon sehr auf sie. Ich sagte, ich hätte keine Lust, wir sollten es lieber sein lassen und stattdessen ins Hotel gehen. Dann würden wir vielleicht ein wenig Ruhe und Schlaf finden. Doch ich hatte vorher damit geprahlt, dass meine Großmutter einmal an der Cornell University in New York gearbeitet habe, und jetzt bestand Jan darauf, sie kennenzulernen. Er war gerade dabei, eine Doktorarbeit über das Gleichgewicht zwischen CO_2 und O_2 zu beenden, und vielleicht hätte sie ja gute Kontakte? Doch es war wohl kaum Johanne, die ihm später zu dem Job verhalf, der ihn jetzt um die ganze Welt führte, in den Himalaya, die Antarktis, die Pazifikinseln und die sibirische Tundra, um dort Messungen von CO_2 und O_2 vorzunehmen.

Johanne war in die USA gegangen, als meine Mutter und Tante fast dreißig waren, und bevor meine Cousinen, Cousins und ich geboren wurden. Einige Jahre arbeitete sie als wissenschaftliche Mitarbeiterin an der Cornell University. Ungefähr zur selben Zeit kaufte sie ein großes Stück Land im Südwesten des Staates New York und bepflanzte es über und über mit Bäumen.

Bevor meine Mutter und Tante geboren wurden, war Johanne zusammen mit einem Forscher namens Magister Steen, der sich genau wie sie mit der Theorie der Kontinentaldrift beschäftigte, in Südamerika auf Reisen gewesen. Damals hatte man noch nicht bewiesen, dass sich die Kontinente mit der gleichen Geschwindigkeit voneinander entfernen, mit der ein Fingernagel wächst oder mit der sich der Mond von der Erde wegbewegt. Die Erdbeben, die von den Bewegungen der Kontinente ausgelöst werden, lassen Berge und Täler entstehen.

Große Vulkanausbrüche führten zum Tod der Dinosaurier, mehrere Hundert Millionen Jahre, nachdem deren amphibische Vorfahren an Land gegangen waren. Damals, im Devonzeitalter, waren sie eine Art Gezeitenwesen. Die wechselnde Gravitation des Mondes, die Ebbe und Flut erzeugt, brachte sie dazu, neugierig aufzusehen. Eine Zeit lang lebten diese amphibienähnlichen Meereswesen in einer Zwischenwelt, ehe sie ganz an Land gingen.

Doch die Pflanzen entstanden lange vor den Tieren. Sie gingen in der Silurzeit an Land, und es waren diese frühen Landpflanzen, die widerstandsfähigen Gefäß- und Sporenpflanzen und ihre Nachfahren, die Magister Steen sammelte: Farne, Bärlappe und Schachtelhalme.

Sie überlebten, als die Dinosaurier ausstarben. Ja, vielleicht werden sie bis in alle Ewigkeit überdauern? Überhaupt können die meisten Pflanzen einiges aushalten, selbst eine Erdverdunkelung, bei der nur die Organismen überleben, die mit dem unterirdischen Myzel der Pilze zusammenarbeiten.

Johanne hatte ihre Urenkelin in die Arme genommen, noch bevor sie Jan und mich begrüßte. Vorsichtig berührte sie Fines Haar, ihre Arme und Beine. Sie maß ihre ganze Erscheinung mit den Augen, und ihr alter Körper erzitterte: »Wie schön du bist, Fine«, sagte sie atemlos und lächelte. Sie bot mir an, auf sie aufzupassen, wenn Jan und ich an einem Abend ausgehen wollten.

Aber wir wollten nicht ausgehen. Ich hatte keine Lust, Fine allein zu lassen. Wir blieben auf Johannes Grundstück, übernachteten in dem Zelt, das wir dabeihatten. An einem Abend wäre Jan gern mit Johanne auf der Veranda sitzen geblieben und hätte über Botanik gesprochen, aber ich bestand darauf, dass er mit mir ins Zelt kam.

Jede Nacht lag ich wach und horchte nach Autos oder Schritten im Wald, doch niemand kam.

Nur ein einziges Mal war Fine außer Sichtweite. Eines Nachmittags machte Johanne mit ihr einen Spaziergang auf dem Kiesweg.

Fine hing auf der Hüfte ihrer neunzigjährigen Uroma, während Jan und ich das taten, was sie uns vorgeschlagen hatte: Wir versuchten, ein Nickerchen zu machen.

Allerdings wurde das arme Kind immer unglücklicher. Fine schrie gellend. Ich kroch aus dem Zelt, sah die beiden die Treppe zur Veranda hinauf und ins Wohnzimmer gehen. Plötzlich wurde es still. Ich rannte zur Tür. Fine stand mitten im Zimmer und hielt einen alten gelben Teddybären in den Armen. Sie presste das Gesicht dagegen und atmete ganz ruhig.

Als ich Fine kurz darauf auf die Toilette begleitete, entdeckte ich einen Stich an ihrem einen Oberschenkel, der einen Blutfleck auf der Innenseite ihres Kleides hinterlassen hatte. Ein kleines Stück Haut fehlte.

»Hier sind so viele Mücken«, sagte Johanne zur Erklärung. Sie umarmte und küsste Fine und den Teddy.

Tags darauf war die Stelle um den Stich herum blau und geschwollen.

Als wir wieder zu Hause waren, schickte Johanne ihrer Urenkelin Geschenke und Briefe, die ich ihr vorlesen sollte. Sie rief fast jeden Tag an, weil Fine ihre Stimme hören sollte. Ständig brachte die Post Pakete mit Süßigkeiten, Büchern und schrecklich vielen, undefinierbaren Plüschtieren in merkwürdigen Farben und Formen. Johanne bat mich um Fines Maße und schickte Kleider mit zu viel Rüschen und Spitze. Ich wollte nicht, dass Fine so etwas trug, und räumte die Sachen weg.

Immer wenn der Fotograf im Kindergarten oder in der Schule gewesen war, schickte ich ihr ein Porträt von Fine. Als sie selbst schreiben lernte, kritzelte sie eifrig einen Gruß für ihre Uroma auf die Rückseite.

Fine und Johanne halten immer noch Kontakt, auch wenn es wohl meistens Johanne ist, die anruft. Es kommen auch immer noch Päckchen. Wenn Fine einmal nicht ans Telefon geht, ruft Johanne manchmal ausnahmsweise mich an, aber nur, um sich nach Fine zu erkundigen.

Mit der Zeit ist Johannes Stimme immer piepsiger geworden, fast wie die eines Kindes.

Manchmal lausche ich an der Tür, um zu hören, worüber sie sprechen, aber meine Tochter sagt nur *Ja* und *Nein*.

Angesichts ihres hundertsten Geburtstags rief mich Johanne ebenfalls an und bestand darauf, dass Fine zu ihr kommen sollte. Sie würde schon für das Ticket aufkommen.

Jetzt liegen die beiden Schwestern auf den Knien und wischen den letzten Rest Cola auf, sie kichern wie kleine Mädchen. Auf dem Tisch verteilt sich der ganze Müll von unserer Mahlzeit, ich raffe alles zusammen. Die Schwestern reden über irgendetwas Dämliches, das die Vorsteherin im Kinderheim ständig sagte. Sie reden immer so seltsam, wenn es um frühere Zeiten geht. Verschluckte Endungen, fehlende Wörter. Ich verstehe nur die Hälfte.

Meine Mutter wird wieder ernst, als wir zum Auto hinausgehen. Es regnet nicht mehr, die Hitze ist wieder da. Sie reckt die Hand hoch und hält sich an mir fest, wahrscheinlich, weil Vibeke noch immer ihre Brille trägt. Ich frage sie, ob sie hinten sitzen möchte? »Nein«, flüstert meine Mutter, »es ist besser, wenn du da sitzt. Es ist der sicherste Platz, und du hast ja Fine. Versuch am besten, dich ein wenig klein zu machen, wenn du schon keine Nackenstütze hast.«

Die Spätsommersonne wabert orange im Rückspiegel. Die Autobahn verengt sich auf weniger Fahrspuren, und es herrscht kaum noch Verkehr.

»Müssen wir hier nicht abbiegen? Da geht es doch zu dir nach Hause.«

»Wie bitte?«

»Müssen wir nicht Richtung Edenburg?«

»Ach, ich hatte mich verguckt.«

Wieder überquert sie in einem rasanten Manöver alle Spuren und erreicht gerade noch so die Abfahrt. Hinter uns kreischen Bremsen, aber jetzt sind wir auf einer Landstraße.

Das belebende Prickeln der Cola verliert seine Wirkung, ich zittere wieder vor Müdigkeit. Die Sterne vor meinen Augen sind erneut da, egal ob ich die Augen öffne oder schließe. Plötzlich macht der gelbe Mittelstreifen einen Knick, und zwei Autos kommen direkt auf uns zu, das eine überholt das andere und weicht uns erst im letzten Moment aus. Jetzt bekomme ich Kopfschmerzen, und sie sind so heftig, dass ich es aufgebe, noch auf irgendetwas zu achten. Auch nicht auf das schneidende Geräusch des rechten Hinterrads.

Ich habe Belag auf den Zähnen und einen Zwiebelgeschmack im Mund. Meine Lider schließen sich dunkel.

Die Stimmen von meiner Mutter und Tante Vibeke klingen genau gleich, ganz jung und hell, allerdings spricht meine Tante immer noch ein so distinguiertes Dänisch, wie es zuletzt in den 1970ern gebräuchlich war.

Ich hätte zu Hause bleiben und zu Kräften kommen müssen,

damit ich bald wieder unterrichten kann. Aber was hätte ich tun sollen, als meine Mutter fragte, ob Fine und ich mit nach Amerika kämen, wenn sie den Flug bezahlen würde?

»Natürlich musst du hinfliegen und den hundertsten Geburtstag deiner Mutter feiern«, sagte ich. »Und Vibeke hast du auch schon viel zu lange nicht gesehen.«

Achtundsiebzig ist auch nicht gerade jung, dachte ich und sagte, wahrscheinlich würde ich schon mitkommen.

Mein Vater hat ein schwaches Herz, weshalb meine Mutter Dänemark schon seit vielen Jahren nicht mehr verlassen hat. Und Tante Vibeke entschuldigt sich immer damit, dass Charles mit allen praktischen Dingen überfordert wäre, sowohl im Haushalt als auch beim Hüten der Enkel. Deshalb könne sie nicht verreisen.

Ich griff zum Telefon und organisierte eine Tagespflege für meinen Vater, während wir weg waren. Außerdem klopfte ich beim Nachbarn, der mir versprach, jeden Tag nach ihm zu sehen. Und meine Mutter hat den Gefrierschrank sicher mit Gerichten gefüllt, die er nur aufwärmen muss. Ich bestellte unsere Tickets und füllte die ESTA-Formulare aus, obwohl meine Mutter gesagt hatte, darum könne sie sich schon kümmern.

Meine Mutter und meine Tante sprechen gerade über Ehen, als ich die Augen öffne und mich strecke. Nicht über ihre eigenen, sondern die meiner Cousinen und Cousins, und auch über meine.

»Es ist viel besser geworden. Marie braucht nur ihren Schlaf und regelmäßige und ordentliche Mahlzeiten. Und dann muss sie lernen, sich ein bisschen mehr zu entspannen«, erklärt meine Mutter. »Ich bin mir sicher, dass Jan und sie das wieder hinkriegen, sobald sie genug Kraft hat, auch an andere Menschen zu denken.«

Meine Tante wundert sich darüber, was ihre Kinder alles erreichen wollen. Wann hat das eigene Familienleben endlich auch einmal Priorität?

»Das habe ich auch gesagt«, sagt Mama. »Achtung, hier musst du abbiegen.«

Ich öffne die Augen.

»Nein, hier noch nicht.«

»Da war aber gerade ein Schild.«

»Ich habe kein Schild gesehen.«

»Auf der Karte sieht es so aus, als müssten wir abbiegen.«

»Du hast doch nicht mal eine Brille auf!«

Ich sehe genau, wie meine Mutter mit ihrer linken Hand ins Lenkrad greift und ihr rechtes Bein zum Gaspedal hinüberstreckt.

»Vibeke«, sagt sie, »jetzt lass dir doch mal helfen.«

Vier Arme, vier Beine, vier Augen. Zu Hause fährt meine Mutter höchstens zum Einkaufen.

Ich schließe die Augen. Das Auto schlittert.

Ihre Gesichter, ihr Haar und ihre Körper sind immer noch gleich, obwohl sie seit fast vierzig Jahren auf unterschiedlichen Kontinenten leben. Gäbe es die kleinen Erkennungszeichen nicht, Vibekes schielendes Auge und ihre fehlende Fingerkuppe und Mamas Knick im Ohr, könnte selbst ich sie nur schwer unterscheiden.

Ansonsten sehen sie etwas normaler aus, seit sie weiße Haare bekommen haben. Ich selbst habe keine große Ähnlichkeit mit ihnen, und meine Cousins und Cousinen auch nicht, aber das liegt daran, dass sie adoptiert wurden. Nur Fine hat sozusagen alles. Es ist schwer für sie, und ich bin immer noch unsicher, wie ich meinem Kind helfen kann. Was wäre, wenn ich ihr vorschlagen würde, ihr das Haar zu färben? Ginge es ihr dann besser, oder würde sie sich nur noch seltsamer fühlen?

Fine hat sich schon viel über ihr Aussehen anhören müssen. Kinder haben Fragen gestellt, Erwachsene geglotzt. Genau wie meine Mutter und Tante Vibeke ist sie klein, und dann dieses Haar und diese Hautfarbe. Dabei haben meine Mutter und Tante Vibeke immer gesagt, sie seien eben Zwillinge, zu früh geboren, noch dazu während des Kriegs, und dann im Kinderheim aufgewachsen. Ihr kleiner Wuchs könnte aber durchaus auch genetisch bedingt sein, denn Fine wird wohl nicht größer als sie. Ich selbst bin normal, aber mein Vater ist ja auch groß. Und Johanne wäre in jüngeren Jahren ungefähr so groß gewesen wie ich, hat meine Mutter erzählt.

Die beiden lachen, der Weg macht einen Knick, und das Auto folgt ihm brav. Meine Tante bremst, und meine Mutter bedient den Schalthebel. Inzwischen befinden wir uns auf den kleineren Straßen und ziehen eine Schlange von Autos hinter uns her. Einige überholen trotz der Aufforderung: *Do not pass.*

Ich starre hinaus auf die Gewächse am Straßenrand: Zichorien, Wilde Möhre, Schwarzäugige Susanne, orangefarbene Lilien. Auch Essigbäume gibt es, mit ihren blutroten Blütenkerzen. Auf den Stromleitungen sitzen Schwalben, zum Abflug bereit. Die Häuser in den Dörfern sind weiß oder braun, Stars and Stripes hängen von den Veranden herunter.

Wir fahren zwischen waldbewachsenen Höhenzügen entlang. Die Bäume sind höher als zu Hause und von so vielen Kletterpflanzen bewachsen, dass man nicht zwischen den Stämmen hindurchsehen kann. Von einigen Stellen aus blickt man über Täler mit Flüssen, und es gibt Viehhöfe. In der Gegend gibt es einige Farmer, die Bisons für die Fleischproduktion halten. Einst lebten sie hier frei in der Prärie. Ich glaube, einige unter einem Baum zu erahnen, schwarze, wiederkäuende Schatten unter dem Blättervorhang.

Als Kind konnte ich nicht verstehen, dass Vibeke hier hergezogen war, so weit weg. Meine Mutter und Vibeke hatten doch nur einander, und sie waren so oft im Stich gelassen worden: Zuerst, als Johanne sie im Kinderheim abgegeben hatte und nur selten zu Besuch kam. Später, mit neunundzwanzig, als Johanne ihnen eine Menge Geld schickte und spurlos und ohne ein Wort der Erklärung verschwand. Und noch dazu hatten sie ihren Vater nie kennengelernt.

Fünf Jahre lang ahnten sie nicht, wo Johanne war. Meine Mutter und Tante Vibeke waren so wütend, und ja, natürlich auch unglücklich, dass sie beschlossen, ihre Namen zu ändern, von Lilly und Viola zu Birgit und Vibeke.

Ihre Blumennamen hatten sie immer gehasst. Überhaupt hassen sie alles, was mit Pflanzen und Natur zu tun hat. Ihre Mutter hielt den beiden immer lange Vorträge, wenn sie im Kinderheim zu Besuch kam. Manchmal berichtete sie von ihrer Reise nach Südamerika mit Magister Steen und wie sie nach alten Sporenpflanzen gesucht hatten. Dann wieder erzählte sie ihnen etwas über Düngung, Bewässerung und Beschnitt. Sie seufzte schwer und vorwurfsvoll, wenn sie einmal mehr sah, dass die Topfpflanzen, die sie ihnen beim letzten Mal geschenkt hatte, verwelkt waren, und die Botanikbücher noch ungelesen.

Sie bekamen keine Umarmungen oder Küsse, und Johanne erzählte nie etwas Persönliches über sich. Sie wussten nicht einmal, wo sie wohnte oder womit sie ihr Geld verdiente. Vielleicht hatte sie in Wirklichkeit eine andere Familie und andere Kinder, von denen sie nichts wissen durften. Menschen, die ihr wichtiger waren als ihre Zwillingstöchter? Sie kam einfach nur zum Heim, klopfte unvermittelt an oder stapfte geradewegs durch den geschlossenen Garten herein, stets in demselben weißen Kleid, mit einem kleinen Hut auf dem Kopf und schwarzen Rändern unter den Fingernägeln. Sie lächelte ihre Mädchen an, setzte sich auf einen Stuhl oder eine Bank, sagte, sie habe sie vermisst und fragte, ob es ihnen gut gehe.

Als sie jünger waren, hatten sie mit ihr geprahlt, denn viele der anderen Kinder waren Vollwaisen. Sie hatten ihre Mutter gemalt und die Bilder im Schlafsaal an die Wand gehängt. Wenn Johanne wieder gehen wollte, hatten sie sich an ihren weißen Rockzipfel gehängt und »Mama, Mama, Mama!« in den weißen Stoff gerufen.

Einmal waren sie ihr bis zum Bahnhof von Snekkersten nachgeschlichen und hatten gesehen, wie sie in den Zug nach Kopenhagen stieg. Johanne hatte sich in der Tür umgedreht, sie entdeckt und sich erschrocken die Hand vor den Mund geschlagen.

Auf dem Bahnsteig lag noch ein Taschentuch von ihr. Es duftete nach ihrem Parfüm: schwer, intensiv und blumig. Die Mädchen standen mit den Nasen im Spitzenstoff da, als die Vorsteherin herbeigeradelt kam, um sie wieder einzufangen. Sie waren zurück ins Kinderheim geschleift worden, und man hatte ihnen erklärt, dass ihre Mutter nicht von ihnen aufgesucht werden wolle.

Das Taschentuch zerschnitten sie, und jede versteckte eine Hälfte unter ihrem Kopfkissen. Später erzählten sie, es hätte jahrelang geduftet.

Als ich klein war und Höhlen im Bett meiner Eltern baute, lag immer ein Stückchen weißer Stoff mit Spitzenbesatz unter Mamas Kopfkissen. Ich fragte, was es sei, woraufhin sie es entfernte. Jahre später entdeckte ich ein kleines Stück Spitzenstoff im Portemonnaie meiner Mutter, als ich mir zehn Kronen für ein Eis herausnehmen durfte.

Fünf Jahre, nachdem Johanne verschwunden war, erreichte meine Mutter und Tante Vibeke ein Brief ohne Absender, der an ihr altes Kinderheim geschickt worden war. Johanne schrieb knapp, sie arbeite jetzt an einer amerikanischen Universität, und es gehe ihr gut. Sie vermisse ihre beiden Mädchen und bat sie, gut aufeinander aufzupassen.

Erst mehrere Jahre darauf kam ein Brief mit der Cornell University als Absender. Anschließend schickten sie einander regelmäßig kurze Briefe, aber Johanne besuchte sie nie in Dänemark.

Ich habe mit meiner Mutter und meiner Tante darüber gesprochen, dass auch Vibeke meine Mutter anschließend zurückließ. Sie sagten beide dasselbe: »Wir waren uns so ähnlich. Wir verliebten uns in dieselben Männer. Und wenn wir mit ihnen ausgingen, konnten sie keinen Unterschied zwischen uns erkennen. Wir brauchten eine Pause voneinander.«

Damals war Tante Vibeke neununddreißig Jahre alt und sollte für ein halbes Jahr in einem Kinderheim in Harlem arbeiten. Sie habe etwas Gutes tun wollen, sagte sie, aber hoffte sie nicht auch ein wenig darauf, den Kontakt mit ihrer Mutter wiederaufzunehmen? Und hätte meine Mutter nicht auch dasselbe gewollt, wenn sie nicht gerade meinen Vater kennengelernt hätte?

Vibeke wartete mehrere Tage hintereinander vor dem Haupteingang der Cornell University. Schließlich kam Johanne tatsächlich heraus, in ihrem langen weißen Spitzenkleid und mit ihrem üblichen Hut auf dem Kopf.

Vibeke rief: *Mama!* Johanne zog sie in den Park, sie weinte, vermutlich vor Freude, so wie auch Vibeke gerührt war. Aber warum sei sie einfach gekommen, ohne vorher Bescheid zu sagen?, fragte Johanne.

Als Johanne erfuhr, dass Vibeke ihre Schwester in Dänemark zurückgelassen hatte, wurde sie wütend. Lilly und Viola sollten doch aufeinander aufpassen!

»Wo wohnst du?«, hatte Vibeke gefragt.

Johanne hatte nicht geantwortet, sondern nur gesagt, sie solle wieder nach Hause fahren.

In all den Jahren waren Vibeke und Johanne nie mehr als eine Tagesreise voneinander entfernt gewesen. Als Johanne noch an der Universität arbeitete, ließ sie sich manchmal auf einen Spaziergang im Park ein. Nachdem Johanne für immer in den Wald gezogen war, hatte sie jedoch nie Zeit, wenn Vibeke zufällig einmal in der Nähe war und fragte, ob sie auf einen Kaffee vorbeikommen könne.

Und Johanne wirkt immer noch unzufrieden damit, dass Vibeke sich in den USA niedergelassen hat. Trotzdem, sagt Vibeke, leite Johanne alle Gespräche und Briefe damit ein, wie gern sie ihre Tochter hätte. Dasselbe sagt sie auch, wenn sie sich an meine Mutter, mich und vor allem an Fine wendet.

Im Kinderheim in Harlem lernte Vibeke den Malermeister Charles kennen, der gerade dabei war, die Fassade des Kinderheims neu zu streichen. Sie heirateten und zogen in die Nähe seiner Eltern, die eine Obstplantage in Pennsylvania besaßen. Meine Tante erzählte mir, wie sehr sie die warmen, hellen Sommer und die weißen Eiswinter genoss. Das Festlandklima tat ihrer Gesundheit gut.

2

Jetzt sind nur noch die gelben Mittelstreifen im Scheinwerferlicht zu sehen. Straßenlaternen gibt es nicht, auch keine Häuser. Stattdessen taucht ein Stoppschild auf, das sowohl meine Mutter als auch Tante Vibeke übersehen, und dann ein Schild mit der Aufschrift *Lyquawanna River*. Es folgen eine Brücke, eine scharfe Kurve und ein Schild Richtung Edenburg, danach ein weiteres Stoppschild, das missachtet wird.

Ein Tier läuft über die Straße, gelbe Augen leuchten und verschwinden zwischen den Bäumen.

Die Schwestern gähnen abwechselnd. Wir geraten ins Schleudern, wenn meine Mutter oder Tante Vibeke wieder einmal zu weit an den Rand fahren oder durch Pfützen und Schlamm schlittern. Auf der Frontscheibe sammeln sich welke Blätter und behindern die Sicht. Irgendwo schaukelt ein tiefhängender Ast über der Straße im Wind und kratzt gegen das Dach, als wir darunter hindurchfahren.

Tante Vibeke bittet meine Mutter, die Windschutzscheibe zu säubern. Die Lüftung stottert und versagt mit einem Fauchen schließlich ganz. Die Luft wird stickig, ich kurbele mein Fenster ein wenig herunter.

Hier duftet es nach dem beginnenden Herbst. Braune Nüsse, feuchte Rinde, Pilze. Die meisten Felder zwischen den Waldstücken sind bereits abgeerntet. An einigen Stellen steht der Mais noch mannshoch. Dazwischen gibt es schwarze Gänge, in die man geradewegs hineinwandern könnte. Hier gibt es sicher kein Unkraut, keine anderen Gewächse. In der Natur würde eine einzelne Art nie allein in einem solchen Ausmaß wachsen. Pflanzen brauchen Gegensätze, sie müssen zusammenleben.

Meine Mutter und Tante Vibeke bremsen ab. Sie legen eine große Wende hin, fahren in eine kleinere Straße, biegen erst nach rechts und kurz darauf nach links ein. Dann bremsen sie abrupt, weil die Straße plötzlich endet.

»Nein«, sagt meine Tante. »Hier ist es nicht.«

Sie setzen im Stockfinsteren zurück. Ein entgegenkommendes Fahrzeug mit Fernlicht schießt direkt auf uns zu. Meine Mutter lässt kurz das Lenkrad los, wendet das Gesicht halb ab.

»Puh«, sagt sie, als Tante Vibeke auf die Hupe drückt.

»Jetzt bin ich wach genug, um zu fahren«, sage ich.

»Konntest du ein kleines Nickerchen machen, Schatz?«, fragt meine Mutter.

»Lass mich das letzte Stück übernehmen.«

Tante Vibeke seufzt schwer.

»Okay?«, fragt meine Mutter.

Da schiebt Tante Vibeke energisch Mamas Hände vom Lenkrad und dem Schalthebel weg. Sie drückt das Gaspedal durch, fährt erst rechts ab, dann links. »Ich kann nicht mehr!«, schreit meine Mutter. Ich lege vorsichtig die Hände auf ihre Schultern.

Tante Vibeke biegt bei einem Briefkasten ein. Das Auto schaukelt über den Kiesweg.

Wir steigen aus, strecken im Dunkeln die Beine. Die Feuchtigkeit des Grases dringt durch meine Schuhe und in meinen Hosenaufschlag. Die Nacht ist schwül. Hastig drücke ich auf mein Telefon. Kein Empfang.

»Ob sie schon schläft?«

»Hilfst du mir mal?«, fragt Vibeke und öffnet den Kofferraum.

Die Rollkoffer können hier nicht gezogen werden, und nur ich kann sie tragen. Ich nehme auch die Kühltaschen und die Tüten mit den Einkäufen und stelle alles auf die Veranda. Vibeke schaltet eine Taschenlampe ein, der weiße Kegel schweift umher. Schließlich bin ich diejenige, die an die Tür klopft. Vibeke leuchtet die braune Holztür an, in der lange, senkrechte Kratzer zu sehen sind.

»Das war wohl der Hund.«

»Sie hat einen Hund?«

»Ja, schon seit ein paar Jahren.«

Meine Mutter seufzt, und meine Tante drückt die Türklinke herunter. Erst klemmt sie, ich muss mich mit der Schulter dagegenstemmen.

Im Flur ist es dunkel, kein Tier erhebt sich. Wir bleiben stehen und warten, es riecht nach warmem, feuchtem Sommerhaus. Vibeke holt Luft und ruft: »Hallo?«

»Hallo«, sagt meine Mutter. »Hier sind Viola, Lilly und Marie. Wir sind da! Hallo! Mama! Johanne?«

Tante Vibeke ertastet einen Schalter. Licht in der Küche, Licht im Wohnzimmer. Sie geht durch den Flur und öffnet die Tür zum Schlafzimmer.

Ich stehe einfach nur da, während sie um mich herum immer mehr Lichter einschalten. An der Decke beginnt ein Ventilator zu kreisen, es sieht aus wie beim letzten Mal, alle Fensterbänke sind mit Zimmerpflanzen vollgestellt, nur das Haus ist kleiner, als ich es in Erinnerung habe. Vielleicht liegt es an den Umzugskartons, die auf dem Boden stehen.

»Räumst du das Essen in den Kühlschrank?«, bittet mich Vibeke hustend.

Bisher stehen darin nur ein paar Gläser mit Marmelade und sauren Gurken, aber dafür hat Vibeke wie für einen Krieg eingekauft. Verschiedene Sorten Käse und Aufschnitt, Hackfleisch, gewürfeltes Fleisch, Würste. Dosentomaten und eine ganze Tüte Maiskolben. Gurken, Küchenrolle, Karotten. Mehrere Packungen Schokokekse, Kartoffeln, Zwiebeln und Reis. Und dazu ihr selbstgebackenes Roggenbrot und eine Leberpastete.

Als ich die letzten Tüten hereintrage, stolpere ich beinahe über zwei Hundenäpfe mit einem Rest Wasser und einem eingetrockneten braunen Rand.

»Was hat sie für einen Hund?«

Ich ziehe die Haustür hinter mir zu und schließe sie ab.

»So einen schwarzen, langhaarigen. Ich habe ihr gesagt, sie soll sich einen Hund anschaffen, wenn sie so viel allein im Wald unterwegs ist. Sie hatte sich darüber beklagt, dass sie im Dunkeln kaum noch etwas sieht.«

Vibeke räumt den halben Kühlschrank wieder aus, denn jetzt will sie uns Brote schmieren.

Ich finde eine Wasserkaraffe, kippe eine tote Fliege aus, lasse das rotbraune Wasser laufen und laufen, aber es wird nicht klarer.

»Das ist Eisen.«

Ich erinnere mich noch gut daran.

»Wo ist Oma?«

»Wenn ich das wüsste.«

»Aber was sollen wir jetzt machen?«

»Vibeke, hattest du ihr auch noch mal gesagt, dass sie sich endlich ein Handy anschaffen soll?«

Mit dem Rücken zu uns öffnet meine Tante die Packungen mit dem Aufschnitt und richtet einen Teller nach dem anderen damit an.

»Wir sind doch die Einzigen hier.«

»Wie meinst du das?«

»Kannst du so viel essen?«

Vibeke deckt mit gesenktem Blick weiter den Tisch, nachdem meine Mutter sie flüsternd daran erinnert hat, dass ich Vegetarierin bin. Ich versuche, durch das Wohnzimmerfenster hinauszusehen, aber es ist zu dunkel. Ob man ein Stück weiter den Weg entlang Empfang hat? In Dänemark stehen Jan und Fine wahrscheinlich bald auf.

Meine Mutter nimmt zwei Sofakissen und legt sie auf die Stühle im Esszimmer.

Meine Tante hockt vor dem Kamin und versucht wieder und wieder, dasselbe Streichholz anzureißen. Ich setze mich dazu, um ihr zu helfen, die Mauersteine wirken noch warm. Als ich in den Kamin puste, glimmt eine Glut auf. Dort drinnen herrscht ein Chaos aus verbranntem Papier, das gräulich aufwirbelt. Einige Seiten sind nur angesengt, ich erkenne Omas Handschrift.

»Soll das wirklich verbrannt werden?«

An Viola und Lilly Erichsen, steht auf einem Umschlag.

»Das ist ja an euch adressiert!«

»Deine Großmutter wollte nicht, dass ich das lese.«

Dann schlägt eine Flamme hoch, der Umschlag und der ganze Papierstapel kräuseln sich. Vibeke legt Holzscheite darauf und bricht in Tränen aus.

»Vibeke?«

Meine Mutter versucht vorsichtig, die Hände ihrer Schwester von ihrem Gesicht wegzuziehen, doch sie hält verkrampft dagegen.

»Sag mal, weißt du, wo Mama ist?«

»Nein.«

Meine Mutter sieht drohend zu mir auf, soll ich verschwinden? Muss ich, das Kind, auf mein Zimmer gehen? Ja, sie deutet auf die Schlafzimmertür.

»Jetzt erzähl schon.«

Tante Vibeke erzählt, während ich in der Dunkelheit hinter der Tür stehe und lausche. Sie sei schon vor ein paar Tagen hier gewesen, um nachzusehen, ob man hier überhaupt einen Geburtstag feiern könne. Sie habe sich Sorgen gemacht, weil Johanne nicht mehr ans Telefon gegangen sei.

Als Vibeke schließlich ankam, saß Johanne nur da und starrte auf die Veranda. Sie hatte ihr Sauerstoffgerät angeschlossen, trotzdem rang sie nach Luft. Vibeke sagte ihr, sie würde Essen mitbringen. Johanne müsse sich um nichts kümmern, und die Leute, ihre Kinder, Enkel und Urenkel, würden auch nicht lange bleiben.

Johanne wollte nur Fine sehen. Ob die Schwestern sie nicht einfach hier absetzen könnten? Es sei doch auch viel zu unordentlich für so viele Gäste.

Vibeke erwiderte, sie würde gern beim Aufräumen helfen. Die ganzen Kartons, die überall verteilt standen, könne man doch einfach wegräumen. Vielleicht nach nebenan ins Labor? Vibeke hatte einen der Kartons angehoben, als der Boden riss und eine Menge Briefe herausfielen. Viele davon waren an Lilly und Viola gerichtet.

Tante Vibeke war gerade dabei gewesen, einen Umschlag zu öffnen – sie hatte schon den Finger hineingeschoben, um ihn aufzureißen –, aber Johanne wurde fürchterlich wütend und schimpfte und tobte, woraufhin Vibeke den Brief erst recht lesen wollte. Sie erzählte, sie hätte sich aufgerichtet und gerufen: *Ich WILL diesen Brief lesen!*

»Wir hätten uns beinahe geprügelt.«

»Du kannst doch nicht darauf bestehen, Mamas Briefe zu lesen!«

»Sie waren an uns gerichtet!«

»Und jetzt sind sie verbrannt?«

»Ja, sie hat sie in den Kamin geworfen. Und ja, jetzt sind sie weg.«

Meine Mutter ruft mich herein. Als ich wieder ins Esszimmer komme, kramt sie gerade in den Schränken. In einem der Oberschränke steht eine Flasche Wein, sie öffnet sie mit einem Plopp und spült drei Wassergläser aus.

»Trink!«

Tante Vibeke hebt ihr rotgeflecktes Gesicht. Meine Mutter setzt sich und schmiert ihr Brote mit Leberpastete und eingelegter Roter Bete, mit Schinken und sauren Gurken.

»Iss!«, fordert Vibeke sie auf.

Ich mache mir ein Butterbrot mit Gurke.

»Sollen wir Warren anrufen, den Nachbarn?«, fragt meine Mutter.

»Der ist letztes Jahr gestorben.«

»Er ist tot? Und was ist mit seinem Sohn?«

Ich leere mein Weinglas in einem Zug.

»Glaubst du, der Sohn kann uns helfen, sie zu finden?«, fragt Mama.

»Ich habe Paul schon so oft um Gefallen gebeten, ich traue mich nicht, ihn schon wieder zu bemühen. Er hat immer nach ihr gesehen, wenn ich ihn angerufen habe.«

»Was ist mit der Polizei?«, frage ich.

»Die habe ich auch schon mehrmals kontaktiert, und Johanne war dann immer so fürchterlich wütend. Inzwischen denke ich, wenn sie unbedingt draußen herumlaufen und stürzen will, soll sie eben stürzen.«

»So was kannst du doch nicht sagen. Was ist, wenn sie sich verlaufen hat?«, erwidert Mama.

»Du hast kein Recht dazu, mir kluge Ratschläge zu geben. Ich war diejenige, die sich um sie gekümmert hat.«

»Aber wie oft warst du überhaupt hier?«

Ich starre auf meinen Teller. Jetzt schmiert meine Mutter auch mir Brote.

»Meint ihr nicht, dass Oma ihren Hund mitgenommen hat?«, frage ich. »Der findet doch bestimmt nach Hause?«

Wir besprechen die Zimmerverteilung. Meine Mutter und Tante Vibeke wollen sich das Ausziehsofa teilen, sie brauchen ja nicht so viel Platz. Ich bin der Meinung, das sei viel zu unkomfortabel für sie, aber sie finden, ich solle das gute Bett haben, also das von Johanne.

»Du hast schon seit über vierundzwanzig Stunden nicht mehr richtig geschlafen«, sagt meine Mutter. »Du *musst* schlafen.«

»Ich habe im Auto geschlafen.«

»Was ist, wenn es dir wieder schlechter geht? Wir können dich hier nicht einliefern.«

Meine Tante hält inne, die Teller, die sie gerade in die Spülschüssel stellen wollte, schlagen klirrend gegeneinander.

»Und was ist, wenn Oma mitten in der Nacht plötzlich wiederkommt?«, frage ich. »Wo soll sie dann schlafen? Ich kann mich neben euch auf den Boden legen.«

»Du sollst doch nicht zwischen diesen ganzen Kisten liegen«, entgegnet meine Mutter.

»Das ist ein richtig schönes kleines Zimmer«, sagt Tante Vibeke und presst ein wenig Spülmittel aus der Flasche ins Wasser.

Meine Mutter findet hinter der Tür einen Lappen. Ich möchte auch einen, bekomme aber erneut zu hören, ich solle mich lieber ausruhen oder schon mal in Johannes Schlafzimmer gehen und anfangen, meinen Koffer auszupacken.

»Aber was ist, wenn sie sich ganz in der Nähe befindet?«,

frage ich. »Wenn sie im Garten gestürzt ist? Oder im Treibhaus oder im Rosarium oder im Labor?«

Sie haben immer so viel erreicht mit ihren kleinen Körpern. Vibeke steht auf einem Schemel und kommt gerade so an die Spüle. Meine Mutter klettert jedes Mal, wenn sie etwas wieder einräumen will, auf einen Stuhl.

Meine Tante hat nie eine weiterführende Ausbildung gemacht. Stattdessen adoptierte sie meine Cousinen und Cousins und konzentrierte sich auf sie, aber ich weiß, dass sie insgeheim davon träumte, Lehrerin zu werden. Meine Mutter wäre fast Steuerberaterin oder irgendetwas in der Richtung geworden, aber dann lernte sie meinen Vater kennen, wurde Hausfrau und später, als ich in die Schule kam, Altenpflegerin. Als Vibeke und sie jünger waren, arbeiteten sie im Kinderheim und hatten verschiedene Putzjobs.

»Marie, kannst du mal draußen nachsehen?«

Die Schwestern sehen mich an. Doch als ich meine Schuhe anziehe, kommen sie auch mit hinaus.

Die Luft ist kühl geworden, ich friere an den Armen. Tante Vibekes Lampenkegel wandert an den verschiedenen Gebäuden auf und ab, über das Gras am Waldrand. Wir rufen abwechselnd nach Johanne.

Als meine Mutter und ich einen Moment nebeneinanderher gehen, flüstert sie mir zu, sie mache sich Sorgen um Vibeke. Nicht nur wegen ihres Fahrstils. Sie fragt mich, ganz nah an meinem Ohr, ob ich den Eindruck hätte, Vibeke würde allmählich dement?

Inzwischen ist es Mitternacht. Das Sofa wurde ausgezogen und frischgemacht. Die Schwestern tragen ihre Nachthemden und waschen sich an der Küchenspüle, am Hals, im Gesicht und unter den Armen. Sie tragen große Schlüpfer und lange Sportsocken. Alles sieht gleich aus, sie schicken sich gegenseitig Anziehsachen, wenn sie etwas finden, das ihnen passt.

Ich wende den Blick ab, als sie sich im Schritt waschen.

Mein Handy hat immer noch keinen Empfang, und ich ziehe den Stecker des Festnetztelefons und nehme es mit ins Schlafzimmer. Erst versuche ich es auf Fines Handy. Ihre Stimme, mit der sie die Ansage auf die Mailbox gesprochen hatte, als sie das Telefon mit zehn Jahren bekam, klingt heute noch genauso jung und hell.

Ich rufe Jan an.

»Ja?«

Seine Stimme hallt wider, in Dänemark ist es sechs Uhr morgens.

Fine schläft. Das Fieber sei gesunken, aber sie habe wieder Albträume gehabt, sagt Jan. Wenn sie wach sei, wirke sie müde und sei immer noch sehr blass. Auch ihrem Magen gehe es noch nicht besser.

»Und was ist mit deiner Arbeit?«

»Ich rechne damit, morgen mal vorbeizufahren. Nur für eine Besprechung. Falls etwas ist, bin ich ja telefonisch erreichbar.«

Ich möchte nicht, dass er sie allein lässt. Aber so etwas kann ich ihm inzwischen nicht mehr sagen. Ich bin ja auch nicht besser.

Jan ist immer noch in der Leitung. Ich schaffe es einfach nicht, das Telefonat zu beenden, meine Brust krampft sich zusammen. Doch dann sage ich *danke.*

Meine Mutter und Tante Vibeke starren mich an. Als ich aufgelegt habe, klingelt das Festnetztelefon. Meine Mutter nickt Vibeke zu, dass sie drangehen soll.

Es ist Onkel Charles, der mit ihr schimpft.

»Yes, darling, yes, darling.«

Vibeke legt auf und schüttelt den Kopf. Sie sagt, Charles hüte gerade die Enkel, könne sie aber nicht zum Einschlafen bewegen.

Ich war vorher noch nie in Omas Schlafzimmer. Bei meinen drei Besuchen – als ich am Gymnasium angefangen hatte, als ich Mitte zwanzig war, und beim letzten Mal zusammen mit Jan und Fine – habe ich auf dem Sofa, draußen auf der Veranda oder im Garten im Zelt geschlafen.

Im Wohnzimmer bestehen die Wände aus ungeschliffenen Holzbrettern, hier drinnen sind sie mit einer zerschlissenen Seidentapete mit kleinen Sträußen aus rosa Blümchen tapeziert.

Im Regal am Fußende des schmalen Betts stehen die Botanikbücher. Unter meinen Füßen liegt ein gräulicher Hochflorteppich. Die Leselampe über dem Bett ist die einzige Lichtquelle, sie scheint hell und weiß. Das Fenster ist winzig.

Auf dem Fußboden ist kaum Platz, also öffne ich den Schrank, vielleicht kann der Koffer darin stehen?

Omas Kleider hängen in einer Reihe. Die meisten sind geblümt oder in irgendeiner anderen Weise gemustert. Sie reichen bis auf den Boden, haben lange Ärmel und hochgeschlossene Kragen.

Ich versuche, den Koffer unter das Bett zu schieben, aber auch dort lagern Bücher, also liegt er jetzt mitten im Weg. Ich nehme die zerschlissene Tagesdecke vom Bett, das Laken und die Bettwäsche wirken sauber. Tante Vibeke hatte Bezüge für meine Mutter dabei, aber hat nicht erwähnt, ob sie auch für mich welche eingepackt hat.

Ich gehe zur Toilette, die am Ende des Flurs liegt, und putze mir an der Küchenspüle die Zähne. Das Wasser sieht aus wie Blut, selbst wenn es mit Zahnpasta gemischt ist.

Die Gesichter meiner Tante und Mutter sehen blass vom Schlafsofa auf. Sie haben die Köpfe zusammengesteckt, wie zwei Jungvögel in einem Nest. Vielleicht konnten sie wirklich nur überleben und zu den guten Menschen werden, die sie sind, weil sie einander hatten. Die Berührung, den Blick, die Stimme, den Atem und Herzschlag der anderen. Weil sie einen Menschen hatten, dessen Hand sie ergreifen konnten, wenn die Nacht und die Welt sehr groß wirkten.

Damals habe es ja keine guten Kinderheime gegeben, sagten sie.

Als ich ein Kind war, träumte ich davon, dass meine Tante eines Tages nach Dänemark zurückziehen würde. Oder davon, dass wir es uns leisten könnten, jeden Sommer und jedes Weihnachten in die USA zu fahren und nicht nur alle paar Jahre. Vielleicht konnten wir ja sogar nach Amerika auswandern, Papa, Mama und ich? Was für eine Vorstellung, in Vibekes Nähe zu wohnen und jeden Tag mit meinen Cousinen und Cousins spielen zu können.

Dafür ist es jetzt zu spät, für beides. Das Einwanderungsgesetz wurde verschärft, und als mein Vater noch arbeitete, hätte ein dänischer Jurist hier wohl auch keinen Job finden können. Umgekehrt hätte ich mir Onkel Charles auch nicht in Dänemark vorstellen können. Meine Cousins und Cousinen sind amerikanische Staatsbürger. Einige sind nicht adoptiert, sondern nur Pflegekinder. Meine Tante hätte sie wohl nur schwer außer Landes bringen können.

Meine Mutter stößt einen Schrei aus. Meine Tante lacht: »Schluss damit!«

»Du hast angefangen.«

»Nein.« Meine Mutter kitzelt ihre Schwester, die zappelt wie ein Insekt.

»Könntet ihr dann so langsam mal schlafen?«, frage ich und werfe ihnen einen Luftkuss zu.

»Das gilt auch für dich, Schatz.«

»Danke, dass du mitgekommen bist«, sagt Tante Vibeke.

»Ich habe zu danken.«

»Ach herrje!«

Tante Vibeke steht auf und dreht eine Runde an allen Fensterbänken entlang. Sie schimpft und flucht und holt eine Gießkanne unter der Küchenspüle hervor.

»Die Zimmerpflanzen brauchen dringend Wasser«, sagt sie. Mutter sagt, sie sollten eigentlich nur mit Regenwasser gegossen werden, aber jetzt bekommen sie welches aus dem Hahn. »Du ahnst ja nicht, wie viele Eimer ich schon hier reingeschleppt habe …«, sagt Tante Vibeke.

Ich gehe wieder ins Schlafzimmer und knipse die Lampe aus. Das Licht von draußen sickert gelb unter dem Türspalt hindurch, und dann klingelt das Telefon wieder.

»Ich übernehme das«, sagt meine Tante.

Onkel Charles redet und redet. Meine Tante seufzt und legt auf.

Dann streiten sich die Schwestern wie kläffende Hunde.

Ich schalte die Leselampe wieder ein und blättere in ein paar Büchern aus dem Regal. In Dänemark ist es jetzt Morgen, ich spüre es wie Neonröhren hinter meinen Augen.

Ein Buch handelt von Algen und Bakterien, ein anderes von Giftpflanzen.

Ich kuschele mich unter die Decke, spüre die Abdrücke meiner Großmutter unter mir. Die warme Glühbirne strahlt über meiner Stirn.

Als ich die Hand hebe, um die Lampe wieder auszuknipsen, fällt mein Blick auf das Regal, das direkt über dem Fußende hängt. Neben einem alten Buch über Sporenpflanzen und einem Rahmen mit aufgespießten Schmetterlingen sitzt ein gelber Teddybär mit einem Schild um den Hals. *Für Fine,* steht darauf.

Das gelbe Fell klebt schmuddelig und schmierig am Körper. Die Stiche der Nähte sind groß und schief, aber er hat denselben gläsernen Gespensterblick wie damals. Schon als Fine im Alter von vier Jahren mit dem Teddy umherlief, war er abgewetzt.

Fine verliebte sich hoffnungslos in den Bären, und Johanne hatte jedes Mal Tränen in den Augen, wenn ihre Urenkelin das Stofftier zwischen den Ohren küsste. Die glänzenden Teddyaugen starrten geradewegs in Fines Herz hinein.

Vorher hatte sie sich unmöglich benommen, dann aber kommunizierten Fine und Johanne über den Teddy miteinander. Fine sagte: *Hallo, Oma!,* und Johanne, oder der Bär, antwortete mit seltsamen Waldgeräuschen: Eulenrufen, Blätterrascheln, einer summenden Biene, einer gluckernden Quelle.

Fine senkte die Schultern und weinte nicht mehr, und Johanne strich ihr vorsichtig über die Wangen und schwärmte davon, wie hübsch sie sei. Sie flocht Fines Haar und sagte: »So, jetzt bleibt nicht mehr so viel Dreck darin hängen.«

Und plötzlich brach die alte Dame schluchzend zusammen, ihre Lippen zitterten, und ihr Blick fiel auf mich wie ein langer blauer Strahl. Dann verkündete sie, Fine sei das schönste Kind auf der ganzen Welt.

Jetzt war auch ich gerührt, und meine Großmutter zog ihre Urenkelin an sich. Johanne nahm sonst nie jemanden in die

Arme, aber Fine umarmte sie, Fine, mein seltsames Kind, das viel zu selten Komplimente bekam.

Beim Essen saß Fine auf ihrem Schoß, damit sie an den Teller kam. Den Bären hatten sie zwischen sich geklemmt, Fine schaufelte die Bolognese in sich hinein. Der Sonnenuntergang leuchtete uns direkt in die Augen. Johanne lächelte glücklich, und ihre runden Brillengläser reflektierten das Licht.

Mein Bauch verkrampfte sich vor Scham.

Noch bevor Fine überhaupt auf der Welt war, hatte Johanne ihrer Urenkelin ein Interesse entgegengebracht, das sie an mir, meiner Mutter oder Vibeke nie gezeigt hatte. Und auch nicht an Vibekes Kindern und Urenkeln.

Während meiner Schwangerschaft rief sie immer wieder an, und wenn Jan nicht in der Nähe war, sprach ich mit ihr. Sie wollte wissen, wie es mir gehe.

Das Telefon klingelte auch, als ich nach der Geburt auf der Entbindungsstation lag. Ich döste halb vor mich hin, und Jan nahm den Anruf entgegen und mimte mit den Lippen, dass es meine Großmutter sei. Ich riss ihm das Handy aus der Hand.

In der Elternzeit rief sie ebenfalls ständig an. »Und wie geht es der kleinen Prinzessin jetzt?«, fragte sie. »Ist sie immer noch so hübsch?«

Ich musste versprechen, ihr Fotos zu schicken, am besten jede Woche, und irgendwann platzte mir der Kragen, und ich schrie ins Telefon: »Was glaubst du eigentlich, wie es mir geht? Warum fragst du nie nach mir?«

Darauf antwortete sie nicht, bat mich jedoch, den Hörer an Fines Ohr zu halten, damit ihre Urgroßmutter richtig mit ihr sprechen könne.

In der letzten Nacht, in der wir hier schliefen, durfte Fine den Teddy mit ins Zelt hinausnehmen. Johanne stand auf der Veranda und starrte zu uns hinüber, wir schlossen den Reißverschluss des Zelts. Im grünen Schein des Zelttuchs lag ich da und starrte in die Bärenaugen, die sicher niemals schliefen.

Der Teddy roch nach Schweiß und Fäulnis und enthielt irgendetwas Hartes, das fast wie ein Rückgrat wirkte. Wenn man auf den Bauch drückte, knirschte es dort drinnen.

Hier und jetzt, in Omas Bett, fühlt sich der Teddy nicht mehr ganz so an, wie ich ihn in Erinnerung hatte. Er knistert eher, als dass er knirscht, ist nicht mehr so hart. Ich presse ihn an mich, küsse ihn zwischen die Ohren, bohre meine Nase in das Fell und atme tief ein. Ob meine Großmutter wohl auch manchmal so daliegt und dasselbe tut?

Während unseres früheren Besuchs lag ich nachts schwitzend wach. Die Zikaden zirpten, die Baumfrösche quakten, ein Kojote heulte. Ich schmiegte mich eng an Fine und den Teddy und sah durch das Insektennetz hinaus. Die Glühwürmchen flogen wie Funken zwischen den Bäumen umher. Jan schnarchte.

Konnte ich den Reißverschluss des Zeltes öffnen, ohne dass er es hörte? Und behaupten, ich müsste nur pinkeln?

Ich hätte zur Kiesauffahrt und dann an der Straße entlang gehen können. Den Pfad durch den Wald zu nehmen, wagte ich nicht. Ob Paul auch schlaflos in seinem Bett lag, im Bauwagen neben dem Haus seines Vaters? Hatte Johanne ihm erzählt, dass ich zu Besuch war?

Nach dem Frühstück half ich Johanne beim Spülen. Wir würden gleich packen, Jan saß draußen auf der Veranda und putzte Fine die Zähne.

Ich holte tief Luft und fragte meine Großmutter, wie es Paul gehe. Sie drehte den Kopf und zwinkerte mir langsam mit beiden Augen zu. Plötzlich lag eine warme Spülmittelhand auf meiner Schulter. Meine Großmutter strich mir sanft mit ihren feuchten Fingern über die Wangen. Ich wurde rot.

Sie hätte vorschlagen können, Warren und Paul am Vorabend zu unserem Abschiedsessen einzuladen, aber sie hatte es nicht getan.

»Es ist, als würde es mit der Zeit immer schwerer, die Wahrheit zu erzählen, nicht wahr, liebe Marie?«, fragte sie, seufzte und blickte abwesend aus dem Küchenfenster. »Aber was, wenn die Wahrheit gar nicht so wichtig ist?«

Dann wollten wir fahren. Fine sollte sich von ihrer Urgroßmutter verabschieden und klammerte sich an den Teddy, aber Johanne wollte ihn wiederhaben und musste ihn ihr schließlich entreißen. Fine brüllte immer lauter und lauter, und meine Großmutter brach in Tränen aus und rannte mit dem Stofftier ins Haus.

Fines Geheul, als wir das Auto fertig packten. Das Echo aus dem Wald. Sie musste bis zu Warren und Paul zu hören gewesen sein. Könnte Paul auf die Idee kommen, hier nachzuschauen, ob irgendetwas nicht stimmte?

Ich beeilte mich, das Navigationssystem anzustellen, Fine stampfte auf den Boden und brüllte, sie wolle den Teddy haben. Ich sagte, sie solle damit aufhören, der Teddy gehöre ihrer Uroma.

Irgendwann wurde Fine ganz schlapp, ich hob sie in den Kindersitz, und sie fiel in einen todesähnlichen Schlaf.

»Warum zum Teufel hätte sie ihn Josefine nicht einfach schenken können?«, zischte ich Jan zu, der gerade als letztes den Buggy zusammenklappte und oben auf die Koffer schob.

Johanne kam wieder heraus. Sie entschuldigte sich unentwegt und tat mir beinahe leid. Dann steckte sie die Hand durch

Fines Fenster und berührte ein letztes Mal ihre Wange. Sie versuchte, ihren ganzen Kopf hindurchzuzwängen, um Fine zu küssen.

»Verzeih mir, mein liebes kleines Mädchen«, flüsterte sie. »Seid bitte immer gut zu ihr«, sagte sie zu Jan und mir, »und schenkt ihr eine Menge Liebe.«

Ich glaube, Oma Johanne weinte voller Verzweiflung, als sie zur Veranda hinauf und ins Haus ging. Sie winkte nicht, als wir auf dem Kiesweg davonfuhren, obwohl ich den Arm aus dem Fenster hielt und auf- und abschwenkte.

Jan kurbelte die Fenster hoch und schaltete die Klimaanlage ein. Das Thermometer im Auto zeigte bereits dreißig Grad an. Ich blickte zurück zu Pauls und Warrens Grundstück, doch es lag versteckt zwischen den Bäumen.

Kaum war sie wieder wach, weinte Fine weiter und hörte nicht auf, nach ihrem Teddy zu rufen.

Eine Woche darauf flogen wir zurück nach Dänemark. Wir schwebten zusammen durch die Wolken und über das Meer, Jan, mein kleines Mädchen und ich. Fine redete immer noch von dem gelben Teddy.

Seither hat Johanne ihr schon bergeweise Teddys geschickt. Anfangs war Fine jedes Mal wütend geworden, wenn wieder ein neuer kam, weil er sie an den gelben erinnerte. Doch mit der Zeit freute sie sich darüber. Keiner sah aus wie ein richtiges Tier, alle hatten mehr oder weniger seltsame Formen und Farben. Der gelbe Teddy war auch nicht besonders naturgetreu gewesen. Ob Johanne absichtlich die sonderbarsten Kuscheltiere für Fine fand? Sollte Fine sich normal fühlen zwischen diesen ganzen missgestalteten Geschöpfen?

Eine Zeit lang drapierte Fine die Kuscheltiere um sich herum wie eine Ringmauer, ehe sie einschlief, als wollte sie keines davon benachteiligen. Wenn ich bei ihr hereinschaute, ehe ich selbst ins Bett ging, dachte ich: Sollte Fine jemals selbst Kinder bekommen, wäre sie sicher die beste Mutter der Welt.

Als wir wieder zu Hause waren, rief Johanne mehrmals in der Woche an, um mit ihrer Fine zu sprechen, und schrieb ihr jede Woche einen Brief. Fine begann zu sagen, dass sie ihre Uroma liebe. Uroma sei der beste Mensch auf der ganzen Welt. Sie wollte auch nicht mehr Josefine heißen, wir sollten Fine zu ihr sagen, weil ihre Uroma sie so nannte.

Bevor wir meine Großmutter besucht hatten, war Jan sehr interessiert gewesen, sie kennenzulernen.

Er war vor Ehrfurcht ganz nervös, als wir die Einfahrt zum Haus hinaufrollten. Das änderte sich nach unserem Besuch, und erst recht, als er nach unserer Heimkehr über sie recherchierte. Wie sich herausstellte, war meine Großmutter 1991 der Universität verwiesen worden. Man warf ihr Diebstahl und Betrug vor und meinte, sie habe die Labore jahrelang für ihre eigenen Zwecke genutzt.

Jan und ich haben meiner Mutter und Tante Vibeke nie davon erzählt. Es gab keinen Grund, ihr Verhältnis noch weiter zu verschlimmern, obwohl ihnen eine Erklärung, warum sich ihre Mutter nie bei ihnen gemeldet hatte, vielleicht geholfen hätte. Und Fine sollte natürlich am besten auch nicht erfahren, was wir herausgefunden hatten.

Ich kann nicht aufhören, den kleinen gelben Bären zu umarmen, und es ist, als würde er auch mich umarmen.

Irgendwann stelle ich ihn wieder auf das Regal, richte das kleine Schild, auf dem *Für Fine* steht, und lösche das Licht. Warum möchte meine Großmutter jetzt, dass Fine den Bären bekommt?

Ein Windstoß fährt durch den nächtlichen Wald, Omas Haus knarzt. Wassertropfen platschen auf das Dach, und ich glaube, meine Mutter und meine Tante nebenan reden zu hören. Als es nicht mehr regnet, muss ich pinkeln, doch als ich das Wohnzimmer durchquere, schnarchen die beiden nur.

Sie leuchten, dort auf dem Sofa. Sie halten sich in den Armen. Meine Mutter sagt sonst immer, sie schlafe so schlecht, weil ihr Rücken und ihr Nacken schmerzen würden. Meine Eltern haben getrennte Schlafzimmer, weil mein Vater schnarcht, und meine Mutter braucht eine spezielle Matratze, die nicht in das Doppelbett passt. Aber hier, auf dem alten Schlafsofa, scheint sie keine Probleme zu haben.

Das grelle Badezimmerlicht ist eisig, Silberfische, Ohrenkneifer und eine einzelne Kakerlake flitzen im Kreis umher, ehe sie alle wieder ihre Verstecke finden.

Ich betätige die Spülung nicht und halte vor der Haustür inne. Höre ich ein Schnaufen, ein Rascheln?

»Hallo«, flüstere ich in Richtung Schlüsselloch und warte lange, ehe ich aufschließe. Aber dort hängt nur ein einzelner milchiger Stern über den Baumwipfeln.

Ist Johanne aus Protest gegangen, weil Tante Vibeke darauf bestand, die Briefe zu lesen? Oder wegen der drohenden Familieninvasion? Aber warum hätte sie das tun sollen, wenn sie so gern ihre Urenkelin sehen wollte?

Tante Vibeke schaltet die kleine Tischlampe ein, sie trippelt prustend zur Spüle, holt sich ein Glas Wasser und winkt mir kurz zu, ehe sie ihren geblümten Kulturbeutel öffnet und ein paar Pillen aus einem Glas schüttet, die sie hastig schluckt. Als sie wieder bei meiner Mutter ist, holt sie mehrmals tief Luft und legt sich dann wieder hin, genauso wie zuvor.

Johanne wollte nie etwas über den Vater meiner Mutter und Tante erzählen, also meinen Großvater, und jetzt ist er sicher längst gestorben.

Ich habe gemutmaßt, dass irgendetwas Traumatisches passiert sein musste. Immerhin war Johanne während des Krieges und kurz vorher durch die Welt gereist. War sie vergewaltigt worden, hatte sie sich in einen Nazi verliebt, oder in einen Juden, einen Bolschewiken? Oder vielleicht in einen verheirateten Mann? Hatten meine Mutter und Tante die Hautfarbe, die Größe und die Haarfarbe von ihm geerbt? Dann müsste er doch aller Wahrscheinlichkeit nach ein Ausländer gewesen sein?

Meine Mutter und Tante Vibeke sprachen darüber, ob ihr Vater der Botaniker Magister Steen gewesen sein könnte, mit dem Johanne in Südamerika umhergereist war. Irgendwann recherchierte ich nach ihm, er war bereits im August 1939 verstorben.

Die beiden hatten auch nach Fotos aus Johannes Kindertagen gefragt, doch sie hatte geantwortet, ihre Kindheit sei nichts Vorzeigbares gewesen.

»Ich kann alles verkraften«, hatte meine Mutter gesagt. »Und ich glaube, für Vibeke gilt dasselbe. Ich glaube, nach allem, was wir uns im Laufe der Jahre ausgemalt haben, gibt es keine Wahrheit, die uns vollkommen umhauen könnte.«

Das Kinderheim, in dem meine Mutter und Tante Vibeke aufwuchsen, lag direkt am Öresund, und auf der anderen Straßenseite begann der Wald. In einer Winternacht hatten sie plötzlich Lerchen und Schwalben gehört und vereinzelte Kuckucksrufe, und Wind, der im Laub raschelte.

»Ich habe ein Gesicht am Fenster gesehen«, sagt Tante Vibeke immer, wenn sie die Geschichte wieder einmal erzählen.

»Nein, ich habe es gesehen«, sagt meine Mutter.

»Ich war es. Wir waren damals vierzehn, denn ich kann mich erinnern, dass wir alle an der Nase herumgeführt hatten. Wir waren mit unseren feinen weißen Kleidern ins Bett gegangen, weil wir uns so auf unsere Konfirmation freuten.«

»Das hast du falsch in Erinnerung, ich habe dich geweckt, und du hast es gar nicht mehr rechtzeitig sehen können.«

Ein kleines, grünliches Gesicht mit zwei blitzenden bernsteinbraunen Augen sei es gewesen.

»Habt ihr euch nicht gegenseitig hochgeschaukelt und euch das nur eingeredet?«, frage ich dann immer.

»Es wirkte so lebendig …«

Eine der Angestellten sei hereingekommen. Meine Mutter und Vibeke hätten im Schlaf geweint und wären nur schwer zu wecken gewesen.

»Also muss es ein Traum gewesen sein«, sage ich.

Dann schnauben meine Mutter und meine Tante jedes Mal wie zwei Pferde.

Vor nicht allzu langer Zeit, als es mir richtig schlecht ging und meine Träume mich wach hielten, erzählte meine Mutter mir, dass sie diesen Traum viele Male geträumt hätte, auch jetzt, da sie schon älter war. Das grünliche Gesicht starrt sie an, und wenn sie aufwacht, hat sie das Gefühl, sie sollte irgendetwas wissen.

Es ist ein Wunder, vielleicht auch eine Art Rebellion, dass ich Biologie studierte und später Lehrerin am Gymnasium in Allerød wurde. Als Jugendliche füllte ich mein Zimmer mit echten Pflanzen. Wenn es in den anderen Räumen des Hauses sonst noch irgendwo etwas Grünes gab, war es aus Plastik und stammte von meinem Vater. Er sagte, das würde doch für ein bisschen Gemütlichkeit sorgen.

Der Garten meiner Kindheit bestand aus einem kurzgemähten Rasen mit einem Apfelbaum in der Mitte. Die Äpfel waren holzig. Neben der Ligusterhecke standen drei magere Lärchen, weil meine Mutter sich vor den Blicken der Nachbarn schützen wollte. Unsere Terrasse füllte den halben Garten aus. Der Vorgarten war komplett gefliest.

Als Tante Vibeke Johanne zum ersten Mal hier im Wald besuchte, waren ihr die Bäume schon über den Kopf gewachsen. Johanne war dürr geworden, sie roch, als bräuchte sie dringend eine Dusche, und sprach wie ein Mensch, der sich schon lange nicht mehr mit anderen Menschen unterhalten hatte. Das war Mitte der 1990er, einige Jahre, nachdem sie von der Universität gefeuert worden war.

Damals muss ich fünfzehn gewesen sein. Ich erinnere mich, wie meine Mutter am Telefon weinte, als Tante Vibeke anrief und erzählte, sie hätte Johanne gefunden. Im ersten Moment dachte ich, es wäre jemand gestorben.

»Wir müssen wahrscheinlich akzeptieren, dass es nicht besser wird«, sagte meine Mutter, nachdem sie aufgelegt hatte. »Deine Großmutter wird sich wohl nie ändern. Sie hätte uns doch ruhig erzählen können, dass sie an der Universität aufgehört hat. Warum musste Vibeke selbst dort anrufen und auf diesem Weg erfahren, dass sie nicht mehr dort arbeitet? Johanne hätte uns selbst die Adresse des Hauses im Wald geben können. Stattdessen haben wir uns solche Sorgen gemacht. Und dann schickt sie nur eine Karte, Jahre später, mit einer Blume, einer Adresse und *herzlichen Grüßen von Eurer Mutter.* Johanne wurde sogar sauer, als Vibeke unangemeldet bei ihr auftauchte, und sie ist immer noch wütend darüber, dass Vibeke in den USA wohnt und nicht mehr zusammen mit mir. Und dann hat sie trotzdem gesagt, dass sie uns beide liebt. Und dass Vibeke dir und mir Grüße ausrichten soll.«

Ich erinnere mich, dass meine Mutter versuchte, ihre Tränen zu trocknen, aber sie strömten immer weiter. Wie sie aufstand und in den Garten ging. Wie ich allein neben dem Telefon zurückblieb.

Ich schalte das Licht an. Der Teddybär beäugt mich, die Staubblätter in den rosa Blumensträußen der Tapete starren ebenfalls. Das leere Fenster glotzt.

Inzwischen ist es acht Uhr morgens in Dänemark, und ich habe immer noch nicht geschlafen.

Du musst dich bewegen, du darfst keinen Alkohol trinken, du brauchst acht Stunden Schlaf, und du darfst dich mit nichts beschäftigen, was dich stresst.

Das haben die Ärztin und die Psychologin gesagt.

Ganz am Anfang, als ich bei meiner Familie ausgezogen war, besuchte meine Mutter mich jeden Tag in der Wohnung. Sie sorgte dafür, dass ich etwas aß und duschte, und sie *führte mich aus,* wie sie es ausdrückte, wenn wir zwischen den Wohnblöcken von Nivå spazieren gingen. Sie erkundigte sich nach meiner finanziellen Situation und wie es Fine und Jan meiner Einschätzung nach gehe.

Ich vermisste die Natur nahe unseres Wohngebiets in Allerød. Von dort aus war ich innerhalb von zehn Minuten im Wald gewesen, aber das sagte ich ihr nicht.

Meine Mutter besuchte mich immer, bevor Fine kam. Das Kind sollte ja etwas zu essen haben, und sie wollte sichergehen, dass es mir wenigstens halbwegs gut ging. Sie verwöhnte Fine und blieb so lange, bis sie ins Bett musste.

Zwischendurch fuhr ich zu meinen Eltern und blieb ein paar

Tage dort. Ich sah mit meinem Vater fern und half meiner Mutter beim Kochen. Im Wintergarten tranken wir gemeinsam einen Abendtee. Doch es war unmöglich, zu der Einfachheit zurückzufinden, die ich als Kind in mir gehabt hatte. Das Gefühl, dass ich nur bei meinen Eltern zu Hause war und sonst nicht viel auf der Welt brauchte.

Vor drei Jahren, ich war zu dem Zeitpunkt seit zehn Jahren mit Jan zusammen, begann es mir richtig schlecht zu gehen. Ich konnte nicht schlafen und lag neben ihm, ohne auch nur ansatzweise zu wissen, was ich tun sollte.

Wie soll man sich verhalten, wenn man immer mehr Angst hat? Vor den dunklen Straßen, vor den gelben Backsteinen der niedrigen Häuser, vor allen Gebäuden, die auf etwas errichtet wurden, was vorher einmal ein Feld gewesen war und davor ein Wald. Wenn man Angst hat vor dem orangefarbenen Lichtschein der weit entfernten Autobahn. Vor dem weiten All und der Zukunft der Erde. Ja, ich hatte sogar Angst vor der Erde unter dem Keller, vor den Kräften der tektonischen Platten und dem eingekapselten Feuer der Vulkane. Ich hatte Angst vor den schmelzenden Gletschern, vor Überflutungen und vor dem Bevölkerungswachstum. Ich hatte Angst vor Jan und Fine. Ich hatte Angst vor mir selbst und davor, auf welche Ideen ich kommen könnte.

Manchmal versuchte ich, zu Gott zu beten. Dem Repräsentanten der menschlichen Moral. Würde er mir eine Antwort geben? Gab es irgendetwas auf der Welt, das wichtiger war als anderes? Meine Familie womöglich?

Ich erhielt keine Antwort. Und was war mit der Natur, die im Verhältnis zu Gott unmoralisch wirkte? War sie das Wichtigste? Oder waren Gott und die Natur eins, auf eine Weise, die ich nicht durchschaute?

Nichts Göttliches offenbarte sich mir, obwohl ich mit gefalteten Händen versuchte, mir Heilige, Schutzengel und sogar Jesus vorzustellen. Ich versuchte, auch an Paul zu denken, so sehr ich es wagte, und bemühte mich, seine Aura zu löschen, sodass er mir grau vorkam. Er befand sich weit weg, auf der anderen Seite des Atlantiks und tief in einem Wald. Und dennoch, so sehr ich mich auch anstrengte; immerzu strahlte er grün und gelb in meinem Kopf, beinahe wie eine Art Gottheit.

Es wäre möglich gewesen, mit ihm in Verbindung zu treten. Einst gab es nur Kabel, diese langen, lianenartigen Telefonleitungen, die auf dem Meeresboden lagen und die Stimme eines Menschen weiterbefördern konnten. Jetzt gab es auch Satelliten, oben unter den Sternen, die mit ihrem elektromagnetischen Pfeifen schnell dafür sorgen konnten, dass jemand den Hörer abnahm. So wie die Düfte des Waldes mit dem Wind davongetragen und empfangen werden und von einem anderen, weiter entfernten Wald gelesen werden können. Jedenfalls sagt die neuere Forschung, dass Bäume dazu in der Lage sind.

Ja, ich war nicht nur hier, ich war auch dort. Paul war nicht nur dort, er war auch hier. Und vielleicht war er wach, genau jetzt, genau wie ich.

Für kurze Momente sah ich sein dichtes braunes Haar, das bis zu den Schultern reichte. Einen geäderten, baumbraunen Arm, der sich über meine Decke bewegte. Ich streckte mich danach aus, und er wickelte sich fest um meinen. »Marie, ich liebe dich«, sagte seine Stimme direkt über mir.

Ich rannte auf die Toilette und schaltete das Licht ein, erbrach mich und putzte mir die Zähne. Mir fiel etwas ein, das irgendjemand einmal gesagt hatte: Der Mensch wird nackt geboren und stirbt nackt.

Ich ging zurück ins Schlafzimmer, weckte Jan und bat ihn, ein Glas Wasser für mich zu holen. Ich weinte und weinte.

Als ich auszog, wählte ich eine der billigsten Wohnungen, die man in ganz Nordseeland finden konnte. Sie hatte einen gelblichen Laminatboden und weiße Wände. Die Fenster waren länglich und boten zu beiden Seiten eine weite Aussicht auf die Wohnblöcke von Nivå. Im abgewohnten Hausflur stank es. Ich hatte keine Ahnung, wer die anderen Bewohner waren. Meinetwegen konnten es Mörder und Irre sein, dachte ich, während meine Mutter mir dabei half, Gardinen aufzuhängen. »Die Leute sollen nicht hereinschauen«, sagte ich. Ich ertrug es auch nicht, nachts wach zu liegen und in die anderen Wohnungen zu sehen, zu den anderen Menschen, die wie Schatten hin und her zu wandern schienen.

Die große alte Silberpappel vor meinem Wohnzimmer war das einzig Gute an meinem neuen Zuhause. Ihre langen Arme wogten, wenn es stürmte, und die Blätter kehrten sich um. Silberpappeln können sehr alt werden. Sie treiben in alle Richtungen aus, wenn man sie lässt, und alle kleinen Silberpappeln in der Nähe sind im Prinzip ein Teil des älteren Baums. Ja, man hat sogar ein über viertausend Jahre altes Wurzelnetz gefunden.

Jemand musste beschlossen haben, die Pappel zu verschonen, als das Wohnviertel gebaut wurde, und das war gut.

Als wir die Gardinen aufgehängt hatten und meine Mutter wieder gegangen war, lösten sich die in große weiße Wattebäusche verpackten Samen der Pappel. Ich öffnete das Fenster, im Viertel roch es herb. Pappelsamen schweben erst, wenn es mehrere Tage hintereinander warm und windig war. Ein Baum produziert zu Lebzeiten über eine Milliarde Samen, aber statistisch gesehen wächst nur aus einem einzigen davon ein Baum mit dem gleichen Umfang wie die Pappel dort unten.

Andere Menschen niesten und husteten jetzt sicher, denn die Wattebäusche fingen Pollen von anderen Bäumen und

Pflanzen ein und trugen sie weiter. Doch ich merkte nichts, für mich waren sie wie Schnee.

Jan blieb geduldig und hoffte immer noch, dass ich zu ihm zurückkehren würde, wenn ich meine Depression überwunden hätte. Fine hoffte es wohl auch, obwohl sie sich noch mehr als sonst in sich zurückgezogen hatte.

Meine Mutter war die Einzige, die fand, dass sich mein Zustand ein wenig gebessert hätte, als es auf diesen Spätsommer zuging. Und als Fine immer wieder bei mir und meiner Mutter anrief und uns damit in den Ohren lag, dass sie mit uns in die USA fliegen und den hundertsten Geburtstag ihrer Urgroßmutter feiern wolle, konnte ich es ihr irgendwann nicht mehr ausschlagen.

Fine sagte, Uroma würde darauf bestehen, dass sie komme, und hätte ihr schon das Geld für die Tickets überwiesen.

»Vielleicht ist das meine letzte Chance, sie zu sehen«, sagte Johanne am Telefon zu mir. »Wenn man hundert Jahre alt ist, kann man ja jeden Moment sterben.«

3

Fine liegt immer noch in ihrem Bett mit Aussicht auf den Garten. Ihr ist nach wie vor schwindelig, sie hat Kopfweh und sicher auch Fieber. Ihr Magen grummelt, die Haut juckt.

Sie wirft einen Blick auf ihr Handy: elf Uhr vormittags.

Wenn sie sich nur daran erinnern könnte, was sie geträumt hat. Irgendetwas kommt angekrochen, immer wenn sie die Augen schließt.

Aus der USA-Reise wurde nichts. Es ist wirklich traurig, und Uroma muss so enttäuscht gewesen sein, als sie erfuhr, dass nur Mama und Oma gekommen waren.

Papa legt auf, er hat ewig in der Küche telefoniert. Sicher ging es um seinen Job, den er von zu Hause aus erledigen muss, weil sie krank ist.

Papa kommt den Flur entlang, sie verkriecht sich hastig unter der Decke. Er setzt sich auf das Bett, genau in den Streifen Tageslicht, der unter dem Rollo hindurchfällt. Genau da, wo Fines angezogene Beine ihm ein Stück Platz lassen.

»Wie geht's?«

»Keine große Veränderung.«

Er legt eine klebrige Hand auf ihre Stirn. »Du bist immer noch ganz warm«, sagt er. »Soll ich dir irgendetwas bringen?«

Fine bestellt Cola und Toastbrot.

»Hattest du wieder Albträume?«

»Weiß nicht genau.«

Sie würde ihm das bisschen, an das sie sich erinnert, gern erklären. Doch sobald die Wörter ihren Mund verlassen sollen, zerfallen sie.

Fieberträume sind abstrus, das hat Mama auch gesagt. Fine solle bloß nicht alles glauben, was sie im Traum sehe.

Fine hat mitbekommen, dass ihre Eltern in der Nacht vor Mamas Abreise überlegt hatten, den Arzt zu rufen, denn sie hätte sich schreiend im Bett hin- und hergewälzt und, wie die Eltern sagten, »irgendein unverständliches Wirrwarr« von sich gegeben, über lange Gänge, in denen sie umhergerannt sei.

Mama hatte hier übernachtet, sogar im Ehebett, weil Papa sagte, sie solle vor dem langen Flug bei ihnen schlafen, damit Fine und sie frühmorgens zusammen aufbrechen könnten. Papa lag hier, neben Fine, auf einer Matratze auf dem Boden. Mama wirkte erleichtert, als sie entschieden, dass Fine nicht mitfahren konnte. Als wäre sie insgeheim froh, sie los zu sein. Wie gemein war das denn?

»Gibt es noch etwas anderes, worauf du Lust hättest?«

Papa rückt die Teddys ein wenig zurecht, die in einer langen Reihe auf dem Regalbrett über dem Bett stehen. Der Rest von Uromas Teddys liegt in der ausziehbaren Schublade unter dem Bett. Sie hatte sie vor ein paar Tagen ausgetauscht, damit die anderen Teddys auch Licht bekämen.

Fine schüttelt den Kopf. Ihr dreht sich der Magen um.

»Ich lasse dir ein bisschen Sonne herein.«

Sie versucht sich aufzusetzen, wird aber zurückgeworfen, als das Rollo hochschnalzt.

Das kurze gräuliche Gras, die goldenen Sträucher. Die dichte, immergrüne Ligusterhecke. Das rote Dach des Nachbarn mit dem Rauch aus dem Kamin, der in einem schrägen Bausch nach oben weht.

»Du liebe Güte, du siehst richtig seekrank aus.«

»Bin ich sehr grün?«

»Fast komplett.«

Fine lehnt sich über die Bettkante. Papa stürzt ins Bad, um den Eimer zu holen, doch es kommt gar nichts.

»Leg dich lieber wieder hin.«

»Vielleicht habe ich einfach nur Hunger?«

Papa kehrt mit Toast und Cola zurück, Fine isst und trinkt und sagt, jetzt gehe es ihr tatsächlich besser. Sie bittet ihn, das Fenster zu öffnen, damit die Sonne richtig hereinkommen kann.

Kühle, würzige Spätsommerluft. Sie holt tief Luft, sieht für einen kurzen Augenblick direkt in die Sonne und prüft dann auf ihrem Handy die Uhrzeit.

»Wenn es dir etwas besser geht, würde ich für ein paar Stunden zur Arbeit gehen.«

Sie nickt, gewissermaßen erleichtert.

»Machst du das Fenster zu, wenn es zu kalt wird?«

Sie schafft die ganze Cola, zusammen mit ein paar Äpfel- und Bananenstückchen, und lässt einen Toast mit Käse und Pesto übrig.

Fine schläft bei geöffnetem Fenster. Als sie das nächste Mal erwacht, ist es mit den Träumen wieder genauso. Sie kann sich nicht genau erinnern, aber heftig waren sie, und Fine hat das Gefühl, sie *müsste* sich erinnern. Warum sollte sie sonst immer wieder dasselbe träumen?

In der Schule haben sie jetzt gerade Mittagspause. Sie hat ihr Handy ausgeschaltet, oder vielleicht auch ihr Vater. Fine stellt es wieder an und zählt. Mama liegt zeitlich sechs Stunden zurück, in den USA ist es jetzt früh am Morgen, und Mama kann nicht gut früh aufstehen. Außerdem ist der Empfang in Uromas Wald auch nicht gut. Vielleicht muss Mama ein Stück vom Haus weggehen, um überhaupt telefonieren zu können. Andererseits hat Uroma natürlich auch noch ein Festnetztelefon.

Uroma hatte vor vierzehn Tagen angerufen, sogar auf Fines Handy, obwohl das sehr teuer sein musste. Papa war noch nicht wieder von der Arbeit zurück, dabei hatte er gesagt, dass er heute versuchen wolle, früher freizunehmen. Mit einer Stimme, die so hell klang wie die eines Kindergartenkindes, fragte Uroma: »Hast du einen Brief von mir bekommen, Fine? Da sind ein paar ganz leckere Süßigkeiten drin. Alle ganz für dich allein!«

Uroma japste nach Luft und hustete. Sie hat schweres Asthma und inzwischen auch ein Sauerstoffgerät, das ihr im Notfall helfen soll.

Aber Fine hatte keinen Brief mit Süßigkeiten bekommen. »Na, jedenfalls kannst du dich darauf freuen«, sagte Uroma. »Ruf mich an, sobald er da ist, ja? Deine Uroma hat dich sehr lieb!«

Anschließend wusste keine von ihnen, was sie noch sagen sollte, aber so ist das manchmal, und dann erzählt Uroma einfach vom Wald. An diesem Tag hatte sie einen langen Spaziergang gemacht. Der Blitz war in einen Baum eingeschlagen und hatte ihn von Kopf bis Fuß gespalten. Außerdem war ihr ein Bienenschwarm begegnet, und der Hund hatte ein totes Eichhörnchen gefunden und sich darin gewälzt.

Fine schaltete ab, schaffte es aber, an den richtigen Stellen *Ja* und *Ach, wirklich, spannend!* zu sagen. Uromas Stimme ist so beruhigend, Fine fühlt sich weniger allein damit. So ähnlich ist es auch, Uromas Briefe zu lesen. Die Seiten sind eng beschrieben, ohne Pausen, und handeln ebenfalls vom Leben des Waldes.

Ob Fine, wenn sie in eine Baumkrone hinaufsehe, schon einmal aufgefallen sei, dass die Blätter einander nie berührten? Ob sie gesehen hätte, dass sie einander Platz ließen?, fragte Uroma.

Dann erzählte sie Fine etwas über irgendwelche Forschung, die sie selbst betreibt oder von der sie gelesen hat. Der Wald sei wie das Internet, das *world wide web* der Natur. Bäume und Pflanzen könnten miteinander kommunizieren, vielleicht sogar über sehr weite Entfernungen, mithilfe von Pollen, Duftstoffen und Gasen, aber auch über die Wurzeln, mit elektrischen Impulsen, wie ein Gehirn. Möglicherweise kommunizierten sie auch über Geräusche. Einige Forscher hätten gemessen, dass Wurzeln mit genau zweihundertzwanzig Hertz knistern. Uroma war der Meinung, dieses Knistern, in Kombination mit elektrischen Impulsen, könne andere Wurzeln in der Nähe dazu bringen, ihre Richtung zu ändern, und das Pilzmyzel helfe bei der Kommunikation; die Pflanzen würden sie für diese Unterstützung mit Zucker bezahlen. Das ganze umfangreiche Myzel der Pilze tief in der dunklen Erde bilde zusammengenommen den größten Organismus im Wald. »Es ist wie eine Telefonistin«, erklärte Uroma, »falls du noch weißt, was das ist?«

Ja, alles hänge miteinander zusammen. Der Wald sei ein Superorganismus, so wie beispielsweise auch ein Ameisenhaufen oder ein großer Vogelschwarm.

»Die Pilze erregen keine Aufmerksamkeit wie die Pflanzen mit ihren vielen Farben, Düften und Formen. Dafür überleben sie alles: Umweltverschmutzung, monatelange Dunkelheit. Sie leben nicht nur im Waldboden, sondern auch in uns. Es gibt unzählige Arten. Und was hast du heute erlebt?«, fragte Uroma erneut, und dann begann Fine doch zu erzählen. Sie erzählte, welche Bäume oder Büsche jetzt Beeren trugen. Oder welche so aussahen, als würden sie sich bald herbstlich färben. Sie erzählte auch, was sie Grünes gegessen habe: ein Buchenblatt, einen Sauerampfer, eine Birne.

Uroma lachte wieder ihr Kleinmädchenlachen. Sie ist Wissenschaftlerin und redet immer so vernünftig. Aber gleichzeitig sagte sie, sie liebe ihren Wald. »Aber natürlich nicht annähernd so sehr, wie ich dich liebe.«

Sie lachten gemeinsam. Wahrscheinlich sind sie die beiden einzigen Menschen auf der Welt, die verstehen, dass man einen Wald lieben kann.

Uroma beendet ihre Anrufe jedes Mal mit einem kleinen Lied. Für eine alte Dame singt sie ziemlich okay.

»Schreib mir oder ruf mich an«, sagt sie. »Erzähl mir, was du in der Natur erlebst.«

Fine ist immer als Erste zu Hause. Sie braucht keinen Briefkastenschlüssel, weil sie mit ihrer schmalen Hand durch den Schlitz greifen und alle Briefe und Päckchen herausangeln kann.

Uromas Briefe entziffert sie selbst und zeigt sie niemandem mehr. Mama hat immer so schlechte Laune bekommen, wenn sie die Briefe laut vorlesen sollte. Und sie wollte die Briefe vorher immer erst einmal selbst ganz durchlesen.

Bei dieser Person wisse man nie so genau, hat sie gesagt.

Was in aller Welt soll so schlimm sein an Uroma? Oma Birgit spricht auch nicht gut über sie. Manchmal sagt sie so fiese Sachen über Uroma, dass Fine Oma Birgit beinahe hasst, obwohl sie eigentlich viel netter ist als Mama und Papa zusammen.

Mamas Augen sehen immer unglücklich aus, selbst wenn Fine ein bisschen mit ihr kuscheln möchte. Es heißt ja immer, Teenager wären in einer schwierigen Umbruchphase, aber Eltern können auch ziemlich komisch sein. Mama hört nie richtig zu, und sie mustert Fine oft so seltsam.

»Bin ich hässlich?«, fragt Fine dann. Mama erschrickt jedes Mal, bestreitet es und sagt, dass sie Fine liebe.

Ist Mamas Gesicht vielleicht hübsch? Nicht, wenn sie so glotzt. Fine versteht nicht, wie sich ihr Vater jemals in ihre Mutter verlieben konnte, und dass er immer noch sagt, er liebe *seine Marie.*

Ihre Eltern sitzen ständig mit ihren Laptops oder Handys da. Papa ist mit seiner Arbeit beschäftigt, Mama hat früher Arbeiten korrigiert oder war auf der Lernplattform. Jetzt, da sie krankgeschrieben ist, starrt sie stattdessen in die Luft. Irgendwie macht es keinen Unterschied.

»Du brauchst keine Angst zu haben«, sagen ihre Eltern immer. »Wir kümmern uns ja darum. Deshalb reden wir so viel darüber.«

»Es ist völliger Quatsch, dass die Welt untergeht«, erklärt Papa. »Die Welt wird weiterbestehen, und wir Menschen werden auch weiterhin hier sein. Es wird sich nur einiges ändern. Und dass wir so viele Menschen auf der Welt sind, ist ein großer Teil des Problems.«

Aber Papas viele Flugreisen sind auch Teil davon, genau wie Mamas und Omas Reise in die USA. Und Fines leergebliebener Platz.

Uroma hat gesagt, wenn sie einmal stirbt, soll Fine den Wald erben. Sie hat Fine sogar Unterlagen geschickt, wo es auf Englisch und Dänisch steht. Fine darf es aber noch niemandem sagen, vielleicht, weil die restliche Familie dann sauer wäre. Aber was stellt sich Uroma vor, dass Fine eines Tages dorthin zieht? Dass sie Pflanzenforscherin wird und an einer guten Universität arbeitet? Wenn Fine einmal Kinder hat, will sie nicht zu den Eltern gehören, die immer nur arbeiten. Und eigentlich hat sie auch keine Lust, weit weg von ihren eigenen Eltern zu ziehen.

Fine kann die Bucheckern des Baumes riechen, der auf der anderen Seite des Hauses steht. Die dreieckigen Nüsse werden bald herabfallen, sie schmecken süßlich und fettig. Auch die schweren schwarzen Brombeeren und ihr blutrotes Inneres kann sie riechen, die Büsche wachsen drüben beim Nachbarn. Sie hört einen leisen Plumps, als im Garten auf der anderen Straßenseite ein Apfel zu Boden fällt, es klingt wie der Schritt eines Menschen, der sich nähert.

Fine hört auch das Knistern der Regenwürmer, die sich durch das Gras pressen und auf den Apfel zubewegen. Sie schlägt ihre Decke beiseite und lässt sich von der Sonne bescheinen. Immer, wenn die Wolken davongetrieben sind und nur die Sonne allein da ist, summt es in ihrem Körper. Heute spürt sie es besonders stark, obwohl das Spätsommerlicht nicht mit dem Frühlings- oder Sommerlicht vergleichbar ist. Es summt und schnurrt in ihrem Inneren, das Blut wirbelt herum, und ihr Herz schlägt schneller.

Die Pflanzen atmen Kohlendioxid ein und Sauerstoff aus. Wenn Fine Sauerstoff ein- und Kohlendioxid ausatmet, ist sie mit den Pflanzen verbunden und umgekehrt. Als hätte sie eine zusätzliche Lunge. Die Pflanzen sind die Wesen, mit denen man auf der Welt am meisten verbunden ist. Ihr ausgeatmeter Sauerstoff mischt sich in der menschlichen Lunge mit dem menschlichen Blut. Das ausgeatmete Kohlendioxid der Menschen wird in die Blätter eingesogen und verteilt sich im Zellsaft. Durch das Blut und die Säfte sind wir miteinander vereint.

So war es schon, seit Fine denken kann: dass sie die Natur besonders deutlich spürt. Ihren Eltern geht es jedenfalls nicht so, und ihrer Klassenkameradin Feodora auch nicht. Sie lacht nur, wenn Fine davon erzählt.

Fine erinnert sich noch, wie sie als Kind auf dem Rasen unter der Birke saß. Sie zog an ihrem Ringfinger, und dann begann alles zu summen. Es waren weder die Insekten noch die Autobahn, die da summten, sondern etwas Allgegenwärtiges. Es strömte aus ihren Fingerspitzen, ihrer Nase, ihren Ohren und ihrem Mund. Sie legte sich flach auf den Rücken und spürte, wie die Wurzeln des Grases mit den Bäumen im Nachbargarten verbunden waren. Deren Wurzeln wiederum reichten bis unter das Gras auf dem Fußballplatz. Die Bäume in den Gärten des Wohngebiets auf der anderen Seite der Autobahn streckten ihre Wurzeln unter dem Asphalt hindurch und berührten die Graswurzeln. Diese Bäume hatten weitere Wurzeln, die sich mit den Kornfeldern verbanden.

In den USA sind die Wälder weitläufiger als hier. Fines Großcousinen und -cousins dürfen nicht allein dort hinein. Schon nach wenigen Metern kann man verloren gehen. Tante Vibeke hat gesagt, sie würde ihre Enkelkinder am liebsten anleinen, wenn sie auf sie aufpasst.

Fine hatte immer an ihrem Ringfinger ziehen müssen, um alles zum Summen zu bringen, doch nachdem sie vor einer Woche den Brief von ihrer Uroma erhielt, die mitgeschickten Gummibären aß und anschließend Fieber, Kopf- und Bauchweh bekam, kann sie das Summen einfach so auslösen.

Die Kopfschmerzen sind fast weg. Das Fieber auch, ist sie gesund? Fine hofft es und hofft es doch wieder nicht.

Die Wege in dem platten Wohngebiet mit den Bungalows verlaufen kreuz und quer und sind nach Bäumen und Büschen benannt. Papa und sie wohnen im Elmesvinget.

Fine radelt längst allein zur Schule. Auf den Straßen und Wegen kann sie sich gut orientieren, obwohl sie immer noch findet, dass sich alles zu sehr gleicht. Bevor die Häuser gebaut wurden, waren hier Felder, und davor Wälder, und noch früher Tundra und Eis. Es gab auch andere Zeiten, mit Dinosauriern und Urwäldern mit palmenähnlichen Pflanzen. Und es gab einmal das Urmeer, ganz ohne Land, und davor waren überall nur Felsen. Doch am Anfang kochte alles.

Fine zieht sich die Decke über den Kopf und schaut auf ihr Handy. Feodora aus ihrer Klasse hat sich nicht gemeldet, dabei hat Fine ihr geschrieben, dass sie krank ist. Aber sie hat einen verpassten Anruf von ihrer Mutter. Fine hört die Mailbox ab, aber Mama hat keinen Pieps hinterlassen.

Fine schließt fürs Erste das Fenster und wankt ins Bad. Der kalte Kachelboden, der säuerliche Geruch der Schmutzwäsche. Die Bartstoppeln im Waschbecken, ein gekräuseltes Haar auf der Klobrille. Die Haarreste im Abfluss der Dusche. Alles von Papa.

Fine pinkelt dunkelgelb und spült. Im Spiegel sieht sie, dass ihr Vater recht hatte. Sie ist sehr grün geworden. Fine hat sich schon immer an ihrer hässlichen Haut gestoßen, und ihre Mutter war jeden Winter mit ihr bei der Ärztin, aber jetzt ist es wirklich schlimm. Ihr Gesicht, die Beine und Arme; alles ist nicht nur grünlich, sondern einfach nur grün. So will sie auf gar keinen Fall wieder in die Schule.

Die Hautärztin ist darüber informiert, wie Oma und Vibeke aussehen, und alles deutet darauf hin, dass es etwas Erbliches ist. Sie muss aber auch zu regelmäßigen Untersuchungen ins Rigshospitalet, in die Abteilung für Wachstum und Reproduktion. Fine ist so klein. Früher bekam man Spritzen, um die Pubertät auszusetzen, damit man größer wurde, ehe man seine

Menstruation bekam. Aber so etwas macht man heute nicht mehr.

Ganz im Gegensatz zu dem Intelligenztest, den sie auch über sich ergehen lassen musste. Er bot eine gute Erklärung dafür, warum sie in der Schule nur schwer mitkam und eine Klasse wiederholen musste. Ihre alte Klassenlehrerin sagte, sie solle sich keine Sorgen machen. Es gebe viele verschiedene Arten von Intelligenz, und vielleicht sei sie ja musikalisch oder anderweitig begabt.

Fine holt ihren Kamm hervor. Er ist groß, mit viel Abstand zwischen den Zinken. Sie fährt damit durch ihr Haar, bis die dicken Strähnen nicht mehr zusammenkleben.

Das Festnetztelefon steht auf einem kleinen Tisch im Flur. Sie haben es nur, damit Fines Gespräche mit Uroma nicht zu teuer werden. Fine nimmt den Hörer ab, es rauscht und braust aus dem All. »Hallo?«, fragt sie. »Ist da irgendein Marsmensch?«

Irgendjemand, bestimmt Papa, hat mal gesagt, dass wir gewissermaßen alle Marsmenschen sind. Irgendwann kamen wir aus dem Weltraum hierher. Zwar nur als Atome, aber dennoch.

Fine legt wieder auf und geht zurück ins Zimmer.

Als Uromas Brief vor einer Woche endlich mit einiger Verspätung ankam, lag eine Karte im Umschlag, auf der stand, wie sehr sie sich auf Fines Besuch freue, und dass sie schnell die Gummibärchen essen solle. Ihre Schrift war schwach und zitterig. Ein Plastiktütchen mit vier roten Gummibärchen war beigelegt. Und die sollten besonders lecker sein? Ob sie selbstgemacht waren, vielleicht sogar vegan?

Sie klebten am Gaumen und an den Zähnen und hingen als lange Fäden zwischen der Zunge und dem übrigen Mundraum fest. Sie musste viel Wasser hinterhertrinken, doch es half kaum etwas. In derselben Nacht wurde sie krank, bekam Fieber und Magenkrämpfe. Ihre Träume begannen zu wuchern.

Fine legt sich die Hand auf den Bauch, er ist immer noch aufgebläht.

»Fettsack«, flüstert sie sich selbst zu.

Schon im Frühjahr, kurz bevor Mama nach Nivå zog, begann Fine ihrer Mutter und Oma damit in den Ohren zu liegen, dass sie gemeinsam in die USA reisen sollten. Uroma Johanne war Fine erschienen, in einem Traum, oder was auch immer es gewesen war.

Papa hatte drüben geschnarcht, aber Fine konnte nicht schlafen. Irgendetwas knarrte draußen vor der Haustür, und ein Licht ging an. Sie sah es unter dem Türspalt hindurch leuchten.

Fine schlug das Herz bis zum Hals. Manchmal schweift nachts Licht ins Haus, weil draußen auf der Straße ein Auto wendet. Doch jetzt hielt der Schein an, und sie hörte das Geräusch von langsamen Schritten, die sich ihrer Tür näherten.

Plötzlich ging die Tür auf, das Licht wallte herein. Es war Uroma, die mit langen, ruhigen Schritten hereinkam, wie eine Luciabraut. Ihre Hände waren vor dem Körper gefaltet, das weiße Kleid schleifte über den Boden, ihr Busen wirkte ein wenig schief, und der Kragen war bis unter das Kinn zugeknöpft. Ein langer heller Zopf fiel über die eine Schulter und hing zwischen ihren Brüsten.

Ihre Gesichtshaut war schlaff und sah dennoch weich aus, wie die eines Babys. Fine konnte Uromas Augen nicht erkennen, in den runden Brillengläsern waren nur zwei kleine Blitze zu sehen. An Uromas Kinn wuchsen lange dunkle Haare, fast wie ein Bart. Oben auf dem Kopf, über dem Zopf, hatte sie eine runde Halbglatze. Aber es war doch Uroma? Fine hat sie erst einmal in echt gesehen und besitzt nur ein Foto von ihr. Es wurde auf Uromas Veranda aufgenommen, Fine sitzt auf dem Schoß ihres Vaters, während Uroma in der Tür steht. Das Bild muss Mama gemacht haben.

Als Uroma vor ihrem Bett stehenblieb, wurden die Brillengläser klar, und Fine blickte in ein paar runde, ein wenig gelbliche, gläsern wirkende Augen mit einer runden schwarzen Pupille in der Mitte.

Uroma hielt irgendetwas zwischen ihren großen behaarten Händen. Einen dornigen Rosenzweig. Oben hatte sich die dunkelrote Blüte geöffnet, und sie duftete zart und wild: süß, intensiv und doch fad, alles auf einmal. Eine Mischung aus Blumen- und Menschenduft.

Uroma stand für einen langen Augenblick schweigend an Fines Bett. Dann öffnete sie den Mund und sagte mit einer Stimme, die abwechselnd hoch und tief klang: »Du bist, du bist, ja, jetzt bist du hier, kleines Mädchen. Du bist wiedergekommen, du kamst …«

Sie sprach wie unter Wasser. Fine versuchte, den Lippenbewegungen in dem warmen wogenden Lichtmeer zu folgen, und war selbst auch nicht in der Lage, irgendetwas Klares von sich zu geben.

Dann lächelte Uroma glücklich, schloss den Mund, nahm die Rose in eine Hand und streckte den anderen Arm aus, als wollte sie ihre Urenkelin an sich ziehen.

Sie drehte sich um und ging zur Tür hinaus. Es war, als würde sie Fine mit ihrem Rücken zuwinken. Saßen dort Federn, in großen Bögen? Fine hörte ein Flügelrauschen. Uroma verschwand durch den Flur. Irgendwann erlosch das Licht.

Erst als die Dunkelheit wiederkehrte, fiel Fine auf, wie klein Uroma gewesen war. Nicht viel größer als sie selbst.

Am nächsten Morgen waren nirgends Spuren zu entdecken. Fine ging aus dem Zimmer und wieder hinein. Kein Duft, kein Licht, kein Fußabdruck. Aber sie hatte einen faden, süßlichen Geschmack im Mund.

Fine rief Oma an: »Ich möchte in die USA und Uromas Geburtstag feiern«, sagte sie.

Sie wiederholte ihre Bitte jeden Tag, bis Oma schließlich nachgab und sagte, wenn Marie auch mitkäme, würden sie fliegen.

4

Wo bin ich? Irgendetwas liegt auf meinem Hals. Ich schrecke hoch und fege es weg.

Es ist hell, die Hitze ist drückend, es duftet nach Pflanzen. Zwei Äste mit dicken Blättern und einer helleren Unterseite kreuzen sich über dem kleinen Fenster.

Unten liegt Omas Teddy mit dem Gesicht auf dem Teppich.

Stimmen aus der Küche, Schranktürengeklapper: »Vibeke, warum hast du das nicht gesagt? Wenn Mama in Dänemark wohnen geblieben wäre, hätte ich mich um sie gekümmert.«

Meine Tante erwidert etwas, das ich nicht hören kann.

»Ja, mag sein, dass das hypothetisch ist. Und ja, ich weiß, ich hätte öfter zu Besuch kommen können, aber es ist nun mal weit. Außerdem ging es Erik lange sehr schlecht.«

Wieder meine Tante.

»Aber es ging ihm wirklich schlecht!«, sagt meine Mutter.

Ob ich das wirklich hören soll?

Im Wohnzimmer sind die Gardinen noch vorgezogen. Sie sind gelb, ein Gefühl, als würde man in ein Eigelb treten.

»Entschuldigung«, sagt meine Mutter und sieht an meinem T-Shirt und meiner Unterhose herab.

»Was ist los?«, frage ich.

»Erzähl du's ihr«, sagt meine Mutter zu Tante Vibeke, die gerade den Tisch abwischt.

»Das kannst du bestimmt besser.«

Meine Mutter setzt sich. Sie hat noch die Schürze umgebunden und beginnt zu weinen.

Vibeke hat Johanne anscheinend schon seit Jahren nicht mehr besucht. Sie hat hin und wieder angerufen und sich vergewissert, dass Paul vorbeigeschaut hat, das ist alles.

»Es gibt wirklich keinen Grund, sie zu bemitleiden«, sagt meine Tante, und jetzt weint sie auch: »Immer wenn ich sie besucht habe, hat sie mich gefragt, wann ich wieder fahre. Sie hat geradezu mit den Hufen gescharrt. Und schon möglich, dass sie ab und zu gesagt hat, sie würde sich freuen, mich zu sehen, und sie hätte mich lieb. Aber ich musste mir auch ständig anhören, dass ich meine Schwester nie hätte verlassen dürfen.« Vibeke seufzt. »Als ich hier war, um nach dem Rechten zu sehen, bevor ich euch abgeholt habe, sind wir sofort wieder aneinandergeraten, obwohl wir uns so lange nicht gesehen hatten. Es ist kaum auszuhalten.«

»Aber du hast angefangen«, sagt meine Mutter. »Du wolltest ihre Briefe lesen.«

»Sie waren doch für uns bestimmt!«

»Offenbar wollte sie aber nicht, dass wir sie lesen.«

»In den letzten Jahren bin ich irgendwann dazu übergegangen, meine eigene Familie in den Mittelpunkt zu stellen, anstatt all meine Energie für unsere Mutter zu vergeuden. Das hätte ich schon viel früher machen sollen. Paul hat ihr geholfen, und seine Hilfe nahm sie anscheinend auch gern an.«

Meine Mutter sagt, sie habe nicht gewollt, dass Vibeke so wütend und traurig sei. Aber sie wundere sich immer noch, warum Vibeke ihr nicht ehrlich gesagt habe, wie lange sie schon nicht mehr hier gewesen war. Ein wenig Gnade müsse man ja wohl doch walten lassen, wenn die eigene Mutter so alt sei.

»Manchmal werde ich richtig krank davon, hier zu sein«,

sagt meine Tante. »Ich habe das Gefühl, ich würde keine Luft mehr bekommen. So geht es mir jetzt gerade auch wieder.«

»Sind das Panikattacken?«, frage ich.

»So zartbesaitet bin ich nun auch wieder nicht …«

»Na, vielen Dank.«

Vibeke holt ihr Asthmaspray hervor und nimmt demonstrativ einen tiefen Zug. Dann bringt sie mir eine Kaffeetasse. Meine Mutter schneidet Brot. »Wollen wir sie jetzt nicht endlich mal wiederfinden? Du musst dich zusammenreißen, Vibeke, und dann bringen wir diese Geburtstagsfeier hinter uns.«

»Sie hasst es doch, wenn ihr jemand hinterherrennt.«

Meine Tante geht hinaus und rumort mit den Flechtstühlen.

»Kannst du nicht mal Paul anrufen und fragen, ob er etwas weiß?«, fragt meine Mutter mich.

»Warum denn ich?«

»Du sprichst besser Englisch.«

Ich esse mein Brot häppchenweise und trinke den Kaffee in winzigen Schlucken. Als ich mich anziehe, sehe ich, dass es erst acht Uhr ist. »Komm, wir gönnen uns noch eine Tasse auf der Veranda«, sage ich.

Vibeke setzt sich mit dem Rücken zur Hausmauer, trinkt Wasser und schluckt Tabletten. Sie starrt über das Gras hinweg zum Kiesweg. Ich hole ein Tablett mit Kaffee und einem Kännchen Sahne, meine Mutter wischt den Tisch und die Stühle ab.

Große Efeublätter hängen über dem Verandadach. Ich springe auf das feuchte Gras hinab und gehe rückwärts, während ich das Haus betrachte. Es ist völlig eingeschnürt, grüner Efeu rankt über die Fenster und das Dach, rings um den Schornstein und die Regenrinne. Ein Ableger erstreckt sich bis in den Wald, dessen Bäume weit in den Himmel ragen.

»Paul muss hier gewesen sein«, stellt Vibeke fest. »Sonst wäre der Rasen nicht gemäht. Ein paar Geburtstagsvorbereitungen wurden also doch getroffen.«

Ich hole tief Luft und rufe über den Wald hinweg.

»Johanne!«, rufe ich. »Bist du hier? Wir sind da! Johanne, Johanne!«

Um das Treibhaus und das Rosarium herum hat auch jemand für Ordnung gesorgt. Das Gras wurde abgeflammt, vielleicht mit einem Unkrautbrenner. Abgehackte und verkohlte kleine Stämme ragen aus der Erde auf.

Ich setze mich wieder auf die Veranda und lausche dem Wald. Die Vögel sind stumm. Nachdem ich mir wieder Kaffee eingeschenkt habe, laufen mir plötzlich die Tränen herunter.

»Aber Marie!«

Ich schiebe meine Tante weg.

»Marie.«

Die Schwestern wechseln Blicke. Ich schniefe.

»Du hast Paul noch nicht angerufen ...«

»Ach je«, sagt meine Tante und nimmt meine Hand. »Konntest du nicht schlafen?«

»Du musst in den neuen Tagesrhythmus kommen«, rät meine Mutter. »Mach später einen Mittagsschlaf, nur einen kleinen.«

»Wie wäre es mit einem heißen Bad? In Omas Wanne? Glaubst du, das würde dir guttun?«

Meine Mutter nickt.

»Du könntest ja zu Hause anrufen, während wir das Wasser aufheizen?«

Vibeke scheuert schnell die Badewanne, meine Mutter füllt Töpfe mit Wasser. Ich wähle erst Fines Nummer, dann Jans, während meine Mutter und Vibeke mit Töpfen hin- und herlaufen, über den Rasen und wieder zurück. Meine Mutter kommt mit Seife und Shampoo vorbei. Sie trägt ein Handtuch über dem Arm.

»Jetzt musst du dir nur noch etwas Sauberes zum Anziehen holen.«

Meine Tante steht neben mir und wartet darauf, dass ich mich ausziehe. Vielleicht fürchtet sie, ich könnte beim Einsteigen stürzen. Obwohl sie mir nur bis zur Brust reicht, stützt sie meinen Ellbogen. Ich habe mich nicht mehr nackt vor ihr gezeigt, seit ich an warmen Sommertagen gemeinsam mit meinen Cousinen und Cousins mit blankem Hintern über den Rasen gerannt bin. Damals kreischten wir und spielten Fangen. Wir verstanden die Sprache des anderen nicht immer, und oft hatte ich seit meinem letzten Besuch ein oder zwei neue Cousins oder Cousinen dazubekommen.

Ich steige mit meinen hängenden Brüsten und meinem rasierten Schritt vor ihr in die Wanne.

»Marie«, sagt sie, »ich weiß, dass du krank warst.«

Ich sinke unter das Seifenwasser, das nicht schäumt. Das rötliche Wasser ist trüb.

Tante Vibeke hängt das Handtuch über einen Ast und sagt, die ganze Sache mit Jan und mir tue ihr so leid. Sie hoffe wirklich, dass wir wieder zusammenfänden, auch Fines wegen. Natürlich wisse sie auch aus eigener Erfahrung, wie schwierig so etwas sein könne. In einer Ehe durchlaufe man viele Phasen und müsse stets daran arbeiten, das Gute im anderen zu sehen.

Ich halte die Luft an, tauche unter, komme mit glänzendem Haar wieder hoch.

»Ich gehe mal hinein, rufe an und sage, dass wir den Geburtstag ein wenig verschieben.«

Vibeke schlurft in Omas großen, klackenden Slippern über

den Rasen. Später kehrt sie zurück. Sie hat die Hände voller lila Distelblüten, wirft sie ins Wasser und nennt mich *meine Hübsche.*

»Ich dachte, du hasst Blumen.«

Mit einem beleidigten Schnauben geht sie wieder. Ihr kleiner Rücken ist gebeugt, die Beine sind von Krampfadern übersät und die Ellbogen olivgrün. Hier liege ich in meinem Versteck, die Badewanne ist von einer hohen Buchsbaumhecke umgeben.

Die Insektenschwärme zwischen den Bäumen. Die Kuckuckslaute der Waldvögel. Die beiden alten Schwestern, die sich auf der Veranda streiten. Meine Mutter meint, wir sollten sofort in den Wald gehen und suchen. Meine Tante sagt, Oma werde kommen, wann sie eben komme. Dort drinnen im Wald finde sich sowieso keine von uns zurecht.

Zuletzt hallt das brummende Echo des Staubsaugers zwischen den Bäumen.

5

Zum ersten Mal traf ich meine Großmutter zwei Jahre, nachdem Tante Vibeke sie endlich im Wald wiedergefunden hatte.

In den Sommerferien, bevor ich in die 12. Klasse kam, war ich in die USA gereist, um meine Tante, Onkel Charles und meine Cousinen und Cousins zu besuchen.

Als Johanne hörte, dass ich da sei, bestand sie darauf, mich zu sehen, und lud mich ein, für einige Tage bei ihr zu wohnen.

Vibeke brachte mich zu ihr. Auf der Hinfahrt im Auto mahnte sie, ich müsse ihr versprechen, sie anzurufen, wenn ich früher zurückkehren wolle als geplant.

Vibeke gab ihrer Mutter zur Begrüßung die Hand, und ich stand schüchtern daneben. Das Gesicht meiner Großmutter war verschlossen, die runden Brillengläser trüb. Aber sie hieß mich willkommen und betrachtete mich eingehend. Ich streckte ihr ebenfalls die Hand entgegen, ihre war wettergegerbt, groß und schwarz von Erde. Sie hatte einen langen, dünnen, fettigen weißen Zopf, der ihr bis zur Taille reichte, und trug einen kleinen Hut auf dem Kopf. Ihr Kleid war reich verziert, mit Volants und einer großen Schleife am Rücken, es passte überhaupt nicht zu einem Menschen, der im Wald wohnte. Dazu trug sie blickdichte Strumpfhosen und geschlossene Schnürschuhe.

Tante Vibeke stellte eine Flasche Wein und eine Pralinenschachtel auf dem Verandatisch ab. Dann nickte sie kurz zum Abschied und fuhr sofort wieder ab.

Meine Oma betrachtete mich immer noch. Sie streckte eine Hand aus, berührte mein Haar und die Haut an meinen nackten Armen. Mich schauderte, sie nickte lächelnd, ehe sie hineinging, um Kaffeewasser aufzusetzen, und mit einer frischgebackenen Waldbeertorte wieder herauskam. Es gab so vieles, was ich sie gerne gefragt hätte. All die Geschichten, die ich im Laufe der Jahre gehört hatte. Doch stattdessen fragte sie mich aus.

Sie wirkte sehr zufrieden damit, dass ich den Schwerpunkt in der Schule auf die naturwissenschaftlichen Fächer gelegt hatte und sagte, ich solle nach dem Abitur unbedingt Biologie studieren.

Nachdem sie ihre Kaffeetasse geleert hatte, fragte sie mich, wann es mir besser gehe, im Sommer oder im Winter.

Ich antwortete verwundert, dass ich im Winter müde sei. Sie nickte und sagte, sie habe das Gefühl, Lilly und Viola gehe es ähnlich.

»Das ist erblich«, erklärte sie. »Du musst darauf achten, immer viel Licht zu tanken.«

Es herrschten vierzig Grad, und der Wald war wie ein trockener Reisighaufen. Ich trug nur einen Hauch Stoff am Leib, Oma Johanne hatte keine Klimaanlage. Sie schwitzte wie ein Pferd, der Schweiß rann ihr von Händen, Gesicht, Hals und Nacken.

»Danke, dass du gekommen bist«, sagte sie mehrmals und fragte, ob ich gerne irgendetwas unternehmen wolle.

»Kann man hier irgendwo baden gehen?«

Oma schmierte uns ein großes Proviantpaket mit Broten und steckte eine Menge Wasserflaschen in ihren geräumigen, alten blassgrauen Leinenrucksack. Wir stapften auf kleinen Pfaden durch den Wald und durch einen Tunnel in einem Maisfeld, ich konnte ihrer krummen Gestalt nur mühsam folgen. Dann überquerten wir ein Gebiet, das einem Schlachtfeld glich, weil man etliche Bäume gefällt hatte, und gelangten in einen anderen Wald.

Waren wir zwei Stunden gewandert? Unsere Gesichter leuchteten erdbeerrot und brannten. Oma Johanne wankte ein wenig, klagte aber nicht, und ich schlug ihr auch nicht vor umzukehren.

Endlich tauchte der blaue See auf. Er hatte einen kleinen Sandstrand mit einem schattenspendenden Vogelbeerbaum. Wir ließen uns nieder, öffneten zwei Wasserflaschen und tranken. Dann ging ich hinter einen Baum, um in meinen Badeanzug zu schlüpfen.

»Willst du denn nicht mit?«

Nein, Oma wollte nicht.

»Aber du könntest doch wenigstens bis zu den Knien hinein?«

Oma Johanne weigerte sich, obwohl ihr Gesicht glühte. Sie leerte noch eine Wasserflasche.

Um ins freie Wasser hinauszugelangen, musste man sich durch einige Schilfpflanzen schlagen. Ich watete vorsichtig voran, kam mir nackt vor mit meinem freien Badeanzugsrücken. Man konnte nicht bis auf den Boden des Sees sehen, aber er fühlte sich weich und warm an wie frische Leberpastete, und wer wusste, ob die Fische bissen? Außerdem gab es Algen, und ich hatte gehört, dass sie mitunter allergische Reaktionen auslösen konnten. Sie jucken und kratzen, ja, es kann einem sogar übel und schwindelig davon werden.

Ich bewegte mich schneller.

Die Sonne spiegelte sich weiß auf dem blanken See. Große blaue Libellen schwebten um mich herum. Am Ufer knisterte der Wald und wirkte beinahe leblos mit seinen mittlerweile eher grauweißen Blättern.

Bei einem Waldbrand ums Leben zu kommen, musste der schlimmste Tod sein, den man sich vorstellen kann, dachte ich. Zu verbrennen. Momentan befand ich mich am sichersten Ort, im Wasser, Oma dort am Ufer hingegen war in Gefahr.

Der rauchartige Harzduft des Waldes mischte sich mit dem fauligen Seegeruch.

Ich watete und watete, vielleicht war der See nicht sonderlich tief?

Oma saß auf ihrer Seite der Decke, die langen Beine vor sich ausgestreckt. Sie blickte schräg zu mir hinüber und tupfte sich mit einem Taschentuch die Stirn ab. Ihre runden Brillengläser funkelten.

Ich zog die Knie an, ließ mich so weit ins Wasser sinken, dass es mir bis zum Hals reichte, und konnte zum ersten Mal seit Tagen wieder richtig atmen. Es war so, wie im kühlen Dänemark zu sein, in einem frischen, windigen Sommer. Ich warf einen Blick zu Oma hinüber und holte tief Luft. Dann schloss ich die Augen und tauchte unter.

Als ich versuchte, dort unten die Augen zu öffnen, hatte ich vergessen, dass ich mich in Süßwasser befand. Es brannte in den Augen, alles, was ich sah, war olivgrün, und meine Hände glichen den Gliedmaßen eines Unterwasserreptils.

Ich rieb mir die Augen und schwamm weiter hinaus. Oma wurde zu einem kleinen weißen Punkt. Dann streckte ich die Beine aus, um auf dem Boden zu stehen, doch diesmal tauchte auch mein Kopf unter, und was war das? Ein Stein? Eine alte Wurzel? Ein altes Fahrrad, das jemand in den See geworfen hatte? Mein Fuß war eingeklemmt, und plötzlich erfasste mich eine eisige Strömung. Ich kam nicht mehr nach oben, und nur für einen kurzen Moment gelang es mir, den Mund hinauszustrecken, um zu atmen. Jetzt überkam mich Panik, ich versuchte, mein eines Bein hochzuziehen, und zappelte mit dem anderen, meine Lunge platzte fast, das Wasser war voller Luftblasen.

Zum Glück konnte ich meine Hände aus dem Wasser strecken und winken. Für einen kurzen Moment gelang es mir auch, die Lippen aus dem Wasser zu heben und *Hilfe* zu rufen. Dann versank ich gurgelnd und bekam Wasser in die Lunge.

Meine Beine wurden immer kälter, mein Rumpf war eisig. Ich zerrte weiter an meinem Fuß, doch irgendwann spürte ich weder ihn noch meinen Arm.

Für einen nassen Sekundenbruchteil sah ich sie: eine Frau, die aufspringt, eine Frau, die ins Wasser rennt. Ihr Kleid wird sie nach unten ziehen, dachte ich, sie kann mich nicht befreien, sie wird auch ertrinken.

»Oma!«

Mein letzter Ruf nach ihr kam sprudelnd aus dem Wasser, wie der Schrei eines Vogels oder Urzeit-Ungeheuers.

Dann tauchte mein Kopf wieder unter, aber zugleich löste sich mein Fuß ganz von allein, und ich schwebte nach oben. Johanne trat ein wenig entfernt auf der Stelle im Wasser, ihr Sonnenhut saß schief auf ihrem Kopf, ihr Gesicht war panisch. Ich rang nach Luft und weinte, gelangte halb schwimmend, halb watend an Land, und musste dann auch noch Johannes breite Hand halten und sie den ganzen Weg über stützen. Ihre Schritte waren schwer, das Kleid klebte an ihrem eckigen Körper.

»Ich wäre fast ertrunken«, schrie ich sie an, »was hast du dir nur gedacht?«

Ohne einen Laut von sich zu geben, schleifte sie die Steppdecke in die Sonne und setzte sich darauf.

Ich zog den nassen Badeanzug direkt hinter ihrem Rücken aus. Meine Zähne klapperten. Das Wasser ihres nassen Kleides breitete sich als dunkler Fleck auf der Decke aus. Mit zitternden

Händen begann Oma, die belegten Brote auszupacken. Sie holte die Glasflaschen mit der Limonade heraus. Doch ich wollte ihre Eierbrote und ihre Limonade nicht.

»Ich wäre fast ertrunken«, wiederholte ich.

Sie sah weg, vielleicht zum Himmel? Meine Mutter hätte mich an sich gezogen, Tante Vibeke hätte dasselbe getan, aber meine Oma nahm nicht einmal meine Hand. War sie wirklich so gefühlskalt, wie ich gehört hatte? Immerhin hatte sie mich doch selbst zu sich eingeladen.

Sie war diejenige, die schließlich entdeckte, dass mein Fuß blutete. Sie zog ein weißes Taschentuch hervor und verband die Wunde vorsichtig damit. Zwischen den Spitzenborten wuchs ein roter Fleck.

»Mein liebes Mädchen«, sagte sie plötzlich mit tiefer Stimme.

Sie schlug sich die Hand vor den Mund und verstummte. Hatte sie eine so große Angst bekommen, dass ich sterben würde, hier, in ihrer Obhut, dass sie außerstande gewesen war, zu handeln? War sie immer noch wie gelähmt, dort auf der Decke?

Wir verbrachten den restlichen Tag am See. Allmählich wurde mir wieder wärmer, aber ich hörte nicht auf zu zittern. Oma saß in ihren nassen Sachen da, ihre Lippen waren blau, der schwere Stoff ihres Kleides trocknete nur langsam.

Als sich die Abendröte am Himmel zeigte, sagte sie, jetzt müssten wir uns beeilen, wieder nach Hause zu kommen. Ich spürte, dass ich einen Sonnenbrand bekommen hatte.

Wir waren noch nicht weit gekommen, als sie zum ersten Mal zögerte. Vielleicht kannte sie den Weg doch nicht genau? Vielleicht war es ihre einsetzende Nachtblindheit? Sie legte mir eine schwere Hand auf die Schulter, als wäre sie wirklich blind, und bat mich darum, die Umgebung zu beschreiben. Auf diese Weise führte sie mich durch die Wälder. Wir wanderten auf nahezu unsichtbaren Pfaden.

Oma redete ununterbrochen. Mit heller Stimme erzählte sie von den Bäumen und Pflanzen, an denen wir vorbeikamen. Von den Blüten der Nacht, die mit ihren kleinen hellen Kronblättern wie Sterne zwischen den Stämmen leuchteten.

»Einige kann man auf mehrere Kilometer Entfernung riechen. Vorausgesetzt, man ist ein Tier, oder so jung wie du. Einst wusste man nicht, wie sich die Nachtblüher vermehren und warum sie sich überhaupt erst bei Dunkelheit öffnen. Aber Darwin vermutete, dass es für jede Pflanze ein bestäubendes Insekt gebe. Also bestäubten vermutlich auch die nachtaktiven Insekten Pflanzen. Es gibt sogar einige Rosen, die Nachtblüher sind. Und wusstest du«, sie blieb stehen und holte tief Luft, »dass Kiefern duftende Moleküle verbreiten, wenn ihnen zu warm ist? Die Moleküle steigen auf, reagieren mit dem Ozon der Atmosphäre und setzen sich auf die Wassermoleküle in den vorüberziehenden Wolken. Die Feuchtigkeit in den Wolken verdichtet sich und fällt als Regen herab.«

Omas Stimme glitt wie Samt von ihrem Mund in mein Ohr. Es war, als würden die Bäume sprechen. Ich hätte schreckliche Angst gehabt, allein durch den Wald zu gehen, aber Oma Johanne schien alles unter Kontrolle zu haben.

In unserer Nähe hörten wir Tierlaute, ein tiefes Brüllen oder zitterndes Heulen. An einigen Orten blinkten Glühwürmchen zwischen den Bäumen. Oma Johannes leuchtendes Kleid schien zu schweben.

»Nachts entspannen sich die Bäume«, erklärte sie. »Und zwar richtig. Die Zweige hängen dann mehrere Zentimeter tiefer als tagsüber. Also pass auf, wo du entlanggehst.«

Ich duckte mich, schirmte mit der Hand mein Gesicht ab und flüsterte *danke.*

»Die Natur, die Pflanzen, die Wälder haben eine andere Zeitrechnung als wir. Der Mensch wirkt im Vergleich dazu schnell, fast überhastet. Wenn wir angegriffen werden, können wir weglaufen oder zurückschlagen, das können die verwurzelten Pflanzen nicht. Trotzdem haben sie starke Verteidigungsmechanismen, auch gegenüber den Menschen. Einige sind giftig, andere können wieder austreiben, nachdem sie abgehackt wurden. Manche sind besonders widerstandsfähig, und dann gibt es auch noch jene, die Tausende von Samen abwerfen. All diese Eigenschaften liegen in ihren Genen, die davon geprägt sind, dass diese Pflanzen schon viele Millionen Jahre länger existieren als wir. Wusstest du, dass der Mensch knapp siebentausend Gene hat, eine kleine Hundskamille aber ganze siebenundzwanzigtausend? Und dass der Weizen mehr als hundertzehntausend Gene hat? Die Pflanzen besitzen das Potenzial, sich mit der Zeit in uns zu verwandeln. Aber könnten wir auch zu ihnen werden? Einige sind der Meinung, wir hätten uns geistig vom Affen zum Menschen weiterentwickelt, nachdem wir euphorisierende Pilze gegessen hätten. Auf diese Art und Weise hätten wir unser individuelles Bewusstsein und unsere menschlichen Ideen erlangt. Könnte das bedeuten, dass unsere neugewonnenen Ideen und unser Bewusstsein schon in dem alten Pilzmyzel existierten? Menschen, die heute euphorisierende Pilze konsumieren, tun das, weil sie eine Verbindung mit der Natur, ja, mit dem gesamten Planeten eingehen wollen. Dank des Rausches sind sie endlich glücklich, weil sie sich wie ein Teil von allem fühlen. Wollen sie zurück in die Zeit, bevor wir Menschen wurden, oder an einen ganz neuen Ort? Was wollen die Pilze eigentlich von uns, und was die Pflanzen?«

Oma Johanne musste lachen und fing sich erst wieder, als sie sich geräuspert hatte und von Pangäa erzählte, dem einstigen Superkontinent.

»So, wie wir Menschen uns auf der Erde verteilen, so wie wir reisen, könnte man meinen, es gäbe bereits eine Pangäa II, weil die Kontinente ja gewissermaßen wieder vereint sind. Von unseren Reisen bringen wir Tier- und Pflanzenarten mit und dadurch auch die Mikroben und Krankheiten, die sie in sich tragen. Im Laufe der letzten hundert Jahre haben wir zweihundertfünfzig Millionen Jahre der Trennung aufgehoben. Wir leben schon in der Zukunft, Marie«, sagte sie und drückte meine Schulter.

Der Waldboden knirschte, während wir gingen. Hin und wieder schreckten wir ein Tier auf, das davonflitzte. Die Nacht gehört den Tieren, nicht den Menschen, dachte ich.

»Die natürlichen Organismen des Waldes, die Bäume, Pflanzen und Pilze, besitzen Funktionen, die ihr Wachstum aufhalten. Es nützt ihnen nämlich nichts, zu groß zu werden, obwohl sie es sicher auch verlockend finden. Aber hohe Stämme werden instabil und fallen bei einem Sturm leichter um. Einige Gewächse sind dafür geschaffen, nur ein oder zwei Jahre alt zu werden. Auch das hat strategische Gründe, und dank alldem haben die Pflanzen so lange überlebt. Mitunter mache ich mir Sorgen um die Menschen. Wir sind intelligent, das schon, aber vielleicht sind wir zu intelligent? Wir erfinden Technologien, die dafür sorgen, dass wir uns kaum noch bewegen, und Medikamente gegen die meisten Krankheiten. Doch auf lange Sicht schwächt genau das die Menschheit auch und könnte sich als Eigentor erweisen. Wir machen uns die Welt auf eine Art und Weise zu eigen, die dafür sorgt, dass wir die Zeit nicht mehr zurückdrehen können, sollten wir am Ende herausfinden, dass wir einen Fehler begangen haben. Wenn wir uns selbst etwas

Gutes tun wollen, müssen wir entweder noch intelligenter oder weniger intelligent werden. Vielleicht wäre eine Kombination aus menschlichen und pflanzlichen Eigenschaften am besten, wenn man die richtige Mischung trifft. Und es müsste natürlich auch ein Mensch mit der richtigen Art von Intelligenz sein, der ein solches Wesen erschafft. Denn was brauchen wir im Grunde schon, um ein glückliches Leben zu führen«, flüsterte Johanne, »außer Nahrung, einem sicheren Zuhause und Liebe?«

Tief zwischen den Bäumen brannte Licht, aber wir mussten in eine andere Richtung. Wer wohnt denn da?, hätte ich gerne gefragt, aber meine Oma hatte so tief geseufzt, als sie *Liebe* sagte.

»Hast du einen Freund? Bist du verliebt?«, fragte sie.

Mir wurde ganz warm. So etwas fragten mich weder meine Eltern noch Tante Vibeke.

»Ich hätte gerne einen Freund«, sagte ich, und plötzlich vertraute ich ihr an, welche Jungen aus meiner Klasse ich am meisten mochte. Aber ich hätte Angst, es ihnen zu sagen, sei das nicht seltsam?

»Das ist gar nicht seltsam«, sagte meine Oma. »Ich habe mich fast mein ganzes Leben davor gefürchtet.«

Wir waren wieder zu Hause, aber das merkte ich erst, als ich fast über die Verandatreppe fiel.

Oma Johanne schloss die Tür mit dem Insektennetz hinter uns, schaltete das grelle Küchenlicht an und kochte uns Abendessen: vier verschiedene Gerichte mit Beeren und Pilzen aus dem Wald. Fleisch von einem Tier, das Warren und Paul gejagt hatten. Eine Soße mit Sahne von der Kuh eines Nachbarn. Salat und Gurken aus dem Treibhaus. Das Brot hatte Oma selbst gebacken, und sie schenkte uns Wein dazu ein.

Eine so üppige und köstliche Mahlzeit hatte ich in meinem ganzen Leben noch nicht gegessen und würde es wohl auch nie wieder tun. An diesem Esstisch war ich so glücklich wie nie zuvor.

»Danke, Oma«, sagte ich.

Ich putzte mir die Zähne und bürstete mein Haar, legte mich auf das Sofa, um zu schlafen. Sie drückte meine Hand lange und fest, um mir eine gute Nacht zu wünschen. Sie reinigte meine Bürste sorgfältig und löste das Taschentuch, das sie um meinen Fuß gewickelt hatte.

»Bitte entschuldige, mein Mädchen«, sagte Oma. »Entschuldige vielmals. Ich bin nicht perfekt. Aber ich bin froh, dass du so stark bist.«

Ich dachte, sie würde auch schlafen gehen, aber sie wollte noch hinaus ins Labor. Sie wickelte ein sauberes Taschentuch um meinen Fuß.

Als ich allein im Dunkeln lag, spürte ich nach wie vor ihre Hand auf der meinen. Ihre Stimme hallte in meinen Ohren.

Oma klapperte in der Küche mit dem Geschirr. Ich konnte Kaffee riechen. Dann ging sie hinaus, um zu arbeiten.

Am nächsten Morgen lag ich lange wach, ehe sie hereinkam. Sie sah müde aus, lächelte jedoch, beinahe kindlich, als sie mir auf dem Couchtisch das Frühstück servierte.

Sie wollte Wasser erhitzen, damit ich in der Wanne draußen im Garten ein Bad nehmen könnte. Währenddessen werde sie ein Mittagessen zubereiten, sagte sie, weil heute Gäste kämen.

Ohne Hemmungen wühlte sie in meinem Koffer und holte mein kurzes Kleid hervor. Sie wollte es bügeln, und ich sollte es anziehen, nachdem ich gebadet hatte.

Oma Johanne trug Töpfe mit kochendem Wasser hinaus, das sie mit etwas kaltem Wasser aus dem Gartenschlauch mischte. Sie selbst brause sich immer nur schnell kalt ab, erklärte sie.

Ich lag in der Badewanne und ließ mich auflösen, während Oma auf der Veranda für vier Personen den Tisch deckte.

Paul war in meinem Alter. Er hatte lange braune Haare, seine Haut war auch braun, und es schien, als würde der Wald ihr einen grünlichen Schimmer verleihen. Seine Augen waren wie Bernstein. Er lief barfuß, und seine Kleidung war alt und ein bisschen schmuddelig. Als er mir zur Begrüßung die Hand reichte, überlief mich ein Schauer, und er zog sie hastig wieder zurück, als hätte er einen elektrischen Schlag bekommen.

Warren erzählte von ihrer Jagd am Morgen, Oma schielte lächelnd zu Paul und mir hinüber. Oma erzählte, sie würde Warren schon seit vielen Jahren kennen. Er hatte im Wald nebenan gewohnt und ihr dabei geholfen, hier ihren eigenen zu pflanzen, und jetzt hingen die beiden Waldstücke zusammen. Warren war ein Nachkomme der amerikanischen Urbevölkerung.

Ich beende mein Bad damit, mir die Beine, den Schritt und die Achselhöhlen zu rasieren. Ich reinige und schneide meine Finger- und Fußnägel, und dann steige ich aus der Wanne und wickle mir das Handtuch um. Tante Vibeke fegt gerade die Veranda. Ich tropfe den ganzen Weg durch das Wohnzimmer bis in mein Zimmer, wo ich das Top mit den Volants und den kurzen weißen Rock aus dem Koffer ziehe.

Vor Omas Spiegel im Wohnzimmer zupfe ich mir die Augenbrauen und suche mein Kinn und die Oberlippe nach schwarzen Haaren ab. Ich binde mir einen hohen Pferdeschwanz und trage Make-up auf. Dann schaue ich aus dem

Fenster und zwischen die Bäume. Plötzlich habe ich ein Kribbeln im Bauch, ich muss lächeln.

»Toll siehst du aus!«, rufen meine Mutter und Tante im Chor und sehen mir mit plötzlich jungen und leuchtenden Augen nach, als ich hinausgehe, um mich ein wenig auf der Veranda zu sonnen. »Jan hat angerufen, aber wir wollten dich nicht beim Baden stören. Fine geht es besser«, sagt Tante Vibeke.

»Rufst du dann Paul an?«, fragt meine Mutter. »Wir müssen endlich anfangen.«

»Ich sehe mich nur noch kurz im Treibhaus und im Rosarium um«, sage ich.

Als ich die Hand auf die Glastür des Treibhauses lege, muss ich erneut weinen. Meine Schultern hüpfen auf und ab, bestimmt kann man es vom Küchenfenster aus sehen. Ich versuche, die Tränen zurückzuhalten, jetzt habe ich mich gerade so hübsch gemacht.

Eine getrennte Frau kann ihren Ex-Mann ja schlecht dazu überreden, mit in ein anderes Land zu ziehen. Und ich darf Fine auch nicht ihren Vater wegnehmen. Außerdem wäre es verkehrt, meine alten Eltern zurückzulassen. Und ständig hin- und herzufliegen, ist auch nicht mehr legitim. In einigen Jahren könnte es wegen des Klimawandels sogar verboten sein, sagt Jan jedenfalls, oder einfach sehr teuer werden.

Für einen Moment fühle ich mich wie meine Großmutter, die grau-weiß und passiv dort am Strand saß und viel zu lange zuschaute, während ein junges Mädchen, ich, Marie, fast ertrunken wäre.

Eine Depression hat es darauf abgesehen, einen so egoistisch zu machen, dass man weder andere noch sich selbst lieben kann. War Johanne in diesem Sommer auch depressiv? Könnte das eine Erklärung für ihre halbherzige Rettungsaktion sein?

Litt sie vielleicht sogar einen Großteil ihres Lebens unter Depressionen? Hatte sie ihre Töchter, meine Mutter und meine Tante, im Kindesalter deshalb so sehr vernachlässigt? Weil sie gar nicht in der Lage war, ihnen die Gefühle entgegenzubringen, nach denen sie so sehr lechzten?

Ich habe nie jemandem erzählt, weder meiner Mutter noch Vibeke, Jan oder Fine, was damals am Badesee geschah.

Ich öffne die Glastür und betrete die Tropenwelt. Einige Pflanzen sehen aus, als wären sie gefällt worden, andere sind verwelkt.

Zögernd nehme ich den Gartenschlauch, der mit einem Wasserreservoir oben neben der Regenrinne verbunden ist. Hier stehe ich in meinen schicken Klamotten, so wie Oma sicher auch immer in ihrem feinen Kleid gearbeitet hat. Auf einem kleinen Tisch liegt die Bürste, mit der sie die Pflanzen bestäubt. Sie erinnert an einen Zauberstab.

Der Plattengang ist moosbewachsen. Eine Kröte erstarrt darauf und sieht mit Rubinaugen zu mir auf.

Hier im Treibhaus wuchsen Gemüsepflanzen: Tomaten, Chilis, Paprika, Gurken und Auberginen. Auf der anderen Seite des Glases, im Freien, baute Oma Kartoffeln, Beeren und Artischocken an. Auch diesen Küchengarten hat man geräumt und alle Pflanzen abgeflammt.

Ich gieße Wasser in die Plastikkisten, wo ein paar kleine Tomatenpflanzen die Köpfe hängen lassen.

Am Ende des Ganges liegt ein anderes Treibhaus, das Rosarium, mit Omas Rosensammlung. In der Halterung liegt ein Stück Seife, ich wasche mir die Hände. Auf dem Boden stehen ein Paar weiße Gummistiefel, die ich anziehe, und da hängt auch der lange blaue Leinenkittel, den man über seiner Kleidung trägt. Er riecht streng nach Schweiß. Ein bleiches geflügeltes Insekt krabbelt aus einer Tasche und fliegt taumelnd davon. Ich streife Johannes lange Handschuhe über. Sie sind aus mehreren Stoffschichten genäht, ein bisschen wie Grillhandschuhe. Es gibt auch eine Sprühflasche mit Chlorwasser.

Doch die Tür zum Rosarium ist abgeschlossen oder klemmt. Ich werfe einen Blick durch das beschlagene Glas. Ich war noch nie dort drinnen, aber Oma hatte mit mir hier draußen gestanden und mir Sachen gezeigt und erklärt.

Einige Rosenpflanzen gibt es noch, doch sie sind ziemlich klein. Alle großen scheinen abgehackt worden zu sein, dabei war sie immer so stolz auf ihre Rosen.

Oma erzählte mir von ihren Experimenten. Sie nahm mich auch damals mit hierher, als wir auf Warren und Paul warteten.

»Sie kommunizieren mit den Wurzeln«, sagte Oma. Sie deutete in das Rosarium und erklärte, dass sie erforsche, wie eine Rose einer benachbarten Rose Signale gebe, und wie diese Signale mithilfe der Pilzwurzeln, dem Myzel, übertragen würden. Sie sagte, sie sei kurz davor, den Beweis zu erbringen, dass die Kommunikation über weite Entfernungen und zwischen vielen unterschiedlichen Pflanzenarten funktioniere. Einige Pflanzen könnten jedoch besser Signale senden und empfangen als andere. Das heißt, einige seien intelligenter und stünden in der Hierarchie weiter oben. Meistens jene, die auch am widerstandsfähigsten seien. Die Rose hier im Rosarium sei überragend.

Oma machte auch Experimente mit der Rose und Musik. Sie hatte versucht, eine Elektrode an ein Blatt anzuschließen und eine an die Erde, in der Nähe der Wurzel. Dann koppelte sie einen kleinen Apparat, der den elektrischen Widerstand in der Pflanze maß, und dieser Widerstand wurde von einem Synthesizer in Klangvariationen umgesetzt. Auf diese Weise verwandelten sich die wechselnden elektrischen Impulse in der Pflanze in Töne. Vielleicht kam darin der steigende oder fallende Saftdruck der Pflanze zum Ausdruck oder ein anderes inneres, physikalisches Phänomen. War die Melodie immer dieselbe, wenn die Pflanze durstig war, wenn sie mehr Sauerstoff, Nahrung, Wärme oder Kälte brauchte? Wie klang die Pflanze kurz vor dem Erblühen oder kurz vor dem Winterschlaf? »Sagte« sie etwas Bestimmtes, wenn sich ein Mensch oder ein Tier näherte? Konnte sie einen Unterschied zwischen Arten und Individuen erkennen? Reagierte sie auf Feuchtigkeit, die Temperatur, den Geruch unseres Körpers, auf Berührungen oder Stimmen? Wusste sie, wer sich ihr gerade in die Sonne stellte?

Oma sagte, sie hätte aus Spaß versucht, verschiedene synthetische Computerstimmen an die verschiedenen elektrischen Impulse zu koppeln. Auf diese Weise hatte sie einige Rosen dazu gebracht, zu sagen: *Ich habe Durst, ich brauche Licht, mir ist zu heiß oder: Was machst du hier?*

»Es sind nicht ihre eigenen Stimmen, das bin nur ich, die ihre Signale vermenschlicht«, erklärte Oma, als ich blass wurde, weil das alles so unheimlich klang. Ich lehnte mich an die Glaswand, als Oma erzählte, dass sie den Rosen manchmal etwas vorsang. Verstanden sie ihren Gesang, antworteten sie? Manchmal klinge es so, aber völlig sicher sei sie nicht.

»Die Pflanzen sind ganz anders als wir. Ein bisschen so, als kämen sie von einem anderen Planeten. Aber wenn man übt, mit ihnen zu sprechen, ist man vielleicht besser vorbereitet, wenn irgendwann einmal wirklich Besucher aus dem All kommen.«

Oma Johanne lachte und sagte, man könne ja nie wissen, was die Zukunft bringen würde. Anschließend erzählte sie von den Giftstoffen der Pflanzen, einer ihrer Methoden der Selbstverteidigung. Die Giftproduktion könne mittels Signalen eines verletzten Blattes oder einer beschädigten Wurzel einer Nachbarpflanze angeregt werden. Bei ihren Versuchen hatte Oma beispielsweise die Blätter und Zweige der Rose mit Plastiktüten umhüllt, wenn sie ausschließlich wissen wollte, wie die Wurzeln Signale übermittelten.

Einige der Giftstoffe, die von bedrohten Pflanzen produziert würden, könnten sehr wirksam sein. Etwa das Gift der Akazienbäume, die in der Savanne den Kudu-Antilopen als Futter dienten. In extremen Dürreperioden seien die Akazien vom Aussterben bedroht, wenn die Antilopen ihre letzten Triebe fräßen. In nur einer Stunde könnten sie derart große Mengen jenes Gifts herstellen, mit dem sie sonst nur Insekten töteten, dass die Kudus sterben, wenn sie die Blätter fressen. Und ein Kudu könne mehrere hundert Kilo wiegen. Die Akazien würden anderen Bäumen Signale schicken – vielleicht über die Wurzeln oder durch die Luft –, dass sie ebenfalls Gift produzieren sollten, und das geschehe schneller, als die Kudus dorthin ziehen könnten.

»Diese Rose hier ist nicht weniger giftig als die Akazienbäume«, erklärte sie. »Aber Giftstoffe müssen nicht immer den Tod bedeuten. Einige dringen auch in uns ein und beeinflussen unsere Gehirne.«

Magister Steen, mit dem sie auf Reisen gewesen sei, habe einmal einen euphorisierenden pflanzlichen Stoff eingenommen, als sie sich in Buenos Aires aufhielten. Er habe Halluzinationen bekommen und geredet, als sei er in Kontakt mit seinem Freund, der eigentlich weit weg in Polen lebte. Könne man das vielleicht auch als eine Art Kommunikation interpretieren, zwischen Mensch und Pflanze? Könnten die Pflanzen dem Wesen, das sie einnehme, womöglich Befehle erteilen? Es dazu bringen, sich auf eine bestimmte Art und Weise zu verhalten?

Die Pflanze wird von einem Menschen oder einem Tier eingenommen – aber auch umgekehrt. Oma Johanne wiederholte das, was sie schon am Abend zuvor gesagt hatte: Dass wir vielleicht nur deshalb zu denkenden Menschen mit einem Bewusstsein geworden seien, weil wir als Affen einmal halluzinogene Pilze gegessen hätten. Und dass der moderne Mensch plötzlich eine große Zusammengehörigkeit mit der Natur empfinden könne, wenn er gewisse psychoaktive Pilze konsumiere. Also könnten Pflanzen oder Pilze uns im Bewusstsein voran- oder zurückbringen.

Als Oma Johanne ihre Ausführung über die Rosen beendet hatte, fuhren Warren und Paul mit ihrem Pick-up vor.

Nachdem wir gegessen hatten und Johanne für uns Kaffee kochen wollte, fragte Paul mich, ob ich nicht Lust hätte, einen Spaziergang durch den Wald zu machen? Ich warf Oma, die gerade mit den Tassen herauskam, einen fragenden Blick zu. Sie sagte, ich solle ruhig mitgehen, mich aber immer in seiner Nähe halten, damit ich nicht verloren ginge.

Ich habe keine Erinnerung an Paul in der Sonne, sondern nur im schummrigen Licht.

Wir gingen immer tiefer und tiefer in den Wald hinein.

Ich war allein mit einem Jungen, den ich nicht kannte.

Alles Mögliche konnte passieren, dachte ich. Vielleicht würden wir zusammenkommen, vielleicht würde gar nichts laufen. Anfangs wusste ich nicht, was ich mir eigentlich erhoffte.

Paul redete nicht viel, er schien es fast zu vermeiden, mich anzusehen, fand aber ein paar gelbe Blumen, aus denen wir Honig saugen konnten. Er hob eine Elsternfeder auf und steckte sie in sein Haar, er reichte mir eine glänzende tiefschwarze Feder, die ich mir auch ins Haar schob, hinter das Ohr.

Paul wohnte allein mit seinem Vater. Vielleicht hatte er gar keine Mutter, oder sie wohnte woanders? Ich hätte ihn gern gefragt, brachte es aber nicht über mich.

Hier gebe es weit und breit niemanden in seinem Alter, erzählte Paul, er sei immer für sich, werde zu Hause unterrichtet und müsse nur einmal im Jahr in die Stadt fahren, um eine Prüfung abzulegen.

Beeren von Pauls klebriger Hand. All das zerquetschte Rote und Schwarze, als er mich mit offenem Mund anlächelte.

Von meinen Cousinen und Cousins war ich es inzwischen gewohnt, dass wir bei jedem Wiedersehen von vorn anfangen mussten. Erst verging unglaublich viel Zeit mit Schüchternheit, und plötzlich waren vierzehn Tage um, und wir mussten wieder nach Hause fliegen. Nur als wir ganz klein gewesen waren, hatte es diese Hemmungen nicht gegeben. Wir plantschten den ganzen Tag im Pool.

Mit Tante Vibeke hatte ich diese Anlaufschwierigkeiten nie, ich hätte fast ihr eigenes Kind sein können.

Am ersten Tag waren Paul und ich ein bisschen wie Kinder, obwohl ich längst Brüste und meine Periode hatte. Aber es wurde schnell leichter. Er war nicht schüchtern, er redete einfach nur nicht viel.

Wir wateten durch die Bäche, wir kletterten in Bäume und spielten *Die Erde ist giftig*. Der Wald war ein anderes Land, wir konnten Johanne und Warren nicht mehr sehen oder hören.

Wenn Paul zweifelte, ob wir noch auf dem richtigen Weg waren, studierte er lediglich das Moos an den Bäumen oder den Bachlauf. Als ein Gewitter kam, suchten wir genau wie das Rotwild in einem Gebiet mit jungen Bäumen Schutz, weil dort nur selten der Blitz einschlug. Paul nahm meine Hand und sagte, ich bräuchte keine Angst zu haben.

Als er mich schließlich nach Hause brachte, war es spät geworden.

»Wollen wir uns wiedersehen?«, fragte er.

»Ja«, sagte ich und warf mich plötzlich an seine Brust.

Er küsste mich vorsichtig auf das Haar.

Oma wartete mit dem Essen. Mein Scheitel brannte, und ich entschuldigte mich mit rotem Kopf dafür, dass ich die Zeit vergessen hatte.

»Paul hat gefragt, ob wir uns morgen wieder verabreden wollen.«

»Da spricht doch nichts dagegen«, sagte sie lächelnd.

Sie sah aufrichtig aus. Ich erwiderte ihr Lächeln und hätte sie am liebsten umarmt.

Doch als ich mich später auf das Sofa legte und das Licht ausknipste, überkam mich Verwirrung. Was war Oma eigentlich für ein Mensch? Sie verwöhnte mich mit gutem Essen, und wir konnten über das Verliebtsein sprechen. Gleichzeitig hatte sie mich fast ertrinken lassen und hatte nichts dagegen, dass ich den ganzen Tag mit einem Fremden durch den Wald rannte. Dabei hatte sie doch darauf bestanden, dass ich sie besuchen sollte, und zwar wohlgemerkt, damit wir einander kennenlernten.

Dann schlief ich ein, und alles überstürzte sich. Ich träumte von Paul, wir küssten uns, er sagte, er sei verrückt nach mir, und fragte, ob ich mit ihm zusammen sein wolle.

Ich erwachte atemlos und sah ihn, genau in diesem Moment, durch das Fenster über dem Sofa. Er kam durch die Bäume geschlendert und stieg die Treppe zur Veranda hinauf. Ich hörte, wie er vor der Tür stehenblieb und *hey* sagte. Oma trat hinaus und begrüßte ihn überschwänglich. »Möchtest du einen Kaffee?«

Dasselbe rief sie zu mir hinein.

Ich schnellte aus dem Bett, putzte mir über der Küchenspüle

die Zähne, legte Make-up auf und versteckte mich in der Ecke hinter dem Sofa, um mein Kleid anzuziehen. Dann richtete ich mich auf und legte die Hand auf mein klopfendes Herz, ehe ich hinausging.

Paul stand auf der Veranda und leerte seine Kaffeetasse. Seine Stimme war irgendwie tiefer geworden, an seinem Kinn saß ein senkrechter Bartstreifen, der tags zuvor nicht da gewesen war, und sein Haar war zu einem Zopf zusammengebunden.

»Na dann«, sagte Oma und ging lächelnd ins Haus.

»Wollen wir?«, fragte er.

Ich nickte, brachte kein Wort hervor, und wir verschwanden zusammen.

Erst unternahmen wir dasselbe wie am Vortag, beobachteten uns aber gegenseitig.

Dann schlug er vor, wir könnten im Bach baden, es würde gerade so gehen, auch wenn der Wasserstand aufgrund der Hitze derzeit niedrig sei. Er sah mich an, als ich mich auszog. Ich lächelte.

Wir schwammen in Unterwäsche. Ich zog mein Kleid über die nassen Sachen und fröstelte den Rest des Tages.

Dann kletterten wir einen Baum hinauf und wieder hinunter. Paul hielt sich die ganze Zeit unter mir. Wahrscheinlich konnte er mir unter das Kleid gucken, aber das störte mich nicht. Anschließend fragte er, ob ich mitkommen und sein Zuhause sehen wolle.

Paul und Warrens Holzhaus lag unter Fichten. Paul wohnte in einem Bauwagen, der daneben stand. Er hatte einen eigenen Fernseher, an der Wand hingen Geweihe, und er zeigte mir Fotos von Tieren, die er geschossen hatte. Im Wagen war es dunkel, und es roch nach Junge, verschwitzt, stickig, staubig.

Auf dem flusigen Spannbetttuch lag eine verknäulte karierte Decke, und an der Pinnwand hing ein Bild von mir. Es war ein Schulfoto, Mama und ich hatten es Johanne einmal zusammen mit einer Weihnachtskarte geschickt.

»Das kann ja wohl nicht wahr sein«, sagte ich.

»Deine Oma erzählt viel von dir.«

Erst musste ich kichern, dann aber hängte ich das Foto ab und klatschte es mit der Rückseite nach oben auf seinen Schreibtisch.

»Hast du Lust, angeln zu gehen?«, fragte er und sah aus dem Fenster.

Ich ging mit ihm in den Schuppen, in dem die Angelausrüstung stand. Er zeigte mir, wo man im Bach am besten stand. Ich fummelte mit der Schnur herum, sie wickelte sich die ganze Zeit um die Angel, es war richtig peinlich. Ob er dachte, ich sei eine dumme Stadtpflanze? Paul lachte und fing einen Fisch, der *darter* hieß, wie er erklärte. Er filetierte ihn und legte eines der Stücke behutsam zwischen die Bäume, *für den Wald,* wie er sagte.

Er erzählte, dass er das immer so mache, wie auch sein Vater seit jeher. Man gebe das Beste weg, oft das Herz. Man könne ja nicht alles nehmen, man müsse auch etwas zurückgeben, und es dürfe kein schlechtes Stück vom Tier sein, denn sonst bringe man kein Opfer. Der Wald brauche alles, was wir entbehren könnten. Warren habe gesagt, der Bestand der meisten Tiere habe sich seit der Zeit seiner Groß- und Urgroßeltern um zehn oder zwanzig Prozent reduziert. Die Waldgebiete seien zu klein geworden, und es gebe weniger Wasserläufe, die Mineralien für die Tiere auswaschen würden. Jetzt zogen sie stattdessen zu den Straßen, wo sie Reste von Streusalz fanden. Viele von ihnen wurden überfahren.

Paul entfachte ein vorsichtiges kleines Feuer unterhalb des Steilufers. Jetzt wollte er, dass ich etwas auf Dänisch sagte.

»Wie sagt man: *Ich liebe dich?*«

Es war beinahe dunkel, es gab keine andere Lichtquelle als unser Feuer. Ich wand mich unruhig, weil er nichts mehr sagte, warf ein paar Äste ins Feuer; die Flammen und der Rauch würden hoffentlich die Mücken vertreiben. Trotzdem saßen sie massenweise auf meinen Armen und Oberschenkeln. Paul schlug sanft mit der Hand darauf, bis überall rote Flecken waren, und mir stockte der Atem.

Er habe noch nie mit einem Mädchen hier gesessen, sagte er.

»*Jeg elsker dig*«, flüsterte ich.

Ich fror am Rücken. Manchmal habe ich später, im Laufe der Jahre, darüber nachgedacht, warum es so schnell ging. Lag es nur daran, dass wir so jung waren? Oder weil gerade niemand anders in der Nähe war, in den man sich verlieben konnte? Oder war das alles real gewesen?

Doch als ich ihn wiedersah, nach sieben Jahren, war es ja immer noch echt.

Er fragte mich zuerst, und ich nickte. Jetzt oder nie.

Paul küsste mich am Lagerfeuer. Seine Lippen waren trocken, aber zart. Ein schneller Kuss, und jetzt war es wohl an mir. Ich erwiderte den Kuss, aber wusste ich, wie gefährlich das war? Paul griff mir ins Haar, und sein nächster Kuss war inniger. Ich erschauderte und kicherte. Er fragte mich, was denn so lustig sei, ich sagte immer wieder *nichts, nichts, nichts,* als würde er mich durchkitzeln.

Er streichelte meine Brüste, und plötzlich lagen wir dort auf Ästen, Blättern und kleinen Steinen, außerhalb des Lichts. Und es war nicht so, wie ich es mir vorgestellt hatte, es war besser. Unsere Hände und Münder fanden intuitiv zusammen. Wir kamen uns immer näher, mit einer Kraft, die ich gar nicht von mir kannte. Plötzlich war es, als wäre das Rätsel um alles gelöst. Der Wald, die Natur um uns herum, lenkte unsere Gliedmaßen, die sich wie von selbst bewegten, und wir waren kurz davor, uns zu verbinden.

Ich hielt inne, schob ihn weg.

»Ich glaube, ich muss zurück zu Oma.«

Pauls Augen leuchteten immer noch, er fragte: »Hast du Angst bekommen?«

Wir traten das Feuer aus, kippten Wasser und Sand darauf und gingen am Bach entlang, mit den Sternen über und unter uns. Im Wasser war das Platschen von Fischen zu hören, die nach Insekten schnappten.

Paul begleitete mich zur Einfahrt. Zum Abschied küssten wir uns lange und innig.

»Können wir uns morgen wiedersehen?«, fragte ich.

Ich stieg zur Veranda hinauf, wo Oma in ihrem Schaukelstuhl saß.

»Schöne Grüße von Paul«, sagte ich schnell. Sie tätschelte mir den Rücken, als ich an ihr vorbeieilte, um ins Haus zu gehen und mich auf das Sofa zu werfen.

Oma schnarchte. In den Pausen zwischen ihren Atemzügen stellte ich mir vor, wie Paul und ich es taten. Ein Seufzer hallte durch das Haus.

Als ich mich am nächsten Tag bereitmachte, um wieder zu Paul hinüberzugehen, tigerte Oma unruhig hin und her. Ich hatte das Gefühl, sie wollte mir etwas sagen.

Fürchtete sie, ich könnte meine Unschuld verlieren? Oder gar schwanger werden? Oder sollte ich mich nur darauf einlassen, wenn ich wirklich Lust dazu hatte? Oder hätte sie es in

Wirklichkeit lieber gesehen, wenn ich geblieben wäre und die Zeit mit ihr verbracht hätte?

Was wollte sie sagen? Hätte ich sie das alles fragen können?

Auf dem Weg nach nebenan hatte ich Bauchweh.

Paul stand mit blutigen Händen da, er hatte gerade einen Truthahn gerupft und ausgenommen. Wir waren allein auf dem Hof, sein Vater begleitete als Guide eine Jagdgesellschaft. Davon lebte er neben seiner eigenen Jagd.

Wir setzten uns auf die Treppe des Bauwagens, und Paul sagte, er sei plötzlich ganz nervös.

»Komm«, flüsterte ich, stand auf und nahm seine Hand.

Auf dem Bett packte ich ihn, wir fielen seitlich auf das flache Kopfkissen und küssten uns und konnten gar nicht mehr aufhören.

An der Pinnwand hing wieder, mit einer Nadel befestigt, das Foto von mir.

Ich sah zu meinem Bild hinüber, und dann schloss ich die Augen. Er drückte meine Handrücken auf die Matratze, legte sich auf mich und wusste für einen Moment nicht mehr weiter. Dann schob ich mich ihm entgegen und berührte ihn, und Omas mutmaßliche Sorge wegen einer Schwangerschaft war diesmal unbegründet, denn Paul kam schon auf das Laken.

Der Fleck trocknete und wurde im Laufe des Tages gelb.

Am Nachmittag gingen wir Hand in Hand in den Wald. Wir badeten nackt im Fluss, lächelten uns immerzu an, hatten keine Angst, dass man uns sehen könnte.

Als Pauls Vater zurückkehrte, bekamen wir Hirschsteaks und hielten unter dem Tisch Händchen.

In der Nacht taten wir es erneut, und auch am nächsten und übernächsten Tag. Das Zimmer roch noch nach mir, wenn ich am nächsten Morgen wiederkam. Mittlerweile waren wir ein

Fleisch und mussten uns am Tag meiner Abreise mühsam wieder entflechten. Mir rann ein wenig Blut das Bein herab, meine Menstruation hatte eingesetzt.

»Danke, und bis zum nächsten Mal«, flüsterten wir einander zu.

Mein Besuch war vorbei, bald würde Tante Vibeke bei Oma vorfahren. Ich sollte noch einige Tage bei ihr und ihrer Familie verbringen, ehe ich wieder nach Dänemark flog.

Im Schatten der Bäume, die Johannes Haus umkränzten, drückten Paul und ich uns aneinander.

»Wir sehen uns«, murmelte ich.

Tante Vibeke willigte ein, noch eine schnelle Tasse Kaffee auf der Veranda zu trinken. Als wir wegfuhren, sah sie nicht zurück, aber ich winkte Oma Johanne zum Abschied und hatte noch immer im Ohr, was sie mir mit ihrem Altfrauenatem zugeflüstert hatte: »Komm bald wieder, Marie. Wenn du willst, kann ich dir Briefe von Paul in einem Umschlag von mir weiterschicken. Und ich kann Briefe von dir an Paul weitergeben. Nur falls ihr keine Lust habt, dass sich eure Eltern einmischen.«

Sie gab mir zum Abschied die Hand und zwinkerte mir verschwörerisch mit beiden Augen zu.

Es war nett gemeint, aber gleichzeitig auch zu viel.

Um die Briefe würde ich mich schon selbst kümmern, dachte ich und weinte mit dem Gesicht an der Scheibe.

Erst als wir die Autobahn erreicht hatten, sagte Tante Vibeke etwas.

»Na, war es schwierig, bei deiner Großmutter zu sein?«

Ich antwortete nicht, aber ich machte mir meine Gedanken. Warum hatte Oma gar nicht davon gesprochen, dass ich auch ihr Briefe schreiben könnte? Wie konnte sie so interessiert und zugleich so desinteressiert an mir sein?

Wieder zu Hause angekommen, hörte ich Popsongs über die Liebe. Wenn ich auf eine Party ging, setzte ich mich in die Ecke und wollte mit niemandem tanzen. Ich schrieb seitenlange Briefe, zerriss sie jedoch immer wieder und schickte nie einen ab. Umgekehrt hörte ich auch nichts von Paul, aber ich dachte, dass es ihm vielleicht ähnlich ging, dort in seinem Wald, ganz allein. Dass er mich genauso fürchterlich vermisste und es irgendwie doch nichts nützte, nur ein paar Wörter hin- und herzusenden.

Und so vergingen sieben Jahre. Ich machte Abitur und im Anschluss ein Brückenjahr, begann ein Biologiestudium und zog ins Studentenwohnheim. Die Gedanken an meine Oma waren schnell in den Hintergrund geglitten, und sie wurde wieder zu der seltsamen Frau, von der meine Tante und meine Mutter redeten. An Paul dachte ich jedoch jeden Tag, und meinen Freundinnen sagte ich, dass ich jetzt wüsste, was Liebe sei.

»Marie, du musst weiterkommen«, sagten sie schließlich. »Du kannst dich nicht jahrelang mit ihm aufhalten. Entweder du vergisst ihn oder du fliegst zu ihm.«

»Amerika ist so weit weg«, sagte ich. »Und er würde hier niemals hinpassen.«

Ich gehe eine Runde um das Rosarium. Überall ragen kleine dornige Stängel mit hellgrünen Blättern auf, sie deuten in Richtung Wald.

Meine Mutter und Tante Vibeke winken mir zu. Sie stehen vor dem Labor.

»Kannst du nicht mal hineingehen und dich umsehen?«, fragt meine Tante. »Dir wird sie es hoffentlich nicht ganz so übelnehmen.«

Sie reicht mir den Schlüssel und erklärt, sie habe ihn im Küchenschrank hinter den Kaffeetassen gefunden.

Ich schalte die sirrenden Leuchtstoffröhren ein. Auch hier sind auf den ersten Blick keine Spuren oder Botschaften zu entdecken. Aber es gibt einen Laborabzug, verschiedene Mikroskope und andere chemische Apparate. Alles ist weiß und peinlich sauber, mit Kacheln an den Wänden und Fußböden.

Auf einem Regal stehen Aktenordner. In einer Ecke befindet sich ein Kühlschrank, den ich öffne. Dort drinnen stehen Reagenzgläser, Petrischalen und Flaschen. Einige enthalten Samen, andere Blut, Haare oder eine gelbliche Flüssigkeit, die wie Urin aussieht. In einigen von ihnen liegt etwas, das aussieht wie kleine Hautfetzen.

Igitt. Ich schließe hinter mir ab und lege den Schlüssel wieder an seinen Platz im Küchenschrank. Meine Mutter ruft aus dem Bad: »Marie, jetzt *musst* du aber wirklich Paul anrufen!«

6

Fine schaut auf ihr Telefon. Ihr Vater wollte versuchen, um drei wieder zu Hause zu sein. Ihretwegen muss er mindestens zwei Reisen abgesagt haben. Normalerweise legt er sie auf die Zeiträume, wenn sie bei ihrer Mutter ist.

Die Wolken sind größer und dichter geworden und nicht mehr luftig und weiß, sondern grau. Papa muss den Mähroboter vorprogrammiert haben. Jedenfalls rollt er jetzt auf dem Rasen hin und her, erinnert an eine Schildkröte und hat vermutlich alle Ecken und Winkel des Gartens auf seiner inneren Karte gespeichert. Fine hatte ihren Vater gefragt, ob der Mähroboter schlau sei, aber er hatte geantwortet, nein, das sei nichts als Technologie, der Roboter mache nur, was die Menschen ihm beigebracht hätten.

Aber warum hält er immer eine Sekunde inne und dreht sich einmal im Kreis, wenn er an Fines Zimmer vorbeifährt? Spürt er, dass sie da ist? Liegt es an ihrer Farbe und ihrem Geruch? Denkt er vielleicht, sie wäre Gras?

Fine legt den Kopf auf das Kissen, der Mähroboter frisst sich weiter voran, der Kühlschrank summt. In seinem kühlen Inneren liegt das Gemüse aus dem Supermarkt und hofft auf bessere Zeiten, wenn es wieder keimen kann. Fines Handy vibriert, eine Klassenkameradin schreibt etwas über den Messenger.

Manchmal wünscht sie sich Geschwister, obwohl man sich nur schwer vorstellen kann, dass ihre Mutter – und auch ihr Vater – noch Energie für weitere Kinder hätten. Sie haben zwar gesagt, dass sie sich noch mehr Kinder wünschten, aber es ist nie passiert. Und davon abgesehen gibt es sowieso schon viel zu viele Menschen auf der Welt.

Fine atmet tief ein. Sie hat das Gefühl, sie könnte die Luft jetzt wieder weiter in die Lunge einziehen als vorher. Als sie sich besonders krank gefühlt hatte, litt sie unter Atemnot. Jetzt ist es fast, als würde sie schweben.

Vorsichtig betastet Fine ihren Körper, obwohl sie keine Lust dazu hat, weil er sie immer daran erinnert, dass sie nicht so ist wie die anderen. Irgendetwas passiert mit ihren Brustwarzen. Eigentlich würde sie es ihren Eltern gern sagen, aber sie schämt sich zu sehr, obwohl es irgendwann sowieso zur Sprache kommen wird. Der Arzt im Rigshospitalet, der sie untersuchte, redete viel von der Pubertät.

Eigentlich dürfte es sich nicht komisch anfühlen, Brüste zu bekommen, die meisten Mädchen in ihrer Klasse haben schon welche, obwohl sie jünger sind als Fine. Aber ihre eigenen Brustwarzen sind anders, groß, weich und dunkellila, und außerdem tun sie weh.

Letzte Woche entdeckte Fine ein paar kleine Haare in ihrem Schritt. Sie waren gekräuselt, dick und grünlich. Was soll sie jetzt machen, wenn sie im Sportunterricht wieder schwimmen gehen? Dann kann sie sich unmöglich verstecken, und die Lehrerin betont immer, dass sie sich beim Duschen überall waschen sollen.

Fine muss sich ein Bustier besorgen, das die Brüste wenigstens im Alltag ein bisschen versteckt. Vielleicht kann sie auf dem Heimweg von der Schule einmal bei H&M vorbeifahren? Sie könnte den Zug oder den Bus nach Hillerød nehmen, wenn sie früher frei haben, dann würden ihre Eltern es nie herausfinden.

Fine ruft *Siri*, die auf ihrem Handy wach wird und alle Verbindungen für sie ausrechnet. Wenn Fine eine Stunde früher aus hätte und eine halbe Stunde bis zum H&M bräuchte, würde sie nur zwanzig Minuten später nach Hause kommen als sonst, egal ob sie nach Nivå zu ihrer Mutter oder zum Vater nach Allerød muss. Niemand würde es merken. Papa ist sowieso nie zu Hause. Mama ist momentan immer zu Hause – wenn sie nicht gerade in den USA ist –, aber sie schläft viel und wirkt verwirrt, wenn sie aufwacht.

Fine hat noch Geld in ihrer Spardose, aber dann müsste sie selbst bei H&M zur Kasse gehen und bezahlen. Und was ist, wenn das Bustier gewaschen werden muss? Sie könnte es per Hand waschen, aber wo soll sie es zum Trocknen aufhängen? Oder könnte sie es nass anziehen? Nein, dann würde das Oberteil darüber ja auch nass, und am Ende wäre alles durchsichtig.

Mit Feodora aus ihrer Klasse war sie schon einmal bei H&M, um Make-up zu kaufen. Fine hatte sich eine Wimperntusche und eine Grundierung ausgesucht und sie zusammen mit Feodora getestet. Die Wimperntusche stand ihr gut, aber als sie die Grundierung auftrug, musste Feodora lachen und sagte, sie sehe aus wie ein Frosch. Sie deckte rein gar nichts ab, sondern verstärkte den Grünton ihrer Haut nur umso mehr. Fine wischte sie mit Klopapier, Wasser und Seife wieder ab.

Ihre Brustwarzen werden hart, wenn Fine sie berührt, als würde sie frieren. Sie denkt, dass sie die Haare im Schritt ja erst einmal abschneiden kann. Andererseits wäre es auch komisch, und vielleicht erst recht merkwürdig, wenn sie nie erwachsen werden würde.

Alles schien leichter, als sie noch klein war. Wenn ihre Eltern sie in den Kindergarten brachten, klebten sie zum Abschied immer ein feuchtes Blatt an die Scheibe, das dort bis zum Mittagessen hing. Die Sonne leuchtete durch die dunklen Adern und bildete eine Art Händeabdruck. Jeder Tag hatte seine Hand, jedes Blatt war anders. Solange dieser Gruß dort klebte, fehlte es Fine an nichts auf der Welt.

Bei ihrem Make-up-Ausflug nach Hillerød hatte Feodora, deren Eltern schon seit ein paar Jahren geschieden waren, außerdem gesagt: »Irgendwie erzählt keiner von beiden mehr so richtig die Wahrheit. So ist das wohl einfach, wenn die Eltern nicht mehr zusammen sind. Sie lügen die ganze Zeit.«

Fine versetzt das einen Stich. Sie hat Sehnsucht. Nach Mama, Papa oder Oma Birgit? Oder danach, eine richtige beste Freundin zu haben? Wäre sie einfach nur gern wieder klein, um sich vorzustellen, dass es alle möglichen Fantasiewelten gibt? Oder löst die Sehnsucht nach Uroma Johanne den Schmerz in Fines Herz aus? Irgendwie scheint es auch etwas ganz weit Entferntes, wie hinter ein paar Bergen Liegendes zu sein, das ihr die Tränen in die Augen treibt. Fine fühlt sich richtig einsam, das ist es. Plötzlich hat sie das Gefühl, vollkommen allein auf der Welt zu sein.

Uroma ruft immer an, wenn Fine es braucht. Wenn ihre Mutter wieder einmal traurig ist und ihr Vater seufzend umherläuft oder die Erwachsenen einfach keine Zeit haben. Uroma ruft an den Tagen an, an denen Feodora zwar gern mit ihr zusammen bis zur Schule geht, dann aber zu den anderen läuft, sobald sie auf dem Schulhof sind. Sie ruft an den Tagen an, an denen Fine sich in allen Pausen auf der Toilette versteckt und darauf gewartet hat, dass der Unterricht endlich weitergeht.

Ihre Mitschüler hänseln sie nie direkt, sie fragen sie nur nie, ob sie bei irgendetwas mitmachen will. Und tun so, als hätten sie Fine nicht gehört, wenn sie selbst fragt.

Ihre Eltern sagen, man könne Freundschaften nicht erzwingen, vielleicht würden sie und die Mitschülerinnen einfach nicht zusammenpassen. Die Klassenlehrerin sagt, Fine solle nicht aufhören, die anderen zu fragen und zu sich einzuladen. Wenn sie sich passiv verhalte, glaubten ihre Mitschüler vielleicht, Fine würde sie nicht mögen.

Uromas Stimme ist da, im Telefon. Dann erzählt Fine ihr, was die anderen gemacht haben, und Uroma sagt, sie würden es noch mit ihr zu tun bekommen. Fine hätte recht und die anderen nicht. Anschließend erzählt Uroma ihr von den Pflanzen, singt ihr etwas vor und nennt sie *mein Schatz*. Uroma hat es nie eilig, ist nie kurz davor, den Hörer aufzulegen. Ihre Gespräche enden erst, wenn Fine sich verabschiedet. »Die Welt gehört dir, du bist genau richtig, so wie bist, meine geliebte Fine. Vertrau darauf!«

Ja, Uroma war schon immer diejenige, die Fine am besten verstanden hat. Nicht weil sie sich besonders ähnlich wären. Uroma sieht ja ziemlich normal aus, soweit Fine sich erinnern kann.

Fine hat sich innerlich schon immer genauso seltsam gefühlt wie äußerlich, so ist es, und so wird es wohl immer bleiben. Und die Einzige, die sie jemals dafür gelobt hat, ist Uroma. Heißt das, Uroma ist ihre beste Freundin? Kann man das sagen? Aber was, wenn sie eines Tages stirbt? Bekommt Fine dann eine andere beste Freundin oder vielleicht einen Freund? Wird sie eines Tages heiraten, wird sie Kinder bekommen?

Fine leert ihr Glas, schenkt sich neues Wasser aus der Karaffe ein und trinkt erneut. Uroma muss längst erfahren haben, dass Fine nicht mitgekommen ist. Sie muss sehr enttäuscht und traurig sein. Vielleicht hat sie deshalb nicht angerufen und ihr eine gute Besserung gewünscht? Dabei wäre es schön gewesen, Uromas Stimme zu hören, so, wie es Fine gerade geht.

Draußen beginnt es, auf diese kalte, herbstliche Art und Weise zu dämmern. Im letzten Herbst litt Fine sehr unter Müdigkeit, aber dann redete Mama zum Glück mit der Klassenlehrerin darüber, ob Fine nicht ab und zu eine Stunde später in die Schule kommen könne. Das war immerhin besser, als im Unterricht über dem Tisch einzuschlafen. Zu spät ins Bett geht sie jedenfalls nicht.

Fine trinkt noch mehr Wasser und denkt, dass sie ihren Magen vielleicht auch mit etwas Essen füllen sollte. Sie macht einen großen Schritt über den Koffer, der immer noch nicht wieder ausgepackt ist, und geht in die Küche. Die Glastüren zum Garten lassen das allerletzte Licht herein, es fällt als graues Viereck auf den Fliesenboden.

Hier lässt sie den Pyjama mit einem weichen Plumps fallen, bleibt reglos stehen und hofft, dass Papa nicht gerade jetzt nach Hause kommt. Die Amsel springt auf der Hecke umher, das graue Taubenpaar stakst über den Rasen. Fine betrachtet sich im Spiegel.

Sie hat nicht nur viele Pickel, sondern auch irgendetwas, das geradezu spitz aus der Haut hervorragt. Punkte hatte sie schon immer überall, aber das hier ist wirklich schlimm. Ob es mit dem Fieber zusammenhängt, soll sie Papa anrufen und es ihm sagen? Hat die Haut letzte Nacht wieder gejuckt, und hat sie sich gekratzt? Rings um diese stachelartigen Schwellungen hat sie rote Schrammen.

Vielleicht sollte sie sich weigern, je wieder in die Schule zu gehen. Angestarrt wird sie ja sowieso schon, und Feodora ist die Einzige, die sich manchmal mit ihr abgibt. Vielleicht, weil sie sich schon seit der Kita kennen. Einmal hatte sie Fine sogar verteidigt, als ihr jemand etwas Blödes hinterherrief, und gesagt: »Fine ist doch nicht grün!«

Mamas Augen sind braun, Papas blau, Fines bernsteinfarben. Mitunter überlegt sie, ob sie adoptiert worden sein könnte, aber im Familienalbum kleben eine Menge Babybilder von ihr, auch eins davon, wie sie voller Käseschmiere zwischen den Brüsten ihrer Mutter liegt, als sie gerade frisch geboren war. Aber vielleicht gibt es ja spezielle Fotografen und Fotostudios, in denen sich Adoptiveltern so fotografieren lassen können, dass es aussieht, als wären sie die biologischen Eltern?

In ihrem Bauch rumort es, eigentlich fühlt es sich nicht wie Hunger an. Fine schlüpft wieder in ihren Schlafanzug und geht auf die Toilette. Es schmerzt, als sie sich den Hintern abputzt. Am Klopapier klebt irgendetwas Kleines, Weiß-Gelbes. Es ist tropfenförmig und sieht aus wie ein Samen. Könnte er von dem Marmeladenbrot stammen, das sie gestern gegessen hat? Nein, es war ja Blaubeermarmelade.

Als Fine die Spülung betätigt hat und sich die Hände waschen will, sieht sie, dass auch ein kleiner Samen mit einem Stückchen Kacke an ihrem Ärmel klebt. Sie entfernt ihn mit Toilettenpapier, geht zur Gartentür, öffnet sie und schnipst ihn hinaus in die Dunkelheit. Dann geht Fine selbst nach draußen, hockt sich auf den Rasen und legt die Hände auf das Gras. Sie reißt Büschel aus, presst einen Klumpen Erde in der Hand zusammen, bis sie unter den Nägeln drückt, und reibt ihre Hände damit ein. Am Ende beschmiert sie auch ihr Gesicht mit Erde und saugt den Pilzgeruch des Bodens tief in sich ein.

Ihr ist schwindelig, als sie wieder ins Haus und zu ihrem Bett wankt und sich unter die Decke legt. Auf dem Fensterbrett stehen die Pelargonien mit ihren rosa Knospen. Die beiden Kakteen und die Aloe vera werden allmählich zu groß für ihre Töpfe. Fine schaltet die Leselampe ein und schaut auf ihr Handy. Jetzt hat Mama angerufen.

Sie legt das Telefon unter das Kissen und starrt auf die Pelargonien. Mit einer seltsam schwebenden Langsamkeit beobachtet sie, wie ein Blatt sich dem grellen Lampenlicht zuwendet, eine rosa Knospe sich in einzelne Blätter aufteilt und entfaltet. Die tiefgelben Staubgefäße kommen zum Vorschein, eine Fliege schwirrt hinter der Gardine hervor und setzt sich darauf. Fine hat einen bitteren Geruch in der Nase und schreckt zusammen, als der Blumentopf mit dem Feigenkaktus zerspringt und die Erde über das Fensterbrett und auf den Boden wallt.

7

»Ruf jetzt bitte Paul an!«, wiederholt meine Mutter.

Tante Vibeke und sie stehen gebückt im Garten. Vor dem großen Geburtstagsfest muss Unkraut gejätet werden, dabei haben sie garantiert Rückenschmerzen. Die Zwillingsschwestern tragen Shorts und Polohemden, die bis oben hin zugeknöpft sind. Ihre Füße stecken in robusten Sandalen, in denen man auch wandern könnte, und sie haben sich Tücher um den Kopf gebunden, um die Haare aus dem Gesicht zu halten.

Ich gehe ins Wohnzimmer, doch dann ertönt im Garten ein röchelnder Husten. Aus dem Küchenfenster sehe ich, wie meine Mutter die Jäthacke wegwirft und zu Vibeke rennt, die nach Atem ringt. Auch ich flitze hinaus, hebe sie in eine aufrechte Sitzposition.

»Es ist schon wieder gut«, sagt sie und holt mehrmals tief Luft.

Dann stapft sie ins Haus und holt ihr Asthmaspray, schluckt ein paar Pillen und spült sie mit Wasser hinunter. Anschließend bindet sie sich das Kopftuch vor den Mund und sagt, es sei das Übliche. Unter diesem Problem leide sie hier immer. Kurz darauf begibt sie sich wieder in den Garten und ergreift die Hacke.

Ich schleiche mich in die Toilette, setze mich auf den Deckel.

Jan und ich sind vorläufig getrennt. Als ich auszog, sagte ich, dass ich es machen würde, um Fines und sein Leben nicht zu zerstören. Ich sei schließlich eine Gefahr für sie, sagte ich, in meiner derzeitigen Stimmung. Wir vereinbarten ein Modell, bei dem wir uns wochenweise abwechseln wollten, doch ich konnte Fine lange nur für ein paar Tage nehmen, was jedes Mal zu einem Problem wurde, wenn Jan geschäftlich auf Reisen war. Immer wieder musste meine Mutter einspringen.

Jan sagte, dass er Fine in jeder Sekunde vermisse, in der sie nicht bei ihm war. Konnte ich dasselbe behaupten? Ich weiß nicht, was das mit mir und Fine ist. Ich liebe sie sehr. Aber es gab immer etwas an ihr, das ich nicht verstanden habe. Schon als sie klein war, haben wir oft aneinander vorbeigeredet. Ich verstand einfach nie genau, was sie sagte. Jan war viel besser darin, ihre ersten Wörter zu erfassen.

Während der Schwangerschaft war ich die ganze Zeit unglaublich nervös. Meine Hebamme versuchte, mich zu beruhigen, und sagte, einige Erstgebärende hätten eben mehr Angst als andere, und vielleicht würde ich eben zu jenen gehören, die gern alles unter Kontrolle hätten. Ich verlangte nach zusätzlichen Ultraschalluntersuchungen, und Jan kam mit und starrte auf die Bilder von unserem scheinbar ganz normalen Kind.

Als Fine kam, sah sie tatsächlich ganz normal aus. Jan sagte, sie sähe meiner Mutter ähnlich, und küsste das Kind. Er schnitt die Nabelschnur durch, er lernte sie zu wickeln und kümmerte sich nachts um sie. Trotzdem konnte ich nicht schlafen, denn was dachte er, wenn er dort allein mit ihr saß? Wenn er ihr Gesicht studierte und ihre winzige Hand hielt?

Ich zeigte sie auch nicht gern vor, wenn ältere Damen einen Blick in den Kinderwagen werfen wollten.

Und ich sollte recht behalten. Nach einigen Monaten ließen wir Fine ihrer Haut und Haare wegen untersuchen.

»Das ist doch egal«, sagte Jan. »Sie ist unsere wundervolle Tochter. Mach dir nicht so viele Gedanken.«

Jan weinte, als ich auszog. Er sagte, dass er mich liebe und jetzt schon vermisse. Doch er fragte mich nie, warum ich auszog, und ich hätte schreien können, als meine Eltern mit dem Anhänger kamen. Warum stellte er die Frage nicht?

Aber hätte ich ihm antworten können? Nein. Und warum hasste ich ihn so sehr für seine konfliktscheue Art? Ich hatte mir Jan schließlich ausgesucht; die Katze biss sich selbst in den Schwanz.

Wir lernten uns kennen, als ich mit dem Biologiestudium anfing und er schon kurz vor seinem Abschluss stand. Zufällig wohnte er auch in dem Studentenwohnheim, in dem ich bald ein Zimmer beziehen würde.

Wir knutschten ein bisschen auf Partys, halfen uns gegenseitig mit Lebensmitteln aus und gossen unsere Pflanzen, wenn der andere verreist war. Manchmal kauften wir auch zusammen ein und kochten. Hin und wieder gingen wir ins Kino, und als ich eines Tages die Möbel in meinem Zimmer umräumte und sah, wie dringend es renoviert werden musste, stand er sofort mit einem Eimer Farbe und einem Pinsel bereit.

»Ich weiß nicht, was ich will«, sagte ich, als er fragte, ob wir nicht ein bisschen mehr wären als Freunde.

Wenn er verreiste, schrieb er mir echte Postkarten, und er schickte niedliche SMS.

Ich sagte, man könne doch auch einfach so befreundet sein. Er nickte und sagte, ich sollte aber vielleicht allmählich damit anfangen, nur noch Dinge zu machen, die mir wirklich etwas bedeuteten. Hin und wieder redete er davon, in eine der richtigen Wohnungen im Wohnheim zu ziehen, wo man ein eigenes Bad und eine eigene Küche hatte. Ich sagte, ich fände, er solle lieber in seinem Zimmer bleiben.

Jan begann, eine Doktorarbeit im Bereich der Klimaforschung zu schreiben, die uns beide bald davon überzeugte, Vegetarier zu werden. Er trank auch kaum noch Alkohol, wenn wir auf Partys gingen. Manchmal tobte ich mich aus und ging mit anderen ins Bett, spürte anschließend jedoch eine schmerzende Leere im Bauch. So konnte es auch mit Jan sein, aber mit Paul war es nie so gewesen.

Es gab Tage, an denen ich es nirgendwo aushielt und mit dem Zug stadtauswärts nach Norden fuhr, um lange Spaziergänge im Wald zu unternehmen. Doch das verschlimmerte meine Sehnsucht nur noch mehr.

Jan sagte ich, dass er viel zu schwermütig sei, doch inzwischen kochten wir jeden Abend gemeinsam.

Er wusste nicht, wie er reagieren sollte, als ich verkündete, dass ich für ein Semester in die USA gehen und einen Aufbaukurs zum Thema Biodiversität machen würde. Ich erzählte ihm von meiner Großmutter, der Botanikerin, die auf Reisen gegangen war, zu den Themen pflanzliche Intelligenz und Genmanipulation geforscht und ihren eigenen Wald gepflanzt hatte. Jan sagte, diese Oma würde er gern einmal kennenlernen. Wir seien wohl eine richtige Abenteurerfamilie.

»Du kannst doch mitkommen«, sagte ich lachend und spielte mit dem Feuer.

Das wäre ihm zu viel, sagte er, und genau mit dieser Antwort hatte ich auch gerechnet.

»Sie muss mit den Pionieren der Genforschung zusammengearbeitet haben, wenn sie in den Siebzigern an der Cornell University war. Könnte sie vielleicht sogar Rudolf Jaenisch vom MIT getroffen haben?«

Jan steht der Genmanipulation seit jeher kritisch gegenüber. Ihm ist »die Ordnung der Natur« wichtig. Veredlung akzeptiert er gerade noch, aber der Mensch müsse aufpassen, woran er herumdoktere. Die Sache mit den Genen sei nämlich viel komplizierter, als die Forscher in den Sechzigern und Siebzigern zunächst annahmen.

Jan brachte mich nicht zum Flughafen, weil meine Eltern auch dorthin kommen wollten. Stattdessen küssten wir uns zum Abschied unten in der Eingangshalle des Wohnheims. Er werde mich vermissen, und ich müsse ihm versprechen, nach einem halben Jahr wiederzukommen. »Das kann ich nicht versprechen«, sagte ich. »Amerika ist ein so spannendes Land, meine Familie wohnt dort. Wer weiß, vielleicht hänge ich noch ein Semester dran?«

Er nickte auf seine leicht greisenhafte Art, nahm meine Hand und legte sie in die kleine, warme dunkle Höhle zwischen seinen beiden.

Meine Mutter weinte, als wir uns am Flughafen zum Abschied umarmten. »Komm bald wieder«, sagte sie, »und such dir da drüben bloß keinen Freund, hörst du?«

Nachdem ich an Bord gegangen war, schloss ich den ganzen Flug über nicht ein einziges Mal die Augen.

Vor der Abreise hatte ich mich zusammengerissen und einen Brief an Paul geschrieben, den ich direkt an ihn schickte. Ich schrieb, dass ich im Laufe des nächsten halben Jahres wahrscheinlich zu Besuch käme. Johanne hatte ich ebenfalls geschrieben. Sie hatte mich in den vergangenen sieben Jahren wiederholt dazu aufgefordert, zu kommen. Paul redet immer noch von dir, schrieb sie jedes Mal. Aber konnte ich mich auch darauf verlassen, dass es stimmte?

Sie käme gern für mein Flugticket auf, ich solle einfach Bescheid geben.

Ich hatte immer nur mit nichtssagenden Weihnachtskarten geantwortet.

Und was war, wenn es stimmte, dass Paul mich vermisste?

Ich wohnte das ganze Semester über bei Tante Vibeke und Onkel Charles. All meine Cousinen und Cousins waren mittlerweile von zu Hause ausgezogen und über mehrere Staaten verstreut, aber sie schauten zwischendurch zu Hause vorbei. Meine Mutter und mein Vater riefen an, manchmal mehrmals in der Woche. Ja, sie vermissten mich, und ich vermisste sie.

Ich fuhr zur Universität im Ort und wieder zurück. Ich dachte an Paul, wenn ich mich ins Auto setzte, und manchmal schluchzte ich auch. Jan schrieb mir jeden Sonntag eine E-Mail, Paul hatte nicht auf meinen Brief geantwortet. Dafür war meine Oma umso hartnäckiger. Jetzt *müsse* ich endlich kommen!

Ich dachte nach wie vor, dass niemand jemals über mich bestimmen sollte. Und von wem hatte ich diese Eigenschaft? Von meiner Mutter, meiner Tante oder meiner Großmutter?

Als sich das Semester dem Ende zuneigte, gab es keine Ausrede mehr. Und Tante Vibeke wurde allmählich auch ein wenig unleidlich. In der Zeit, in der ich bei ihnen gewohnt hatte, war sie schon zweimal bei Johanne gewesen, und ich hatte mich jedes Mal unter einem schlechten Vorwand aus der Affäre gezogen.

»Sie ist deine Großmutter«, mahnte Vibeke. »Und du bist mittlerweile erwachsen genug, um auch Verantwortung für die Älteren in der Familie zu übernehmen.«

Als ich die letzte Prüfung überstanden hatte, packte ich einen Schlafsack und eine Isomatte ein und fuhr zu Johanne aufs Land hinaus. Ich zitterte den ganzen Weg über und musste mehrmals an den Rand fahren, bis sich meine Hände so sehr beruhigt hatten, dass ich nicht mehr ins Schlingern geriet.

Oma bot mir das Sofa an, aber ich bestand darauf, auf der Veranda unter einem Moskitonetz zu schlafen, das sie für mich suchen musste. Sie protestierte nicht, sondern sagte nur lächelnd, so hätten schon viele Forscher auf Reisen übernachtet.

Ich hatte alles geplant und lag geschminkt, in Hotpants und Tanktop, beides in Olivgrün, und mit großen runden Ohrringen im Schlafsack bereit.

Sobald sie die Lampen ausgemacht hatte, schlich ich über den Rasen, schaltete meine Taschenlampe ein und fand den Pfad, einen Schleichweg zwischen den großen dunklen Bäumen. Mein Herz dröhnte im Körper.

Drüben brannte Licht. Paul saß mit einem Bier auf der Veranda. Ich konnte kaum atmen und brachte kein Wort hervor. Er lachte, wir umarmten uns, unterhielten uns erwachsen und frei.

Ich fragte, ob sein Vater zu Hause sei. Paul sagte, er habe ihn für die nächsten Tage weggeschickt, oder besser gesagt: Er sei auf der Jagd. Er selbst hätte gespannt hier gesessen und darauf gewartet, wann ich wohl von Johanne wegkäme.

In uns war nicht mehr der kleinste Rest Kindheit übrig. Diesmal brauchten wir kein Lagerfeuer, Baden oder Bäumeklettern. Wir gingen direkt in seinen Bauwagen, wickelten uns glücklich ineinander und liebten uns die ganze Nacht. Es war, als könnte ich mich erinnern. Es war genau das, wovon ich geträumt hatte.

Oma lachte, als ich erst mitten am nächsten Tag zurückkam. Ich sagte, ich solle von Paul grüßen, warf mich aufs Sofa und war zu nichts anderem mehr fähig, als den restlichen Tag zu verschlafen.

In der Zwischenzeit stand sie in der Küche und kochte, und

wir nahmen eine größere Mahlzeit ein. Ich stürzte mich auf das Essen.

»Viel Spaß euch beiden«, sagte Oma, als ich wieder ging.

Ich musste kichern, ja, wir kicherten beide.

Wie sie wohl in jüngeren Jahren gewesen war? Meine Mutter und meine Tante meinten, sie hätte immer allein gelebt, fast wie eine alte Jungfer, aber vielleicht war auch das genaue Gegenteil der Fall gewesen? Vielleicht hatte sie eine Schar von Liebhabern gehabt? Oder sich prostituiert, als meine Mutter und Vibeke klein waren?

»Jetzt hör aber auf«, sagte ich zu mir selbst, während ich den Pfad entlang zu Paul stapfte.

Paul und ich trafen uns am Fluss und liebten uns unter den Bäumen. Mir war es vollkommen gleichgültig, ob man mich hörte.

»Ich komme bald wieder in die USA.«

Paul sagte, ich solle es schwören.

Warren saß mit einem Bier auf der Veranda. Ich sagte ihm Guten Tag, aber er war wie versteinert, obwohl er an diesem Tag wahrscheinlich Großvater wurde. Und meine Oma wurde Uroma, meine Eltern Großeltern.

»Ich mache mich wieder auf den Weg zu Johanne«, sagte ich und zwinkerte Paul zu, »es ist unser letzter Abend.«

Wir gingen hinter den Bauwagen, hielten uns in den Armen und küssten uns zum Abschied. Dann überlegten wir es uns anders, schlichen hinein, schliefen auf dem Boden erneut miteinander.

Als ich am nächsten Morgen nahezu lautlos die Tür zu Omas Haus öffnete, wartete sie schon mit einem größeren Brunch am Tisch auf mich. Ich setzte mich ihr gegenüber auf den Stuhl.

Sie starrte auf Pauls herzrote Knutschflecken, die über meinen ganzen Hals verteilt waren, und schenkte mir Kaffee ein.

»Oma«, sagte ich. »Darf ich eine Weile bei dir wohnen?«

»Wolltest du nicht heute abreisen?«

»Ich könnte das ja noch ein bisschen verschieben und ein Semester dranhängen. Dich besser kennenlernen …«

Sie schnaubte verächtlich.

»… und Paul natürlich auch.«

»Du musst nach Hause fliegen«, sagte sie.

»Es wäre ja nur für ein halbes Jahr.«

»Das würde nur zu einem riesigen Durcheinander führen. Deine Mutter würde dich vermissen. Ich habe sie verlassen, Vibeke hat sie verlassen. Du kannst ihr das nicht auch noch antun.«

»Aber …«

»Ihre Enkel sollen nicht hier aufwachsen. Marie, du *musst* nach Hause zurückfliegen.«

Hinter Omas Brille funkelte es. Erschrocken schob ich mir ein Käsebrot in den Mund, während sie meine Sachen packte, den Koffer auf die Veranda stellte und mir zum Abschied die Hand gab.

Ich reiste mit dem Gedanken ab, ein halbes Jahr später wiederzukommen und ein weiteres Semester in den USA zu studieren, ich musste es nur mit meinen Eltern besprechen. Aber gleichzeitig war mir, als hätte meine Oma mich mit einem Schwert durchbohrt.

Meine Eltern holten mich am Flughafen ab. Meine Mutter weinte dieselben Freudentränen, wie wenn wir meine Tante am Flughafen abholten. Während der ganzen Heimfahrt im Auto weinte sie und drückte meine Hand.

»Es ist schön, wieder da zu sein«, sagte ich.

Nachdem ich einige Tage bei meinen Eltern gewesen war und meine Mutter mich wieder und wieder gefragt hatte, wie es mir gehe, zog ich zurück in mein Wohnheimzimmer, das ich in der Zwischenzeit untervermietet hatte. Ich litt unter heftiger Müdigkeit und hatte mich noch nicht an die Zeitumstellung gewöhnt.

Ich suchte nicht nach Jan.

Ich ging in die Küche und kochte mir etwas.

Die anderen grüßten mich, als wäre ich nur kurz weg gewesen.

Ich schnippelte mein Gemüse, jeder Schnitt schmerzte.

Ich wälzte mich schlaflos im Bett.

Ich öffnete Bücher und schloss sie wieder.

Ich sah aus dem Fenster und auf die Straße mit dem Verkehr, der sich langsam durch die großen Pfützen voranwälzte. Die Straßenlaternen sprangen mit einem Flimmern an und brachten den Regen zum Glänzen. Der Fælledparken auf der anderen Seite war noch schwarz.

Ich zog mich bei geschlossener Gardine aus und versuchte zu schlafen.

Ich setzte mich an den Schreibtisch, um ein paar Artikel zu lesen.

Ich ging nicht in die Apotheke.

Samstags fand unten eine Party statt. Ich begab mich dorthin, nachdem ich mit den anderen in der Küche vorgeglüht hatte. Nur auf ein Bier, sagte ich, wie eine lahme Beschwörungsformel.

Im Partyraum wurde das Bier in großen Plastikbechern ausgeschenkt und über den klebrigen Tresen gereicht. Nachdem ich mir eins gekauft hatte, nippte ich daran, malte mit dem Zeigefinger etwas auf die beschlagene Scheibe und stellte den Becher auf dem Fensterbrett ab. Dann nahm ich ihn wieder, trank einen Schluck.

Ich tanzte ein wenig mit einigen Mädchen von meinem Gang und schielte in die Ecken.

Saß er nicht dort, neben dem Fenster, mit seinem Bier?

Hatte er mich gesehen?

Hatte ich ihn gesehen?

Ich löste mich aus dem Kreis. Ich hatte nicht viel aus mir gemacht, war in ein langweiliges Kleid geschlüpft. Geduscht hatte ich auch nicht, nur meine Wimpern getuscht.

Jan kam lächelnd und mit langen Schritten auf mich zu. Ich stürzte förmlich in seinen Wollpullover hinein.

»Marie.«

Er küsste mich aufs Ohr.

Mir war es ziemlich egal, dass die anderen uns anstarrten. Resolut legte ich die Arme um ihn, und wir tanzten zu einem Schmusesong, über den wir uns normalerweise beide lustig gemacht hätten. Ich küsste gierig seine Lippen, die nach meinem Haar rochen.

Sicher hatte in der Zwischenzeit jemand anderes mein verlassenes Bier ausgetrunken. Für einen Moment saßen wir an einem der Cafétische, obwohl wir uns wegen der lauten Musik nicht unterhalten konnten.

Oben in seiner Wohnung küssten wir uns erneut. Er hatte jetzt zwei Zimmer mit jeweils einem Fenster und nur auf einer Seite Nachbarn.

Dann wurden wir wohl ein Paar. Ohne dass wir es ausgesprochen hatten, waren wir es irgendwann. Wir spazierten durch den Fælledparken, und er brach eine lila Blütendolde von einem Schmetterlingsflieder ab. Ich roch daran, während wir zurückschlenderten.

Ob die anderen uns von ihren Zimmern aus sahen?

Wir kochten gemeinsam, wir gingen ins Kino. Schon nach ein paar Tagen schauten wir uns eine richtige Wohnung an, die er kaufen wollte. Ich schrieb bei ihm an meinen Hausarbeiten. Mittags stellte er mir etwas zu essen hin, er kochte Tee und las, was ich geschrieben hatte. Er sagte immer, dass ich gut sei.

Als er den Kaufvertrag zur Wohnung unterschrieb, erstand ich einen Schwangerschaftstest, und er fiel positiv aus. Ich saß da und hielt ihn in der Hand, als Jan die Tür aufschloss und mit vollen Einkaufstüten hereinkam.

Ich weinte, und er sah es.

Stumm hielt ich ihm den Test hin, und er umarmte mich beinahe überfallartig, umschlang mich fest von allen Seiten und erzählte mir wieder und wieder, wie sehr er mich liebe. Natürlich wäre das Kind willkommen, und wir würden das schon schaffen, wir beide. Ja, er freue sich sogar schon richtig darauf.

Ich sagte nichts und weinte weiter. Ich überlegte, zu meinen Eltern zu fahren, und machte es doch nicht.

Am nächsten Tag lag Post von Paul in meinem kleinen Wohnheimzimmer. Ich faltete den Umschlag zusammen und legte ihn in meine Tasche. Tags darauf stand ich im Park und war kurz davor, den Brief zu verbrennen. Stattdessen versteckte ich ihn an einem sehr unoriginellen Ort, in einem Kochbuch mit Schmorgerichten.

Meine Eltern waren überrascht, aber glücklich. Ja, wenn ich darüber nachdenke, habe ich meine Mutter noch nie so glücklich gesehen. Das Licht, das sie umgab, strahlte so hell, dass man fast hätte meinen können, *sie* wäre schwanger.

Meine Eltern sagten, sie würden alles tun, um Jan und mich zu unterstützen.

Kurz vor Fines Einschulung kauften wir ein Haus. Ich fühlte mich geborgen und gleichzeitig wütend.

Wir versuchten, noch ein Kind zu bekommen, weil ich als Einzelkind unglücklich gewesen war. Jan hatte zwei Schwestern. Doch nichts passierte.

Wir ließen uns untersuchen, und es sah so aus, als läge der Fehler bei mir. Eine Adoption wollte ich nicht, obwohl Jan dafür gewesen wäre, und die Möglichkeit eines Pflegekinds lehnte ich kategorisch ab.

Ich schielte von Fine zu Jan. Er sagte immer glücklich: »Wie sehr Fine dir doch ähnelt! Wie sehr sie dir ähnelt!«

Er liebte sie. Fiel es mir schwer, sie zu lieben, weil ich Angst hatte?

Ich sah Fines Auffälligkeiten, Jan vor allem das, was an ihr normal war.

Er reiste beruflich viel, ich war die meiste Zeit zu Hause und musste viele Nächte allein mit ihr verbringen. Aber das waren die schönsten Momente in unserer Beziehung: Wenn Jan von einer Reise zurückkam und ich das Gefühl hatte, er wäre der Einzige, der unser Haus richtig ausfüllen konnte. Er war auch der Einzige, der Fine richtig zum Lachen bringen konnte, sodass sie fast wie ein glückliches Kind aussah. Und er konnte sie davon überzeugen, dass sie eines Tages eine Menge Freundinnen, einen netten Mann und viele Kinder haben würde.

Wenn ich mit Fine allein war, verschwand sie dagegen manchmal. Oft fand ich sie in einer Ecke des Gartens, wo sie hockte und vor sich hin starrte.

Im Winter schliefen sie und ich oft in einem Bett, wenn Jan nicht zu Hause war. Morgens streckte ich häufig die Hand aus, griff nach dem Telefon und meldete uns beide krank. Dann lagen wir dort nebeneinander und starrten auf das graue

Fensterviereck, das einfallende Tageslicht. Fine sagte, sie würde gerne in einem Wald leben. Ich sagte, das gehe leider nicht. Dann hätten ihr Vater und ich einen zu langen Arbeitsweg.

»Wir könnten von dem Essen leben, das wir im Wald finden. Dann müsstet ihr nicht mehr arbeiten.«

Wenn wir gegen zwölf gefrühstückt hatten, gingen wir meistens im Wald spazieren. Wir nahmen die kleinen Pfade, und ich versuchte, ihr alles beizubringen, was ich über die Natur gelesen hatte.

Ich bekam rote Wangen, Fines Farbe wurde intensiver. Wenn wir wieder zu Hause waren, versuchte ich, sie zum Essen zu bewegen. Fine hat noch nie viel zu sich genommen.

Einer der Ärzte meinte, dass sie anscheinend einen sehr niedrigen Stoffwechsel hätte und das im Grunde etwas Gutes sei. Im Verhältnis zu der Größe, die sie bei ihrer Geburt hatte, wächst sie auch so, wie sie sollte. Ihr Herz schlägt langsamer als gewöhnlich, aber es ist gesund, und das Blut hat einen hohen Sauerstoffgehalt. Sie gerät auch nie außer Atem, wenn sie sich anstrengt.

Ich habe die Ärzte nach den Knubbeln auf ihrer Haut gefragt, und nach diesen Haarsträhnen, die so dick und klebrig sind. Doch niemand kann sich das erklären, und solange Fine nicht körperlich darunter leidet, will man auch nichts dagegen unternehmen. Und ja, es ist natürlich richtig, die Haare nicht abzuschneiden, wenn es so schmerzhaft für sie ist. Irgendwann könnte man vielleicht überlegen, die dicksten Strähnen aus kosmetischen Gründen zu entfernen. Vielleicht ließen sich einige der normalen Haare vom Nacken oben auf den Kopf transplantieren.

Der Arzt von der Abteilung für Wachstum und Reproduktion hat Fine *bis auf die Haut* untersucht, wie er es ausdrückte.

Also auch nackt. Er hat ihre Geschlechtsorgane inspiziert, während ich ihre Hand hielt.

»Sie ist anders gebaut«, sagte er, als Fine gerade losgezogen war, um sich ein Bonbon aus seinem Glas auszusuchen. »Die Klitoris ist ziemlich groß, aber die Vagina wirkt normal.«

Ein MRT von ihrem Unterleib zeigte, dass sie eine Gebärmutter und Eierstöcke hatte. Auch ihre Chromosomen und Hormone wurden untersucht. Alles schien ganz normal, und man konnte nichts anderes tun, als sie durch die Pubertät zu begleiten.

Jan forschte zum Klimawandel, was jahrelang als abseitiges Nischenthema betrachtet worden war. Doch mittlerweile war er in aller Munde und auf der ganzen Welt gefragt.

Ich selbst war Lehrerin geworden und unterrichtete am Gymnasium Biologie und Gesellschaftswissenschaften.

Nach allem, was Jan durch seine Forschung herausfand und mir erzählte, begann ich, es als meine Pflicht anzusehen, meinen Schülern zu erzählen, wie ernst es um unsere Welt steht.

Viele Eltern meiner Schüler am Allerød Gymnasium sind Akademiker und unternehmen mehrmals im Jahr Flugreisen ins Ausland. Sie essen, worauf sie gerade Lust haben, und kaufen sich neue Sachen, weil sie gerne Abwechslung haben und keinen Trend verpassen wollen. Und so nehmen die Umweltverschmutzung und die Erderwärmung zu, und die Wälder werden gefällt, während ihre Kinder in der Schule sitzen.

In jeder Klasse gibt es ein Kind, das fragt, warum denn niemand etwas Krasses unternehme, etwas richtig Krasses. Warum es nirgends einen Präsidenten gebe, der die Gesellschaft völlig umkrempele?

Dann sage ich meistens, dass man selten etwas erreicht, indem man anderen etwas vorschreibt. Aber ich erzähle ihnen auch von der Rotwildherde, in der eines der Tiere stehenbleibt, weil es etwas in einer anderen Richtung wittert, daraufhin den Kurs ändert und die anderen dazu bringt, ihm nachzulaufen.

Ich spreche von Emergenz, dem Phänomen, dass einfache Organismen gemeinsam etwas Neues, Größeres erschaffen können; etwas, das nicht nur die Summe aller Teile oder das Ergebnis einer bewussten Strategie ist. Ein Termitenhügel kann durch Emergenz entstehen, genauso wie ein Eiskristall. Könnte man sagen, dass eine Gesellschaft, die Dreck produziert und nur an ihren eigenen Konsum denkt, ein Resultat von Emergenz ist? Dass Emergenz nicht nur ein positiver Begriff ist, bei dem es darum geht, etwas zu erschaffen und aufzubauen? Ist das, was wir jetzt auf der Welt sehen, die Klimakrise und die ökologische Krise, vielleicht auch die Folge des Wunsches jedes einzelnen Individuums, ein möglichst bequemes Leben zu führen?

»Bleibt nur zu hoffen«, lautet meine wiederkehrende Pointe, »dass etwas in der Natur und im Menschen eine Emergenz entwickelt, die nicht in eine zerstörerische Richtung geht.« Unsere heutige, extrem schädliche Lebensweise gibt es erst seit einigen wenigen Generationen. Früher waren wir zwar auch nicht ganz unschuldig. In Australien starben die Riesensäugetiere aus, als wir vor siebzigtausend Jahren dorthin kamen. Dasselbe gilt für den Säbelzahntiger in Südamerika. Aber damals starben die Tiere nichtsdestotrotz langsamer aus.

So gesehen ist es aber vielleicht auch möglich, schnell gegenzusteuern, damit wir Menschen uns weniger extrem verhalten. Darüber hinaus könnte uns vielleicht auch in einigen Bereichen die Technik retten, jedenfalls wenn es um Energiegewinnung geht. Die Sonnenenergie, die unsere Erde in nur vierundzwanzig Stunden aufnimmt, könnte den Verbrauch der gesamten Menschheit im Laufe eines ganzen Jahres decken. Wenn wir lernen würden, die Sonne so zu nutzen, wie die Bäume es mit ihren Milliarden Sonnenkollektoren in Blattform tun, könnten wir es weit bringen.

Auch eine andere Frage wird immer wieder gestellt: »Warum ziehen wir nicht einfach alle wieder in den Wald und leben so wie früher?«

»Das geht nicht mehr«, antworte ich dann. »Es gibt nicht genug Wälder für alle. Wir sind so viele Menschen hier auf der Erde. Natürlich könnten wir mehr Bäume pflanzen, aber eine Kultur der Jäger und Sammler würde trotzdem viel mehr Platz brauchen als eine Agrarkultur.«

Es kamen keine weiteren Briefe von Paul. Er hatte meine neue Adresse auch nicht, aber wenn er mich unbedingt erreichen wollte, hätte er Oma doch wohl überreden können, sie ihm zu geben, oder meinen Namen im Internet suchen können?

Paul war Tag und Nacht da. Er war in meinen Träumen, er war in Fines bernsteinbraunen Augen. Sein ganzes Gesicht war da, im selben Ton wie die Rinde der Bäume. Sein Lächeln und mein Versprechen.

Denn was geschehen war, war geschehen.

Während unseres Besuchs bei Johanne, als Fine vier Jahre alt war, saß Jan dort auf der Veranda, fragte Johanne über ihr Leben und ihre Forschung aus und wirkte beinahe verliebt. Er war voller Lob, als sie sagte, wenn sie dieses Gebiet hier nicht gekauft und den Wald gepflanzt hätte, wäre es sicher zum Fracking genutzt worden, jener schrecklichen Form der Energiegewinnung, bei der man Gas aus dem Untergrund fördert, indem man Chemikalien in die Erde pumpt.

Mit diesem Besuch ging ich ein hohes Risiko ein, und was

wollte ich eigentlich damit erreichen? Aber meine amerikanische Familie sollte ja Fine kennenlernen.

Immer wieder warf ich verstohlene Blicke zwischen die Bäume und zuckte zusammen, wenn etwas knackte oder in der Ferne ein Geräusch zu hören war, das auch nur annähernd an ein Auto erinnerte.

Nachts im Zelt war es so schrecklich heiß. Ich legte einen Arm um Fine, damit ich aufwachte, falls sie hinauskroch. Sie legte ihre kleinen Beine über meine und schlug jedes Mal, wenn ich mich bewegte, die Augen auf. Hätte ich mich wegschleichen können? Wäre sie dann mitgekommen? Oder wäre sie aufgewacht, weil ich nicht da war, und hätte angefangen zu weinen und Jan alarmiert?

Auf dem Rückflug hatte ich derart schlechte Laune, dass auch Jan irgendwann verärgert war. Fine fragte immer wieder, wann wir das nächste Mal wieder in die USA fliegen würden? Sie wolle zu dem gelben Bären zurück. Wenn sie groß sei, würde sie den Bären heiraten.

Anschließend war ich einen ganzen Monat müde. Ich hatte heftige Träume, und manchmal erwachte ich erlöst und keuchend neben Jan, der steif und blass und mit weit aufgerissenen Augen neben mir lag.

Hatte ich im Schlaf *Paul* gesagt?

Jan hatte mir von Anfang an Blumen schicken lassen, wenn er länger beruflich auf Reisen war. Im Laufe der Jahre wuchs die Zahl der Sträuße, die mit Fleurop international gekommen waren, und auf unserem Esstisch standen fast immer frische Blumen. Ein Strauß für jedes neue Land, das er besuchte. An dieser Tradition hielt er fest, obwohl wir beide wussten, dass die Rosen importiert wurden. Eine Rose aus Kenia verbraucht ein Kilogramm CO_2, und wenn sie in einem beheizten Treibhaus in Holland gezüchtet wurde, sind es sogar fünf.

In den letzten Monaten, in denen ich noch mit Jan zusammenwohnte, klingelte es vormittags oft, wenn ich im Bett lag, und ich konnte mich nicht dazu aufraffen, aufzustehen und die Tür zu öffnen.

Erst als ich zufällig einmal hinter den Schuppen ging, um nach der Luftpumpe zu suchen, nach der Fine mich gefragt hatte, sah ich den Berg.

Dort lagen mehrere Schichten von Sträußen in glänzendem Zellophan. Er musste mir jeden Tag Blumen geschickt haben. Rosen, Gerbera und Iris welkten vor sich hin.

Ich ging wieder ins Haus und brach auf dem Sofa zusammen. Im nächsten Moment klingelte es erneut an der Tür.

Jan kam spät in der Nacht mit einem Taxi vom Flughafen nach Hause, und wir lagen noch einige weitere Nächte nebeneinander im Bett.

Eine Woche darauf sagte ich ihm, dass ich ausziehen wolle.

8

Johannes Adressbuch liegt neben dem Telefon, ich wähle Pauls Nummer. Es tutet, und ich beiße mir gerade ins Handgelenk, als meine Mutter draußen nach mir ruft.

Meine Mutter und Tante sind auf einem kleinen Pfad ein Stück in den Wald hineingegangen. Ich schlüpfe in Omas Clogs und folge ihnen bis zu einer Lichtung, wo auf einem kreisrunden Stück das Gras gemäht wurde. Dort liegt ein Stein, neben dem eine blaue Glasvase mit einer kleinen, welken roten Rose steht. Mit dem nackten Fuß schiebe ich einige Blätter beiseite. Auf dem Stein sind ein paar Buchstaben und eine Zahl zu sehen.

»Den habe ich noch nie gesehen«, sagt Vibeke.

»Meinst du, dort liegt ihr Hund?«

»Der erste Buchstabe sieht aus wie ein E.«

»Wenn es der Hund ist, wäre Johanne allein im Wald«, sagt meine Mutter. »Marie, hast du Paul erreicht?«

»Er ist nicht ans Telefon gegangen.«

»Dann musst du jetzt rübergehen.«

Langsam schlüpfe ich in die Jacke und hänge mir meine Tasche über die Schulter. Ich sehe mich im Spiegel an, bessere mein Make-up nach und ziehe mein Haarband fest. Mein Gesicht ist älter geworden, die Stirnfalten, die schrägen Runzeln zwischen den Augen.

Der Pfad durch den Wald zu Paul, der Schleichweg.

Meine Sneaker auf dem kahlen Boden, die Baumkronen über meinem Kopf. Die metallische Schwere in meinem Körper, die mir ein Gefühl verleiht, als wäre ich blind.

Ich spähe zwischen die Bäume, und da ist etwas. Dort, in der Dämmerung, leuchtet ein Herzlicht, wild und weiß, vor meinem inneren Auge. Pauls und meine lebendige Gestalt, in der Erinnerung bewahrt, wir sind noch da. Leuchten wir?

Ich werfe einen Blick auf mein Telefon: kein Strich, ein Strich, zwei Striche, kein Strich. Ab und zu habe ich Empfang, ich könnte Fine anrufen.

Auf dem Boden liegen schwarze Steine, auf denen Moos wächst und seine kleinen Antennen ausstreckt. Es riecht nach Kaminrauch.

Jetzt habe ich erst einen Strich, dann wieder drei und sogar vier. Pauls Haus gerät in Sicht. Auf dem Hofplatz hält ein Geländewagen, neben dem Schuppen hängt kopfüber ein erlegtes Tier.

Das Dach ist von braunen Nadeln beschwert, die Bäume haben das Haus umwuchert. Paul bekommt kein Sonnenlicht durch seine Fenster.

Ich habe vier Striche, und jetzt läuft hinter dem Haus eine Person hin und her und fängt an, Holz zu hacken.

Das Telefon klingelt, ich gehe sofort ran. Fine ist atemlos.

»Hallo, Mama.«

»Hallo, mein Schatz«, flüstere ich.

»Du hast mich geweckt.«

»Nein, du hast doch mich angerufen?«

Fine verstummt.

»Hast du noch Fieber?«

»Was hast du gesagt?«

»Kannst du das Telefon denn nicht lauter stellen?«

»Wie bitte?«

Ich wiederhole meine Frage nach dem Fieber lauter. Sie sagt, sie glaube nicht, dass sie noch Fieber habe. »Aber was ist das für ein Lärm bei dir im Hintergrund?«

»Ach, nichts.«

Sie schweigt erneut, und ich flüstere: »Ist Papa auch da?«

»Der wollte heute früh schlafen gehen.«

»Hattest du Albträume?«

Sie antwortet nicht.

»Fine, was träumst du eigentlich?«

»Das ist schwer zu erklären … Ist Uroma da? Kann ich mit ihr sprechen?«

Sie hustet, ich halte das Telefon ein Stück vom Ohr weg.

»Uroma ist im Wald spazieren gegangen. Wir wissen gerade nicht genau, wo sie ist.«

»War sie sehr traurig?«

Ich antworte nicht.

»Mama, kann ich nicht nachkommen, wenn ich jetzt wieder gesund werde?«

»Was hast du gesagt?«

Ich flüstere »Hallo?«, wieder und wieder. Doch sie wiederholt ihre Frage nicht.

»Fine«, sage ich. »Vielleicht verschwinden Albträume, wenn man sie erzählt. Das ist so, wie wenn man glaubt, hinter der Tür würde ein Monster lauern, und es mit seinem Handy anleuchtet. Dann hat man es sich vielleicht nur eingebildet, weil … dort eine Jacke hängt. Oder …«

»Hm.«

Jetzt ist es dort, wo vorher Holz gehackt wurde, still.

»Jetzt kann ich wieder nicht hören, was du sagst.«

»Was träumst du?«

»Also, ich weiß nicht, ob ich wirklich Angst hatte. Aber ich habe mich gleichzeitig auch in der Wirklichkeit bewegt. Ich bin davon aufgewacht, dass ich mit dem Knie gegen die Wand gestoßen bin.«

Die Gestalt geht zum Vorplatz, holt etwas aus dem Auto, bleibt mit der Hand auf der Kofferraumklappe stehen. Ein Augenpaar hat mich gesehen. Mein Herz hämmert in der Brust, es hämmert in der Hand, im Telefon, es zittert in meinem Ohr.

»Tja, also …«, sagt Fine. »Irgendwie war ich ganz allein, und doch wieder nicht. Da waren ein paar … sie waren … sie waren ganz grün.«

»Schon gut«, flüstere ich. »Erzähl es mir ein andermal. Ich lege jetzt auf, okay? Und du kannst ja versuchen, wieder einzuschlafen.«

»Gute Nacht«, murmelt sie und verschwindet mit einem Klicken.

Ich stecke das Telefon in die Tasche. Wir sehen uns weiterhin an. Er kann nicht erkennen, wer ich bin, denke ich. Er ist noch nicht auf den Gedanken gekommen. Und jetzt? Wird er ein Gewehr holen? Schießt er auf Eindringlinge, die sein Grundstück betreten?

Ich drehe mich um und gehe davon. Für einen Moment wünsche ich mir, dass eine Kugel durch mich hindurchschießt, als ich flüstere: »Es gibt ihn, es gibt ihn wirklich. Paul ist hier. Paul wohnt im Wald. Mein Paul ist noch hier.«

Ich vermisse ihn so, wie ich ihn immer vermisst habe. Vermisst er mich? Was hat Johanne ihm erzählt? Weiß Paul etwas von Fine?

Es raschelt. Ich bleibe stehen. Das Geräusch verstummt. Ich gehe weiter, es raschelt erneut. Ein Wolf? Ein Luchs? Ein Bär? Ich beschleunige meine Schritte, würde am liebsten losrennen, aber wenn es ein wildes und gefährliches Tier ist, würde ich es durch eine Flucht nur noch mehr anstacheln.

Johannes Haus kommt in Sicht.

Natürlich sind wir unterschiedlich, Paul und ich. Er wohnt im Wald und hat keine Schule besucht. Ich habe studiert und bin die Tochter einer Mutter, die sich nicht im Geringsten für die Natur interessiert.

»War er da?«

Meine Mutter rührt in einem Topf, es riecht nach Fleisch und Kartoffeln.

»Ich versuche es später noch mal.«

Sie klopft den Löffel am Rand des Topfes ab.

»Hast du geklingelt?«

»Ja.«

Ich fröstele im Wasserdampf, meine Mutter auch.

»Soll ich den Ofen anheizen?«

Im Korb liegen Holzscheite und alte Zeitungen und dazwischen einige Seiten von Omas Briefen.

Ich reiße das Papier in Streifen, werfe es in den Ofen, lege zusammengeknüllte Zeitungsseiten darauf und stelle die Holzscheite darüber auf wie ein Tipi.

Ein Streichholz und noch eins. Das Zeitungspapier leuchtet, und ich muss nicht einmal pusten, weil das Holz schon vorher von Flammen erfasst wird.

»Danke«, sagt meine Mutter.

Der weiße Rauch steigt auf, gleitet über die Bäume hinweg.

Wir bekamen regelmäßig Post von Tante Vibeke aus den USA. Meine Mutter schrieb ebenso regelmäßig zurück, und dann gingen wir zusammen zum Briefkasten, damit ich den Umschlag einwerfen konnte. Ich hatte immer ein selbstgemaltes Bild beigelegt.

Ich vermisste meine Tante, ich liebte sie.

Zu Hause kroch ich manchmal unter das Sofa und weinte. Wenn meine Mutter mich fände, würde sie mich bestimmt fragen, warum ich so traurig sei, dachte ich.

Hatte ich Tante Vibekes Brief deshalb gelesen? Den Brief, der nur für meine Mutter bestimmt war? Ich hatte beobachtet, wo meine Mutter ihn versteckte. Hinter den Kochbüchern.

Der Brief war grausam und enthielt nicht einen Anflug von jener Freude, die aus Vibekes Briefen an die ganze Familie sprach; keine netten Beschreibungen von kleinen, alltäglichen Begebenheiten. Obwohl ich nie die Gelegenheit bekam, die Briefe meiner Mutter an meine Tante zu lesen, spürte ich, dass sie ganz ähnlich gewesen sein mussten.

Meine Mutter und Tante Vibeke wünschten sich nichts sehnlicher, als wieder vereint zu sein. Sie vermissten einander wahnsinnig und machten sich ständig gegenseitig Vorwürfe: Warum kommst du mich so selten besuchen? Warum soll immer ich dich besuchen? Ich wünschte, ich hätte nie geheiratet. Ich wünschte, ich hätte nie Kinder bekommen.

Sie beklagten sich über ihre Männer. Sie beklagten sich über ihre Kinder, die ständig Aufmerksamkeit forderten. Die kleinen Hände, die sie umklammerten, sodass sie nie an einem anderen Ort sein konnten als dort, wo sie gelandet waren.

Sie schrieben, dass sie sich fühlten, als wären sie auf der Erde abgesetzt worden, um einer nie enden wollenden Trauer und Sehnsucht ausgeliefert zu sein.

Ich war also gar nicht so seltsam, weil ich den ganzen Rückflug nach Dänemark über geweint hatte. Und weil ich jedes Mal heulte, wenn ich meiner Tante am Flughafen zum Abschied winkte.

Vielleicht besuchten sich die Schwestern deshalb so selten? Weil der Abschied, der darauf folgte, viel zu sehr schmerzte?

Aber es gab ja auch noch die fröhlichen Briefe. Spiegelten sie ebenfalls die Wahrheit wider? Oder lag sie irgendwo dazwischen?

Mein Herz tat so weh, und ich konnte mit niemandem darüber sprechen.

Wir essen drinnen, der Wind hat aufgefrischt. Die Bäume wanken, ihr Wispern dringt bis durch die Wände. Meine Mutter sagt, nach dem Essen müssten wir zu Paul fahren.

Das improvisierte Gericht soll für mehrere Tage reichen. Es lasse sich immer wieder aufwärmen, sagt meine Tante. Der Mais ist aus der Dose, man kann ihn in etwas Butter wenden. Das Fleisch könne ich ja einfach aus dem Eintopf herauspicken, sagen sie. Dann wäre er vegetarisch.

Das Telefon klingelt. Tante Vibeke trocknet sich die Hände an der Schürze. Schon wieder Onkel Charles. Sie sieht meine Mutter an und verdreht die Augen. *Die Waschmaschine,* mimt sie stumm.

Meine Mutter will das schmutzige Geschirr erst mal stehen lassen. Ich biete an, ich könnte doch spülen, während sie zu Paul fahren. Meine Tante erwidert, das sei doch schnell erledigt, und wir sollten es lieber gleich machen.

Als wir das Geschirr gerade wieder an seinen Platz gestellt haben, kratzt es an der Tür. Wir erstarren und spitzen die Ohren. Draußen wird gebellt.

Meine Mutter und meine Tante gehen dicht hintereinander zur Tür. Ein schwarzes Wesen stürzt herein, die Türklinke schlägt gegen die Wand. Der langhaarige Hund springt an uns hoch, leckt uns die Hände ab und steckt den Kopf in den Futternapf.

»Unter der Küchenspüle steht Hundefutter.«

Tante Vibeke lässt mich nicht aus den Augen, während ich es in den Napf schütte. Meine Mutter kniet neben dem Tier und redet mit ihm. Tante Vibeke versucht, sein Fell mit den Fingern zu entwirren, denn es hat fast den ganzen Wald mit ins Haus geschleppt, Samen und Laub, der Schwanz ist voller Zweige. An den Beinen klebt getrockneter Schlamm, und die eine Pfote blutet.

Nachdem der Hund getrunken hat, dreht er eine Runde durchs Haus. Die Krallen tapsen über den Wohnzimmerboden, er flitzt winselnd ins Schlafzimmer, starrt unter das Bett. Dann tapst er in den Flur und wirft sich ins Körbchen. Er schließt die Augen und senkt den Kopf wie ein Stein, und kurz darauf schläft er. Die Beine rennen von selbst, die Lefzen zucken, er kläfft im Traum.

Tante Vibeke zupft weiter Blätter, kleine Dornenzweige und Hagebutten aus dem Fell. Sie krümelt den getrockneten Schlamm von seinen Beinen. Dann steht sie auf und will alles hinaus auf den Rasen werfen.

Am bleichen Bauch des Hundes, in den langen Fellzotteln zwischen den Zitzen, finde ich zwei kleine Rosenköpfe.

»Die sind aber schön«, sage ich und ziehe sie heraus. Die braunen Kelchblätter neben den Blütenständen kleben an meinen Fingern. Ich setze die Rosen in ein Wasserglas und stelle es auf den Küchentisch.

»Vibeke, wir müssen jetzt los!«, sagt meine Mutter.

»Dem Hund geht es nicht gut.«

»Er muss sie irgendwo zurückgelassen haben. Vielleicht hat sie sich das Bein gebrochen? Wir hätten längst nach ihr suchen müssen.«

»Oder sie ist tot …«

»Wenn sie tot ist, müssen wir dafür sorgen, dass sie beerdigt wird.«

Meine Mutter sieht mich an, streicht mir eine Haarsträhne hinter das Ohr.

»Es ist schon zu dunkel«, sagt Tante Vibeke, »wir können jetzt nicht suchen.«

Sie beginnt zu husten, öffnet erneut ihren Kulturbeutel, inhaliert ihre Medizin, schluckt ihre Pillen. Plötzlich muss ich ebenfalls husten, und meine Mutter auch.

Auf dem Ausziehsofa bekommt Tante Vibeke endlich wieder Luft. Sie sagt, sie müsse schlafen.

»Seht euch mal meine Hände an«, sagt sie. »Ist das eine Allergie?«

Ich öffne die Tür und versuche, den Hund aufzuscheuchen. »Johanne«, sage ich. »Such! Such Johanne!«

Er legt den Kopf auf die Pfoten und seufzt. Mein Hals juckt, ich schließe die Tür hastig wieder.

Der Wind gewinnt heulend an Stärke. Ich höre ein Klopfen, vielleicht ein Ast, der gegen das Dach schlägt. Im Licht, das durch das Küchenfenster hinausfällt, sehe ich, wie sich die Bäume biegen und die Blätter drehen.

Meine Mutter legt sich neben ihre Schwester. Ich schleiche in mein Zimmer, verkrieche mich unter Omas Decke. Der Bär starrt mich an. Das Schild *Für Fine* hängt schief.

Ich lösche das Licht. Geht Oma dort draußen allein umher, nachtblind und schwankend? Oder liegt sie irgendwo? Wartet sie auf den Tod, die Augen zu den Sternen gewandt? Ruft sie um Hilfe, weil es zu kalt ist? Weil sie doch Angst hat, jetzt, da sich die Baumwurzeln unmerklich auf sie zubewegen, um die letzte Nahrung aus ihrem Körper herauszusaugen?

Johanne liebt ihren Wald.

Ich weiß nichts.

Es kratzt an meiner Tür, Tante Vibeke sagt: »Stop! Stop it. Lie down. Down!«

9

Papa sitzt draußen in der Küche. Fine hätte gern, dass er zu ihr hereinkommt, und möchte es doch wieder nicht. Als er vorhin seinen Kopf hereinsteckte, hat sie so getan, als würde sie schlafen.

Aber jetzt duftet es hier nach Pfannkuchen! Fine liebt Marmelade, weißen Zucker und Ahornsirup. Meistens haben sie auch Eis im Gefrierschrank, aber eigentlich ist sie gar nicht richtig hungrig.

Fine schließt die Augen, sie will sie erst wieder öffnen, wenn er hereinkommt, damit sie überrascht sein kann. So wie damals, als Weihnachts- und Geburtstagsgeschenke noch aufregend waren. Wie damals, als sie noch an den Weihnachtsmann glaubte oder zumindest hoffte, dass es ihn gab. Jetzt kommt es irgendwie lediglich darauf an, die ganze Zeit dankbar zu sein. Am liebsten würde sie Geschenke nur noch auspacken, wenn niemand dabei zusieht. Ein bisschen so, wie wenn Uroma Johanne etwas schickt. Sie schaut einem nicht über die Schulter, und man kann einfach zurückschreiben, wenn man Zeit und Lust hat, oder es sein lassen. Uroma ist nie auch nur ansatzweise sauer oder enttäuscht über irgendetwas. Oder ist sie es jetzt vielleicht doch? Ist sie deshalb im Wald spazieren gegangen, wie Mama gesagt hat?

Unter der Decke greift Fine ihren linken Ringfinger und zieht daran. So, als hätte sie einen Ring, der sehr fest sitzt. Das Gelenk knackt ein paarmal. Das macht sie schon, seit sie denken kann, es sei denn, die Träume kommen von selbst. Jetzt zieht sie eher aus alter Gewohnheit daran, seit ihrer Krankheit ist es nicht mehr nötig. Mittlerweile braucht sie nur die Augen zu schließen, und das Blut bewegt sich unter ihrer Haut. Grün und Rot mischen sich wie auf einer Farbpalette.

Früher hatte sie immer Angst, der Zauber wäre vielleicht irgendwann aufgebraucht, wenn sie ihn zu oft anwenden würde, oder dass sie an nichts anderes mehr denken könnte.

Papa stellt die Dunstabzugshaube aus, Fine lässt den Finger los, öffnet die Augen, dreht den Kopf zur Wand und tut so, als würde sie nicht hören, was er gerade auf ihrem Schreibtisch abstellt. Doch dann legt Papa ihr seine große Hand auf die Stirn und streicht ihr das Haar aus dem Gesicht.

»Schatz?«

Sie grunzt, bewegt sich ein wenig. Er streicht ihr auch auf der anderen Seite das Haar hinter das Ohr. Wie schön das ist.

»Es gibt Pfannkuchen, selbstgemacht.«

Die Decke um sich gewickelt, setzt Fine sich langsam auf.

»Du hast ja das ganze Gesicht voller Erde«, stellt Papa lachend fest.

Fine isst trotzdem fünf zusammengerollte Pfannkuchen, es gibt welche mit Zucker, Blaubeermarmelade und Ahornsirup.

»Ich habe Mama gefragt, ob ich in die USA nachkommen darf, wenn ich bald wieder gesund werde.«

»Das geht nicht«, sagt Papa.

»Aber du könntest doch mitkommen?«

»Nein.«

Papa wischt mit einem Stück Pfannkuchen die restliche Marmelade von seinem Teller.

»Ginge das denn nicht, wenn du gerade nicht arbeiten musst?«

»Was glaubst du würde deine Mutter dazu sagen?«

»Mama hat gesagt, dass sie mich ganz doll vermisst.«

»Könnt ihr denn nicht ein anderes Mal wieder hinfliegen?«

»Und was ist dann mit Uromas Geburtstag?«

Papa nickt, ohne etwas zu sagen, und stapelt die Teller auf ein Tablett.

»Ich setze mich kurz ins Wohnzimmer. Musst du irgendwelche Hausaufgaben machen?«

Papa geht hinaus und öffnet die Spülmaschine, dann höre ich die Melodie seines Macs und den Skype-Ton. Jetzt spricht er Englisch und bleibt sitzen. Letztes Jahr war er an hundertzehn Tagen auf Reisen, dieses Jahr hat er versprochen, dass es nur hundert werden.

Fine muss tatsächlich als Hausaufgabe einen Aufsatz schreiben, er soll von einem Traum handeln. Die Lehrerin meint damit sicher etwas, was man gerne einmal in der Zukunft tun würde. Aber vielleicht könnte sie stattdessen darüber schreiben, was sie in letzter Zeit geträumt hat?

Sie schließt die Augen, wischt sich das erdverschmierte Gesicht am Kopfkissen ab. Sie braucht nur ein klein wenig Geduld, ehe sie die Haut durchbricht, oder was auch immer es ist, und dort hineingelangt. Es tut nicht richtig weh, obwohl sie es jedes Mal fürchtet.

Die Geräusche ihres Vaters verschwinden, sie spürt das Bett nicht mehr unter sich, sieht aber alles mit offenen Augen.

Hier riecht es nach Erde, alten Blättern und Pilzen. Die Regenwürmer, Käfer und Larven wimmeln, und irgendetwas geht von ihr aus. Es sind weiße, leuchtende Fäden, sie zeigen in Richtung der Pflanzen im Fenster, die dort stehen und von dem

Wasser trinken, das Fine ihnen gegeben hat, und die die Sonne genauso gern mögen wie sie. Hier gehören die Pelargonien und Kakteen eigentlich nicht hin, aber in den Tropen können sie größer werden als ein Mensch.

Das Fenster ist gekippt, sie atmet die Luft ein, steht auf und steckt einen Finger in die Pflanzenerde. Es ist, als würde sie einen kleinen Stromschlag bekommen, nicht nur im Finger, sondern auch oben im Gehirn.

Sie nimmt einen weiteren Atemzug. Der Flieder und der Lorbeer des Nachbarn haben Wurzeln, die bis tief in die Erde reichen, aber sie könnten trotzdem mehr Nährstoffe vertragen. Der Buchenhecke geht es gut, der Holunder in der Ecke hingegen kämpft damit, genug Wasser aus dem Boden zu saugen. Er ist auch schon sehr alt. Der Apfelbaum steht am anderen Ende des Gartens, trotzdem unterstützen sie sich gegenseitig. Es gibt die Wurzeln unter dem Rasen, aber auch die blau-lila Streifen in der Luft zwischen ihnen.

Alle Gewächse im Garten spüren die asphaltierten Straßen, die Erschütterungen durch Autos und ihre Abgase, die Partikel auf Stämmen und Blättern hinterlassen.

Und dann sind da noch die Scheren und Sägen, mit denen die Menschen sie beschneiden oder fällen. Die ewigen Wetterschwankungen. Dieser Sommer war der trockenste seit Beginn der Wetteraufzeichnung, andere Sommer stellten neue Feuchtigkeitsrekorde auf.

Die überirdischen und unterirdischen Signale der Pflanzen flackern hin und her. Die Bäume und Büsche, die entlang dieser Wohnstraße wachsen, drängen mit ihren Wurzeln unter die Plattenwege und den Asphalt. Die Pflanzen weiter hinten im Garten versuchen, ihnen zusätzliche Nahrung zu schicken.

Fine schickt sie ihnen mit ihren Fingern und Füßen. Sie empfangen ihre Kräfte, senden aber auch etwas zurück.

Das Vormittagslicht wird von den Blättern in die Stämme gesogen. Kohlendioxid wird aufgenommen, Sauerstoff abgegeben. Fine atmet den Sauerstoff tief in die Lunge und bläst Kohlendioxid aus.

Könnte sie für immer hierbleiben? In diesem Land, in dem sie alles sehen kann? Hier würde es ihr an nichts fehlen, sie würde höchstens ein bisschen knorrig und verkrüppelt werden, so wie die Pflanzen.

Mit einem Mal zieht Fine ihr T-Shirt aus und hält die Luft an. Wie lange hält sie es aus, nicht mit der Lunge zu atmen? In ihrer Haut zittert es, und die Poren öffnen sich. Ein wenig von dem Kohlendioxid, das sie ausgeatmet hatte, wird wieder eingesogen und als Sauerstoff durch die Haut abgegeben. Ich sterbe hier nicht, denkt sie. Dies ist das Land der Lebenden. Wenn meine Organe aussetzen und ich die Augen schließen würde, um nie wieder etwas zu sehen, würden sich die Pflanzenstängel zu mir ausstrecken und in mich hineinwachsen. Ich würde weiterleben und Samen abwerfen.

Ich werde länger leben als Mama und Papa.

Die Lichtstreifen wölben sich zwischen den Pflanzen wie Regenbogen. Als hätte es geregnet und würde jetzt allmählich aufklaren.

Fine atmet noch einmal doppelt ein und wächst ein klein wenig.

Die Erde bebt, die Bilder zersplittern wie Puzzleteile, die sich voneinander lösen. Dann legt sich etwas auf ihre Stirn.

»Fine!«

Sie schlägt die Augen auf.

»Was ist mit dir? Du hast so nach Luft gejapst.«

Fine sieht ihren Vater glücklich an. Jetzt erinnert sie sich, es sitzt alles ganz weit vorn in ihrem Gedächtnis.

»Möchtest du noch Pfannkuchen?«

Papas Stimme zittert. Er wird doch nicht weinen?

Sie errötet und zieht schnell wieder ihr T-Shirt an, während ihr Vater seinen Computer holt. Er möchte neben ihr sitzen und arbeiten. Sie steckt die Nase unter das Kopfkissen. Dort liegt Uroma Johannes Brief, und Fine schnuppert an der fettigen, leeren Plastiktüte, die immer noch nach Gummibärchen riecht.

10

Irgendwann im Laufe der Nacht stehe ich auf und öffne das Fenster. Die Luft im Schlafzimmer ist stickig, wird durch das Lüften jedoch nur noch schlimmer, und auch der Sturm tobt stärker. Ich knalle das Fenster schnell wieder zu. Als ich mich erneut hinlege, träume ich von Schlangen, Ästen und Händen, die sich allesamt um meinen Hals wickeln.

Am Morgen hängt der Kopf des Teddys schief nach unten, sein Blick trifft mich direkt.

Meine Mutter und Tante rumoren in der Küche und unterhalten sich.

Es ist sieben Uhr. Der Hund erhebt sich langsam vom Wohnzimmerboden und schnuppert an meinem Knie.

»Guten Morgen«, sagt meine Mutter heiser. »Hast du auch so schlecht geschlafen? Willst du noch irgendetwas essen oder trinken, ehe wir zu Paul fahren?«

Ich muss mich am Türrahmen festhalten, bin zu schnell aufgestanden.

»Johanne ist ohne ihr Sauerstoffgerät los«, sagt meine Mutter. »Ich habe es im Flur gefunden, hinter ihren Winterjacken.«

Tante Vibeke hält ihr Asthmaspray in der Hand.

Ich wanke zurück in mein Zimmer, der Hund folgt mir und glotzt mich an, während ich mich anziehe. Ich wähle dieselben Sachen wie gestern.

Nachdem ich den Teddy wieder aufgerichtet habe, gehe ich ins Bad und wasche mich mit ein wenig feuchtem Klopapier unter den Armen und im Schritt. Ich trage Make-up auf, meine Augen sind rot, die Nase läuft, meine Mutter klopft an, wann ich denn endlich fertig sei?

Zurück in der Küche versuche ich, das Brötchen herunterzuwürgen, das Tante Vibeke mir auf den Teller gelegt hat.

Der Sturm hat gelb-graue Pollen herangeweht, sie kleben im Gras, an den Baumstämmen und Blättern.

»Ich kann fahren.«

Meine Stimme ist heiser, ich huste Schleim und reibe mir die juckenden Augen.

Tante Vibeke schlägt dem Hund die Tür vor der Nase zu, setzt sich hinter das Steuer und inhaliert schon wieder ihr Spray.

»Lass mich doch jetzt!«, sage ich.

Meine Mutter streckt den Arm nach hinten, ihre Finger tasten blind nach meinen. »Bis zu Paul ist es ja nicht so weit«, sagt sie.

Vibeke keucht atemlos, das Auto schlingert.

»Das geht so nicht …«, sage ich.

Meine Tante blinzelt angestrengt.

»Geht es dir eigentlich sehr schlecht, Marie?«, fragt meine Mutter, den Blick auf die Straße gerichtet.

Ich beuge mich vor, bereit, jeden Moment die Handbremse zu ziehen.

Das Auto rauscht durch den Wald, gelbes Morgenlicht blinkt zwischen den Bäumen. Ich kneife vor jeder Biegung die Augen zusammen und versuche, nicht allzu hörbar die Luft anzuhalten.

In einer scharfen Kurve kann Vibeke nicht rechtzeitig bremsen. Wir rasen in etwas Großes, Dunkles hinein, die Windschutzscheibe zersplittert, und ich habe das Gefühl, mein Körper würde bersten. Im nächsten Moment hängen wir vornüber im Graben. Ich krabbele aus dem Auto, meine Mutter und meine Tante haben Blut im Gesicht und an den Armen.

Meine Tante weint, meine Mutter japst nach Luft. In einer roten Lache liegt ein Bison. Ich stürze zurück zum Auto, versuche, beiden Schwestern gleichzeitig die Hand zu halten.

»Ich glaube, ich bin unverletzt«, sagt meine Mutter.

Über die verzerrten Lippen meiner Tante kommt kein Ton.

Das Display meines Handys ist gesprungen. Ich wähle die 911, kann kaum Englisch sprechen. Uromas Adresse habe ich im Kopf, aber wo sind wir hier genau?

»In der Nähe von Paul Jahnson«, sage ich. »Können Sie seine Adresse finden?«

Ich soll in der Leitung bleiben, meine Mutter und meine Tante in derselben Haltung sitzen lassen, falls sie sich am Nacken oder an der Wirbelsäule verletzt haben, und mit ihnen reden.

»Mein Asthmaspray«, röchelt meine Tante. »Gib deiner Mutter auch etwas davon.«

Jetzt werden sie ruhiger. Ich breite die Decke von der Rückbank über sie.

Die Straße hat viele Kurven, die Sirenen kommen und gehen, und das blaue Blinken wirkt unnatürlich im grün-braunen Wald. Zwei Männer steigen aus dem Rettungswagen, die Polizei ist auch da.

Es wird gesägt und geschnitten. Behutsam werden meine Tante und meine Mutter aus dem Auto gehoben, sie passen gerade so beide in den Krankenwagen. Die Sanitäter bewegen meinen Kopf und Hals vor und zurück und nicken zufrieden, einer von beiden erleidet einen heftigen Hustenanfall. Das Auto wird mit Absperrband gesichert. Ob ich im Krankenwagen mitfahren wolle?

»Du musst das allein schaffen«, sagt meine Mutter immer wieder. »Marie. Du musst hierbleiben und Johanne finden. She is going to meet somebody here, it's very, very important!«, kreischt sie den Sanitätern zu.

Der Polizist holt tief Luft und bietet an, mich zu Paul zu fahren. Plötzlich stehe ich auf seinem Vorplatz.

Als er herauskommt, lächle ich erst, doch dann verzerrt sich mein Mund zu einem schluchzenden Schrei.

»Marie?«

Paul nimmt mich in den Arm. Ich stammle irgendetwas auf Dänisch und Englisch, und er duftet genau so, wie ich es in Erinnerung habe: nach Nadeln, Wald und Blättern. Sein Haar ist von weißen Strähnen durchzogen, die Bartstoppeln sind unterschiedlich lang. Aber er trägt noch dieselbe Kleidung, das karierte Hemd, die Hose mit den vielen Taschen. Nackte Füße in Clogs. Und dann seine Haut, beinahe olivgrün. Er sagt, wir sollten hineingehen.

Im alten Haus seines Vaters mit den Reihen von Geweihen an der Wand beruhigt sich mein Atem. Paul setzt mich mit einer Tasse Tee und einem Marmeladenbrot auf dem Sofa ab, nachdem er mich zuvor in eine Decke gehüllt hat, und dann fährt er los, um das Bison zu holen. Ich sitze allein in dem warmen, dunklen Haus, wo gerade der Abwasch trocknet und das Radio summt.

Das Bisonkalb ist schnell an den Beinen aufgehängt, er hat einen Flaschenzug dafür. Paul schneidet es auf, weidet es aus. Ich habe guten Handyempfang und könnte jetzt Fine anrufen, und auf jeden Fall sollte ich mich bei Jan melden, damit er weiß, was passiert ist.

Paul spült sorgfältig das Herz, die Nieren und die Leber und legt sie in einen Plastikeimer mit Wasser, den er mit hereinnimmt und in den Kühlschrank stellt. Dann holt er tief Luft und setzt sich.

Meine Mutter ruft an, Paul betrachtet mich, während ich mit ihr telefoniere. Sie redet und redet, als stünde sie noch immer unter Schock. Man wolle sie im Krankenhaus behalten, eine Hand und ein paar Rippen seien gebrochen. Tante Vibeke habe es jedoch schlimmer erwischt, ein Oberschenkelhalsbruch. Und dann diese Atemprobleme. Vibeke bekomme jetzt Sauerstoff, bei meiner Mutter wolle man noch abwarten.

»Die Polizei hat festgestellt, dass Vibeke gar keinen Führerschein mehr hat. Eigentlich wollte Charles uns fahren, aber sie hat sich einfach das Auto genommen und ist trotzdem gefahren. Jetzt hat Charles sich das Auto des Nachbarn geliehen und ist auf dem Weg ins Krankenhaus. Marie, bitte konzentriere dich nur darauf, Johanne zu finden.«

»Nein, ich komme euch besuchen«, sage ich.

»Frag Paul, ob er dir helfen kann. Wenn Vibeke von ihrer Untersuchung zurück ist, können wir hier nebeneinanderliegen und uns gegenseitig Gesellschaft leisten.«

»Wie geht es dir?«, fragt Paul, nachdem ich aufgelegt habe.

Das ist eine große Frage.

Ich erzähle ihm von Johanne. Dass der Hund mit ihr im Wald gewesen sein müsse, aber in verwahrlostem Zustand zurückgekommen sei. Ob er mir dabei helfen könne, meine Großmutter zu finden?

Paul zuckt die Achseln. Ich sehe auf das Brot herab, er starrt auf meine Stirn.

»Wir müssen sie finden.«

»Hat Johanne eine Nachricht hinterlassen?«

»Nein.«

Er schenkt uns ein Glas Rotwein ein, die Flasche war bereits offen. Draußen hüpfen kleine graue Vögel auf den Fichtenzweigen umher. Ein trockener Ast fällt mitten auf den Hofplatz, er muss weiter oben abgebrochen sein.

»Ich denke oft an dich, aber du hast ja geheiratet?«

»Ja.«

»Und hast eine Tochter?«

Ich beiße die Zähne aufeinander.

»Du hast Glück.«

»Hilfst du mir, meine Oma zu finden?«

Er leert sein Glas in einem Zug.

»Morgen hat sie Geburtstag.«

Ein Windstoß fährt durch die Baumwipfel wie ein Schaudern und erfasst auch das Haus.

»Der Wind frischt auf. Ich bringe dich nach Hause. Du musst dich ausruhen.«

»Wir hätten sie schon längst finden müssen.«

»Morgen früh flaut der Sturm ab.«

»Na gut«, sage ich und ziehe meine Füße unter die Decke.

»Hast du heute Abend etwas zu essen?«, fragt er.

Ich nicke.

»Ich packe dir das Herz ein. Du kannst auch den restlichen Wein nehmen.«

»Gehört das Bison nicht jemand anderem?«

»Wenn es auf Johannes Grundstück herumläuft, darf ich es haben.«

Wir fahren weg, der Handyempfang wird wieder schwächer. Das Herz liegt in einer Tupperdose, die ich zusammen mit der Weinflasche auf dem Schoß halte. Wir fahren an dem zerknautschten Auto vorbei, ich starre auf den eingetrockneten Blutfleck auf der Straße.

Paul öffnet die Tür mit einem Schlüssel, den er aus seiner Tasche zieht. Der Hund bellt leise und schnuppert an unseren Füßen. Paul kniet sich vor ihn, nimmt für einen Augenblick seinen Kopf zwischen die Hände. Dann setzt er Mutters und Tante Vibekes Arbeit fort und reinigt das Fell. Die Kelchblätter der Hagebutten kletten sich fest. Einige sind so tief ins Fell gedrungen, dass die Haut kleine Wunden und Schrammen abbekommen hat.

»Jørgensen ist dort gewesen«, sagt Paul.

»Wer?«

»Der Hund. Er war da.«

»Wo?«

Paul wirft die Hagebutten in den Kamin. Sein Blick wandert über den Küchentisch, er öffnet den Kühlschrank und kramt darin.

»Wo kommt das Gemüse her?«

»Vibeke hat es mitgebracht.«

»Du darfst auf keinen Fall Obst und Gemüse von hier essen. Davon bekommt man Bauchschmerzen. Das Fleisch kannst du ruhig essen, aber nicht zu viel, und nur, wenn du es lange brätst oder kochst. Den Tieren schadet es auch, aber nicht so sehr wie uns.«

Paul entdeckt die beiden Rosen, die im Wasserglas liegen. Er nimmt sie mit dem Zipfel seines Pulloverärmels heraus und wirft sie in den Kamin. Dann wäscht er sich die Hände und macht ein Feuer.

»Halte die Fenster geschlossen.«

Paul legt einen Arm um meinen Rücken und zieht mich an sich. Wir stehen lange da und halten einander fest und spüren unseren Herzschlag.

Nachdem er gefahren ist, werfe ich das Bisonherz in Omas Gefrierschrank.

11

Als es dunkel wird, stürze ich mich auf das Telefon und heule los, kaum dass Jan sich meldet. »Mama ist im Krankenhaus, Tante Vibeke auch, und Johanne ist verschwunden. Ich bin ganz allein in diesem Haus!«

Er sagt, ich solle mich beruhigen. Ich sage, es sei so unheimlich hier.

Jan erwidert, ich könne ihn jederzeit anrufen, und ich könne auch allein im Haus bleiben.

Der Hund schnarcht, furzt, scharrt mit den Pfoten. Er hebt den Kopf und sieht mich mit seinen braunen Augen träge an.

Auf dem Weg zur Toilette muss ich an der Haustür vorbei, und der Hund steht erwartungsvoll auf. Aber ich will nicht hinaus.

»Musst du mal?«

Dann öffne ich doch die Haustür und bin wahrscheinlich im Licht der Tür zu sehen, falls jemand zwischen den schwankenden Bäumen steht. Es raschelt, ich rufe den Hund, er kommt zurück, und ich schlage die Haustür hustend wieder zu.

Wenn ich mich doch nur trauen würde, das Licht hier drinnen auszuschalten und das Haus im Dunkeln zu lassen. Wenn ich nur genauso schwarz werden könnte wie alles Furchteinflößende um mich herum.

An einigen Stellen unter der Zimmerdecke blutet noch das Harz. Ob sie nach Rache dürsten, die Bäume, aus denen dieses Haus gemacht wurde? Und was ist mit den umstehenden Bäumen? Wollen sie nicht einfach nur alles verschlingen, sind sie nicht genauso gierig wie die Menschen? Wenn ich hinausgehe, können sie mich riechen, meine Schritte spüren, meine Stimme hören, meinen Schatten sehen. Ich könnte über einen tiefen Ast stolpern, an einer Wurzel hängenbleiben, die mich mit der Zeit durchbohren und verzehren würde, bis mein Fleisch verschwunden wäre. Wussten die Bäume, dass ich kommen würde? Hatte Oma Johanne es ihnen erzählt?

Wenn ich zu Hause bin und zwischen den Wohnblöcken in Nivå oder auf den Wegen in Allerød spazieren gehe, macht mir die Dunkelheit Angst, weil ich niedergeschlagen oder vergewaltigt werden könnte. Aber die Dunkelheit des Waldes dort draußen ist zu ganz anderen Dingen fähig.

Ich bin Biologin, habe unzählige Bücher gelesen, aber noch nie eine Nacht allein im Wald verbracht.

Nachdem ich mich endlich dazu überwunden habe, das Licht über dem Bett auszuschalten, sehe ich etwas zwischen den unruhigen Bäumen blinken. Das nächste Haus ist Pauls, aber es steht viel weiter entfernt. Oder ist es doch sein Haus, und ich habe einfach nur Glück, weil ich es ausnahmsweise sehen kann? Ein seltenes Glück? Hat sich alles plötzlich um ein paar Zentimeter verschoben und den Blick freigegeben? Irgendwann erzählte mir einmal ein ziemlich betrunkener Physiker, der in der Biologenbar gelandet war, dass Menschen wirklich durch Türen gehen könnten, genau wie Gespenster. Zwischen unseren Atomen gebe es nämlich Lücken, genau wie zwischen den Atomen einer Tür. Deshalb könne man, rein theoretisch, durch eine Tür gleiten, ohne dass man selbst oder die Tür Schaden nehme.

Sollte ich hinüberrennen, jetzt, wo sich eine Schneise gebildet hatte, die gerade groß genug war, um einen Weg finden zu können?

Doch das Licht zwischen den Bäumen verschwindet, der Wald wird wieder zu einer Mauer. Das Festnetztelefon klingelt, ich taste in der Dunkelheit danach und höre die Stimme meiner Mutter. Atemlos erzählt sie, ihr beider Zustand sei stabil, aber das Asthma belaste ihr System. Meine Tante werde mittlerweile beatmet, sei aber bei Bewusstsein, sie selbst bekomme Sauerstoff.

Die Krankenversicherung wolle, dass meine Mutter sofort in Dänemark behandelt wird, aber die amerikanischen Ärzte sagten, ein Flug sei jetzt zu riskant.

»Außerdem kann ich Vibeke doch hier nicht allein lassen, in ihrem Zustand«, sagt Mutter weinend. »Und was ist mit Johanne?«

»Mach dir um Oma keine Sorgen«, sage ich.

Ich drehe eine Runde im Haus, sehe von allen Fenstern aus den Wald. Der Hund folgt mir wie ein warmer, hechelnder Schatten.

Von der Lampe über der Labortür fällt ein Streifen bläuliches Licht herab. Hatte ich vergessen, es auszuschalten? Oder war dort jemand?

Ich hole den Schlüssel aus dem Schrank, ziehe die Jacke über, stecke die Füße in Omas Clogs und horche, mit der Hand an der Türklinke. Ich nehme Omas Taschenlampe, hole tief Luft. Dann trete ich in die Kälte hinaus, springe von der Veranda. Hastig, mit klopfendem Herzen und angehaltenem Atem, stapfe ich zur Labortür, die Nase des Hundes immer in meinen Kniekehlen.

Drinnen ist keine Menschenseele.

Die Tür fällt hinter mir zu. Ich reibe mir die Augen und denke, dass der Hund hier wahrscheinlich nichts zu suchen hat. »Platz«, sage ich.

Mein Blick fällt auf den Laborabzug, den Kühlschrank und den Gefrierschrank, der aus einer langen, leeren, ausziehbaren Metallschublade besteht. Ich öffne den Kühlschrank und betrachte die Röhrchen mit den Proben. Einige sind beschriftet: Fine, Viola, Lilly, Marie, Paul, Warren und J., steht darauf. Es gibt ausgekämmte Haare und einen Blutfleck auf einem Stück Stoff, außerdem ein ganzes Tablett mit Gläsern von einer Person namens Esther: abgeschabte Haut, Haare, Blutproben, Urin, Exkremente und ein Stück Knochen.

Ich schlage einen der Aktenordner auf, der seitenweise Ergebnisse von Proben und Tabellen enthält. Fine gleicht Esther. Ich gleiche Paul.

Im Kühlschrank stehen auch Röhrchen mit getrockneten roten Blütenblättern und stacheligen Hagebutten, denselben wie im Fell des Hundes. Außerdem Stängel und Blätter. Ein anderer Ordner enthält Zeichnungen von einer Rose in unterschiedlichen Stadien.

Nach einer Weile schalte ich das Licht wieder aus, knalle die Tür hinter mir zu, lehne mich dagegen. Ich rufe *Johanne!,* dann *Oma!,* wieder und wieder.

Ein heftiger Windstoß bläst heran, zwei Bäume reiben knirschend aneinander. Mir ist schwindelig, aber im Dunkeln hat es sowieso keine Bedeutung, wo oben und wo unten ist.

Hustend öffne ich die Haustür, eile hinein und schließe hinter dem Hund ab. Ich putze mir die Nase, rühre in einem Glas ein wenig Wasser mit Salz an und spüle mir die Augen.

12

Plötzlich steht Paul in der Schlafzimmertür und blickt auf mich herab.

»Ich habe stundenlang geklopft.«

Der Hund steckt den Kopf herein, sein Schwanz schlägt rhythmisch und fest gegen den Türrahmen.

Paul hat einen leeren Rucksack mitgenommen, er setzt Kaffeewasser auf. Eilig ziehe ich mich an, lange Hose, langärmliges Oberteil. Er sagt, ich solle warme Sachen, eine Zahnbürste, eine Regenjacke und Ersatzsocken einpacken. Einen Schlafsack, ein Mückennetz und eine Isomatte habe er für mich dabei, außerdem einen Campingkocher, Essen und Wasser. Ob ich gute Schuhe oder Stiefel hätte?

Wir essen stehend am Küchentisch. Paul starrt mich an, während er kaut.

»Was ist?«

Er antwortet nicht.

»Brauchen wir noch etwas?«, frage ich.

»Nur, wenn du noch Schokolade übrig hast.«

»Was ist mit dem Hund?«

»Der wird uns nur zur Last fallen.«

»Vielleicht kann er sie riechen?«

Als er auf der Veranda steht und den Hüftgurt seines Rucksacks schließt, zuckt er müde mit den Schultern. Ich habe reichlich Hundefutter in den Napf geschüttet, zwei Schalen mit Wasser gefüllt und den Korb auf die Veranda getragen. »Stay.«

Inzwischen ist es tatsächlich windstill. Als Paul die Rosenstängel am Rosarium sieht, die jetzt doppelt so hoch gewachsen sind, holt er sein Messer hervor, hält die Pflanze mit dem Pulloverärmel fest und schneidet sie ab.

Wir nehmen einen Pfad, den ich vorher noch nicht gesehen hatte. Jetzt wächst hier nicht mehr nur eine Rose. Gleich mehrere sind aus dem Boden geschossen, und sie haben Knospen. Paul zertrampelt sie und kappt so viele Stängel, wie er kann.

Schließlich schüttelt er nur resigniert den Kopf und beschleunigt seine Schritte.

Erst als wir schon eine Stunde unterwegs sind, fällt mir auf, dass ich niemanden angerufen habe. Nicht mal einen Zettel habe ich hinterlassen.

13

Fine schläft – oder doch nicht?

Sie streckt sich unter all dem Grün, zieht die Füße und Unterschenkel aus der Erde.

Jetzt sitzt sie auf der schwarzen Erde, eine Wolke muss vor die Sonne geschwebt sein, oder wurde Fine vom Gestrüpp überwuchert? Jedenfalls hat man ihr den Platz im Licht genommen.

Ihr Blick wandert an den Armen herab. Obwohl sie dünn sind, haben sie eine biegsame Kraft. Sie bürstet sich mit der Hand die Erde von den Beinen, auch sie sind elastisch und stark, die Knie ragen daraus hervor wie Knollen, und ihre langen dunklen Adern erinnern an Blattrippen.

Ihre vernarbte Haut ist blasser, und ihr Körper schmerzt, als sie aufsteht. Fine blickt in einen Tunnel, der unter dem Laub verläuft. Das Himmelsblau bohrt sich hinein und fällt in weißen Lichtflecken auf den Boden. Fine streicht sich das Haar zurück.

Rosen, groß wie Bäume, bedecken das Land und bilden diese Tunnel, mit Dornen und kleinen roten Knospen. Es duftet.

Ihre Wirbelsäule rastet klickend wieder ein, doch ihre Schultern sind immer noch verdreht und schmerzen.

Ohne mit der Wimper zu zucken, geht Fine los. Sie kommt an offenen, sonnenbeschienenen Plätzen vorbei, auf denen noch einige der alten Bäume stehen: Eichen, Buchen, Ulmen, Kiefern oder Birken. Auch kleinere Pflanzen wachsen hier, Farne, Bärlappe und Schachtelhalme, beinahe im Miniaturformat.

Ob die Rose nach und nach alles erobern wird? Und werden Fines Nachfahren und die Tiere und die anderen Pflanzen trotzdem überleben? Einigen Insekten geht es gut, vor allem den bestäubenden, und solange es noch freie Flächen gibt, werden die Pflanzen wohl auch überleben.

In den felsigeren Gebieten im Norden müsste es noch mehr große Lichtungen geben, aber genau hier, wo Fine sich befindet, werden sie immer seltener. Eigentlich hat sie das Gefühl, nicht mehr so viel Sonnenlicht zu brauchen, aber ihre Kinder, Enkel und Urenkel sagen, sie wäre dünn und blass geworden.

Meistens ist sie allein, so war es früher nicht, da hat sie all ihre Zeit mit ihrer Familie verbracht. Vielleicht finden die anderen, sie wäre wunderlich geworden. Aber im Grunde genießt sie die Einsamkeit, es ist nicht mehr so wie früher, im Kindesalter, als sie sich immer nach menschlicher Gesellschaft sehnte. Jetzt ist sie schon lange auf der Welt und hat so viel gesehen und erlebt, das die anderen nur noch vom Hörensagen kennen. Sie werden es nie verstehen, obwohl sie wirklich versucht hat, es ihnen zu erzählen und zu erklären, und ihnen alle Mauerreste gezeigt hat, die sie finden konnte.

Fine lässt sich gern in der Nähe einer Ruine nieder, vielleicht weil sie selbst in einem Haus aufgewachsen ist. Die anderen ruhen sich lieber in Felshöhlen oder Mulden aus. Sie mögen den Geruch des Erdinneren und sagen, Ruinen würden stinken und ihnen schlechte Laune bereiten. Dagegen wird Fine nostalgisch, wenn sie eine Ruine mit Überresten eines alten Schieferdachs findet.

Die Ligusterhecken waren im Nu zugewuchert. Die Rosenzweige bohrten sich unter die Fensterrahmen und sprengten das Thermoglas, mit den Türen und Mauern geschah dasselbe. Irgendwann sanken die Häuser unter dem Gewicht des grünen Pflanzennetzwerks zusammen, und es regnete hinein.

Bald muss sie den großen Sonnenplatz erreicht haben. Einen Moment hält sie inne, berührt die Blätter, Stängel und Knospen. Lauscht und schnuppert. Warum zweifelt sie daran, wo sie ist? Selbst damals, als alles neu war, hatte sie nie Zweifel. Während die Rosen wuchsen und sich ausbreiteten, zeichnete sie in ihrem Kopf eine Landkarte und fand sich immer zurecht.

Fine nimmt ein Blatt in die Hand. Jetzt kann sie es spüren, jetzt weiß sie es. Das Blatt erzählt ihr, dass der Platz fünfhundert Meter Luftlinie entfernt liegt. Doch wenn man sich durch die Tunnel fortbewegen muss, sind es mehrere Kilometer. Im Gegensatz zu ihren Kindern ärgert sie sich über die ständigen Umwege, während sie damit aufgewachsen sind, dass es keine geraden Linien gibt.

Die Kinder kamen von Anfang an gut zurecht. Manchmal denkt sie, sie hätte ihnen vielleicht gar nicht so viel über die alte Zeit erzählen sollen. Hat es sie nur verwirrt? Hat es etwas von dem zerstört, was ihnen angeboren war? Es gab ja so vieles, das sie ihnen gar nicht beibringen musste.

Einst hatten die Menschen nicht geahnt, wozu eine Rose imstande ist. Abgesehen davon, dass sie schneller wuchs als die angebauten Nutzpflanzen, schien keine größere Bedrohung von ihr auszugehen. Man glaubte, man könne sie jäten oder mit Gift bekämpfen.

Doch das Gift der Rose erreichte die Wurzeln anderer Pflanzen und regte dort eine Produktion an. War dies das Ergebnis einer plötzlichen Mutation? Oder handelte es sich um etwas, das schon seit Millionen Jahren latent vorhanden gewesen war und lediglich ein Signal gebraucht hatte, um sich zu offenbaren? Steckte eine Art Wille dahinter?

Die Rose breitete sich rasant auf allen Kontinenten aus. Die Menschen waren verwirrt, man konnte schließlich nicht damit anfangen, alle Pflanzen auszurotten, denn wo sollten dann der Sauerstoff und die Nahrungsmittel herkommen?

Nicht allein die Pflanzen waren giftig geworden, sondern auch ihr Pollen, der allergische Reaktionen und Atembeschwerden auslöste. Wenn man diese Symptome erst einmal hatte, verschwanden sie nicht wieder, und das Lungengewebe zersetzte sich allmählich.

Irgendwann erreichten die Wurzeln auch das Grundwasser und verunreinigten es. Die Dornen stachen, wenn man die Stängel packen wollte, um die Pflanzen zu entfernen, und spritzten ihr Gift unter die Haut. Die Vergiftung konnte Magenbeschwerden auslösen, die an Dysenterie erinnerten, außerdem lebensbedrohliches Fieber.

Fine war die Einzige, die alles überstand. Uroma Johanne hatte recht gehabt, als sie sagte, dass Fine genau richtig sei, so wie sie sei, und die Welt ihr gehöre.

Fine setzt sich auf einen moosbewachsenen Stein und ruht ihre Beine aus. Sie streckt sich nach einer Hagebutte, die wie ein grüner Kussmund über ihrem Kopf baumelt. Weiter oben sind sie ganz reif, wie Blutstropfen, wie kleine Lichter, aber ihr Gleichgewicht ist nicht mehr so gut, als dass sie auf Zehenspitzen auf einem Stein balancieren könnte. Fine zupft einige der grünen Hagebutten ab, noch vor einigen Wochen waren hier nur Blüten. Sie zieht die Dornen heraus, pustet ein Insekt weg, kaut die Hagebutten mit ihren Samen und allem, und sofort geht es ihr ein wenig besser. Das Sonnenlicht wirkt noch effektiver, wenn man auch Hagebutten verspeist.

Es ist so still hier, nur die Bienen sind zu hören, ihr Summen ist fast das einzige Geräusch auf der Welt.

Neben dem großen Sonnenplatz gibt es eine Quelle. Ihre Kinder sagen oft, sie dürfe nicht vergessen, immer genug zu trinken. Was wäre, wenn sie irgendwo stürzte, wo kein Licht hingelange?

Sie stapft weiter, die Gänge kreuzen sich in einem wilden Durcheinander. Doch dort drüben, am Ende des Tunnels zu ihrer linken Seite, strahlt ein helles Licht.

Dann ist sie da, sie ist da! Auf dem großen Sonnenplatz fliegt ein Schwarm weißer, gelber und blauer Schmetterlinge umher. Es ist ein Flattern und Knistern, wie wenn man eine Tischdecke oder ein Laken ausschüttelt.

Die Rose ist sehr alt, älter als jene Stöcke, die man in den Gärten pflanzte. Sie vermehrt sich durch Bestäubung, sowohl von Insekten als auch vom Wind, aber auch durch Ableger und Bodentriebe. Sie kann sogar Sporen bilden, wenn keine bestäubenden Insekten in der Nähe sind. Jahrelang konnte Fine selbst Hagebuttensamen produzieren. Sie schied sie aus, wenn sie aus alter Gewohnheit irgendetwas aß, Birkenblätter, Brombeeren oder Pilze. Aber inzwischen ist sie wohl zu alt geworden, um noch Samen zu bilden.

Eine Zeit lang dachte sie noch, es wäre notwendig, das zu sich zu nehmen, was man früher »richtiges Essen« genannt hatte, und suchte verzweifelt in den verlassenen Häusern nach Konserven. Mit der Zeit gab sie sich aber allein dem Sonnenlicht hin, abgesehen davon, dass sie bisweilen manchmal Hagebutten und andere grüne Pflanzenteile aß.

Ihre Kinder hatten auch ein wenig feste Nahrung zu sich genommen, als sie klein waren, in erster Linie Larven und Schnecken, und sie hatten auch Fines grünliche Milch getrunken, allerdings nur, bis sie selbst erwachsen waren und nicht mehr größer wurden. Ihre Enkel und Urenkel brauchten nur noch Milch und Hagebutten.

Fine holt tief Luft, auf dem Platz in der Sonne, die Strahlen bilden einen gelben Kreis um sie. So hat sie es schon immer gemacht, auch bevor sich die anderen Leute sorgten, weil sie unter Atemnot und Übelkeit litten und immer dünner wurden. Mama Marie und Papa Jan waren besonders ängstlich, alles musste auf Rosengift getestet werden, bevor man es aß oder trank. Es dauerte lange, ehe sie verstanden, dass es keinen Einfluss auf Fine hatte.

Ihre Mutter war widerstandsfähiger als ihr Vater, der als Erster dahinsiechte. Marie lebte zehn Jahre länger als Jan.

Die müden Augen ihrer Eltern, die eingefallenen Gesichter, die Blässe und der ewige Stillstand. All die umständlichen Maßnahmen, bevor man irgendetwas unternehmen konnte: »Nimm sicherheitshalber lieber Sauerstoff mit. Bring deinen eigenen Proviant mit zur Feier und iss auf keinen Fall etwas, das die anderen gekocht haben. Pack deine eigene Trinkflasche ein und halt dich von fremden Wasserhähnen fern. Wasch dir die Hände, achte darauf, dass du keine Pollen an den Fingern hast, wenn du dir ins Gesicht fasst!«

Fine konnte die ständige Sorge ihrer Eltern erst nachvollziehen, als sie selbst Mutter geworden war. Sie hatte ja auch Angst um ihre Kinder, bloß wegen anderer Dinge: Sie könnten sich an den Dornen verletzen oder verlaufen oder zu lange im Schatten bleiben. Ihre Kinder waren es irgendwann leid, auf sie zu hören, und als einziges Elternteil hatte sie es nicht leicht, weil sich alle Wut gegen sie richtete.

Fine schnuppert – genug Sauerstoff. Die Konzentration ist so hoch, dass sie in jungen Jahren euphorisch davon geworden wäre. Hier auf dem Platz wachsen eine Vogelbeere, eine Birke und irgendwelche langen grünen Gräser. Sie beugt sich herab und leckt an einem großen Stein, Mineralien braucht sie ja auch. Dann sucht sie nach der Quelle, findet sie zwischen einigen Felsen und trinkt mehrere Mundvoll.

Anschließend setzt sie sich mitten auf den Sonnenplatz, und das Licht trifft ihre Haut. Sie schließt die Augen und streckt das Gesicht zum Himmel. Sie gräbt ihre Füße und Beine in den Boden, verwurzelt sich und verharrt ganz reglos.

Jemand ruft ihren Namen.

»Fine?«

Jemand packt ihren Arm, rüttelt an ihr. Jemand streicht ihr über Haar und Wange. Ein schwach glänzendes Auge blickt auf sie herab.

Fine sperrt die Augen auf. Es ist die Glühbirne der Nachttischlampe. Irgendetwas liegt auf ihr, sie schwitzt.

»Fine?«

»Papa?«

»Du musst aufstehen.«

Fine murrt, räkelt sich unter der Daunendecke.

»Es ist halb vier, das Taxi ist in vierzig Minuten da. Ich habe dir Frühstück gemacht, musst du auch duschen?«

Sie nickt.

»Dann beeil dich.«

Sie steht auf, ihr ist schwindelig.

»Du siehst aus, als ginge es dir besser?«

Sie macht eine unbestimmte Kopfbewegung, lässt das Rollo hochschnalzen. Draußen ist es schwarz, aber dann donnert und blitzt es, schwere Tropfen prasseln auf die Scheibe.

»Ich habe kein Auge zugetan«, sagt Papa. »Denk daran, deine Zahnbürste einzupacken. Und dein Handy.«

Während sie duscht, gewittert es immer noch. Die Blitze zucken auf ihrer Haut.

Als sie zum Taxi hinausgehen, muss Fine stehenbleiben und sich übergeben. Irgendetwas hängt noch in ihrem Mund, sie spuckt es in die Hand. Wieder einer dieser kleinen weiß-gelben Samen, sie wirft ihn in die Hecke.

»Fine?«

»Es ist viel zu früh, um aufzustehen«, murmelt sie.

14

Kommen wir immer tiefer in den Wald, halten wir uns am Rand oder gehen wir nur im Kreis? Ich folge Pauls Rücken. Er marschiert über Baumstämme, Grasbüschel, Mooskissen, Reisig und Blätter. Am liebsten würde ich meine Lippen an seinen Nacken pressen und seinen Duft riechen, aber er bewegt sich viel zu schnell.

Ein paarmal stolpere ich, und er sieht sich kurz um: Alles in Ordnung?

»Hast du eine Ahnung, wo sie sein könnte, oder suchen wir einfach drauflos?«

Er antwortet nicht, und ich bin außer Atem.

Die Sonne ist nicht zu sehen, so sehr schließen sich die Baumkronen im Sommer. Die Mücken umschwärmen vor allem mich.

Wie groß ist Johannes Wald eigentlich? Er grenzt an andere Wälder, Felder, einige Dörfer. Auf der Karte im Handschuhfach meiner Tante war er ein großer grüner Fleck mit ein paar braunen Wegen dazwischen.

An einer Quelle halten wir an, und Paul sagt, wir sollten eine Menge Wasser trinken, um unsere Vorräte nicht anzubrechen. Es gebe Orte im Wald, wo wir das Wasser nicht trinken dürften.

Paul wartet. Wieder und wieder fülle ich meine rote Plastiktasse, greife den dicken Henkel und kippe den Inhalt hinunter, während er in alle Richtungen späht.

Sein Gewehr hat er nicht dabei, wir sind nicht auf der Jagd. Es beruhigt und beunruhigt mich zugleich.

Sein halb offenes kariertes Hemd, die hochgekrempelten Ärmel.

»Kommst du mit?«

Er dreht sich mit einem großen Schritt um.

»Paul?«

Ich hole ihn ein, strecke die Hand aus. Tut er so, als würde er sie nicht sehen? Ich seufze, mein Herz sinkt.

Es gab keine richtige Schokolade in Uromas Haus, die wir hätten mitnehmen können, auch keine anderen Süßigkeiten. Die beiden Male, als ich zusammen mit ihm hier gewesen war, hatten wir uns dänische Süßigkeiten geteilt, die ich mitgebracht hatte. Am liebsten mochte er die Lakritze in Larvenform.

Jetzt habe ich nur eine halbe Tafel Ritter Sport Marzipan dabei, die ich hinter seinem Rücken in mich hineinstopfe, weil ich dringend Energie brauche.

Seine Wanderstiefel, meine Sneakers. Er stapft unbekümmert durch die Schlammpfützen, ich habe längst nasse Socken. Hin und wieder bleibt er stehen. Studiert er eine Unregelmäßigkeit im Waldboden oder irgendetwas zwischen den Bäumen, oder horcht er auf? Wahrscheinlich halten wir beide nach Fußstapfen und vielleicht auch nach Johannes weißem Kleid Ausschau.

Mal ist eine Spiegelung in einer Wasserpfütze zu sehen, mal eine kleine Lichtung mit ausgeblichenem Gras, oder einmal sogar, was wir beide sofort entdecken: das lange Skelett eines toten Hirschs.

Manchmal bleibe ich stehen und rufe. *Johanne!*

Es hallt so sehr im Wald, dass es mir falsch vorkommt. Wir

horchen nach einer Antwort, er die meiste Zeit mit dem Rücken zu mir.

Paul geht kopfschüttelnd weiter, ich versuche, mit ihm zu reden. Wenn wir uns unterhalten, kann sie uns vielleicht besser hören? Aber wir müssen auch zwischendurch leise sein, damit wir wiederum hören können, wenn sie mit ihrer kläglichen Stimme ruft.

Es gibt Gebiete mit Rot-Kiefern, es gibt Brombeer- und Himbeerbüsche. Schwarzkirschen, Roteichen, Eschen, Zedern, Ahorn und Hemlocktannen. Wir überqueren schmale Pfade, einen umgefallenen toten Baumstamm, der schwarz und intensiv nach Pilz riecht. Wir steigen über einen Bach und springen durch einen Sumpf. Jeder Ort ist anders, und trotzdem bin ich mir nicht sicher, ob ich sie unterscheiden könnte, wenn wir erneut hier vorbeikämen.

Ich habe Hunger und Durst, meine Beine und Schultern sind müde, und ich muss pinkeln.

Dann breitet sich der gelbe Nachmittagsschein aus, und ich spüre, dass die Wärme nur noch von den Stämmen gespeichert wird.

Wir sind in einem Gebiet, wo kleine Triebe dorniger Rosen aus dem Waldboden wachsen. Einige haben pralle Knospen, andere müssen schon geblüht haben, denn sie tragen rote Hagebutten. Alle gleichen sie den Pflanzen aus dem Rosarium und im Fell des Hundes.

Paul zertrampelt sie und kappt die Stängel mit dem Messer. Anschließend holt er ein kleines Stück Seife hervor und wäscht seine Hand mit Wasser aus der Trinkflasche. Dann lutscht er vorsichtig an seinem einen Zeigefinger, hält ihn in die Luft, schlägt eine andere Richtung ein.

Immer, wenn es mir gelingt, zu ihm aufzuschließen, ergreife ich seine rauen Finger. Manchmal drückt er meine, manchmal hängt seine Hand nur schlaff an seinem Bein herunter, als wäre ich Luft oder ein Gespenst.

»Paul«, sage ich. »Es ist schön, dich wiederzusehen.«

Hier kann man unmöglich nebeneinander gehen, der Pfad ist zu schmal. Wenn es keinen Pfad gibt, bahnt er uns den Weg. Er findet trittsichere Stellen, wenn wir kleine Seen oder Tümpel umrunden müssen.

Allmählich wird es dunkel, und Paul bleibt an einem Hang stehen und blickt in die Luft. Er bittet mich, Brennholz zu sammeln, er wolle uns einen Unterschlupf bauen. Die Plane wird an Stöcken festgebunden. Ich entferne mich immer nur so weit, dass ich ihn noch sehen kann.

Unsere Schlafsäcke sind zusammengerollt, er sammelt Zunderschwämme, schnitzt ein paar Späne und reißt ein Sturmstreichholz an, bis Rauch und Flammen entstehen. Er gibt Wasser aus der Flasche, Nudeln und kleine Stücke selbstgetrocknetes Wildfleisch in den Topf. Es ist zu spät, um ihm zu sagen, dass ich Vegetarierin bin.

Wir halten unsere schmutzigen Hände ans Feuer, haben beide geschwollene Schrammen an den Knöcheln. Dann rollt er hinter uns im Unterschlupf die Schlafsäcke aus. Seine Hände zittern, er zieht fast all seine Sachen aus und stopft sie ins Fußende. Ich folge seinem Beispiel, ich weiß, dass man nachts nicht so viel anhaben sollte, denn dann füllt man seinen Schlafsack zu sehr aus. Dabei ist es die aufgewärmte Luft, die dafür sorgt, dass man nicht friert.

»Was willst du, Marie?«, fragt Paul mit halberstickter Stimme.

Soll ich einfach nur sagen, dass wir meine Oma finden müssen?

»Ich habe dich vermisst.«

Er murmelt ein *Ja* und packt mich plötzlich. Seine Zunge

bohrt sich in meinen Mund, er öffnet den Reißverschluss seiner Hose, ist schnell in mich eingedrungen und nimmt mich grob, mit starren Bewegungen. Er ist wie ein stürmischer Wald, Äste, Stämme, Arme, Beine, Rücken, Glied, alles pfeift, tost und schwankt, knackt und bricht und schlägt aneinander.

Ich lächle erschrocken, und seine Augen sind nicht bei mir.

»Willst du?«, fragt Paul.

Und dann kommt er mit einem kleinen Seufzer.

Ich bin warm und feucht, im Schlafsack und in mir ist Sperma. Sein Hals riecht nach Schweiß und Erde, sein Haar ist ungewaschen, der Bart muss schon seit Tagen wachsen. Wir schlafen dicht nebeneinander, so wie man in Schlafsäcken schläft, gleichen langen, ausgestreckten Stämmen, treiben gemeinsam auf einem Fluss, Wange an Wange.

Ein Donner grollt über den Baumkronen, ein Blitz erhellt die Dunkelheit.

Paul ergreift meine Hand, er hat unsere Sachen gepackt. Ich krabble aus dem Schlafsack, er rollt ihn schnell zusammen. Wir flüchten unter einige kleine Ebereschen und kriechen unter die Plane, die wir mit den Händen über uns halten wie ein kleines Zelt.

Um uns herum brummen die Tiere, das Gewitter brüllt, die Regentropfen senden Morsezeichen. Wenn die Blitze Pauls Gesicht erhellen, wirkt es grün, und meine Hände bekommen dieselbe Farbe.

Spät in der Nacht kehren wir zu unserer Feuerstelle und dem Hang zurück und bauen unseren Unterschlupf wieder auf.

Es tropft von Ästen und Zweigen. Er sitzt am Feuer, das wieder brennt. Als ich aufstehen will, wird mir schwarz vor Augen, und ich muss mich erneut hinsetzen. Ich habe die ganze Nacht gefroren.

Vorsichtig streichle ich Pauls Arm, während er im Topf rührt.

»Wir müssen sehen, wie nah wir herankommen, aber der viele Regen hat uns hoffentlich geholfen.«

Ich bedanke mich überschwänglich, als er Ahornsirup auf meinen Porridge gießt, und versuche, mich an irgendetwas Lustiges zu erinnern, worüber wir als Jugendliche sprachen, aber mein Kopf ist vollkommen leer.

Innerhalb weniger Minuten ist alles gepackt. Paul tritt das Feuer aus, bedeckt es mit Erde, stapft wieder voraus.

Mir brennt es im Schritt, ich bin wund, aber immer noch feucht.

Immer bin ich es, die mit kleinlauter Stimme darum bitten muss, dass wir eine Pause machen, etwas essen oder trinken.

Noch ein windstiller Tag, noch ein Tag, an dem wir Johanne nicht gefunden haben. Noch ein Abend, an dem wir es tun. Im Schlafsack spreizt er meine Beine, steckt seine Finger in mich hinein. All die Jahre, alles, wovon ich geträumt habe. Ich versuche, ihm in die Augen zu blicken, doch sie starren auf meine Stirn, meinen Mund oder meine Brüste.

Er geht hinter einen Baum und pinkelt, es klingt wie Regen, und ich weine. Dann liegt sein feuchter Mund wieder auf meinem. Fragt er mich an diesem Abend oder am nächsten?

»Warum ist deine Tochter nicht mitgekommen?«

»Sie hatte Fieber.«

»Fieber. Das bekommt man, wenn …«

Ich weiß nicht, ob es daran liegt, dass wir in einem anderen Teil des Waldes sind, oder ob die Rosen inzwischen einfach überall wachsen. Spitz ragen sie aus dem Boden auf, winden sich um die Baumstämme. Andere Rosen stehen ganz für sich, und alle bilden immer mehr Knospen. Ich hole tief Luft, aber dadurch fällt mir das Atmen nur noch schwerer.

Paul nickt und bleibt stehen. Auch er keucht.

Nachts schlafen wir nur kurz, bekommen schwer Luft. In der Nacht produzieren die Bäume weniger Sauerstoff, aber daran kann es nicht liegen. Vielleicht nimmt in dieser Zeit auch der Wind zu und wirbelt die Rosenpollen auf?

Wir sind gezwungen, tagsüber Nickerchen zu machen, und suchen uns sonnige Plätzchen.

»Mir ist schwindelig«, sage ich laut zu seinem Rücken und flüstere vor mich hin, dass ich das Sauerstoffgerät hätte mitnehmen sollen, das Oma zurückgelassen hat.

Paul dreht sich um. »Sie hat ihr Sauerstoffgerät nicht dabei?«

Er greift sich seufzend an den Kopf, als wäre unsere ganze Suche damit sinnlos geworden. Dann sagt er, dass sie sicher einfach nur ihren Frieden finden wollte.

»Glaubst du?«, frage ich. »Aber müssten wir sie dann nicht beerdigen?«

Er schüttelt den Kopf, als würde ich gar nichts verstehen.

»Marie, warum bist du hergekommen?«

Bevor wir schlafen gegangen waren, hatte er mich an einem Baum genommen. Ich klammerte mich um den Stamm, verschränkte die Hände dahinter.

»Was willst du, Marie?«

Ich packe sein Handgelenk.

»Vielleicht sind wir beide in gewisser Weise verwandt«, sagt er.

»Wie denn?«, flüstere ich.

»Ich habe deine Großmutter mein ganzes Leben über besucht. Manchmal jeden Tag. Ich kümmere mich um das Haus, den Garten und das Treibhaus. Versuche, die Rosen zurückzuschneiden, seit sie sich außerhalb des Rosariums ausbreiten, obwohl Johanne meint, es hätte keinen Zweck. Ich hacke Holz, kaufe ein und mähe den Rasen. Scheuere die Badewanne, mache das Wasser warm, hebe Johanne aus dem Bett, wenn sie nur schwer aufstehen kann, und helfe ihr beim Anziehen. Wenn es ihr richtig schlecht geht, helfe ich ihr auch auf die Toilette. Wir haben uns immer viel unterhalten, und du darfst nicht glauben, dass ich Johanne nicht auch vermissen werde. Deine Oma war immer reserviert, aber als mein Vater gestorben ist, hat sie sich plötzlich geöffnet.«

Während er spricht, haucht er mich an, umarmt mich, ohne mich zu küssen.

»Wir können nicht noch tiefer hineingehen. Irgendwann wird es richtig gefährlich. Johanne hat mir davon erzählt.«

»Wovon?«

Er hält mich weiter fest in den Armen.

»Paul, glaubst du, sie ist dort drinnen?«

Auf einer langen, dicken Wurzel sitzend frühstücken wir. Es kitzelt in meiner Nase, als ich tief Luft hole, meine Augen jucken, ich niese. Ich habe eine Schramme am Bein, ein Dorn ist durch den Stoff meiner Hose gedrungen. Das Bein ist geschwollen und pocht, und ich schwitze und friere abwechselnd.

Sollen wir es wieder tun? Doch Paul steht nur auf, um sich den Schmutz vom Hosenboden zu klopfen. Er setzt seinen Rucksack auf.

»Kommt Fine ein andermal mit hierher?«

»Ja, ihre Großcousinen und -cousins leben ja hier, und Tante

Vibeke und Onkel Charles. Sie wird bestimmt immer wieder in die USA kommen.«

Was hatte Johanne erzählt? Was wusste Paul, was konnte er sich denken? Und was wäre Fine gegenüber fair? Ich habe einmal gedacht, sie hätte ein Recht darauf, die Wahrheit zu erfahren. Als Jan und ich uns trennten, dachte ich, jetzt wäre es vielleicht an der Zeit?

Jan liebt Fine, Fine liebt Jan. Sie lieben einander mehr, als sie mich lieben können und ich sie. So ist es nun einmal.

Ich lausche nach Verkehrslärm, nach Stimmen. Nach Hundegebell oder jemandem, der gerade Holz hackt. Nichts zu hören. Ohne Paul bin ich verloren.

»Marie, wer kümmert sich gerade um Fine?«

Wie viele Tage sind vergangen? Im Wald lässt sich die Zeit nicht mit der Uhr bestimmen, sondern nur anhand des Laubes, das zunehmend fällt, und anhand der Rosen, die immer höher und höher wachsen.

Was wir jetzt finden, dürfen wir nicht mehr essen. Keine Beeren, Pilze oder Brennnesseln. Auch keine Rinde, keine Fische aus den Bächen. Weder Larven noch Ameisen. Vielleicht nicht einmal das Wild oder die Vögel. »Hier drinnen hilft es auch nichts, das Essen zu kochen«, sagt Paul.

Zum Glück hat er einen magischen Rucksack, aus dem er einen unerschöpflichen Vorrat an Proviant hervorzieht.

Die Nacht wird zum Tag, der Tag zur Nacht. Mittlerweile schlafen wir im Hellen genauso oft miteinander wie im Dunkeln, es gehört zu unserem Ablauf wie das Gehen, Schlafen, Horchen, Rufen, Essen, Feuer machen. Manchmal sieht er mir in die Augen, und ich weiß nicht, ob ich Freude oder Angst empfinde, wenn ich sehe, wie sehr seine Gesichtszüge Fines ähneln.

Wenn ich hinter Paul laufe, sieht er nicht, dass ich weine, aber ich sehe auch nicht, was er macht.

Ich habe mehrmals gefragt, ob er Omas Haus denn auch wiederfinden wird, aber er antwortet nie und stapft immer noch zielstrebig voran. Manchmal laufen wir auch nachts ein Stück, im Schein von Mond und Sternen, auf grau-weißen Wegen.

»Wenn man stirbt, offenbaren sich alle Geheimnisse, Marie. Das Leben ist so, als würde man mit einer Laterne in der Hand einen dunklen Weg entlanggehen. Man sieht nie alles, sondern nur das, worauf das Licht fällt. Erst wenn man das Ziel erreicht, siegt das Licht über die Dunkelheit. Wie viel willst du eigentlich wissen?«

Er dreht sich um und ist so viel größer als ich, ich starre zu Boden und zucke quiekend zusammen, als würde ich von einer Klinge durchschnitten.

Welche Gründe hat er noch, hier mit mir auf die Suche zu gehen?

Wir sind allein, keiner kann uns sehen oder finden.

Paul drängt mich zu Boden und legt sich auf mich. Mit seiner Hand könnte er mühelos den Eichenast ergreifen, der direkt neben meinem Gesicht liegt.

»Marie«, faucht er, und seine Augen sind groß und schwarz.

Er japst nach Luft, und auch mir schnürt sich der Hals zu.

Diesmal sage ich *Nein*. Ein lautes, hartes, schrilles *Nein*. Ich presse die Schenkel zusammen, spanne meinen Körper wie einen Bogen. Beiße mir auf die Lippen. Starre in seine Kugelaugen. Da lässt er mich los, tritt gegen ein paar Blätter, packt den Ast und drischt damit auf den nächsten Baum ein.

Als wir weitergehen, möchte er hinter mir laufen.

Das Atmen wird immer schwerer.

Wir sind da. Meine Arme, Beine, Füße, Schultern und mein Gesicht sind geschwollen, in meinem Körper pocht ein ansteigendes Fieber. Es ist Abend, und ich bin mir sicher, noch nie hier gewesen zu sein. Vor uns liegt ein dichtes Rosengestrüpp, ein Wirrwarr aus Stängeln und Zweigen, die aussehen wie verknäulte Schlangen. Große Mengen an Pollen wirbeln durch die Luft, meine Lunge japst und pfeift. Über uns in den Baumwipfeln kommt ein Wind auf, der wie eine Welle wächst und auf uns herabrauscht.

Hinter mir atmet Paul röchelnd. Ich starre in das Rosengestrüpp und glaube, etwas zu sehen. Oder ist es der aufgegangene Mond? Er selbst, oder etwas, auf das er scheint? Oma Johannes feines weißes Kleid, ihr blasser nackter Körper?

Ich strecke die Nase in die Luft, doch es ist unmöglich, etwas anderes zu riechen als die Rosen. Rostig und süßlich riechen sie. Ihr Geruch sättigt auf eine tödliche Art und Weise, sie sind Blut, Haut und Fleisch zugleich.

Nachtschwärmer streifen mein Gesicht, einer wird von meinem feuchten Auge gefangen, ich muss ihn wegreiben. Die anderen flattern weiter auf das Weiß zu.

Was für ein kleiner Körper, denke ich, oder ist er einfach nur so weit entfernt? Eine Nachtblume, ein Kind, ein Stern? Ein Engel, der einen besucht, wenn ein Gebet erhört wird? Das, was im Innersten des Waldherzens wohnt? Das, was sich als Licht der Liebe zeigt, wenn man zutiefst verzweifelt ist? Das, was einen trägt, wenn man nicht geglaubt hätte, dass es eine Brücke gibt?

»Oma!«

»Jetzt weißt du, wo Johanne ist. Jetzt müssen wir zurück.«

Ich möchte ins Gestrüpp hinein, um zu sehen, ob es wirklich wahr sein kann.

»Komm.«

»Nein.«

»Deine Großmutter möchte nicht gesehen werden, deshalb liegt sie dort.«

Er zerrt an mir, er versucht, Luft zu bekommen. Alles schwankt, seine Worte sind wie umherschwebende Wasserblasen.

»Wir müssen jetzt hier weg.«

»Nein.«

»Jetzt sofort.«

Ich umklammere einen Fichtenstamm. Paul müsste mir die Arme abhacken, wenn er mich von hier wegbekommen wollte.

Pauls Augäpfel quillen schon weiß hervor, als er mich verzweifelt loslässt. Brüllend stürzt er davon und stolpert durch den Wald. Ich atme ein und schreie, ehe alles schwarz wird.

15

Fine und ihr Vater sind jetzt an Bord. Zum letzten Mal, ehe sie den achtstündigen Flug antreten, bittet er sie, auf ihr Handy zu schauen. Gibt es etwas Neues von Mama?

Die riesige Maschine hebt fast lautlos vom Boden ab, scheinbar mühelos. Nicht ein Zittern, nur zwei taube Ohren.

Dann schwebt Fine mitten im Blauen, weiter oben befindet sich das schwarze All, doch wenn man durch das Licht und in die Dunkelheit hinaussieht, ist alles blau.

Da sitzen sie nun, ohne Handy und Internet. Aber Papa wird sicher trotzdem bald seinen Computer hervorholen, um sich irgendwelche Berichte durchzulesen.

Er ist ein Mensch, der die Welt retten könnte, denkt sie mitunter stolz. Es gibt nicht viele Erwachsene, die etwas unternehmen. Manchmal wird Oma Birgit wütend auf Papa und Mama, weil sie so viel über das Klima reden. Sie würden Fine nur Angst machen. Dann steht Oma Birgit von ihrem Sofa auf und geht zu Fine und umarmt ihre Enkelin eine halbe Ewigkeit. Für einen kurzen Moment ist das fast so schön wie mit Uroma zu reden.

Die Flugzeugspuren kreuzen sich. Wenn man den CO2-Verbrauch einer Flugreise ermitteln will, reichen die Treibstoffemissionen allein nicht aus. Der Wasserdampf der Abgase bildet Kondensstreifen, aus denen wiederum Zirruswolken entstehen, die ebenfalls eine Klimaerwärmung zur Folge haben. Es ist ein merkwürdiger Gedanke, dass der Klimawandel durch Öl und Gas entsteht – Stoffen, die einmal Pflanzen waren. Als wäre es gefährlich, die Toten wieder zum Leben zu erwecken, so sehr man sie früher einmal geschätzt hat.

Zumindest für die CO2-Bilanz wäre es besser gewesen, wenn Papa allein hingeflogen wäre, um zu helfen. Oma und Vibeke liegen im Krankenhaus, Uroma hat sich möglicherweise in ihrem Wald verlaufen, und noch dazu kann niemand Mama erreichen. Oma hat versucht, bei einem Jäger anzurufen, der Paul heißt und in der Nähe wohnt. Ihn konnten sie jedoch auch nicht erreichen, und er sollte Mama dabei helfen, Uroma zu finden.

Vielleicht würde Uroma ja zurückkehren, wenn sie erfuhr, dass Fine doch gekommen war. Es konnte ja sein, dass sie sich nur hinter einem Baum versteckt und die ganze Zeit das Haus beobachtet hatte?

Fine bekam Bauchweh, als Mama bei Papa anrief und erzählte, dass Oma und Tante Vibeke zusammen ins Krankenhaus gekommen wären, wegen irgendwelcher Atemprobleme. Papa hat schon mit der Auslandskrankenversicherung gesprochen und auch mit einem befreundeten Arzt. Ob sie Oma nach Hause holen konnten, obwohl die amerikanischen Ärzte sagten, sie dürfe nicht fliegen?

»Soll sie mit dem Schiff nach Dänemark reisen?«, hat Fine gefragt, aber das hat er verneint.

Onkel Charles war bei Uroma vorbeigefahren, als niemand Marie erreichen konnte. Ihr Koffer stand immer noch da, sie hatte auch keine Nachricht hinterlassen, aber ihr Handy mitgenommen.

Papa wurde ganz blass, als er das hörte.

Drüben bei Paul war auch niemand, aber das Auto stand auf dem Hof. Onkel Charles war gerade auf dem Rückweg zu Oma und Vibeke ins Krankenhaus, als er erfuhr, dass Fine und ihr Vater unterwegs waren.

»Jetzt musst du versuchen zu schlafen«, sagt Papa und streicht Fine mit gekrümmten Fingern über die Wange. »Ich weiß, dass du gerade erst aufgestanden bist, aber wenn du jetzt schlafen kannst, passt das richtig gut mit der Zeitumstellung zusammen!«

Will Fine wirklich schlafen? Immer wenn sie die Augen auch nur ein kleines bisschen schließt, wird es unter ihren Lidern grün, obwohl es doch rot sein sollte, weil das Licht durchs Blut scheint.

Warum musste Mama unbedingt irgendwohin gehen? Sie hat doch kaum ihre eigene Wohnung verlassen, seit sie nach Nivå gezogen ist. Mama unternimmt nie irgendetwas.

Fine überlegt, wann Papa eigentlich glücklich ist. Wenn er von seinem Computerbildschirm aufblickt, hat er oft rote Augen. Liegt es daran, dass er weint, so wie Mama manchmal?

Wenn er Fine anschaut, lächelt er aber immer.

Und küsst Mama sie nicht auch zwischendurch und sagt, dass sie Fine liebe?

Fine starrt auf die Sitzlehne vor sich. Es gibt eine Karte, auf der man die Strecke verfolgen kann. Ihr Vater bittet um eine zusätzliche Decke für sie. »Geht es dir jetzt besser?«, fragt er. »Hast du immer noch Fieber?«

Letzteres flüstert er, denn natürlich will niemand eine Kranke mit an Bord haben. Im Atlantik kann man nirgends landen, wenn man einen Arzt braucht. Die anderen Passagiere wollen sich bestimmt auch nicht mit irgendetwas anstecken. Ein Großteil der Luft in der Klimaanlage wird wiederaufbereitet.

Sie befinden sich über dem Wasser, nirgends sind Wolken, weder oben noch unten, nur die Schiffe mit ihrem Kielwasser.

»Ich gehe mal auf die Toilette.«

Papa muss seinen Sicherheitsgurt öffnen, alle Papiere zusammensuchen und den Laptop zuklappen, damit sie vorbeikommt. Ein Kugelschreiber rollt auf den Boden, und er hält den USB-Stick zwischen den Zähnen. Das Laptopkabel hängt von seiner Schulter herab, er stützt sich auf die Armlehne, seine Hand zittert.

Auf einer Flugzeugtoilette zu scheißen, ist wirklich nicht schön. Fine hofft, dass sie nicht öfter muss, aber sie hat nun einmal Durchfall.

Nachdem sie sich abgeputzt hat, wirft sie einen Blick auf das Klopapier. Wieder diese kleinen, tropfenförmigen Samen. Sie wirft sie in die Kloschüssel.

Anschließend wäscht sie sich lange die Hände. Eine Stewardess mit rot geschminkten Lippen starrt sie an, als sie sich hinausschleicht.

»Everything alright?«

Immer denkt irgendwer, sie wäre krank. Gereizt geht sie zu ihrem Vater zurück, der erneut all seine Sachen zusammenräumen muss.

»Alles in Ordnung?«

»Hör jetzt auf!«

»Marsmännchen …«

Auch das ist gerade nicht witzig, obwohl Papa als Einziger solche Witze machen darf. Er ist auch der Einzige, der sie »Außerirdische« nennen darf. Als sie klein war, haben sie sogar ein Spiel daraus gemacht. Fine redete in ihrem Zimmer laut mit einer metallischen Stimme, und dann riss ihr Vater von außen weit die Tür auf und sagte ganz überrascht: *Nanu, wir haben ja Besuch!*

Jedenfalls hat es gutgetan, auf die Toilette zu gehen. Fine zieht die Fensterblende herunter und schließt die Augen. Papa reißt mit den Zähnen die Plastikverpackung der zusätzlichen Decke auf und breitet sie über Fine. Die Haare auf seinen Armen stellen sich elektrisch auf.

Fine zieht sich die Decke über das Gesicht, und dann ist sie wieder inmitten des Grüns. Noch immer sitzt sie auf dem großen Sonnenplatz, ihre Haut saugt das Licht in sich auf, während sie ihre Atemzüge macht, ein und aus, ein und aus. Ihre Unterschenkel sind fest im Boden verwurzelt.

Die Rosen duften intensiver. Blühen noch mehr von ihnen, oder liegt es daran, dass es Abend geworden ist?

Manchmal vergisst Fine, auf welchem der alten Kontinente sie sich gerade befindet. Wie beispielsweise jetzt. Irgendwie sieht aber auch alles gleich aus, egal wo man ist. Der einzige Unterschied besteht darin, dass sich hin und wieder ein Berg erhebt oder ein Fluss die Landschaft durchzieht. Wenn sie sich im Laufe der Zeit in Richtung des Äquators oder eines Pols bewegt hat, oder nach Osten oder Westen, und die unterschiedlichen Temperaturen und Lichtverhältnisse wahrgenommen hat, war die Rose trotzdem überall.

Noch immer denkt sie manchmal, wenn sie unter den dunklen Blättern der Rosen etwas Helles entdeckt, es könnte ihre Uroma sein. Endlich hat Fine sie gefunden! Doch sobald sie beginnt, dort hineinzugehen, fällt ihr wieder ein, dass es ja Generationen zurückliegt, und wahrscheinlich hat sie nur einen Flecken Licht, eine Pfütze, einen Stein oder verblichenes Gras gesehen.

Die alte Fine öffnet ihre Augen und zieht die Beine aus der Erde. Sie steht auf, geht weiter, nur wohin? Jeder Ort ist doch gleich gut, warum dann diese Rastlosigkeit?

Alle sind gestorben: Oma Birgit, Vibeke, Mama Marie, Papa Jan, ihre Großcousinen und -cousins, Onkel Charles, Feodora, die anderen aus der Klasse, die Lehrer. Ja, alle starben. Es war fürchterlich, aber Fine selbst konnte immer leichter und leichter atmen.

Sie spürt etwas Kaltes. Es ist Papa, der ihren Arm streichelt.

Das Flugzeug wackelt auf und ab. Die Flügel knirschen, die Anschnallzeichen leuchten. Papa hat seine Unterlagen weggeräumt, sein Tisch ist hochgeklappt, ihr Sitz in der senkrechten Position, die Stewardessen sind nicht zu sehen. Papa nimmt Fines Hand.

In der Reihe vor ihnen jammert eine Dame leise, ein Mann schreit auf, ein Baby weint. Das Licht ist ausgeschaltet, nur die Notbeleuchtung brennt.

Dann ertönt ein Donnerschlag, und es blitzt unter dem Spalt der Blenden. Das Flugzeug kippt zur Seite, ein riesiges Luftloch lässt die Passagiere aufschreien. Die ganze Kabine wird erhellt, als ein Blitz ins Flugzeug einschlägt. Ein Alarm wird ausgelöst, und dann liegen sie wieder gerade in der Luft.

»Ganz ruhig«, sagt Papa. »Die Technik ist unter Kontrolle.«

16

Papa hat das Navi angestellt, aber es kann sie nur bis in den nächstgelegenen Ort führen. »Das geht schon«, sagt er. »Vielleicht erkenne ich den Weg ja wieder, wenn wir näher kommen.«

Nach einer Weile fährt er auf den Parkplatz eines McDonald's. Er schließt die Türen ab, stellt seinen Handywecker und sagt, sie sollten jetzt ein bisschen schlafen. Fine legt sich auf die Rückbank, Papa klappt seine Rückenlehne so weit zurück, wie es geht, und kurze Zeit später atmet er tief.

Sie hören Nachrichten im Autoradio. Papa hält an einem kleinen Supermarkt und kommt mit einer vollen Einkaufstüte heraus. Er redet mit einem alten Mann, der auf die Straße zeigt.

Dann fahren sie in den Wald hinein. Es hat gerade geregnet, die Baumstämme sind dunkel. Hier riecht es ein wenig nach Frühling.

Die Wege werden immer schmaler und schmaler, und dann biegt Papa in einen Kiesweg ein. Sie sind bei Uromas Haus angekommen.

Auf der Veranda liegt ein dunkler Hund mit langem Fell, der den Kopf hebt und Papa schwanzwedelnd begrüßt. Fine scheint er dagegen gar nicht wahrzunehmen. Er schnüffelt nicht einmal an ihr, sondern blickt nur verwundert auf, als sie seinen Kopf streichelt. Papa trägt ihre Sachen hinein, tätschelt vorsichtig den Hund, klopft an und geht hinein. Nachdem er die

Koffer abgestellt hat, tritt er wieder ins Freie und ruft. Es klingt wie ein Schrei. Fine ruft auch, so laut sie kann, aber ihre Stimme geht fast in der ihres Vaters unter.

Anschließend schneidet er ein paar Brötchen auf und bestreicht sie mit Butter, ehe er sie Fine serviert. Während sie isst, starrt er sie an und fragt: »Was machen wir jetzt? Ruft man die Polizei?«

Er schlägt so fest mit den Handflächen auf den Tisch, dass die Teller und Gläser klirren.

»Was ist mit diesem Paul?«, fragt Fine.

»Ja«, sagt Papa mit einem tiefen Seufzer.

Fine trägt ihren Teller zur Spüle.

»Dann fahre ich mal eine Runde und gucke, ob ich herausfinden kann, wo er wohnt. Kannst du solange hierbleiben?«

Sie nickt; vielleicht, weil sie sich nichts anderes traut.

»Mach ein Nickerchen«, sagt er und deutet auf das Sofa.

Papa keucht, versucht, tief in die Lunge einzuatmen.

Der Hund ist mitten in der Küche eingeschlafen.

Als Papa davonrast, geht Fine in Uromas Schlafzimmer hinüber. Nicht weil sie vorhat, in Uromas Bett zu schlafen statt auf dem Sofa; sie möchte einfach nur gern eine Weile dort sein.

Es ist so schön hier, die rosa Tapete gefällt ihr sehr. Sie schnuppert, es riecht nach Uroma.

»Wo bist du?«, fragt sie. »Ich habe mich so gefreut, dich zu sehen!«

Mamas Koffer liegt neben dem Bett, und mitten auf dem schönen Patchwork-Überwurf sitzt der gelbe Teddy. *Für Fine* steht auf einem Zettel, den er um den Hals trägt. Fine setzt sich auf die knarrende Matratze, schließt den Teddy lächelnd in die

Arme und gibt ihm einen langen, schmatzenden Kuss. Er knistert, wenn man auf seinen Bauch drückt. Erst zögert sie, dann kratzt sie eine Naht auf und zieht einen zerknitterten Brief heraus: »Meine liebe, geliebte Fine«, steht dort in Uromas Handschrift. Der Brief enthält auch eine Karte des Waldes. Dort ist das Haus, da die Straße, und dann der Wald mit all seinen Wegen. Und irgendwo mittendrin ein Kreuz.

Fine späht aus dem kleinen Fenster. Ja, neben dem Treibhaus beginnt ein kleiner Pfad, genau wie auf der Karte verzeichnet. Er teilt sich, erst soll man nach links gehen, dann nach rechts. Das sieht einfach aus.

Fine zieht sich einen Pullover über den Kopf, schnürt die Schuhe.

So wandert sie immer weiter durch die Gänge. Sie sieht die Lichtungen, das Gestrüpp, die Moore. Der Wind bläst stärker, all das Grüne schaukelt.

Sie ist nicht allein. Ringsherum im dichten grünen Licht bewegen sich viele, die so sind wie sie. Aber obwohl sie sie liebt, hat sie jetzt beschlossen, allein zu gehen.

In der ersten Zeit, als sie ganz allein auf der Welt war, hatte sie große Angst davor, wie es weitergehen würde.

Doch als sie ihre tiefe Einsamkeit erst einmal erkannt hatte – die Tatsache, dass sie anscheinend der letzte noch lebende Mensch auf dem Kontinent war, dass sie womöglich allein auf der Welt oder sogar allein im Weltraum war, dass sie den Rest ihres Lebens allein verbringen würde – ja, erst, als sie das erkannt hatte, begann sie, alles andere zu sehen und zu spüren, was noch da war: die Pflanzen, die Insekten, die Steine, den Wind, das Wasser, die Erdbeben. Es gab die Sonne, die Sterne, die Planeten, die Monde, die Kometen und Meteoriten. Selten auch ein größeres Tier: eine Ratte, eine Eidechse, einen Vogel.

Vielleicht sogar ein Bison oder einen Hirsch. Keines von ihnen sprach ihre Menschensprache, aber sie musste einen anderen Weg finden, um mit ihnen zusammenzuleben. Es musste eine noch engere Verbundenheit sein, als sie und die Pflanzen im Wohngebiet von Allerød füreinander empfunden hatten.

Und dann geschah es.

Ihr Bauch wuchs, mehrmals hintereinander. Sie brachte Kinder zur Welt, die offenbar nur aus ihr allein entstanden waren. Sie ähnelten Fine auf alten Babyfotos, die sie früher von sich gesehen hatte. Doch mit der Zeit entwickelte jedes von ihnen einen eigenen Charakter.

Die Säuglinge starrten sie an, sie bekamen Milch, Sonne, Hagebutten und ein paar Insekten zu essen. Sie hatten olivgrüne Haut, dicke grüne Locken und bernsteinfarbene Augen. Als Erwachsene waren sie genauso klein wie sie. Später bekamen die Kinder selbst Kinder. Einige waren plötzlich männlich. Wo kamen sie her?

Fine liebt sie alle, obwohl sie nicht gedacht hätte, dass man so viele Wesen auf einmal lieben könnte. Sie hat mit ihnen zusammengelebt, solange sie ihre Fürsorge brauchten.

Fine blinzelt, wirft einen Blick auf die Karte. Sie ist sich sicher, dass sie richtig abgebogen ist, aber der Weg sieht nicht so aus wie auf der Karte. Das Handy hat keinen Empfang, und was ist mit ihrem Vater? Ob er schon von Paul zurückgekommen ist? Fine hat ihm ja keine Nachricht hinterlassen, wohin sie gehen wollte.

Ein langer dorniger Stängel hat sich aus der Erde gebohrt. Eine kleine rote Blüte, die erste Rose, dreht sich zu ihr und entfaltet sich. Fine riecht daran, sie riecht sich selbst. Es ist fast der gleiche Geruch.

Die Welt flimmert.

Da, noch eine Rose, und noch eine, und noch eine.

Uroma hat nie etwas von Rosen in diesem Wald erzählt.

Einige ranken an den Bäumen empor. Fine geht weiter und wird langsam umringt.

Allmählich ist es Abend. Mittlerweile sieht sie keine Bäume oder andere Pflanzen mehr. Es gibt nur noch Rosen, und sie steht direkt vor einem Gestrüpp mit einem Eingang, ein Pfad führt hinein.

Hier ist es kühl, der Duft wird stärker. Kann man wirklich in einen Traum hineingehen?

Fine bleibt stehen. Die Rosen bewegen sich, sie kann dabei zusehen. Sie recken sich hastig in die Höhe und öffnen sich. Auch im Boden herrscht Unruhe. Die Wurzeln bohren sich weiter voran, es knirscht.

Noch einmal wirft Fine einen Blick auf die Karte, sie könnte jetzt da sein. Als sie in die Hocke geht, kann sie tiefer drinnen, wo der Pfad zu enden scheint, etwas Weißes erkennen. »Uroma, Uroma. Johanne, bist du es?«

Niemand antwortet, und dann krabbelt sie, kriecht, zwängt sich voran. Je dunkler es wird, desto mehr leuchtet es dort drinnen. Fine starrt angestrengt. Ist es ein sonnenbeschienener Fleck, der Mond, eine Spiegelung des Himmels? Ein Kind, ein nächtliches Insekt, ein Stern, ein Gott? Ist es ihre geliebte Uroma oder alles auf einmal?

Sie muss ganz dort hinein. Uroma möchte gefunden werden, doch, warum hätte sie denn sonst diese Karte zeichnen sollen?

Dann hört sie von hinten ein Brüllen. Papa? Das Brüllen ertönt wieder, und jemand schreit. Mama?

Fine muss später zu dem leuchtend Weißen zurück. Jetzt

krabbelt sie rückwärts dorthin, wo die Rosen nur vereinzelt stehen. Dort am Fuß einer Kiefer liegt jemand, sie muss die Taschenlampe ihres Handys einschalten. Es *ist* Mama.

»Hilfe«, flüstert sie mit geschlossenen Augen.

17

Alles verschwimmt. Ich schwebe und habe das Gefühl, ich könnte jeden Moment fallen. Doch dann hilft mir jemand auf die Beine. Jemand, der nicht steif ist, sondern biegsam. Eine kühle kleine Hand ergreift die meine. Jemand flüstert *Komm jetzt,* mit einem Atem, der nach Rinde riecht.

Es ist tiefschwarze Nacht, ich kann den Weg nicht sehen, auf dem ich mich entlangbewege. Ich habe immer noch das Gefühl zu ersticken, ich falle erneut und denke: *Jetzt ist alles vorbei.* Meine Lunge kann nicht mehr.

Dann wird ein Licht eingeschaltet, weiß auf schwarzer Erde. Am Rand kriecht grünes Gras hervor, und zwischen den Bäumen flimmert es gelb. Ich werde eine Treppe hinaufgeführt, eine nasse Schnauze stupst gegen meinen Handrücken, eine warme Zunge leckt mir die Knie. Kurz darauf liege ich weich, mit geschlossenen Augen, und ringe nach Luft.

Als ich die Augen öffne, sehe ich Oma Johannes Holzdecke mit den Astlöchern und spüre das Sofa unter mir. Fine und Jan stecken ihre Köpfe in mein Blickfeld.

»Soll ich einen Krankenwagen rufen?«

Jan leidet ebenfalls unter Atemnot. Fine setzt sich, die Polster sinken ein wenig ein. Ihr Gesicht und ihre Arme sind grün, aber sie atmet leicht, reicht mir ein Glas Wasser und spitzt ihre dunkelroten Lippen.

»Was macht ihr denn hier?«

»Rate mal, Marie«, sagt Jan.

Fine gibt mir einen langen Kuss.

Ich werde mit Mutters und Tante Vibekes Decken zugedeckt. Jan und Fine gehen in die Küche. Als ich eine Weile gelegen habe, muss ich auf die Toilette. Ich habe meine Blutung bekommen und klebe eine Binde in die Unterhose.

»Wie geht es Mama und Vibeke?«, frage ich und muss mich am Tisch festklammern, als ich mich aufsetze.

Der Hund seufzt unter der Tischdecke.

»Ich habe mit deiner Mutter gesprochen. Die Ärzte erlauben ihr, morgen wieder nach Hause zu fahren. Man hat einen dänischen Arzt hergeschickt, um sie zu begleiten, und wir haben Tickets für denselben Flug, wenn wir wollen«, sagt Jan.

Ich betrachte Fine, streichle ihren Arm. Sie starrt mich mit großen, feuchten, bernsteinbraunen Augen an.

»Wie hast du mich gefunden, mein Schatz?«

»Ich bin da hineingegangen«, antwortet sie und fingert an ihrem Glas herum.

»Bist du denn schon wieder richtig gesund?«

Sie antwortet nicht.

»Leider glaube ich, dass wir es aufgeben müssen, Uroma zu finden«, sage ich.

»Sie ist tot«, sagt Fine.

»Woher weißt du das?«

»Ich weiß es einfach.«

Fine weint, ich umarme sie. »Danke«, sage ich immer wieder. »Danke, dass du mich gerettet hast.«

Die Punkte auf ihrer Haut sind angeschwollen, ihr Nacken fühlt sich ein wenig stachelig an.

Tja, denke ich, was sollte auch sonst passiert sein, wenn Oma nicht tot ist? Sie wird wohl kaum auf einen anderen Kontinent gereist sein, um sich dort niederzulassen. Nicht im Alter von hundert Jahren.

Als Jan und Fine aufstehen, um den Abwasch zu machen, sehe ich, was alles an ihrer Kleidung hängt. Bei Fine ist es am schlimmsten: Hagebutten kleben im Haar, an Ärmeln und Hosenbeinen. Auch Jan ist damit übersät. Ich wanke zu ihnen, zupfe so viele Hagebutten wie möglich ab und werfe sie in den Kamin, wie ich es bei Paul beobachtet habe. Dann sehe ich an mir selbst herab und seufze.

Wir packen die Koffer. Meine Cousins und Cousinen haben versprochen, sich um das Haus zu kümmern.

Jan hat entschieden, dass Paul den Hund bis auf Weiteres zu sich nehmen soll, und ich protestiere, während wir gleichzeitig unter dem Sofa und dem Tisch und im Bad nachsehen, ob wir irgendetwas vergessen haben. Aber wir haben keine Zeit, ihn in einer Hundepension abzugeben, und meine Cousinen und Cousins kommen vielleicht erst in ein paar Tagen.

»Es ist gar nicht sicher, ob Paul zu Hause ist.«

»Sonst müssen wir ihn eben einfach so bei ihm hinterlassen. Ist er nicht Jäger? Er kann ihn doch …«

Fine schließt ihren Koffer als Letzte. Ich weiß nicht, was mit dem Teddy ist, aber ich sehe ihn nirgends im Schlafzimmer.

Jan hält auf dem Hof.

»Ich bringe den Hund hinein«, sage ich. »Ihr könnt sitzen bleiben.«

Ich klopfe an die Haustür, niemand öffnet. Die Gardinen sind halb zugezogen, es ist dunkel und leer. Meine Tränen stecken wie ein großer Stein in meinem Hals, ich ziehe den Hund hinter mir her und klopfe an die Bauwagentür.

Keiner öffnet, ich ziehe nicht an der Klinke.

Der Motor läuft. Wir müssen noch im Krankenhaus vorbeifahren und uns von Tante Vibeke verabschieden, und meiner Mutter beim Packen helfen.

Ich stelle mich auf die Zehenspitzen und spähe durch das graue Fenster hinein. Eine kleine Lampe brennt, ein Arm bewegt sich, jemand schreibt und schreibt. Dann befehle ich dem Hund, sich hinzusetzen. Er platziert seinen Hintern auf den Fichtennadeln, ich sage immer wieder *sit!*, während ich rückwärts zur Autotür gehe und mich hineinsetze. Mein Herz bleibt stumm, obwohl es eben noch hämmerte.

Ich will gar nicht an den Abschied meiner Mutter von ihrer Schwester denken. Das gehört zu den Dingen in meinem Leben, an die ich nicht denken will.

Wir sitzen im Flugzeug. Man hat einige Sitze herausgenommen, damit meine Mutter liegen kann. Sie hängt an Schläuchen und Kabeln, an Sauerstoffflasche und Tropf. Der Arzt behält sie im Blick, und ich darf während des Starts ihre Hand halten. Ich lächle ein wenig.

Später strecke ich mich nach Fine und Jan. Sie sehen, dass ich die Hand über den Gang reiche. Wenn meine Mutter schläft, werde ich mich zu ihnen setzen. Wie klein meine Mutter ist, dort unter der Decke. So unvollständig, so fern. Ob sie überhaupt spürt, dass ich ihre Hand drücke? Lächelt sie womöglich? Ich drücke sie fester.

Hier oben im Universum sinkt die Sonne. Sie fällt rot durch die kleinen Fenster und auf die Kaffeetassen. Alles wird rot, wenn man durch die Dunkelheit auf Licht blickt. Die Röte streift Fine, sodass ihr grünes Gesicht fast so sonnengebräunt aussieht wie Jans. Dann verschwindet die Sonnenkugel und wird von einem eisblauen Himmel mit einem Streifen Grün am unteren Rand ersetzt.

Die Abgase unseres Flugzeugs kann ich nicht sehen. Aber sie gleichen wohl den Streifen, die die anderen Flugzeuge hinter sich herziehen, wie Schweife von Kometen oder Meteoriten, die sich ebenfalls mit ihrem lebendigen Inhalt an neue Orte bewegen.

Jan legt vorsichtig seinen Arm um Fine, aber es fühlt sich ein wenig so an, als wäre es mein Arm. Als würde ich meine Tochter an mich drücken.

Fine wischt sich erneut mit dem Pulloverärmel die Augen. Jan starrt auf den Vordersitz. Verfolgt er irgendetwas auf dem Bildschirm? Sobald er nach Hause kommt, muss er weiter und die versäumten Reisen nachholen. Morgen geht es schon los, und dann bin ich wieder Mutter. Jan fliegt nach China, dann nach Australien, weiter zu einer Forschungsstation am Südpol und von dort aus nach Grönland.

Fine dreht das Gesicht, sieht aus dem Fenster. Was ist die Kindheit, was ist Erwachsensein? Wird sie durch das Tor ins Paradies gehen oder aus ihm hinaus? An ihrem Hosenbund und Oberteil, an meinem Kleid, an Jans Pullover, in seinem Haar und in seinen Hosenaufschlägen hängen stachelige rote Hagebutten. Auch an seinem Fjällräven, den er halb unter den Vordersitz gestopft hat, klebt eine. Es ist der Rucksack, den Jan immer auf all seine Reisen mitnimmt.

Am liebsten würde ich alle Hagebuttenherzen abzupfen und sie wegwerfen, doch jetzt bin ich angeschnallt.

Ich betrachte Fine in dem Augenblick, als ein zitternder Stoß durch das Flugzeug geht, als würde es zusammengepresst oder auseinandergezogen. Anschließend wird es wieder still, und wir schweben weiter.

Familienstammbaum

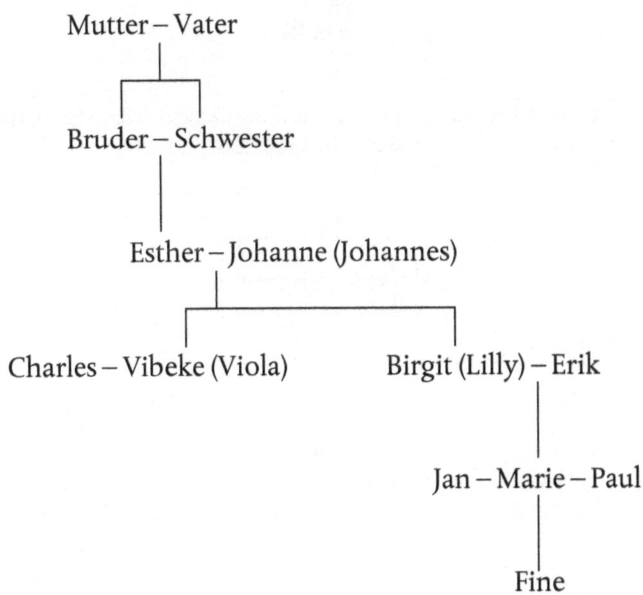

Die dänische Originalausgabe erschien 2021 unter dem Titel »Rosarium« beim Gutkind Verlag, Kopenhagen.

Danish Arts Foundation

Die Übersetzung wurde gefördert von der Danish Arts Foundation. Der btb Verlag bedankt sich dafür.

FSC
www.fsc.org
MIX
Papier | Fördert gute Waldnutzung
FSC® C014496

Penguin Random House Verlagsgruppe FSC® N001967

1. Auflage

First published 2021 by Gutkind Forlag A/S, Kopenhagen
Published in agreement with Oslo Literary Agency

Umschlaggestaltung: semper smile, München,
nach einem Entwurf und unter Verwendung einer
Illustration von Alette Bertelsen / Aletteb.dk
Satz: GGP Media GmbH, Pößneck
Druck und Einband: GGP Media GmbH, Pößneck
Printed in Germany
ISBN 978-3-442-75984-2

www.btb-verlag.de
www.facebook.com/penguinbuecher